Julia Pelzer
Nothing Like You

Julia Pelzer

NOTHING LIKE

You

ROMAN

Forever

Forever by Ullstein
forever.ullstein.de

Originalausgabe bei Forever
Forever ist ein Verlag der Ullstein Buchverlage GmbH, Berlin
1. Auflage Februar 2024
© Ullstein Buchverlage GmbH, Berlin 2024
Wir behalten uns die Nutzung unserer Inhalte für Text und Data
Mining im Sinne von § 44b UrhG ausdrücklich vor.
Umschlaggestaltung: zero-media.net, München
Titelabbildung: © FinePic®, München
Gesetzt aus der Albertina Pro powered by *pepyrus*
Druck- und Bindearbeiten: CPI books GmbH, Leck
ISBN 978-3-95818-710-8

Für Sue

Second star to the right, and straight on till morning
J. M. Barrie, *Peter Pan*

Kapitel 1

Ally

Die erste Nacht am College war voll von Partys, großen Erwartungen und dem Gefühl von grenzenloser Freiheit – nichts von dem traf auf mich zu. Meine erste Nacht bestand aus einer halb vollen Flasche Wasser, die ich mir an einem Automaten am Busbahnhof gekauft hatte, und einer Menge Fotos, die auf dem Boden meines Studentenzimmers ausgebreitet lagen. Ein Haufen verblasster Erinnerungen, die in einen alten Schuhkarton gepasst hatten. Vorsichtig strich ich über die ausgefransten Kanten einer Postkarte, bevor ich sie an meine Nase hob. *Chanel N°5.* Ich schloss die Augen und atmete den schwachen Duft des Parfums ein. Sie war bei Moms persönlichen Sachen dabei gewesen, die uns jemand vom Krankenhaus übergeben hatte – in einer kleinen, durchsichtigen Plastiktüte. Als würde das, was vom Leben eines Menschen übrig blieb, tatsächlich in eine Tüte passen. Ich konnte mich nicht mehr genau erinnern, was alles darin gewesen war. Bis auf diese Karte. Und dass sie damals noch nicht nach dem Lieblingsduft meiner Mutter gerochen hatte. Nur nach dem ganz eigenen Geruch von Papier, Druckerfarbe und Kugelschreiber. Umständlich rappelte ich mich vom Boden auf und kramte in meiner Reisetasche nach dem kleinen Parfumfläschchen und sprühte etwas davon auf die Postkarte. Ich hatte das schon unzählige Male getan. Die krakelige Handschrift meiner Mutter war deswegen an einigen

Stellen stark verlaufen. Nur der letzte Satz ganz unten am Rand war noch gut lesbar. Mit jeder Sekunde, in der sich der frische Duft in meinem Zimmer verteilte, wurde auch der Druck in meiner Brust stärker. *Wir sehen uns in Nimmerland.* Es gab Dinge, die prägten dein Leben für immer. Für mich war es dieser Satz auf einer Postkarte, der aus einem Kindermärchen stammte. Mein Blick ging zur Wand über meinem Schreibtisch, an der ich schon einige der Fotos aufgehängt hatte. Bilder von Tagen am Meer, an die ich mich kaum noch erinnern konnte, weil ich damals noch so klein gewesen war. Von meinen Eltern, lange bevor es meinen Bruder und mich überhaupt gegeben hatte. Von Weihnachtsfesten, Geburtstagen und von den Ferien in den kanadischen Rocky Mountains, die wir jedes Jahr dort verbracht hatten. Erinnerungen auf glänzendem Papier, die alles waren, was von damals noch übrig geblieben war. Alles, was mich an mein altes Leben in Kalifornien erinnerte. An ein Leben mit verregneten Nachmittagen vor dem Fernseher, dem Duft von frisch gebackenen Pancakes und den kleinen Klebezetteln an der Tür, die meine Mutter immer geschrieben hatte. Und bei denen sie immer noch einzelne Wörter mit verschiedenfarbigen Textmarkern gekennzeichnet hatte, damit auch niemand sie übersehen konnte.

Das Vibrieren meines Handys holte mich augenblicklich aus der Vergangenheit – und irgendwie auch nicht. Denn es gab nur eine Person, die sich um diese Uhrzeit noch bei mir melden würde. »Du sollst mich doch nicht anrufen.«

Die Antwort auf diese vorwurfsvolle Begrüßung war ein amüsiertes Lachen. »Ich wusste, dass du das sagen würdest. Aber darf ein Bruder nicht einmal mehr fragen, wie es seiner Schwester geht?«

»Natürlich darf er das. Aber du solltest deine Anrufe lieber für deinen Anwalt aufheben.«

»Du hattest heute deinen ersten Tag am College. Wenn das nicht wichtig ist, was dann?« Eric machte eine kleine Pause. »Außerdem ist das hier kein offizieller Anruf. Jemand hat mir noch einen Gefallen geschuldet.«

Hörbar atmete ich aus. Ich mochte diese Art von Gefallen nicht. In den letzten Monaten hatte ich mehr als nur ein Mal mitbekommen, dass sie unter Inhaftierten selten eine nette Geste waren, sondern eher ein Druckmittel.

»Ally …« Mein Bruder klang, als wollte er ein aufgeschrecktes Tier beruhigen. »Das geht schon klar. Lass uns nicht über den Mist hier drin reden, okay? Meine kleine Schwester studiert jetzt Jura. Dein Leben ist ganz sicher aufregender als meins. Also, wie läuft es so, Miss Law and Order? Wie viele Professoren hast du schon beeindruckt?«

Er wollte mich nur ablenken, aber das würde nicht funktionieren. »Heute ist noch nicht viel passiert. Meine Kurse beginnen erst am Montag.«

»Dann hast du ja Zeit, um es richtig krachen zu lassen. Ich wette, an jeder Ecke der Uni steigt heute irgendeine Party.«

»Kann schon sein.«

Jetzt war es Eric, der hörbar ausatmete. »Soll ich raten? Du sitzt gerade bei offenem Fenster in deinem Zimmer und guckst dir lieber alte Fotos an, anstatt feiern zu gehen.«

Draußen auf dem Flur grölten irgendwelche Leute so lautstark, dass selbst Eric es durchs Telefon hören konnte. Nur eine Wand weiter musste die Party des Jahrhunderts steigen. Wohl wissend räusperte er sich. »Habe ich recht?«

Er kannte mich einfach zu gut. Ich klemmte mein Smartphone zwischen Ohr und Schulter ein, um meine Haare mit einem Bleistift, den ich mir vom Schreibtisch schnappte, hochzustecken. Augenblicklich löste sich eine dunkle Strähne aus dem Knoten und klebte sofort wieder auf meiner Haut. Es war Anfang September und immer noch unglaublich warm, aber trotz der drückenden Hitze würde ich das Fenster nicht wieder schließen – nicht nachts. Und natürlich hatte er auch mit den alten Fotos recht, aber auch das würde ich auf keinen Fall zugeben. Vielleicht sollte ich mir wirklich ein Beispiel an meinen Kommilitonen nehmen und meinen Einstieg hier an der *University of Arizona* genauso gebührend feiern wie alle anderen. Und für einen Abend einfach alle Zweifel beiseiteschieben und mich freuen, dass ich es endlich hierhergeschafft hatte. Dass ich aus dem riesigen Berg an Bewerbern für ein Stipendium ausgewählt worden war. Dieses Privileg war mein größtes Glück. Ich wollte Anwältin werden. Für Eric, für Mom und für mein eigenes Recht. Und allein darauf würde ich mich konzentrieren. »Mir ist nicht nach Feiern zumute.« Schon vor einer Weile hatte ich mich fürs Bett umgezogen und wollte zumindest versuchen, ein bisschen zu schlafen. Eine siebenstündige Fahrt in einem überfüllten Reisebus, der zeitintensive Verwaltungskram, um mich an der Uni einzuschreiben, und die erfolglose Suche nach einem Job waren extrem anstrengend gewesen. Und obwohl ich es unmöglich sehen konnte, wusste ich, dass Eric mit den Augen rollte. »Und allein auf eine Collegeparty zu gehen, wenn man noch niemanden kennt, ist irgendwie komisch«, ergänzte ich. Auch wenn das nur eine weitere Ausrede war, die er sicherlich sofort durchschauen würde.

»Du musst nicht mittrinken, wenn du nicht willst. Aber du wirst auf dem College nicht ständig einen Bogen um Alkohol machen können.«

»Ich weiß«, unterbrach ich ihn. Ich war alt genug, um mich deswegen nicht unter Druck setzen zu lassen. Trotzdem runzelten die meisten Leute verständnislos die Stirn, wenn ich ablehnte. Als wäre es eine Art Gesetz, das man brach, wenn man nicht mittrank.

Aber Alkohol ließ einen Dinge vergessen – wichtige Dinge. Und ich wollte nicht vergessen.

»Auf Studentenpartys sind immer viele Menschen. Ich habe da schon wirklich nette … Leute getroffen.«

»Leute?« Ich zog eine Braue hoch und musste schmunzeln. »Du meinst wohl eher Frauen, und was du unter Treffen verstehst, kann ich mir vorstellen.«

Er lachte. »Also, da waren …«

»Stopp. Deine Bettgeschichten will ich erst gar nicht hören.« Mein entsetzter Ausruf ließ Eric nur weiter lachen. Für ihn war das noch nie ein Problem gewesen. Er fand überall schnell Anschluss. Selbst in der Warteschlange an der Supermarktkasse. Während ich eher der Typ war, der sich die Kapuze seines Hoodies noch ein bisschen weiter ins Gesicht zog, um so unauffällig wie möglich zu sein.

»Was ist mit deiner Mitbewohnerin?«, hakte er nach. »Hast du sie schon kennengelernt?«

»Ich habe ein Einzelzimmer – ohne Mitbewohnerin.« Die Tatsache, dass ich diesen Umstand einem Verwaltungsfehler zu verdanken hatte, war nur für einen Moment enttäuschend gewesen. Eine Mitbewohnerin wäre wirklich toll gewesen, aber dieses Zimmer, in dem tatsächlich nur Platz für ein Bett, einen Schreibtisch und eine Kommode war, bedeutete mir alles. Und dass mir der Vormieter einen kleinen Kühlschrank, eine Mikrowelle und diese antik wirkende Stehlampe hinterlassen hatte, die ein wenig für Gemütlichkeit sorgte, war zusätzlich wie ein Sechser im Lotto gewesen. »Es ist okay für mich, wirklich.«

»Hm.« Er klang nicht begeistert. »Du solltest nicht allein sein. Auf dem Campus gibt es sicher auch andere Möglichkeiten, um an einem Freitagabend etwas zu unternehmen.«

Ich warf einen Blick auf die Uhr meines Handys. Es war schon nach ein Uhr nachts, was meinen Bruder offensichtlich nicht daran hindern würde, noch auszugehen, wenn er hier wäre.

»Hat sich Renata bei dir gemeldet?«

Als Eric unsere Nachbarin erwähnte, die sich unser vor so vielen Jahren angenommen hatte, musste ich unwillkürlich über den willkommenen Themenwechsel lächeln. »Ich habe mit ihr telefoniert. Vorhin, nachdem ich mein Zimmer bezogen hatte. Sie kommt dich nächste Woche besuchen und bringt dir etwas Vernünftiges zu essen mit. Ich glaube, sie befürchtet, du könntest verhungern.«

Wieder lachte Eric leise. »Ja, auf Renata ist Verlass.« Dann lenkte er das Thema erneut auf mich. »Du solltest wirklich nicht allein sein, an deinem ersten Abend.«

»Das macht mir nichts aus«, versicherte ich ihm noch einmal. »Außerdem habe ich gerade kein Geld, um zuckerhaltige Softgetränke in überteuerten Bars zu bezahlen.«

»Brauchst du welches? Ich kann was besorgen und …«

»Nein!«, unterbrach ich ihn. »Es ist alles in Ordnung. Du musst nichts für mich auftreiben. Wirklich nicht.«

Aber Eric ließ nicht locker. »Wie viel Geld hast du noch?«

Kurz dachte ich an die zwanzig Dollar in meiner Tasche, die eigentlich auch keine zwanzig Dollar mehr waren, weil ich mir die Flasche Wasser gekauft hatte. Der andere Teil meiner Ersparnisse war bereits für Fachbücher, das Busticket hierher und die Kaution für das Zimmer draufgegangen. »Genug. Ich brauche nichts. Mein Stipendium deckt die Studiengebühren und das Mensaessen ab. Und den Großteil der Miete«, erklärte ich ihm. »Für den Rest finde ich morgen einen Job. Du musst dir wirklich keine Sorgen machen.«

Für einen Augenblick blieb es still am anderen Ende der Leitung. »Eric? Versprich mir, dass du dir bei niemandem Geld leihst.

Wenn du dir jetzt noch mehr zuschulden kommen lässt …« Ich sprach nicht weiter. Er wusste auch so, was ich meinte.

»Ich mache mir aber Sorgen um dich.«

»Das weiß ich.« Meine Brust wurde eng. »Aber das musst du nicht. Ich komme klar, das bin ich doch immer.« Er hatte genug eigene Probleme, um die er sich kümmern musste. Da sollte er sich auf keinen Fall auch noch Gedanken um mich machen.

»Ich«, setzte Eric an. »Es tut mir leid, dass ich dich heute noch nicht einmal fahren konnte.«

»Das ist okay, wirklich. Mit einundzwanzig Jahren von seinem Bruder zum College gebracht zu werden ist auch ein bisschen merkwürdig, findest du nicht?«

Wieder lachte er leise. »Du weißt, was ich meine.«

Ja, das wusste ich. Trotzdem sollte er nicht das Gefühl haben, sich immer noch um mich kümmern zu müssen. Mein Blick wanderte erneut über die Bilder an der Wand und blieb an einem Foto hängen, das unsere Mutter gemacht hatte. Mein Bruder und ich saßen zusammen an einem Lagerfeuer. Ich musste sechs oder sieben Jahre alt gewesen sein. Eric hatte seinen linken Daumen, der in einem dicken Verband steckte, nach oben gestreckt, und ich hielt einen Stock mit einem verbrannten Marshmallow daran in der Hand. Wir sahen unglaublich müde aus, aber trotzdem grinsten wir zufrieden in die Kamera. »Weißt du noch, wie Dad uns damals zum Nacht-Angeln mitgenommen hat?«

»Mom war total dagegen, weil sie Angst hatte, dass sich einer von uns verletzen könnte.«

»Was du dann auch getan hast«, stellte ich nüchtern fest.

»Der Haken in meinem Daumen war doch keine große Sache.«

»Wir haben deswegen die halbe Nacht in der Notaufnahme verbracht.«

In Erics Stimme schwang ein Hauch Belustigung mit. »Mom

war so wütend, als wir endlich wieder zu Hause waren. Sie wollte sich überhaupt nicht mehr beruhigen. Und dann ist Dad in den Garten gegangen und hat ein kleines Lagerfeuer angezündet. Mitten in der Nacht.«

»Anstatt zu angeln, haben wir Marshmallows geröstet«, sagte ich leise.

»Ja. Das war Dads Art, sich bei Mom zu entschuldigen. Kurz darauf kam sie zu uns raus. Mit Schokolade und Keksen, damit wir S'mores machen konnten.«

Ich schloss die Augen. Nichts ging über ein Stück Schokolade, das unter einem gerösteten Marshmallow langsam schmolz und zwischen zwei Keksen steckte.

»Wir sind erst ins Haus gegangen, als es schon wieder hell draußen wurde.« Seit dieser Nacht war das zu unserem Familienritual geworden. Ganz egal, ob wir Streit hatten oder es etwas zu feiern gab. Jedes noch so große Problem wurde bedeutungslos, wenn wir zusammen am Lagerfeuer saßen und S'mores aßen. Blinzelnd öffnete ich die Augen, und all diese Erinnerungen verwandelten sich zurück in die alten Bilder an meiner Wand. »Ich habe das so geliebt.«

»Du stehst immer noch auf dieses Zuckerzeug.«

»Du etwa nicht?«

»Tonnenweise klebrige Marshmallows essen? Eher nicht.«

»Marshmallows haben magische Kräfte, sie machen unglaublich glücklich. Wusstest du das nicht?«

»Nein, das muss mir entgangen sein. Aber wie ich dich kenne, wirst du ganz sicher versuchen, mich zu überzeugen.«

»Worauf du dich verlassen kannst. Aus dieser Nummer kommst du nicht mehr raus.«

»Solange ich sie nicht essen muss.« Erics amüsierter Tonfall ließ auch mich grinsen. »Du weißt gar nicht, was dir da entgeht.« Dann wurde ich wieder ernst. »Außerdem schuldest du mir noch eine Antwort.«

»Du gibst keine Ruhe, oder?«

»Nope. Nicht, bevor du mir versprochen hast, dich von Ärger fernzuhalten.«

»Bist du dir sicher, dass du noch keine Anwältin bist? Du klingst schon so.«

»Das ist auch ein ernstes Thema.«

»Okay, du hast gewonnen. Ich werde dir kein Geld schicken, wenn du nicht willst.«

»Das ist zwar nicht die Antwort auf alle meine Forderungen, aber ich lasse sie durchgehen.«

»Dann habe ich ja noch mal Glück gehabt.« Gespielt erleichtert stieß Eric die Luft aus.

»Ich meine es wirklich ernst. Und dein Anwalt sieht das ganz sicher genauso.«

»Ja, ihr würdet euch super verstehen.«

Ich unterdrückte ein Grinsen.

»Er hat dir da ein paar Unterlagen geschickt. An deine neue Adresse am College. Es fehlen noch einige Angaben zu deiner Aussage. Er meinte, das könnte meine Entlassung vielleicht beschleunigen.«

»Und das erzählst du mir erst jetzt? Das ist großartig.«

Offensichtlich war ich mit meiner Euphorie allein, denn Eric schnalzte nur mit der Zunge.

»Was ist?«

»Ally, ich habe Mist gebaut. Das ist Fakt. Und das sieht auch der Richter so.«

»Du warst es aber nicht. Sie haben dich nur benutzt.«

»So einfach ist das nicht. Und außerdem wird der Richter das

Verfahren sicher nicht beschleunigen, nur weil mein Anwalt alle Unterlagen überpünktlich vorlegen kann.«

»Und was, wenn doch?«

Er stutzte. »Seit wann bist du denn so optimistisch?«

War ich das wirklich? Normalerweise war Eric derjenige von uns beiden, der immer gewusst hatte, wie es weitergehen sollte. »Vielleicht fällt es mir leichter, an jemand anderen zu glauben als an mich selbst.« Mit der freien Hand nahm ich die Postkarte vom Schreibtisch und heftete sie ebenfalls an die Wand zu den Fotos.

»Wenn du immer noch an die Macht von Marshmallows und so ein Zeug glaubst, dann solltest du auch an dich selbst glauben. Meinst du nicht?«

Ich nickte kaum merklich, ohne den Blick von der Postkarte zu nehmen. Der Kloß in meinem Hals machte es mir unmöglich, ein Wort zu sagen.

»Okay, ich werde dich ab jetzt nicht mehr anrufen und mich, so gut es geht, aus Ärger raushalten. Aber du musst mir auch etwas versprechen.«

»Und was?« Meine Stimme klang immer noch brüchig.

»Dass du nicht die ganze Zeit allein in deinem Zimmer oder in einer der stickigen Unibibliotheken hockst, bis du mit dem Studium durch bist. Geh raus, lern ein paar Leute kennen und denk nicht so viel nach, hörst du?«

»Du kennst mich einfach zu gut, hm?«

»Viel zu gut.«

»Okay, ich verspreche dir, mich mit ein paar nerdigen Jurastudenten über langweilige Gesetze und Paragrafen zu unterhalten.«

Eric stöhnte. »Genau so was wollte ich hören.«

Jetzt konnte ich mir ein Lachen nicht verkneifen, denn auch ich wusste ganz genau, wie ich ihn ärgern konnte. »Tja, ich kenne dich eben auch sehr gut, Bruderherz.«

»Ich weiß. Aber ich gebe dir einen kleinen Tipp: Nimm dich vor den bösen Jungs in Acht. Vor allem vor den gut aussehenden, die bedeuten immer Ärger.«

Ich verzog das Gesicht »Wieso machen gerade die gut aussehenden Ärger?«

»Guck mich an.«

»Haha.«

Erics Lachen ging in einem schrillen Pfiff unter.

»Ich muss jetzt Schluss machen. Melde dich, okay? Ich will alles über dein wildes Collegeleben wissen.«

»Ich schreibe dir«, versprach ich.

»Ach, und, Ally?«

»Hm?«

»Du kannst wirklich stolz auf dich sein, auf alles. Mom wäre es.« Er machte eine kurze Pause. »Und Dad auch. Ganz sicher.« Dann wurde das Gespräch beendet. Ich legte das Handy zurück auf den Schreibtisch und löste den Blick von meiner Fotowand – von all den Marshmallow- und Lagerfeuermomenten. Es hatte sich so viel verändert. Die kleinen Dinge, die mir so viel bedeutet hatten, waren schleichend immer seltener geworden. Sie hatten etwas anderem Platz gemacht: Narben – vielen Narben. Instinktiv tastete ich nach meinem rechten Schlüsselbein – einige davon waren unsichtbar, andere nicht.

Warmer Wind wurde durch das offene Fenster geweht und sorgte augenblicklich für eine Gänsehaut auf meinen Armen. Mein Zimmer lag im zweiten Stock, trotzdem konnte man von hier sogar die Berge sehen. Aber jetzt waren sie wie von der Dunkelheit verschluckt. In einer der Collegebroschüren hatte gestanden, dass es in den Wüstenregionen von Arizona so dunkel war, dass man dort noch mit bloßem Auge die Milchstraße sehen konnte. Selbst hier in der Stadt wirkte der Himmel so viel klarer.

Ich legte den Kopf in den Nacken und ließ dieses unglaubliche Bild aus Tausenden von Lichtpunkten auf mich wirken. *Wir sehen uns in Nimmerland.* Noch nie hatte sich dieser Satz mehr wie ein Versprechen angefühlt als in diesem Moment. Ich atmete tief durch, bevor ich mich wieder vom Fenster abwandte, um die restlichen Fotos zurück in den Schuhkarton zu legen. Das hier war ein Neuanfang, der mir auf einem silbernen Tablett serviert wurde. Auf keinen Fall durfte ich diese Chance verspielen. Sie war so viel mehr als ein Wunsch, der zu groß war, um ihn aufzugeben. Trotzdem war da dieser eine winzige Gedanke, der sich immer wieder wie ein Holzwurm durch mein Mindset fraß. Der nicht aufhörte, daran zu zweifeln, ob ich das alles hier verdient hatte.

Ein lautes Rumpeln draußen auf dem Flur ließ mich aufschrecken. War da gerade jemand gegen meine Zimmertür gefallen? Mehrere Sekunden versuchte ich, über das Stimmengewirr von nebenan hinweg zu lauschen. Aber auf dem Flur schien alles ruhig zu sein. Vielleicht hatte ich mich verhört, und das Geräusch war aus einer ganz anderen Richtung gekommen. Müde fuhr ich mir über das Gesicht. Es war spät, und ich sollte wirklich schlafen gehen. Noch bevor ich alle Bilder zurück in den Schuhkarton geräumt hatte, rumpelte es wieder. Diesmal sehr viel länger und lauter. Das eben war kein Versehen, da hämmerte jemand an meine Tür und hatte offenbar auch nicht vor, damit aufzuhören. Den Karton vor meine Brust gepresst, schlich ich auf Zehenspitzen zur Tür und wartete. Niemand kannte mich hier – außer vielleicht der netten Dame aus dem Verwaltungsbüro. Wobei »kennen« das falsche Wort war, nur weil sie heute mehrmals meinen Namen in ein Formular eingetragen hatte. Vorsichtshalber stellte ich den Karton auf dem Boden ab, um im Notfall nach dem spitzen Bleistift in meinen Haaren greifen zu können, und öffnete mit der anderen Hand langsam die Tür. Vor mir schob sich eine Flasche in mein Sichtfeld. Eine Bierflasche, die von einer Hand festgehalten wurde, und Finger, die ungeduldig gegen den Flaschenhals trommelten. Finger, die zu einem Typen gehörten. Ich hob den Blick. Noch bevor ich realisieren konnte, was das zu bedeuten hatte, tippte er sich mit der freien Hand zum Gruß an die Stirn und versuchte sich im nächsten Moment an mir vorbeizuschieben – in mein Zimmer. »Was …?«

Er stoppte und taumelte einen Schritt zurück. »Was?«, wiederholte er irritiert.

Für einen kurzen Augenblick kratzte der Geruch von herbem Bier in meiner Nase – unerwartet – überwältigend – und vermischte sich mit einem dumpfen Pochen unter der Narbe meines Schlüsselbeins. Mir wurde schlecht. *Ein Geruch kann keine Schmerzen auslösen. Er ist nicht echt.* Das Mantra hallte wie der Glockenschlag einer großen Turmuhr in meinem Kopf. Eric hatte recht. Solange ich hier war, würde ich immer auf irgendeine Weise mit Alkohol konfrontiert werden. Ich musste versuchen, den Bierdunst auszublenden, und mich auf etwas anderes konzentrieren. Irgendeinen anderen Geruch in diesem stickigen Flur. Ich zwang mich, Luft zu holen – langsam und ruhig. Es roch leicht metallisch von den warm gewordenen Lampenabdeckungen an den Wänden, und der Linoleumfußboden musste erst vor Kurzem frisch versiegelt worden sein. Der feine Wachsgeruch war immer noch deutlich wahrnehmbar. Von irgendwoher kam der Duft einer asiatischen Gewürzmischung für Instant-Nudelgerichte, der von einem frischen, holzigen Duft abgelöst wurde und augenblicklich Erinnerungen an einen von Wäldern umringten Bergsee in den Rockies in mir wachrief. Erneut atmete ich tief ein und versuchte, mich an diesem neuen Duft festzuhalten. »Was sollte das?«, beendete ich endlich meinen angefangenen Satz, als sich meine Sinne wieder beruhigt hatten.

Erst jetzt sah der Typ mich richtig an. Nein, er scannte mich geradezu. Im spärlichen Licht des Flurs konnte ich seine Augen nicht gut erkennen, aber sein Blick wanderte langsam von meinen nackten Füßen über meine dünnen Schlafshorts bis zu meinem weißen Spaghettitop, das ich vorhin wegen der Hitze zu einem bauchfreien Shirt umfunktioniert hatte. Dabei konnte ich förmlich zusehen, wie eine seiner Augenbrauen in Zeitlupe nach oben wanderte.

»Ist das hier dein Zimmer?«

»Ja?« Was sollte diese Frage?

Er gab ein genervtes Zischen von sich und schüttelte dann den Kopf. »Ernsthaft? Wer denkt sich so einen Scheiß aus? Ich bringe die Jungs um.«

Mit einem Gesichtsausdruck, der »Ich verstehe kein einziges Wort« sagen sollte, stand ich in meinem Türrahmen und konnte nur dabei zusehen, wie der Kerl seelenruhig einen Schluck Bier aus seiner Flasche nahm, sie auf dem Boden abstellte und dann in einer trägen Bewegung sein T-Shirt über den Kopf zog. Wobei er irgendetwas Unverständliches fluchte. Das Shirt landete auf dem Boden neben der Bierflasche, und im nächsten Moment starrte ich nur noch auf nackte Haut, definierte Muskeln und eine viel zu tief sitzende Jeans.

»Reicht das?«

Ich löste den Blick. »Was?«

»Reicht das, oder muss ich noch mehr ausziehen?« Augenblicklich begann er, am Knopf seiner Hose herumzunesteln, bis er sie geöffnet hatte. Lieber Gott im Himmel. Passierte das gerade wirklich? Das war mein erster Tag an einem der renommiertesten Colleges in Arizona, und vor meinen Augen zog sich gerade ein wildfremder Typ aus. Einfach so. »Was wird das? Bist du ein Flitzer oder so was?

Er hielt in der Bewegung inne. »Ein Flitzer?«, wiederholte er, als wüsste er tatsächlich nicht, was ich damit meinte.

Das konnte nur ein blöder Scherz sein. So einer von der Art, mit der man neue Studenten zur Begrüßung schockieren wollte. Gleich würde eine Horde Leute »Verarscht!« brüllen und mich mit einer Konfettikanone beschießen. »Na so ein Typ, der sich die Klamotten vom Leib reißt und dann durch die Gegend läuft. Meistens über ein Sportfeld während eines Spiels – wegen des Nervenkitzels«, erklärte ich kleinlaut.

Seine Miene wechselte von total verwirrt zu lauernd und sah definitiv nicht so aus, als würde gleich eine Konfettikanone gezündet werden. »Moment, du denkst dir dieses beschissene Thema für deine Mottoparty aus, aber ich bin ein Spinner, der ständig blankzieht?«

»Ich habe was?« Er meinte es tatsächlich ernst. Das war kein schlechter Studentenscherz. Vor meiner Tür stand ein fast nackter Kerl, der auf irgendeine Party wollte, die definitiv nicht in meinem Zimmer stattfand. »Bist du total betrunken?«

»Das sollte ich wohl lieber dich fragen.« Er verschränkte die Arme so vor der Brust, dass sich unweigerlich seine Muskeln anspannten. Für mehrere Augenblicke wusste ich nicht, wo ich hinsehen sollte, ohne den Eindruck zu erwecken, ihn anzustarren. Jetzt wäre ein super Zeitpunkt ihm zu sagen, dass er sich vielleicht wieder anziehen sollte. »Hier steigt keine Party, und erst recht keine Mottoparty. Zu welchem Thema denn? Komm in deinem Pyjama?«

Der Typ schüttelte genervt den Kopf und fuhr sich durch seine dunkelblonden Haare, die ihm wirr in die Stirn gefallen waren. Dann zeigte er in einer vagen Handbewegung auf mein Shirt. »Ja?«

Ich stöhnte auf. Mein Bruder hatte sich ganz umsonst Sorgen gemacht, dass ich vor lauter Lernen nichts erleben würde. Offensichtlich musste ich dafür nicht einmal mein Zimmer verlassen. »Auch wenn du es dir kaum vorstellen kannst, es gibt Leute, die schlafen tatsächlich so.«

»Es ist der letzte Freitag vor Semesterbeginn. Niemand schläft heute. Außer …«

»Außer?«

»Außer den Leuten, die auf der Highschool schon lieber im Debattierklub waren.«

»Und du warst wohl nie in einem, sonst wäre deine Argumentation nicht so schwach.«

Er lachte kurz. »Ja, daran wird's liegen. Zum Glück kann ich mit anderen Qualitäten überzeugen.«

Ich verdrehte die Augen. »Dann hast du mehr als deine Magic-Mike-Nummer von eben nicht zu bieten?«

Lässig schob er die Hände in die Hosentaschen seiner geöffneten Jeans und sah mich mit einem belustigten Gesichtsausdruck an. »Das war nicht meine beste Leistung, aber …« Er machte eine bedeutsame Pause und lehnte sich gegen den Türrahmen. » … ich hoffe, sie hat dir trotzdem gefallen.«

Wie charmant, er litt nicht nur unter Wahrnehmungsstörungen, er war auch noch total überheblich.

»Erwartest du, dass ich dir dafür jetzt auch noch Eindollarscheine in die Boxershorts schiebe?«

Bevor er darauf antworten konnte, öffnete sich nebenan polternd die Tür. Ein Typ stolperte auf den Flur und grölte den Songtext zu *Satellite* von *Rise Against* mit, der ebenfalls lautstark aus der Wohnung dröhnte. Als er sich zu uns drehte, grinste er breit und sah dann zwischen uns hin und her. Immer noch stand Magic Mike viel zu nah mit offener Hose und ohne Shirt an meinen Türrahmen gelehnt. Was der andere Typ davon hielt, verriet sein immer breiter werdendes Grinsen nur zu deutlich.

»Alter, was läuft denn bei dir?« Seine lallenden Worte gingen in ein dümmlich klingendes Glucksen über, was auch Magic Mike zum Grinsen brachte und mich nur mit den Augen rollen ließ.

»Wir warten auf dich. Hedgehog hat die Bierpong-Regeln verschärft, und wir sind hart im Rückstand.«

»Bin gleich da.« Magic Mike hob den Arm, um seinem Kumpel ein Zeichen zu geben, der den Gruß erwiderte und in der Wohnung verschwand.

»Und ich habe mich schon immer gefragt, was aus all den Leuten geworden ist, die es nicht in den Debattierklub geschafft haben.« Hatte ich das gerade laut gesagt?

Er stieß sich vom Türrahmen ab, und seine Lippen verzogen sich zu einem halben Lächeln, das ohne Zweifel die nächste Runde unseres Schlagabtauschs einläutete. »Ja, wir zeigen eben sehr viel lieber ganzen Körpereinsatz.« Mit einem Augenzwinkern knöpfte er seine Hose wieder zu. »Die Show war übrigens gratis. Du kannst deine Eindollarscheine behalten.«

War das sein Ernst? Irgendjemand sollte seinem aufgeblasenen Ego dringend einen Dämpfer verpassen. »Und ich dachte echt, ihr seid nur ein Mythos. Aber es gibt euch wirklich. Die Typen, die aus Spaß studieren, weil sie eigentlich nur hier sind, um permanenten Körpereinsatz zu zeigen.« Die Anführungszeichen, die ich bei dem Wort »zeigen« in die Luft machte, trieften geradezu vor Sarkasmus.

An seinem markanten Kinn zuckte ein Muskel, bevor sich dort ein tiefes Grübchen bildete. Er lehnte sich kaum merklich vor, und für einen Moment blieb sein Blick auf meinem Schlüsselbein liegen, bevor er mir direkt ins Gesicht sah und mich aufmerksam musterte. »Na, dann erfüllen wir ja beide unsere Klischees. Und ich dachte schon, wir hätten überhaupt nichts gemeinsam.« Dann bückte er sich, um sein T-Shirt aufzuheben. Es war nur ein kleiner, unachtsamer Stoß mit dem Fuß, der die Bierflasche beinahe lautlos zu Fall brachte. Meine Hoffnung, sie wäre leer gewesen, löste sich in Luft auf, als sich die helle Flüssigkeit unaufhaltsam auf dem Boden verteilte. Der intensive Biergeruch legte sich wie zwei unsichtbare Hände um meinen Hals und verschlang alles andere, an das ich mich bis eben noch klammern konnte. Wie hypnotisiert starrte ich auf den immer breiter werdenden See direkt vor meiner Tür. »Scheiße!«

»Entspann dich, es ist nur Bier.«

Energisch schüttelte ich den Kopf. »Das ist eine Katastrophe.«

»Glaub mir, wenn die Veganer in der Mensa eine Diskussion an der Essensausgabe anfangen, das ist eine Katastrophe.«

Für einen Moment löste ich den Blick von der Pfütze, als er nach der Flasche griff und das Unglück endlich stoppte. Ich wollte etwas auf diesen absolut dämlichen Vergleich erwidern, aber das plötzliche Rauschen in meinen Ohren machte es mir unmöglich. Es war nur einer dieser kurzen Blicke aus dem Augenwinkel gewesen, die alle meine Instinkte in Alarmbereitschaft versetzt hatten, noch bevor mein Verstand in der Lage gewesen war, alles richtig zu begreifen. Der alte, ausgebeulte Schuhkarton mit den kaputten Ecken, in dem ich meine Fotos aufbewahrte, stand mitten in einer Lache aus Schaum und Bier. Warum hatte ich ihn dort abgestellt? Warum hatte ich die Bilder nicht schon längst zu den anderen an die Wand gehängt? Meine Hände zitterten, als ich ihn aus der Pfütze zog und Bier auf meine Füße tropfte und mir unangenehm und kalt die Beine hinunterlief. Ein Foto war nur die Projektion eines Moments, von dem man normalerweise unendlich viele Kopien machen konnte. Aber von diesen hier existierten nur noch diese Abzüge. Wenn sie verloren waren, hatte ich nichts mehr. Mein Herzschlag beschleunigte sich erneut, als ich die Fotos aus dem nassen Karton nahm, von denen eines bereits angefangen hatte, sich an den Seiten stark zu wellen. Vorsichtig versuchte ich, es an meinen Shorts abzuwischen, um den Schaden, so gut es ging, einzugrenzen.

»Was tust du da?«

Ich reagierte nicht auf seine Frage. Alles an mir funktionierte nur noch wie auf Autopilot. Erst als er meine Hand einfing, stoppte ich.

»Wenn du versuchst, sie so zu trocknen, dann reibst du die Oberfläche kaputt.« Sein Blick lag auf dem Bild, während er immer noch locker mein Handgelenk festhielt. Erst jetzt erlaubte ich mir selbst, das Foto genauer anzusehen. Es war ein Foto von Mom. Sie saß auf der Rücklehne eines alten Sportwagens. Das Verdeck war offen, und sie trug dieses mintgrüne Sommerkleid mit den vielen bunten Blumen darauf und lächelte in die Kamera wie eine der Hollywoodikonen der Fünfzigerjahre. Ich konnte mich noch ganz genau an den Tag erinnern. Es war auf einem Oldtimertreffen entstanden, zu denen die beiden immer so gerne gegangen waren. Und die Eric und ich todlangweilig gefunden hatten. Mom ging es an dem Tag nicht so gut, deswegen waren wir nicht lange geblieben. Später hatte Dad sie dann ins Krankenhaus gebracht. Mir blieb die Luft weg, und ein schmerzhaftes Brennen breitete sich in meinem Magen aus, als ich die Stellen entdeckte, an denen jetzt die weiße Unterschicht des Fotopapieres durchschimmerte.

Meine Gedanken gingen in ohrenbetäubender Musik unter, als sich die Nachbartür erneut öffnete und irgendwer »Bro, wo bleibst du?« brüllte. Aber Magic Mike bewegte sich nicht einen Zentimeter, als würde er auf eine Reaktion von mir warten. Für einen Moment bildete ich mir wieder ein, den schwachen Duft von Wäldern und Bergseen wahrzunehmen, bevor ich meine Hand aus seiner riss. »Geh einfach.« Egal, was er sagen oder tun wollte, ich hatte genug. Sein Blick bohrte sich noch einmal in meinen, bevor er sich abwandte und wortlos im Zimmer nebenan verschwand.

Kapitel 2

Ally

Samstagfrüh planlos über das weitläufige Unigelände zu laufen, war nicht besonders spaßig. Aber Samstagfrüh planlos über das weitläufige Unigelände zu laufen, wenn man kaum geschlafen hatte, war grausam.

Am liebsten hätte ich die letzte Nacht einfach aus meinem Gedächtnis gelöscht. Jede einzelne Sekunde, die mich dieser Albtraum gekostet hatte. Es wäre definitiv besser gewesen, einfach zurück in mein Zimmer zu gehen, um ein paar Stunden Schlaf nachzuholen und erst mal einen klaren Kopf zu bekommen. Aber das konnte ich mir nicht leisten. Ich brauchte so schnell wie möglich Arbeit. Wie schwer das so kurz vor Semesterbeginn tatsächlich war, hatte ich gestern schon erfahren müssen. Auf dem Campus waren alle freien Stellen schon vergeben, und auch in den umliegenden Cafés wurde sofort mit dem Kopf geschüttelt, noch bevor ich überhaupt fragen konnte. Entweder waren die Jobs schon weg, oder es wurde überhaupt niemand eingestellt, weil sich die Besitzer im Moment einfach keine Aushilfen leisten konnten. Und genau aus dem Grund durfte ich keine Chance ungenutzt lassen. Mein Blick glitt über die Häuserfronten, auf der Suche nach einem Straßennamen oder einem anderen Anhaltspunkt, der mir verriet, wo ich mich gerade befand. Ganz offensichtlich funktionierte mein Orientierungssinn im übermüdeten Zustand noch schlechter als sonst schon. Verdammt, hier sah alles gleich aus. Ich atmete tief durch, versuchte, das Gefühl, gerade absolut verloren zu sein, abzuschütteln und faltete das kleine Stück Papier auseinander, um erneut die Anzeige zu lesen.

Aushilfe gesucht. Ab sofort. El Saguaro Supermarket. Bei Ernesto Montoya melden.

Mehr stand da nicht. Keine Telefonnummer und auch keine Adresse. Die Stellenausschreibung hatte im Wartebereich der Univerwaltung gehangen – als einzige. Und ich hatte sie, ohne zu zögern, mitgenommen. Zum Glück konnte mir Google eine genaue Anschrift nennen und den Hinweis geben, dass es sich um einen Lebensmittelsupermarkt handelte und nicht, wie der Name vermuten ließ, um eine Gärtnerei, die auf Kakteen spezialisiert war. Ich drehte den Zettel um, auf dessen Rückseite ich vorhin noch schnell eine grobe Wegbeschreibung gekritzelt hatte, um das Datenvolumen meines Handys unterwegs nicht unnötig strapazieren zu müssen. Dann verglich ich den Straßennamen mit dem auf einem Bürogebäude vor mir und setzte mich wieder in Bewegung. Hier irgendwo musste der Laden sein. Meine ganze Hoffnung lag auf dieser Anzeige und meinen Erfahrungswerten aus mehreren Jobs, die ich mitbrachte. Eine Zeit lang hatte ich nach Schulschluss bei einem Zustelldienst als Fahrradkurier gearbeitet. Bis wir umziehen mussten. In dem neuen Stadtviertel wurde mir schon in der ersten Woche mein Fahrrad buchstäblich unter dem Hintern weggeklaut. An diesem Tag hatte ich zwei Dinge gelernt: dass ein Kurierdienst niemanden beschäftigte, der kein Fahrrad besaß, und dass man für nicht beendete Touren auch nicht bezahlt wurde. Danach war ich als Aushilfe bei einer Cateringfirma untergekommen, die neben der sicheren Bezahlung auch den Vorteil bot, dass sich die Kellner nach den Veranstaltungen die übrig gebliebenen Kanapees einpacken durften. Weil im Kühlschrank wie so oft nichts

Essbares mehr zu finden gewesen war, hatten Eric und ich uns dann über Lachshäppchen mit Feigensenf und gefüllte Kirschtomaten hergemacht – allein. Damals hatte ich noch nicht gewusst, dass das alles nur die Spitze eines gigantischen Eisbergs sein würde. Doch je öfter unser Vater die Nächte weg gewesen war und am nächsten Tag seinen Rausch ausschlief, desto größer wurde auch das Loch in der Haushaltskasse. Und dann hatten irgendwann auch die Reste des Caterers nicht mehr ausgereicht, um wenigstens zwei Mahlzeiten zu ersetzen. Mit dem Vollzeitjob im Supermarkt musste ich den Traum vom Studium nach meinem Schulabschluss endgültig begraben. Um ihn gegen einen halbwegs vollen Kühlschrank und eine bezahlte Stromrechnung einzutauschen. Zumindest für einige Zeit. Aber der Traum vom Studium, der sich in mir festgebissen hatte, ließ sich nicht einfach so begraben oder abschütteln. Er war so hartnäckig wie Unkraut gewesen, das sich selbst durch festen Asphalt einen Weg an die Oberfläche bohren konnte.

Entschlossen drückte ich das Stück Papier in meiner Hand und ließ es erst wieder zurück in meine Tasche gleiten, als ich am Ende der Straße vor dem Eingang des Supermarkts stehen blieb. Das unscheinbare Backsteinhaus fiel zwischen den sehr viel moderner wirkenden Bürogebäuden kaum auf. Nur das große runde Schild mit der Aufschrift *El Saguaro Supermarket*, in dessen Mitte ein riesiger dreiarmiger Kaktus abgebildet war, wies auf den Laden hin. Entschlossen strich ich mir eine Haarsträhne aus dem Gesicht, bevor ich die kleine, gläserne Eingangstür aufschob. Vielleicht war ich doch nicht ganz so verloren, wie ich dachte. Das blecherne Geräusch einer elektrischen Türklingel ertönte, aber im Laden rührte sich nichts. Selbst die Kasse war nicht besetzt. Ein feiner Vanilleduft lag in der Luft und mischte sich mit dem künstlichen Zitronenaroma eines Reinigers, als hätte gerade jemand den Fußboden frisch gewischt. War ich zu früh? Vielleicht rechnete man hier um diese Uhrzeit auch noch nicht mit Kundschaft. Ich ging um einen großen *Dr Pepper*-Pappaufsteller herum, vor dem ein imposanter Turm der roten Getränkedosen aufgestapelt war. Direkt daneben befanden sich eine größere Auswahl an verschiedenen Snacks, Energyriegel und einige Sorten Pop Tarts – süß gefüllte Weißbrottaschen, die man einfach im Toaster aufbacken konnte und die ohne Zweifel ein schnelles Frühstück ersetzen konnten. Der ganze Laden war komplett auf die Bedürfnisse von Studenten ausgerichtet. »Hallo?« Wieder blieb es still. Ich ging ein paar Gänge ab, bis ich aus dem hinteren Teil des Supermarkts jemanden laut fluchen hörte.

»Ernie, ich könnte hier wirklich ein bisschen Hilfe brauchen. Es ist arschkalt in dieser verdammten Truhe.«

Als ich den Gang erreichte, aus dem die Stimme kam, zog gerade eine Frau ihren Kopf aus einem der Tiefkühler. Sie musste in meinem Alter sein und war ganz sicher auch eine Studentin hier an der Uni. Sie wischte sich die feuchten Hände an ihrer grünen Schürze ab, auf deren Mitte ebenfalls ein dreiarmiger Kaktus gedruckt war. Bei jeder ihrer Bewegungen klimperten die vielen silbernen Armreife an ihren Handgelenken. Ihre dunklen Haare waren zu kleinen Schnecken dicht an ihrem Kopf geflochten, was mich augenblicklich an Lupita Nyong'o aus dem Marvel-Film *Black Panther* erinnerte. Das Septum-Piercing in ihrer Nase verlieh ihr dazu eine leicht verwegene Note.

»Entschuldigung, ich suche Ernesto Montoya. Ich bin hier wegen der Stellenanzeige.«

Erstaunt sah sie mich an. War ich doch zu spät? Vielleicht hatte sie den Job bekommen. Als sie immer noch nichts sagte, wurde ich unsicher. »Oder ist er schon weg?«

»Himmel, nein. Sorry, ich bin nur total überrascht, dass überhaupt jemand hierhergefunden hat.« Sie schloss die Gefriertruhe. »Ernie! Hier ist jemand wegen des Jobs.«

Nur Sekunden später waren schwerfällige Schritte zu hören, und ein großer, breitschultriger Mann kam aus dem Lager. Zu einem weißen Unterhemd trug er eine zerschlissene Jeans und Cowboystiefel aus Leder. Seine von der Sonne gegerbte Stirn war in tiefe Falten gelegt, und seine dunklen Augen musterten mich argwöhnisch.

»Sind Sie Ernesto Montoya?«, fragte ich überflüssigerweise.

Er nickte knapp, wobei sein dichter Oberlippenbart einmal zuckte. »Ich wollte einen Mann. Fürs Lager.«

»Das stand nicht in der Anzeige«, antwortete ich perplex. Kurz machte sich Enttäuschung in mir breit. Aber so schnell wollte ich nicht aufgeben. Entschieden straffte ich die Schultern. »Wenn es Ihnen darum geht, schwere Sachen zu tragen, ich kann …«

Abwehrend hob er den Arm, und ich stoppte, nur um sofort wieder anzusetzen. »Aber ich habe Erfahrung im Verkauf. Kasse, Bestellungen und auch Lagerarbeiten sind kein Problem für mich. Ich bin immer pünktlich, und die Frühschichten übernehme ich freiwillig.«

Er warf einen kurzen Blick auf seine Armbanduhr. »Du bist wirklich früh und hartnäckig.«

»Und sie hat hergefunden, obwohl keine Adresse in der Anzeige stand. Das hat in den letzten zwei Wochen sonst niemand geschafft.« Die Armreife der jungen Frau klimperten erneut, als sie ihre Hände in die Hüften stemmte und ihren Boss erwartungsvoll ansah.

»Ich brauche den Job wirklich dringend.«

»Und du kannst es dir nicht leisten, noch länger zu warten, bis sich vielleicht doch noch jemand anders hierherverirrt. Ich schaffe die Arbeit einfach nicht allein. Vor allem, wenn ich mich auch noch ständig um diese blöde Truhe kümmern muss.«

»Am allerwenigsten kann ich es mir leisten, hier herumzustehen.« Ernesto Montoya sah zwischen uns beiden Frauen hin und her. Dann fuhr er sich durch seine langen schwarzen Haare, um sie im Nacken zusammenzubinden. »Also gut«, sagte er an mich gewandt. »Zwölf Stunden die Woche. Mehr ist nicht drin. Mona wird dir alles zeigen. Sie trägt auch die volle Verantwortung, wenn das hier schiefläuft.« Ohne weitere Erklärungen schlurfte er zurück ins Lager.

»Das ging jetzt aber schneller als gedacht. Ernie hat wohl einen guten Tag.«

Immer noch starrte ich in die Richtung, in die Ernesto Montoya gerade verschwunden war. »Einen guten Tag?«, wiederholte ich ungläubig.

»Sonst dauert es definitiv länger, ihn zu überzeugen.«

Ich war immer noch skeptisch. »Aber vielleicht überlegt er es sich später noch anders, und er stellt doch lieber einen Mann ein.«

Sie schüttelte den Kopf. »Solange ich hier bin, hat Ernie noch nie seine Meinung geändert. Ich glaube, er ist es einfach leid, den ganzen Tag nur von Frauen umgeben zu sein.«

»Aber …« Kurz stutzte ich. » … hier sind doch nur wir beide.«

Sie warf mir einen verschwörerischen Blick zu. »Er hat fünf Kinder – alles Töchter. Und vermutlich nur ein Badezimmer. Zumindest denke ich, dass dies der Grund für seine ewige schlechte Laune sein muss.«

»Ist es wirklich so schlimm?«

Sie sah kurz in Richtung Lager, als wollte sie sichergehen, dass er uns nicht hörte. »Man gewöhnt sich dran.« Sie zuckte mit den Schultern. »Und heute ist er wirklich gut drauf. Zumindest bis jetzt, und das will ich besser nicht aufs Spiel setzen.« In einer geschmeidigen Bewegung stieß sie sich von der Gefriertruhe ab und legte nachdenklich ihren Zeigefinger an die Lippen. »Okay, was musst du fürs Erste wissen? Die Schichten gehen immer sechs Stunden, außer am Wochenende. Da kann es schon mal länger werden. Dafür passiert vor zwölf Uhr nicht viel, aber dann wird es stressig. Die Dienstpläne hängen im Büro, und der Laden öffnet offiziell um acht. Bis dahin müssen auch die Lieferungen weggeräumt sein, weil sonst …«

»Die Kunden die Sachen von den Paletten reißen«, beendete ich ihren Satz.

»Das ist wohl nicht dein erster Job im Einzelhandel.«

»Nein, ich habe nach der Highschool schon in einem Supermarkt gearbeitet.«

Ein unüberhörbares Piepen, das von der Gefriertruhe kam, unterbrach uns.

»Ich bin übrigens Mona und habe offensichtlich die ganze Verantwortung für diesen Laden.« Sie rollte mit den Augen und wandte sich der Truhe zu, um ein paar Knöpfe neben dem Display zu drücken.

»Ich bin Ally und gestern erst hier in Tucson angekommen.«

»Du hast die Uni gewechselt?«

»Nicht ganz. Das ist mein erstes Studium.« Ich machte eine kurze Pause. »Es ging nicht eher. Aus finanziellen Gründen.« In gewisser Weise stimmte das auch.

»Es ist echt frustrierend, wie schwer es geworden ist, ein Studium zu bezahlen. Good old America möchte ausgebildete Fachkräfte, aber die Regierung will keinen Cent dafür ausgeben. Selbst ein Stipendium deckt längst nicht mehr alle Kosten ab, und die Wirtschaftslage macht es einem auch nicht gerade einfacher. Und dann muss man sich auch noch mit diesem dämlichen Ding rumschlagen.« Sie hämmerte weiter auf den Tasten herum, was dem

Gerät erneut ein resigniertes Piepen entlockte. »Du kennst dich nicht zufällig mit eigenwilligen Gefriertruhen aus?«

»Kommt darauf an, wie eigenwillig sie sind«, gab ich scherzhaft zu. »Was ist denn das Problem?«

»Seit letzter Nacht zeigt sie ständig eine Störung an, obwohl sie eigentlich ganz normal läuft. Ich bin echt schon alle Fehlercodes durchgegangen und habe sie mehrmals aus- und wieder eingeschaltet, aber sie zickt weiter rum.«

»Vielleicht liegt es am Strom.«

»Wie meinst du das?«

»In der Gegend, aus der ich komme, ist die Stromleistung eine Katastrophe. In dem Laden, in dem ich früher gejobbt habe, ist deswegen ständig die Sicherung rausgeflogen. Danach haben immer alle elektrischen Geräte verrücktgespielt. Vor allem die Kasse. Hilf mir mal bitte.« Wir begannen, die schwerfällige Truhe ein bisschen vorzurücken, bis ich das Kabel zu fassen bekam und daran zog. »Dann hat nur noch ein kompletter Reset geholfen.« Ein leises Brummen setzte ein, als ich den Stecker wieder in die Steckdose steckte. »Und?«

Mona starrte gespannt auf das kleine Display der Gefriertruhe. »Sie läuft wieder. Die gefrorenen Mikrowellen-Burritos sind dir auf ewig dankbar«, sagte sie schmunzelnd.

Ich lachte. »Das war nur Glück.«

»Und wo genau lernt man solche Tricks? Hier in Tucson wohl eher nicht.«

»Ich komme aus Chino, Kalifornien.«

»Und dann hat es dich aus dem goldenen Staat ins trockenheiße Arizona verschlagen? Weg vom Meer und heißen Hollywoodstars?«

»Auch in Kalifornien ist nicht alles Gold, was glänzt, glaub mir.«

»Ich bin aus Indianapolis, überall ist es schöner als in dieser Stadt.«

»Aber dann bist du ganz schön weit weg von zu Hause.«

»Nicht wirklich. Mein Bruder ist auch hier und erinnert mich täglich daran, warum ich eigentlich so viel Abstand wie möglich von meiner Familie haben wollte.«

»Das klingt furchtbar.«

»Ist es auch. Ich liebe meine Familie, wirklich. Aber wenn man auch noch mit einer Handvoll Tanten und Onkel unter einem Dach leben muss, mischt sich einfach immer irgendwer in dein Leben ein oder hat einen gut gemeinten Rat für dich. Ganz davon abgesehen, dass sie dich und deine Bedürfnisse erst gar nicht ernst nehmen.« Sie machte eine theatralische Bewegung mit ihrer Hand. »Sag mir bitte, dass ich damit nicht allein bin.«

»Ich habe einen älteren Bruder, aber er studiert nicht hier.« Ich räusperte mich. »Er ist in Chino geblieben. Und ich hätte nicht gedacht, dass ich das mal sagen würde, aber ich vermisse ihn sehr.«

»Wirklich? Ich bin schon froh, dass ich mit Jacob nicht im selben Wohnheim leben muss.«

»Mischt sich dein Bruder genauso in dein Leben ein wie deine Tanten und Onkel?«

»Nein. Der ist einfach nur nervig.« Sie lachte. »Und warum hast du dich dann für ein Studium in Arizona entschieden und nicht für eine Uni in Kalifornien?«

Für einen Moment überlegte ich, was ich bereit war, preiszugeben. »Man kann hier sehr gut Rechtswissenschaften studieren«, antwortete ich dann. Und das war noch nicht einmal gelogen.

»Sag bloß, du hast dich für ein Jurastudium eingeschrieben?« Ihre Augen wurden groß. »Ich bin im dritten Jahr. Welche Kurse hast du belegt?«

»Ich habe Rechtsgeschichte bei Professor Win…« Angestrengt überlegte ich, aber der Name wollte mir nicht einfallen.

»Winbush«, warf Mona ein. »Ihn hatte ich auch im ersten Jahr.«

»Verhandlungsmanagement und Gesprächsführung bei Professor Bristow.«

»Bristows Vorlesungen sind staubtrocken, aber leider auch unverzichtbar. Du kannst sie allerdings im dritten Jahr abwählen«, erklärte sie mir.

»Zivilrecht bei Dr. Montgomery. Genau wie Strafrecht.«

Sie nickte.

»Oh, und öffentliches Recht bei Professor Wallace.«

Mona klappte buchstäblich die Kinnlade herunter. »Du hast es echt geschafft, im ersten Jahr einen Platz bei Wallace zu bekommen?«

»Ist das so außergewöhnlich?«

»Das ist der absolute Jackpot. Ich habe zwei Jahre gebraucht, um reinzukommen. Sein Kurs ist unglaublich beliebt, vor allem, weil man die Möglichkeit hat, stundenweise in seiner Kanzlei an echten Fällen mitzuarbeiten. Das hat schon einigen Absolventen geholfen, in der Flut von Harvard- und Yale-Bewerbungen trotzdem in erstklassigen Kanzleien unterzukommen. Leider vergibt Wallace immer nur ein paar Plätze, aber diese Chance werde ich mir auf keinen Fall entgehen lassen. Ich würde meine Seele dafür verkaufen und mich tagelang in der Unibibliothek zum Lernen verschanzen, wenn es sein muss.« Sie setzte einen gespielt verzweifelten Gesichtsausdruck auf. »Ich weiß, das klingt total verrückt. Verrückt und nerdig.«

Ich schüttelte den Kopf. »Nein, eigentlich überhaupt nicht. Für mich klingt das absolut toll.« Es tat gut, zu wissen, dass ich nicht die Einzige war, die sich obsessiv aufs Lernen freute.

»Hättest du vielleicht Lust, dich meiner kleinen spießigen Lerngruppe anzuschließen? Wir wären dann zwar nur zu zweit und streng genommen auch keine Gruppe, aber es macht so viel mehr Spaß, nicht stundenlang total isoliert über dicken Gesetzesbüchern zu brüten.«

Ihre Einladung ließ mich schmunzeln, weil mir sofort mein Versprechen an Eric in den Sinn kam. Und weil die Vorstellung, nicht ganz allein hier zu sein, tatsächlich toll war. »Ich wäre sehr gern dabei.«

Mona ging auf eines der Regale neben dem Lagereingang zu, und ein breites Lächeln lag auf ihren Lippen. »Dann herzlich willkommen an der *University of Arizona!*« Im nächsten Moment warf sie eine grüne Schürze in meine Richtung, die ich mit beiden Händen auffing.

»Und willkommen bei *El Saguaro!*«

Mona hatte recht gehabt. Ab zwölf Uhr wurde der Laden richtig voll, und wir hatten nicht einmal Zeit, um kurz durchzuatmen. Stellenweise war so viel los, dass es so aussah, als würde die Schlange an der Kasse nie enden. Bis eben hatten wir noch einige Regale aufgefüllt und den Dienstplan für die nächsten Tage besprochen. Es war knapp eine Woche her, dass ich meinen alten Job gekündigt hatte, um meinen Umzug nach Arizona zu organisieren. Trotzdem spürte ich jeden Knochen in meinem Körper, als ich die schwere Tür meines Wohnheims aufschob und in den Flur trat. Aber daran würde ich mich schnell wieder gewöhnen. Am wichtigsten war, dass ich diesen Job bekommen und, so wie Mona sagte, verdammt Schwein mit dem Kurs bei Professor Wallace hatte. Vielleicht würde mir Tucson doch so viel mehr Glück bringen als Chino. Ich hielt vor der Wand mit den Briefkästen an. Vielleicht hatte ich ja einen Lauf, und der Brief von Erics Anwalt war schon da. Dann würde endlich wieder alles gut werden. Ungeduldig zog ich meine Schlüssel aus der Tasche und öffnete das kleine Fach. Enttäuscht ließ ich die Schultern hängen, als ich nicht wie erhofft einen Umschlag vorfand. Stattdessen zog ich eine Postkarte heraus, auf der viele bunte Luftballons abgebildet waren.

Mein lieber Jax,
herzlichen Glückwunsch zu deinem Geburtstag!
Komm mich doch mal wieder besuchen.
Grüße aus Kanada
Tante Ruth

Irritiert verglich ich die Nummer auf meinem Schlüssel mit der auf dem Briefkasten – alles stimmte. Trotzdem war das definitiv nicht meine Post. Erneut warf ich einen Blick auf die Karte und nahm diesmal die Adresse näher in Augenschein. *Jax Hoover 723.* Das war der Briefkasten direkt neben meinem mit der Nummer 123. Ganz offensichtlich lag hier eine Verwechslung vor. Ich wollte gerade die Postkarte in den richtigen Briefkasten einwerfen, als mir durch den Schlitz ein großer weißer Umschlag ins Auge fiel, der gerade noch so in den überfüllten Briefkasten gepasst hatte. War das …? Angestrengt versuchte ich, die Adresse durch die schmale Öffnung zu entziffern. Konnte das wirklich sein? Wie hoch war die Wahrscheinlichkeit, dass so etwas tatsächlich passierte? Ich nahm die Taschenlampenfunktion meines Handys zu Hilfe und bemühte mich erneut, die Anschrift zu entziffern. Das konnte nicht wahr sein. Auf dem Umschlag stand ganz eindeutig mein Name! Mit spitzen Fingern begann ich, danach zu angeln. Himmel, hoffentlich kam jetzt niemand hier vorbei und erwischte mich, wie ich versuchte, Post aus fremden Briefkästen zu klauen. Immer wieder streiften meine Finger den Umschlag, bekamen ihn aber einfach nicht zu fassen. Scheiße! Ich musste wohl oder übel warten. Aber wem machte ich hier etwas vor? So überfüllt, wie dieser Briefkasten war, hatte sich schon länger keiner mehr für die Post dadrin interessiert. Ich ließ die Klappe los und pustete mir eine Haarsträhne aus dem Gesicht. Wenn ich so schnell wie möglich meinen Brief haben wollte, blieb mir wohl nichts anderes übrig, als mit diesem Jax Hoover persönlich zu sprechen.

Kapitel 3

Jax

Der pelzige Geschmack auf meiner Zunge ließ mich beinahe würgen. Mein Mund war staubtrocken, und mein Kopf dröhnte, als hätte ich in einem U-Bahn-Schacht geschlafen. Irgendwo zwischen dem letzten Bier und Hedgehogs legendären Cocktails hatte ich es letzte Nacht übertrieben. Ich konnte nur hoffen, dass noch irgendwo Kopfschmerztabletten zu finden waren. Kurz überlegte ich, ob es besser war, erst im Bad nach den Tabletten zu suchen, oder ob ich als Erstes versuchen sollte, meine Übelkeit mit einem Glas Wasser in den Griff zu bekommen. Scheiß drauf. Schwerfällig schleppte ich mich im Halbdunkeln und nur in Boxershorts in die Küche. Ich drehte den Hahn auf und ließ das kalte Wasser über meinen Kopf bis in den Nacken laufen. Das Rauschen übertönte das Dröhnen in meinem Kopf, und ich stöhnte. Wenn es sein musste, würde ich heute den ganzen Tag hier stehen bleiben. Alles ausblenden und mich nur auf das Rauschen des Wassers konzentrieren.

»Hey, Alter!«

Schnaubend drehte ich den Hahn zu und sah hoch. Im nächsten Moment flog eine kleine weiße Dose auf mich zu, die ich reflexartig auffing.

Hedgehog stieß einen anerkennenden Pfiff aus. »Nice. Das Reaktionsvermögen hätte ich dir nach letzter Nacht überhaupt nicht zugetraut.«

»Ich auch nicht.« Grinsend warf ich gleich zwei von den Kopfschmerztabletten auf einmal ein und schluckte sie trocken hinunter.

»Guter Mann.«

Ich warf die Dose zu ihm zurück, die er ohne Mühe auffing und dann auf der Küchenzeile abstellte. »Ich glaube, du brauchst sie heute mehr als ich.«

»Ist das so offensichtlich?«

»Jep, du siehst aus, als hättest du letzte Nacht ziemlich einen draufgemacht. Und das in jeder Hinsicht. Genau wie die Kleine auf deinem Schoß.«

Ich zog die Augenbrauen hoch. »Die Kleine auf meinem Schoß?«

»Du kannst dich echt nicht erinnern, was? Das nenne ich mal einen Totalabsturz.« Mit der Hand fuhr er sich durch seine wirren schwarzen Haare, die sofort noch mehr in alle Richtungen abstanden und seinem Namen alle Ehre machten. Dann grinste er breit. Und dieses Grinsen kannte ich.

»Alter, du verarschst mich gerade.«

Sein tiefes Lachen verriet ihn endgültig.

»Im Ernst, Bro. Du hast es echt hart übertrieben. Olly meinte, er hätte dich halb nackt auf dem Flur gefunden. Du warst so dicht, du hättest nicht einmal mehr gemerkt, wenn meine Granny auf deinem Schoß gesessen hätte.«

»Das hast du jetzt nicht wirklich gesagt.«

»Ich schwöre, meine Granny ist echt noch ein heißer Feger für ihr Alter«, sagte er immer noch grinsend und drehte sich dabei tanzend um sich selbst.

»Bist du dir sicher, dass ich derjenige von uns beiden bin, der zu viel getrunken hat?«

»Also ich kann mich noch ganz genau erinnern, wer auf meinem Schoß gesessen hat.«

»Hedge? Komm wieder ins Bett.« Die gedämpfte Frauenstimme aus Hedgehogs Zimmer ließ meine Mundwinkel zucken. Ganz offensichtlich hatte er sich wirklich nicht ganz so hart abgeschossen wie ich.

Er unterbrach sein Tänzchen. »Sekunde, Babe.« Dann wurde seine Miene ernst. »Laura und ich haben dich gestern kaum hierhergekriegt. Bist du sicher, dass bei dir alles klar ist?« Er ging zum Kühlschrank und nahm zwei Flaschen Wasser heraus. Eine davon reichte er mir.

Wir gingen ständig zusammen feiern. Durch seinen Barkeeper-Job im *Chesterfield* kannte er eine Menge Leute, und irgendwo stieg immer eine Party. Aber Hedge kannte mich zu gut. »Ich habe gestern meinen Stundenplan bekommen und ein wenig Ablenkung gebraucht.«

»Und?«

Ich schnaubte. »Zwei Kurse bei Bromberg.«

»Shit! Die Alte ist 'ne Hexe.«

Ich nickte. »Und so wie es aussieht, hat sie auch meinen Abschluss in der Hand.«

»Kannst du nicht wenigstens einen Kurs abwählen?«

»Keine Chance.«

»Jungs, könnt ihr nicht später weiterquatschen?« Das Drängeln von Hedgehogs Freundin erinnerte mich daran, dass auch ich wieder ins Bett gehörte.

»Ich glaube, du solltest dich ganz dringend um deine Kleine kümmern.«

»Bist du sicher?«

Nickend hob ich die Wasserflasche und hielt sie mir kühlend an die Stirn. »Das wird schon, kein Grund, sich das Wochenende versauen zu lassen.«

»Wie du meinst. Aber wenn ich irgendwas für dich tun kann, lass es mich wissen.« Er tippte sich an die Schläfe und war dann wieder hinter seiner Zimmertür verschwunden.

Ich lehnte mich gegen die Küchenzeile, öffnete die Flasche und trank das Wasser beinahe in einem Zug aus. Den Rest schüttete ich mir über den Kopf und warf die leere Plastikflasche treffsicher in den Mülleimer. Das war alles kein Grund, das ganze Wochenende schlechte Laune zu haben. Meine eigene Stimme dröhnte in meinem Kopf, als ich, ohne mich abzutrocknen, zurück in mein Zimmer ging. Im Dunkeln schaltete ich die Klimaanlage noch weiter runter. Die kühle Luft sorgte augenblicklich dafür, dass sich eine Gänsehaut auf meinem noch feuchten Oberkörper bildete. Ich stolperte über meine Klamotten auf dem Boden, ohne mich daran zu erinnern, dass ich sie überhaupt ausgezogen hatte, und ließ mich wieder auf mein Bett fallen. Es musste sicher schon früher Abend sein. Tief sog ich die kühle Luft ein, schloss die Augen und wartete darauf, dass die Tabletten endlich zu wirken begannen. Bis morgen früh würde ich mich ganz sicher nicht mehr hier wegbewegen. Vor allem nicht über den Uni-Mist nachdenken und ganz sicher nicht … Das Vibrieren meines Smartphones machte meinen Plan augenblicklich zunichte. Es gab nur eine Person, die mich an einem Samstag anrufen würde. Stöhnend wühlte ich in dem nach Bier stinkenden Klamottenhaufen am Boden und angelte mein Handy aus der Jeans. Ohne vorher auf das Display zu sehen, nahm ich das Gespräch entgegen. »Mom, hey.«

»Störe ich dich?«

»Du störst nie.«

Meine Mutter lachte. »Du lügst. So wie du dich anhörst, habe ich dich geweckt. Ich kann auch später noch mal anrufen, wenn es dir dann besser passt.«

»Nein. Das geht schon klar. Ich war schon wach.« Meine Mutter war der netteste Mensch, den ich kannte, wenn nicht sogar der netteste Mensch auf der ganzen Welt, trotzdem wusste ich, dass sie nicht einfach nur anrief, um zu fragen, wie es mir ging. Und egal, was es war, ich wollte es hinter mich bringen. »Was gibt's denn?« Ich verließ das Bett und zog die Vorhänge auf, was ich sofort bereute. Offensichtlich war es doch noch nicht so spät, wie ich vermutet hatte, denn die Sonne stand immer noch so hoch, dass sie jetzt direkt in mein Zimmer schien.

»Ich wollte dich nur fragen, ob du etwas brauchst. Geld oder irgendetwas anderes. Wir haben uns den ganzen Sommer kaum gesehen. Nur kurz an deinem Geburtstag. Und das ist auch schon wieder drei Wochen her.« Der Vorwurf in ihrer Stimme traf mich – zu Recht.

»Nein, ich brauche nichts, danke.«

»Aber wovon willst du denn dann leben? Du hast das Geld auf dem Konto, das wir dir eingerichtet haben, die letzten Monate kaum angerührt. Und allein dieses Auto verschlingt Unmengen. Du hättest den SUV nehmen sollen, den dir dein Vater kaufen wollte, anstatt auf diesem Monster deines Grandpas zu bestehen. Ich bin mir nicht einmal sicher, ob das Auto überhaupt noch den heutigen Sicherheitsbestimmungen entspricht.«

»Mom.« Ich zog das Wort absichtlich in die Länge, um sie am Weiterreden zu hindern. »Das Auto verbraucht auch nicht mehr als ein SUV. Außerdem war ich letzten Monat bei der Zulassungsstelle. Er läuft einwandfrei.«

»Trotzdem wäre ein Hybrid so viel günstiger.«

»Ich habe morgen einen Job, der wirklich gut bezahlt wird. Du brauchst dir also keine Gedanken zu machen.«

Sie seufzte. »So habe ich das nicht gemeint. Dein Vater und ich kommen für dein Studium und alle anfallenden Kosten auf. Das haben wir dir doch versprochen. Du musst nicht noch zusätzlich irgendwo arbeiten.«

»Fast jeder am College hat einen Job. Außerdem ist das keine Arbeit für mich.«

»Wenn man etwas tut und dafür Geld bekommt, ist es Arbeit.«

»Gut, dann tue ich eben etwas, was ich liebe, und werde dafür bezahlt. Besser kann es doch nicht laufen, oder?«

Meine Mutter stieß resigniert die Luft aus. »Nein, besser kann es nicht laufen. Trotzdem sollst du wissen, dass du das nicht musst. Weder das, noch musst du dir den Stress an der Uni antun. Ich will nur, dass du das weißt. Es ist auch in Ordnung für uns, wenn du jetzt …«

»Ich will es aber«, unterbrach ich sie. »Ich will das alles. Und ich werde meine Meinung nicht ändern.«

»Wie du meinst.« Es folgte eine kurze Pause. »Kommst du dann auch zur Firmenjubiläumsfeier nächsten Monat?«

Für einen Moment biss ich die Zähne zusammen, bis etwas in meinem Kiefer knackte. Das war also der Grund ihres Anrufs. »Und als was?«, presste ich hervor, obwohl mir die Antwort schon klar war.

»Jax, bitte.«

»Als was soll ich zum Firmenjubiläum kommen? Als zukünftiger Juniorboss von *Hooveroptics*, als zukünftiger Entwicklungsmanager oder als zukünftiger Empfangsmitarbeiter?« Meine Vorschläge klangen fast so lächerlich, als ginge es hier um eine Kostümparty.

»Als Jax Hoover, unser Sohn. Und das am liebsten in einem schicken Anzug.«

Es gab sicher kein schöneres Kompliment, das einem seine Eltern machen konnten. Wenn sie nichts anderes von einem verlangten, außer ihr Sohn zu sein. Aber ich wollte mehr als das. Ich zog die Vorhänge wieder zu, wandte mich vom Fenster ab und ging durch die zweite Tür in meinem Zimmer. Hedgehog hatte mir damals bei unserem Einzug das größere Zimmer überlassen, und ich übernahm dafür den Löwenanteil der Miete. Die Zwischenwand hatte ich dann selbst eingezogen. Zum Glück war das Netz voll von Videos, die zeigten, wie man so was bauen konnte. Und es war überraschend leicht. Genau wie der Rest in meiner Dunkelkammer. Der PVC-Fußboden war einfach zu verlegen gewesen und hatte schon einige Unfälle mit Entwicklerflüssigkeit überstanden. Unter die zwei Arbeitsplatten aus dem Baumarkt hatte ich einfach Stützen geschraubt und darüber einige Regale angebracht. Nur ein zusätzlicher Wasseranschluss war leider unmöglich gewesen. Aber alles andere hatte ich mit ein bisschen Hilfe von Hedge selbst gebaut. Man konnte sich zwar kaum bewegen, aber das störte mich nicht. Hier drin hatte ich meine Ruhe und musste nicht damit rechnen, dass jeden Moment jemand die Tür aufriss. Ich schaltete das Rotlicht ein, die einzige Lichtquelle, die es gab, und betrachtete die Fotos, die ich zum Trocknen auf die Leine über mir aufgehängt hatte. »Ich weiß nicht, ob ich da Zeit habe. Für die nächsten Wochen stehen einige wichtige Klausuren an.«

Das Seufzen meiner Mutter wurde noch lauter. »Und du kannst das nicht für uns einrichten? Es würde deinem Vater und mir wirklich viel bedeuten, wenn du dabei wärst. Es kommen so viele wichtige Geschäftspartner und Freunde, da solltest du nicht fehlen. Bitte sag, dass du es versuchen wirst. Uns zuliebe.«

Ich zögerte. »Ich werde es versuchen – euch zuliebe.« Sie würde mich darauf festnageln, das war mir klar. Trotzdem wusste ich schon jetzt, dass ich ihr diese Bitte nicht erfüllen konnte. Nicht, solange die Dinge so standen wie jetzt. Auch wenn ich es ihr zu verdanken hatte, dass sie und mein Vater mir dieses Studium ermöglichten.

»Wie läuft es denn an der Uni?«

»Wir müssen echt nicht darüber reden.«

»Ich möchte aber. Ich will wissen, wie es meinem Sohn in seinem Studium geht.«

»Es läuft wie immer.« Vier nichtssagende Worte, für die ich mich im nächsten Moment selbst ohrfeigen könnte. Meiner Mutter konnte ich nichts vormachen. Sie wusste ganz genau, was das zu bedeuten hatte.

»Jax …«

Genervt warf ich meinen Kopf in den Nacken und starrte für einen Moment an die Decke. Einen weiteren *Ich habe es dir doch gesagt*-Vortrag konnte ich jetzt nicht brauchen. Im schwachen Schein der Rotlichtlampe zog ich die Fotos von der Leine. Sie waren nichts Besonderes, ein paar Nachtaufnahmen. Ich hatte nur ein bisschen mit der Belichtungszeit gespielt. Wassertropfen fielen von meinen Haaren auf die Fotos und hinterließen hässliche Flecken.

»Wir sollten das Thema für heute besser lassen und Schluss machen. Ich habe noch was zu erledigen. Grüß Dad und Aidan von mir.«

»Wie du meinst.« Wieder seufzte sie. »Vergiss nicht, dich zu melden, ja?«

»Ich vergesse es nicht. Versprochen.«

Ich beendete das Gespräch viel zu schnell und knallte mein Telefon etwas zu hart auf die Arbeitsfläche hinter mir. Die Fotos in meiner anderen Hand warf ich direkt hinterher. Warum war das alles so schwer? Warum fragte sie immer nur nach meinem Studium und nicht nach den Jobs, mit denen ich meinen Beitrag leistete, damit sie nicht für alles aufkommen mussten. Warum war immer nur das Auto Thema, aber nie die alte Fotoausrüstung, die ich ebenfalls von Grandpa geerbt hatte? Und, verdammt noch mal, warum erzählte ich ihr nichts von den Bildern, dem Foto-Blog und wie schlecht ich das Objektiv fand, das *Hooveroptics* erst vor ein paar Monaten auf den Markt gebracht hatte. Warum zeigte ich ihr nicht einfach all meine Ideen für die Firma? Der Grund war die Art, wie sie meinen Namen aussprach: wie eine Löwin, die jederzeit bereit war, ihr Junges vor allen Gefahren auf dieser Welt abzuschirmen und zu beschützen. Das hatte sie schon immer getan. Meine gesamte Schulzeit. Es brach ihr ganz sicher das Herz, weil sie es hier nicht konnte. Aber das musste sie auch nicht. Ich wollte es nicht. Mit festem Druck rieb ich mir über die Schläfen. Das hier war mein letztes Jahr am College, und trotzdem fühlte es sich an, als wäre ich noch lange nicht am Ziel. Es war eher so, als befände ich mich wie ein Hamster in einem Laufrad, der, ganz egal, wie sehr er sich auch anstrengte und wie schnell er auch lief, nicht einen Zentimeter von der Stelle kam. Während alle anderen um mich herum locker an mir vorbeizogen. Und seit gestern hatte sich dieses Scheißgefühl auch noch mal um ein Vielfaches verstärkt. Genau in dem Moment, als ich meinen Kursplan für das Semester bekommen hatte: Ein weiteres Jahr Managementkompetenzen bei Professorin Bromberg – ein weiteres Jahr Hamsterrad. Ich lachte bitter über meine eigenen Gedanken. Nichts hätte ich lieber getan, als diesen Kurs abzuwählen, aber ich brauchte ihn. Ich brauchte ihn für einen Traum, der nach dem Gespräch mit meiner Mutter mal wieder unerreichbar schien. Denn obwohl sie wusste, dass es mein größter Wunsch war, nach dem Studium in das Familienunternehmen einzusteigen, hatte sie kein einziges Wort darüber verloren. *Du musst ihnen zeigen, dass du es wirklich willst.* Die Stimme meines Bruders bohrte sich in meinen pochenden Schädel. Aidan hatte gut reden, ich machte nichts anderes. Jeden verdammten

Tag. Ich schlug mit den Händen auf die Arbeitsfläche – direkt neben die Fotos. Augenblicklich stieg Übelkeit in mir auf. Konnte man sich selbst so dermaßen ankotzen? Ein leises Klopfen an der Wohnungstür ließ mich irritiert den Kopf heben. Das Letzte, was ich jetzt noch brauchen konnte, war irgendwer, der mich vollquatschen wollte. Trotzdem ging ich genervt zur Tür. Gerade als es ein weiteres Mal klopfte, riss ich sie auf. »Alter, was …« Die letzte Nacht zog in Flashbacks an meinem inneren Auge vorbei, und es verschlug mir für einen Moment die Sprache. Einen Moment zu lange, denn die Person, die da vor mir stand, öffnete den Mund ein Stück, um dann tonlos das Wort *Du?* zu formen, bevor sie ihre Lippen zu einem Strich zusammenpresste. Scheiße! Ich hatte mich gestern echt hart abgeschossen. Es grenzte an ein Wunder, dass ich mich überhaupt noch an irgendwas erinnern konnte.

»Das kann nicht sein.« Langsam ließ sie ihren Arm sinken, mit dem sie eben noch an die Tür geklopft hatte, ohne den Blick von mir zu nehmen. »Ist das irgendeine zwanghafte Angewohnheit von dir?«

Ich zog fragend die Stirn in Falten. »Und was genau?«

»Das.« Sie deutete auf meinen nackten Oberkörper. »Musst du dich immer vor irgendjemandem ausziehen?«

Mir lag ein Spruch auf der Zunge, aber sie sah mich auf die gleiche abfällige Weise an wie gestern, als sie mir unmissverständlich klargemacht hatte, was sie von mir hielt. Die Art, wie sie ihre Hand weggerissen hatte – als würde ich sie wirklich anwidern. Verdammte Scheiße, es war mir lieber, für einen arroganten, selbstverliebten Arsch gehalten zu werden. Denn das Letzte, was ich jetzt auch noch brauchte, war, dass mir irgendwer mit seinem Psycho-Gehabe bis tief in meine beschissene Seele guckte. Und allein deswegen wollte ich auf keinen Fall das Bild, das sie von mir hatte, zerstören. Der Rest ging niemanden etwas an. Müde fuhr ich mir über das Gesicht. »Nimmst du dich da gerade nicht etwas zu wichtig?«

»Wie bitte?« Sie schnappte nach Luft, und ihre Pupillen weiteten sich in einem intensiven Farbspiel von Blau zu Schwarz.

»Ich habe mich nicht vor dir ausgezogen. Ich bin gerade erst aufgestanden.«

»Es ist fast fünf.«

»Und?«

Auf meine knappe Erwiderung rollte sie nur mit den Augen.

»Okay, hast du deswegen rausgekriegt, wo ich wohne, um mir zu sagen, wie spät es ist? Oder wolltest du mich einfach nur wieder nackt sehen?«

»Ganz bestimmt habe ich nicht rausgekriegt, wo du wohnst. Und schon gar nicht, um dir überhaupt irgendwas zu sagen oder dich zu sehen.«

Autsch! »Und warum bist du dann hier?« Lässig lehnte ich mich gegen den Türrahmen und verschränkte die Arme vor der Brust. »Wenn es um deine Fotos geht, ich bezahle sie.«

»Du glaubst, dass ich deswegen hier bin?«

»Mit meinen anderen Vermutungen lag ich ja offensichtlich falsch.«

Sie verschränkte jetzt ebenfalls die Arme vor der Brust. »Löst du all deine Probleme auf diese Art? Mit Geld?«

»Mir war bis eben nicht klar, dass ich überhaupt ein Problem habe. Aber wenn du es sagst. Sind zwanzig Dollar okay?«

Für mehrere Augenblicke sah sie mich einfach nur an, als könnte sie nicht glauben, was ich da gerade gesagt hatte. »Nein. Zwanzig sind nicht okay. Ich will kein Geld.«

»Und warum nicht?«

Kurz senkte sie die Lider, um mich dann sofort wieder anzusehen. »Vergiss es einfach, ja?«

»Und was möchtest du dann von mir?«

»Nichts. Ich will zu Jax Hoover. Ist er dein Mitbewohner?«

Ich hob die Augenbrauen. Das wurde jetzt wirklich interessant. »Und was willst du von ihm?«

»Das ist privat.«

»Ist es das?« Mein Mundwinkel zuckte, und ich fixierte sie mit meinem Blick. Sie musste in meinem Alter sein. Vielleicht etwas jünger, aber definitiv kein Freshman. Wie konnte es sein, dass ich sie hier noch nie gesehen hatte? Im Gegensatz zu gestern trug sie Jeansshorts und ein blaues Top, die definitiv mehr der Fantasie überließen als dieses verdammt heiße Outfit von letzter Nacht. Ob sie wirklich in so etwas schlief? Ich könnte sie fragen, aber so wie sie mich gerade ansah, würde sie mir darauf sowieso keine Antwort geben. Ihre Füße steckten in ausgelatschten schwarzen *Converse* und … Ich stutzte und versuchte, im Nebel meines Gehirns eine weitere Erinnerung wiederzufinden. War da nicht unter ihrem rechten Schlüsselbein eine Tätowierung gewesen? Ein aufblitzender Stern, wenn ich nicht völlig danebenlag. Die Antwort wurde von ihren dunklen Haaren verdeckt, die ihr locker über die Schulter fielen. Ein stechender Schmerz durchzuckte meine Schläfen, und ich schloss kurz die Augen. Stöhnend lehnte ich den Kopf gegen den kühlen Rahmen. Wann zum Teufel schlugen endlich diese Scheißschmerztabletten an? »Ich bin Jax Hoover.«

»Ja, klar.« Belustigt schüttelte sie den Kopf. »Du findest das wohl richtig komisch.«

»Wenn du mir nicht glaubst, kannst du das gerne überprüfen lassen. Allerdings wäre es wirklich einfacher, wenn du mir vertrauen würdest.«

»Und warum sollte ich das tun?«

»Glaub mir, es kotzt mich gerade selbst an, wer ich bin, also lass uns das hier endlich hinter uns bringen.«

Immer noch sah sie mich mit diesem wachsamen, aber entschlossenen Blick an, der absolut nicht verriet, was in ihrem Kopf vor sich ging. »Mein Mitbewohner ist beschäftigt, und sonst ist niemand hier, der beweisen kann, dass ich *ich* bin. Also hast du nur mein Wort«, klärte ich sie auf.

Fast beiläufig schob sie sich die Haare zur Seite. Doch irgendwas in meinem Unterbewusstsein schien geradezu auf diesen Moment gewartet zu haben. Ein tätowierter Stern – direkt unter ihrem Schlüsselbein. Ich wusste es! Er war ohne viel dunkle Tinte und Schattierungen gestochen. Unfassbar, dass er mir in meinem Zustand gestern überhaupt aufgefallen war. Genau wie die lange helle Linie darüber – keine Tätowierung. Ich hob den Blick, damit sie nicht merkte, dass ich sie immer noch wie ein Idiot anstarrte. Trotzdem ging mir die Narbe nicht aus dem Kopf, bei der ich mir fast sicher war, dass sie von einer OP stammte, um einen Bruch zu richten. Solche schmerzhaften Verletzungen waren eher im Sport üblich. Oder bei wirklich schweren Stürzen. *Wie zur Hölle hast du dir das Schlüsselbein gebrochen?*

»Da war eine Geburtstagskarte von deiner Tante aus Kanada in meinem Briefkasten«, sagte sie zögerlich, legte dann einen Arm um ihre Taille und hielt mir mit der anderen Hand eine Karte entgegen, ohne auch nur einen Schritt näher zu kommen.

Ich zog eine Augenbraue hoch. Zum einen, weil es mich irgendwie störte, dass sie penibel darauf achtete, diesen Abstand zu mir zu halten, als hätte ich eine ansteckende Krankheit. Und zum anderen, weil … »Du hast sie gelesen?«

»Das … Was?«

»Vergiss es. Du bist also extra hergekommen, um mir meine Post zu bringen, die in deinem Briefkasten gelandet ist?« Ich nahm ihr die Karte ab. »Du hättest sie auch einfach …«

»In deinen Briefkasten schmeißen können«, unterbrach sie

mich und räusperte sich dann. »Das hätte ich auch gemacht, wenn nicht meine Post in deinem Briefkasten stecken würde.«

»Und woher weißt du das jetzt?«

»Ich habe nachgesehen.«

»Du liest also nicht nur fremde Post, du guckst auch einfach in fremde Briefschlitze? Das hätte ich dir nach letzter Nacht überhaupt nicht zugetraut.«

Eine kaum sichtbare Röte breitete sich auf ihrem Gesicht aus, als hätte sie tatsächlich etwas Verbotenes getan. Trotzdem ignorierte sie meine Anspielung.

»Der Zusteller hat die Nummern unserer Briefkästen vertauscht, die zufällig direkt nebeneinanderliegen. Aber auf dem Briefumschlag steht Ally – Alyssa – Darling.«

»Darling?« So lässig wie möglich stieß ich mich vom Türrahmen ab und öffnete den Mund, um etwas zu sagen, aber sie war schneller.

»Das ist mein Name«, stellte sie klar. »So wie die Familie aus *Peter Pan*.«

Als ich nicht reagierte, legte sie den Kopf etwas schräg. »Der Junge, der nicht erwachsen werden wollte?«

»Ich weiß, wer dieser Spinner ist.«

»Und wieso ist er bitte ein Spinner?« Sie sah mich an, als hätte ich sie beleidigt und nicht irgendeinen fliegenden Hampelmann aus einem Kinderfilm.

»Nenn mir nur einen guten Grund, warum man für immer ein Kind bleiben will.«

Für ein, zwei Augenblicke sah sie mich verständnislos an, als könnte sie nicht nachvollziehen, wie man so eine Frage überhaupt stellen konnte. Dann verhärtete sich plötzlich ihre Miene. »War ja klar, dass du so antworten würdest.«

»Im Ernst, was ist so toll daran?«

»Und was ist deiner Meinung nach so toll am Erwachsensein?«

Musste ich ihr das wirklich erklären? »Da wären so einige Dinge.«

»Lass mich raten: Es gibt nichts Besseres als Alkohol, Partys, schnelle Autos und …« Sie sprach nicht weiter und biss sich stattdessen auf die Lippe.

Ich zog die Augenbrauen hoch. »Sex?«, fragte ich, als hätte ich tatsächlich keine Ahnung, worauf sie hinauswollte. »Abgesehen von der Tatsache, dass einem keiner mehr sagt, was man tun soll, sind die Vorzüge, die du gerade genannt hast, auch nicht schlecht. Vielleicht würde ich sie nicht genau in der Reihenfolge aufzählen, aber sonst … Und ich dachte schon, du verstehst nichts von Spaß.«

»Machst du dich gerade lustig über mich?«

»Auf keinen Fall.« Meine gespielt ausdruckslose Miene verriet mich sofort. Ihre großen Augen verengten sich zu Schlitzen, was mich fast zum Lachen gebracht hätte, wenn mein Kopf nicht kurz davor gewesen wäre, zu explodieren.

»Bro, alles klar?«

Ich warf einen Blick über meine Schulter. Hedgehog stand im Flur und kam jetzt ebenfalls zur Wohnungstür.

»Weißt du, was? Gib mir einfach nur meinen Brief, und dann verschwinde ich, und du kannst mit dem, was auch immer du gerade getan hast, weitermachen.«

»Was zum Teufel geht denn hier ab?«

Ich ignorierte seine Frage. »Du willst ihn jetzt? Sofort? Wer braucht am Wochenende irgendwelche Briefe? Moment, will ich das wirklich wissen?«

»Ich will auch nicht wissen, was für ein Arsch du bist, aber ich habe offensichtlich keine andere Wahl.«

Der Punkt ging eindeutig an sie. »Du hast mir gestern Abend auch besser gefallen.« Mein nicht ganz so müheloses Zwinkern wurde von ihr mit einem Schnauben quittiert. Ich war eindeutig nicht in der Verfassung für einen verbalen Schlagabtausch.

»Okay, Auszeit. Kann mir jemand erklären, was hier los ist?« Hedgehog hatte sich jetzt wie ein Schiedsrichter zwischen uns gestellt.

»Sie ist der Grund, warum mich Olly gestern nackt auf dem Flur gefunden hat.«

Seine Augen wurden groß.

»Ich bin ganz sicher nicht der Grund, warum du die Kontrolle über dein Leben verloren hast.« Wieder funkelte sie mich wütend an. »Außerdem bin ich deswegen überhaupt nicht hier.«

Irritiert sah Hedge zwischen uns hin und her, bis ich ihn genervt aufklärte.

»Irgendwas ist mit ihrer Post.«

»Okay, und?« Er verstand immer noch nichts.

»Sie liegt in eurem Briefkasten, und der Brief ist wirklich wichtig für mich.«

Hedgehog zog ungläubig die Augenbrauen zusammen, als könnte er nicht fassen, über was Miss Tinker Bell und ich hier diskutierten. Und er hatte recht.

»Es gibt da ein kleines Problem.«

»Ein Problem?«, echote sie und trat ungeduldig von einem Fuß auf den anderen.

»Wir haben gerade keinen Schlüssel für den Briefkasten.«

»Was?«

»Sorry, Ally-Alyssa Darling. Kein Schlüssel – keine Post«, wiederholte ich schulterzuckend, obwohl ich mir sicher war, dass sie jedes Wort verstanden hatte.

»Und das sagst du erst jetzt?« Ungläubig schüttelte sie den Kopf. »Wow! Du bist tatsächlich ein Arsch.«

»Und ich hatte schon Angst, du hättest deine Meinung über mich geändert.«

Wieder rollte sie mit den Augen.

»Er kümmert sich drum«, grätschte Hedgehog jetzt beschwichtigend dazwischen, als hätten wir tatsächlich einen Schiedsrichter nötig.

»Ich will einfach nur meine Post.«

Noch bevor ich etwas darauf erwidern konnte, warf sie mir einen letzten bösen Blick zu und rauschte dann davon. Mein genervtes Schnauben ging im erneuten Klingeln meines Handys unter. Allein der Ton sagte mir, dass es nur mein Bruder sein konnte. Der Buschfunk meiner Mutter funktionierte also immer noch bestens. Um eine weitere Runde im Alligatorenbecken würde ich wohl nicht herumkommen.

Kapitel 4

Ally

Jax Hoover hatte mich die letzten Tage gleich mehrmals daran erinnert, warum ich um Männer wie ihn einen großen Bogen machte: zu arrogant, zu selbstverliebt und zu oft viel zu nackt. Außerdem war er so sehr von sich selbst überzeugt, dass es schon wehtat. Mit einem festen Ruck schloss ich das Fenster und warf einen kurzen Blick auf meine lädierten Fotos, die ich Freitagnacht auf den Schreibtisch zum Trocknen gelegt hatte. Genau die Fotos, für die mir dieser Jax zwanzig Dollar geben wollte, für … Ja, für was eigentlich? Für neue Abzüge? Als hätte tatsächlich alles einen Wert, den man in Geld aufwiegen konnte, um es einfach zu ersetzen. Ich fuhr mit meinem Finger über die welligen Papierränder. Bis auf ein paar Wasserflecken und Unebenheiten hatten die Bilder den Unfall gut überstanden. Nur das eine Bild meiner Mutter hatte durch meinen verzweifelten Trocknungsversuch an einigen Stellen die Farbe verloren. Vorsichtig nahm ich es in die Hand, um es an die Wand zu den anderen zu hängen. Ganz egal, wie viel Geld er mir auch geboten hätte, diese Fotos würden immer unersetzbar für mich bleiben.

Ich schnappte mir meine Tasche vom Bett und verließ mein Zimmer. Das war mein erster richtiger Tag am College, und nur darauf sollte ich mich jetzt konzentrieren. Jax Hoover würde ohnehin nicht einmal mehr in die Nähe meiner Bilder kommen, und wenn ich endlich meinen Brief hatte, würde ich noch einen viel größeren Bogen um ihn machen.

Zum Glück hatte mich mein Orientierungssinn diesmal nicht ganz im Stich gelassen. Mit einem Lageplan in der einen Hand und mit einem Kursplan in der anderen stand ich Montagfrüh überpünktlich vor der dunklen Flügeltür des richtigen Hörsaals.

»Hey, du!« Beladen mit einem Kaffeebecher, der locker als ganze Kaffeekanne hätte durchgehen können, bahnte sich Mona einen Weg durch die Menschenmenge zu mir. Sofort nahm ich wieder diese leichte Vanillenote wahr, die mir schon im Supermarkt aufgefallen war. Grinsend zeigte sie auf die Zettel in meinen Händen. »Du läufst tatsächlich mit einem Plan vom Campus durch die Gegend?«

»Wieso? Stimmt etwas nicht damit?«

»Das machen nur die neuen, übermotivierten Nerds.«

»Okay. Ich bin neu und übermotiviert und auch ein bisschen nerdig. Und ich dachte, du bist das auch?«

»Natürlich, aber das muss ja niemand wissen.«

»Und wie soll ich hier ohne Plan irgendwas finden?«

»Man fragt sich einfach durch. Oder du bist mit jemandem unterwegs, der sich auskennt.« Sie nahm mir die Zettel ab und zog mich dann wie selbstverständlich in den großen Saal. Stickige Luft vermischte sich mit dem Geruch von altem Holz, Lernschweiß und Ehrgeiz – und ich liebte es.

»Die guten Plätze sind immer schnell weg. Das ist hier wie in einer Bar zur Happy Hour.« Mona schob mich in eine der unteren Tischreihen und ließ sich dann mittendrin auf einen der Stühle fallen.

»Das sind die besten Plätze? Was ist aus der guten alten letzten Reihe geworden?«

»Da sitzen nur die Leute, die nicht gesehen werden wollen. Und ich will auf jeden Fall von Professor Wallace gesehen werden. Es heißt, dass er schon in der ersten Vorlesung entscheidet, an wen er die Praktikumsplätze vergibt. Und die besten Chancen hat man hier vorne.«

Ich stopfte die beiden Pläne zurück in meine Tasche, bevor ich etwas steif auf meinem Stuhl Platz nahm. Auffallen oder absichtlich auf mich aufmerksam machen war keine meiner Stärken. Ganz im Gegenteil. Für einen Moment ließ ich zu, dass eine Erinnerung aus meinem Unterbewusstsein den Weg an die Oberfläche fand. Eine Erinnerung an den mir so vertrauten Duft von *Chanel N°5* und Mom, wie sie Eric und mir früher unter dem Küchentisch immer eine Höhle gebaut hatte. Eine ganze Welt, aus Decken, Kissen und einer Taschenlampe, in der wir als Kinder stundenlang gespielt hatten. Ein paar Jahre später war dieser Ort dann zu etwas anderem geworden. Ohne Kissen, ohne Decken und ohne Mom. Ein Versteck, in dem ich mir mit zugehaltenen Ohren und geschlossenen Augen vorgestellt hatte, nicht da zu sein. So lange, bis die Männer vor unserer Haustür wieder verschwunden waren und unser Vater sich mit einem blutunterlaufenen Auge ins Bad geschleppt hatte. Wenn man sich oft genug einredete, unsichtbar zu sein, dann wurde es irgendwann zur eigenen Wahrheit. Mein Hals fühlte sich trocken und rau an. Trotzdem zwang ich mich, den Kloß, der sich darin gebildet hatte, hinunterzuschlucken, und mit ihm auch die Bilder in meinem Kopf. »Woher weißt du das mit den Praktikumsplätzen? Ich dachte, das wäre auch dein erster Kurs bei Wallace.«

»Recherche.« Mona stellte ihren Kaffeebecher auf den Tisch und kramte in ihrer Tasche.

»Du hast dich vorher über ihn informiert?«

»Du nicht?«

»Doch, über seine Kanzlei und seine Arbeit hier an der Uni.«

Sie warf mir einen vielsagenden Blick zu. »Okay, vielleicht habe ich es ein wenig übertrieben. Vor einigen Monaten bin ich ein paarmal mit einem Typen ausgegangen, der im letzten Semester einen Platz in diesem Kurs hatte. Den habe ich gestern angerufen und ihn die halbe Nacht ausgefragt.« Mona sagte das mit einer Leichtigkeit, als müsste man tatsächlich nur danach fragen, wenn man etwas wollte. Sie nahm einen Schluck von ihrem Kaffee und sah mich über den Rand des Bechers hinweg an, als wäre das tatsächlich die Lösung aller Probleme.

»Hast du noch mehr geheime Informationen?«

Meine Frage war eigentlich nicht ernst gemeint, trotzdem beugte sie sich näher zu mir herüber und senkte die Stimme. »Siehst du den da?« Sie deutete auf einen Typen mit dunklen Haaren in einem grau melierten T-Shirt, auf dessen Rücken ein großes rotes A gedruckt war. Er saß in der ersten Reihe und schaute so konzentriert in ein Buch, als würde er das Gewusel um sich herum überhaupt nicht wahrnehmen. »Das ist Luke Perkins. Er hat im letzten Kurs so gut abgeschnitten, dass Wallace ihm einen Job als studentische Hilfskraft angeboten hat. Das ist noch nie vorgekommen, solange er hier unterrichtet.«

»Und warum sitzt er dann nicht vorne bei Wallace?«

»Keine Ahnung, aber dieser Luke ist im letzten Jahr, das heißt, seine Stelle wird dann wieder frei.«

»Dann willst du ihn gar nicht ausfragen, sondern hast es auf seinen Job abgesehen?«

»Der würde sich wirklich gut in meinem Lebenslauf machen. Und wer weiß, vielleicht gehöre ich irgendwann selbst zu *Wallace & Partner*.«

»Aber vielleicht war das auch nur Zufall oder Glück.«

»Glaubst du an Zufälle und Glück? Also ich nehme das lieber selbst in die Hand.«

Für einen Moment dachte ich über Monas Worte nach. Ich glaubte daran, dass man zur falschen Zeit am falschen Ort sein konnte. Und ich glaubte daran, dass es Dinge gab, die sich aus einer kleinen unscheinbaren Sache zu einer Katastrophe entwickeln konnten. Katastrophen, die dein Leben so verändern konnten, dass man an manchen Tagen dachte, keine Luft mehr zu bekommen.

Noch mehr Leute drängten sich in den immer voller werdenden Hörsaal, um ihre Plätze einzunehmen. Und mit ihnen wuchs auch meine Aufregung. Ich griff in meine Tasche, um meine Unterlagen herauszuholen.

»Du bist ja tatsächlich ein Nerd.« Irritiert hob ich den Kopf und sah, wie Mona ungläubig meine Textmarker-Sammlung in Augenschein nahm, die ich nach Farben sortiert vor mich hingelegt hatte. »Sind das vier verschiedene Blautöne?«

»Ja«, gab ich kleinlaut zu, als Mona auch schon dabei war, auf einem Stück Papier die Farben zu testen.

»Und du wirst sie auch alle benutzen?«, fragte sie weiter.

Verlegen strich ich mir eine Haarsträhne hinters Ohr. »Ich kann mir Dinge noch besser merken, wenn ich sie farblich hervorhebe. Vor allem, wenn die Marker unterschiedliche Abstufungen in der gleichen Farbe haben. So lassen sich auch super Themen und Kategorien zusammenfassen.«

»Und das funktioniert?«

»Ich mache das mit allem. Notizen, Listen, Finanzpläne.« Darauf gefasst, dass sie mir gleich sagen würde, wie bescheuert das klang, sah ich mich im Saal um. Die meisten meiner Kommilitonen hatten ein Notebook vor sich stehen, und auch Mona holte jetzt eines aus ihrer Tasche. Ich konnte nur hoffen, dass Wallace keinen Wert auf diese Art von Arbeitsmaterial während seines Kurses legte. Denn selbst ein gebrauchtes Notebook würde ich mir im Augenblick nicht leisten können. In meinem Zimmer hatte ich einen alten Laptop, dessen Akku nur noch eine halbe Stunde hielt und für dessen Transport ich einen Koffer benutzen müsste, so sperrig und schwer war das Ding.

»Du musst mir unbedingt zeigen, wie du das mit deinen Notizen machst. Ich tippe meine immer hier rein und verliere dann den Überblick. Schau dir das an. Total frustrierend.«

Ich war so sehr in das Durcheinander ihrer Dokumente vertieft, dass ich beinahe den Augenblick verpasst hätte, als ein unscheinbarer Mann in gestärktem Hemd, Krawatte und Jeans den Saal betrat und sich vorne lässig gegen das Pult lehnte. »Ich muss mich wohl nicht mehr bei Ihnen vorstellen, also überspringen wir das, und ich komme gleich zum wichtigen Teil. Zuerst will ich Ihnen gratulieren. Sie alle, die hier im Saal sitzen, haben es geschafft. Es wird Großes auf Sie zukommen, das verspreche ich Ihnen. Vor allem nach dem Studium. Ganz egal, für welchen Karriereweg Sie sich entscheiden, er wird Ihr Leben verändern. Was diesen Kurs angeht, möchte ich vorab eine Sache klarstellen.« Er stieß sich vom Pult ab und kam ein paar Schritte auf uns zu, bevor er weitersprach. »Hier in diesem Saal sind alle gleich. Wie vor dem Gesetz. Es ist mir egal, ob Sie hier sitzen und ein teures MacBook vor sich haben, ihre Notizen handschriftlich machen oder der Meinung sind, alles im Kopf behalten zu können. Am Ende zählt nur eines: Ich will sehen, ob Sie zuhören und sich merken, was ich Ihnen erzähle. Außerdem will ich sehen, ob Sie es anwenden können. Und was am wichtigsten ist, beweisen Sie mir, dass Sie sich selbst helfen können.«

Wallace hatte sich mit einer solchen Präsenz vor uns aufgebaut, dass er mich an einen Schlangenbeschwörer erinnerte, der ausnahmslos jeden in seinen Bann ziehen konnte.

»Wir sind hier nicht im Kindergarten, wo ich Ihnen den ganzen

Tag erzähle, was Sie zu tun und zu lassen haben. Das Rechtssystem ist voll von Schlupflöchern und Lücken. Ihre Aufgabe ist es, sie zu finden und sie sich zunutze zu machen. Oder sie zu umgehen, wenn die gegnerische Seite sie anwendet. Sie müssen überlegen sein – immer. Vor allem sich selbst gegenüber. Das mag jetzt in Ihren Ohren komisch klingen, aber am Ende dieses Semesters werden Sie wissen, was ich damit meine. Und wenn Sie es nicht wissen, dann sollte ich wohl meine Stelle als Professor an dieser Uni infrage stellen.«

Durch die Reihen ging ein leises, zustimmendes Lachen, und ich riskierte einen kurzen Blick auf die Leute, die hinter mir saßen. Alle Augen waren auf Professor Wallace gerichtet. Niemand war abgelenkt oder beschäftigte sich auf andere Weise. Wallace hatte mit seiner Ansprache in jedem von uns etwas angestoßen. Mehr noch, sie hatte eine Welle von Faszination, Überzeugung und Ehrgeiz ausgelöst, die auf allen Gesichtern deutlich zu erkennen war.

Auch Mona waren meine Blicke nicht entgangen. »Das ist ja hier fast wie bei *Agents of S.H.I.E.L.D.* – allzeit bereit, die Welt zu retten.«

»Und ist das gut oder schlecht?«, raunte ich zurück. Unsicher, ob das der richtige Moment war, um ihr zu sagen, dass ich noch nie eine Folge der Serie gesehen hatte.

Ihr Mund formte ein fast lautloses *Sehr gut*, als Wallace weitersprach.

»Jetzt aber zum wirklich wichtigen Teil: Öffentliches Recht, meine Damen und Herren, regelt die Beziehung zwischen Bürger und Staat.«

Ich griff nach einem Stift und notierte alles, was Professor Wallace sagte. Jedes seiner Worte saugte ich auf wie ein trockener Schwamm das Wasser, bis kein Tropfen mehr übrig war. Meine Finger flogen über das Papier und füllten die Seiten mit Tinte und

Textmarkerfarbe. Jede noch so kleine Floskel schrieb ich auf, als könnte sie mir tatsächlich irgendwann noch nützlich sein. Lächelnd rieb ich mir über meine schmerzenden Fingerknöchel. Dieses Studium würde mir alles abverlangen, daran ließ Wallace schon jetzt keinen Zweifel. Aber es würde sich lohnen und mir endlich eine neue Perspektive geben. Und dann würden all die Versteckspiele unter dem Küchentisch und jede einzelne Träne endgültig der Vergangenheit angehören. Entschlossen tastete ich nach der Narbe an meinem Schlüsselbein und berührte dabei kurz das Tattoo. Es würde sich alles bezahlt machen. Ganz sicher.

»Das war es fast für heute«, beendete Professor Wallace seinen Vortrag. »Aber bevor Sie gehen.« Er ging zu seiner Tasche und zog einen Stapel Kopien heraus, die er in den Reihen verteilte. »Ich weiß, Sie haben bereits die Liste der Lehrbücher bekommen. Allerdings möchte ich Ihnen wirklich nahelegen, sich diese Werke zusätzlich zu besorgen. Sie haben mich und meine Laufbahn als Anwalt nachhaltig beeinflusst. Und ich bin mir sicher, Ihnen wird es genauso gehen. Jedes Buch wird Ihnen hier im Kurs von großem Nutzen sein, das verspreche ich Ihnen. Also tun Sie sich selbst einen Gefallen damit.«

Als die Liste mit den Büchern bei mir ankam, krampfte sich mein Magen zusammen. Mit zusätzlichen Ausgaben hatte ich nicht gerechnet. Zumindest nicht so schnell. Schon gar nicht für über zweihundert Dollar, die ich nicht hatte. In Gedanken überschlug ich, wie lange ich im *El Saguaro* arbeiten musste, bis ich mir die Bücher würde leisten können. Aber mit den wenigen Stunden die Woche im Supermarkt und noch einigen anderen anfallenden Rechnungen, die bezahlt werden mussten, sah es nicht besonders gut aus. »Mist!«

Mein nicht ganz so leiser Fluch ließ Mona von ihrem Notebook aufschauen. »Ist alles okay?«

Ich nickte und schob die Liste unter meine Notizen. Um meine Finanzen konnte ich mich jetzt nicht kümmern.

»Eine Sache noch.« Professor Wallace zog erneut die Aufmerksamkeit der ganzen Gruppe auf sich. »Wie Sie wissen, bekommen einige von Ihnen die Chance, sich in meiner Kanzlei schon vor Ende Ihres Studiums ein bisschen in der Anwaltswelt umzusehen. Wer daran kein Interesse hat, kann mir das gern nach dem Kurs mitteilen.«

Ein weiterer Scherz von Wallace, denn ich war mir sicher, dass sich niemand diese Möglichkeit entgehen lassen würde.

»Alle anderen sollten beherzigen, dass in meiner Kanzlei ein gewisses Erscheinungsbild gepflegt wird. Und damit meine ich nicht die neuesten Designerturnschuhe, die Ihr Lieblingsrapper auf dem Markt attraktiv gemacht hat.« Für den Spruch wurde jetzt anerkennend gepfiffen, was sogar Wallace zum Lächeln brachte. »Damit wir uns also nicht missverstehen, ich erwarte, dass die Damen ein Kostüm und die Herren einen Anzug tragen. Und das frisch aus der Reinigung. Außerdem finden Sie sich bitte in kleinen Lerngruppen zusammen und tragen sich hier in diese Liste ein.« Er ging zurück zu seinem Pult und zog mit einem Handgriff einen Zettel aus seiner Tasche, den er mit Nachdruck auf den Tisch legte. »Ab der nächsten Stunde werden Sie dann zusammen fiktive Fälle aufarbeiten, die Sie hier vor allen präsentieren. Wie bei einer echten Verhandlung. Ihre Arbeit wird meine Entscheidung, ob ich Sie in meine Kanzlei einlade, maßgebend beeinflussen. Deswegen wiederhole ich es gerne noch einmal: Hören Sie zu, was ich sage, wenden Sie an, was Sie hier lernen, aber denken Sie eigenständig. Kurzum: Beeindrucken Sie mich. Ich verspreche Ihnen, ich bin leicht zu beeindrucken.«

Wieder ging ein leises Lachen durch das Auditorium, welches immer mehr im Stimmengewirr unterging.

»Und? Habe ich dir zu viel versprochen?« Mona sah kurz zu mir herüber, während sie ihre Sachen einpackte. »Gott, ich liebe diesen Kurs jetzt schon.«

»Es war wirklich unglaublich.« Mir fehlten die Worte. Noch nie hatte ich jemanden erlebt, der einen ganzen Saal voll mit Menschen so schnell von sich begeistern konnte. Und dass Professor Wallace absolut jeden in diesem Raum überzeugt hatte, bewies auch die immer länger werdende Schlange vor seinem Pult.

»Und jetzt heißt es, Wallace zu beeindrucken.«

»Was nicht so leicht werden wird«, stellte ich nüchtern fest und deutete auf die Menschenmenge. »Dein Ex-Date hat dir nicht zufällig auch dafür ein paar Tipps geben?«

Mona ließ ihren Blick durch den Raum schweifen und blieb an Professor Wallace und Luke Perkins hängen, die sich miteinander unterhielten. »Nein. Aber die brauchen wir auch nicht.« Sie sprang von ihrem Stuhl auf, als hätte sie etwas gestochen.

»Was hast du vor?«

»Na uns in die Liste eintragen«, sagte sie unschuldig. »Und unser Glück in die Hand nehmen. Bin gleich wieder zurück.« Sie schnappte sich einen Stift von mir, und im nächsten Augenblick bahnte sie sich den Weg durch die Reihe. Auf dem Gang drehte sie sich noch einmal grinsend zu mir um. Ein viel zu breites Grinsen, bei dem ich mir sicher war, dass noch mehr dahinterstecken musste. Was sich in dem Moment bestätigte, als sie an der Schlange vorbei und auf Professor Wallace zuging, der sich immer noch mit Luke unterhielt. Die beiden Männer unterbrachen ihr Gespräch, und Mona machte eine entschuldigende Geste. Sie sagte etwas, das ich von hier nicht verstehen konnte, aber es musste etwas Witziges gewesen sein, denn Wallace lachte und tätschelte dann Lukes Schulter, bevor er die beiden allein ließ und sich einer anderen Gruppe Studenten zuwandte. Ich steckte meine Haare mit einem Bleistift hoch und fing an, meine Sachen einzupacken. Dabei sah ich immer wieder zu Mona. Sie unterhielt sich mit Luke auf eine so vertraute Weise, als wären die beiden alte Freunde. Wie machte sie das nur? Ganz offensichtlich hatte sie genauso ein Talent dafür, Leute in kürzester Zeit für sich zu gewinnen, wie Professor Wallace. Mona schien ihm jetzt irgendwas zu erklären, denn sie gestikulierte wild mit ihren Händen und zeigte dann in meine Richtung. Als Luke zu mir herübersah, verzog er den Mund zu einem Lächeln, nickte und holte sein Handy aus der Hosentasche. Und auch Mona tippte etwas in ihr Smartphone. Die beiden tauschten tatsächlich Nummern aus. Dann verabschiedete er sich von ihr und verließ den Hörsaal. Ich stopfte den Rest meiner Sachen in die Tasche und ging zu Mona, die sich jetzt angestellt hatte, um uns in die Liste einzutragen.

»Du hast Luke Perkins tatsächlich nach seiner Telefonnummer gefragt?«

»Jep.«

Ihre knappe Antwort ließ mich stutzen. »Um ihn später mit Fragen zu löchern?«, hakte ich nach.

»Das war der ursprüngliche Plan.« Mona beugte sich über die Liste. Bevor sie unsere Namen hinschrieb, sah sie noch einmal zu mir hoch und grinste. »Aber dann hat er angeboten, mit uns zusammen einen Fall für die Präsentation auszuarbeiten.«

Meine Laune schlug in dem Moment um, als ich in den Briefschlitz von Jax Hoover sah und mir immer noch der große weiße Umschlag mit meinem Namen ins Auge stach. Ich kam mir langsam vor wie eine verdammte Briefkasten-Stalkerin. Während Mona ihr Glück selbst in die Hand nahm und einfach auf die Leute zuging, scheiterte ich an einem Kasten aus Blech und einem Typ, dem jegliche Sozialkompetenz zu fehlen schien. Was stimmte denn bitte

66

mit diesem Jax nicht? Es konnte doch nicht so schwer sein, den Ersatzschlüssel zu besorgen oder den Hausmeisterdienst anzurufen oder mir zumindest eine Nachricht zu hinterlassen. Aber ganz offensichtlich waren ihm die Probleme anderer Menschen egal. Vermutlich musste er sich nicht einmal selbst um seine eigenen Probleme kümmern. Dafür hatte er bestimmt jede Menge Zwanzigdollarscheine und Tante Ruth, die ihren Neffen zum Geburtstag nach Kanada einlud. Herzlichen Glückwunsch! Wütend stapfte ich in Richtung des Treppenhauses. Ganz sicher hatte er sich heute noch nicht einen Zentimeter aus seinem Zimmer bewegt.

Als ich vor seiner Tür stand und dagegenklopfte, atmete ich noch einmal tief durch, um mich für eine weitere Runde seiner blöden Sprüche und nackter Haut zu wappnen. Aber niemand öffnete. Auch als ich ein weiteres Mal gegen die Tür hämmerte, passierte nichts. Super! Mir blieb wohl nichts anderes übrig, als Monas Tipp zu beherzigen. Ich kramte ein Stück Papier aus meiner Tasche und zog mit den Zähnen die Kappe eines blauen Textmarkers ab. Dann schrieb ich eine kurze Nachricht auf den Zettel und schob ihn unter der Tür durch. Wenn man etwas haben wollte, musste man nur danach fragen.

Kapitel 5

Jax

Mir blieben noch fünf Minuten – viel zu wenig Zeit. Ich überflog die ersten beiden Reihen des vollen Hörsaals, fixierte dann einen leeren Platz am Ende der ersten Reihe und steuerte direkt darauf zu. Ganz hinten wäre es mir eindeutig lieber gewesen, aber das war keine Option. Vorne gab es fast keine Nebengeräusche, und diesen Vorteil brauchte ich. Hier drin ging es ohnehin schon zu wie in einem Ameisenhaufen, in dem gerade mit einem Stock herumgebohrt wurde. In meiner ganzen Zeit am College hatte ich noch keinen Kurs erlebt, der nicht komplett voll war. Gefühlt jeder studierte Betriebswirtschaftslehre oder hatte aus anderen Gründen einen Kurs in dieser Richtung belegt. Das Klischee vom BWL-Studium lebte tatsächlich. Erneut warf ich einen Blick auf meine Armbanduhr. Verdammter Mist, nur noch drei Minuten. Ich ließ mich auf den leeren Stuhl fallen und kramte in meinem Rucksack nach dem kleinen schwarzen Aufnahmegerät, legte eine Kassette ein und drückte die Rückspultaste. Normalerweise plante ich zwanzig ein. Zwanzig Minuten, um als einer der Ersten in einem fast leeren Hörsaal zu sitzen. Um das ansteigende Adrenalin besser in den Griff zu bekommen, für das mir jeder Kardiologe mit Sicherheit Betablocker verschrieben hätte. Oder jeder Coach mir für meine sportlichen Leistungen anerkennend auf die Schulter geklopft hätte. Meinen Eltern hätte das sicherlich auch gefallen. Und vor jedem Kurs verfluchte ich mich dafür. Denn es hätte so vieles leichter gemacht, wenn ich mich für eine Sportlerlaufbahn entschieden hätte. Da zählte nur die Leistung auf dem Platz. Noten und Klausuren waren zweitrangig – wenn überhaupt. Aber ich war kein Sportler, zumindest nicht auf diese Art. Meine Kämpfe trug ich auf einem anderen Spielfeld aus. Ich trommelte mit einem Bleistift auf der Kante der Tischplatte herum und hielt die Luft an. Mein Herz pumpte mit jedem Schlag mehr Blut durch meinen Körper. In weniger als dreißig Sekunden würde der Kurs beginnen. Adrenalin konnte einen zu Höchstformen auflaufen lassen oder das genaue Gegenteil bewirken.

So unauffällig wie möglich stieß ich die Luft wieder aus, als Professorin Bromberg in den Saal gerauscht kam. Sie hatte noch kein Wort gesagt, trotzdem wurde es schlagartig ruhig. Unfassbar, wie diese zierliche Frau um die sechzig solche Macht über einen Haufen Studenten haben konnte, von denen die meisten nicht mal genau wussten, was sie mit ihrem Abschluss überhaupt anfangen wollten. Ihr Blick ging über die Köpfe der Leute hinweg, bevor sie anfing, die Anwesenheit zu kontrollieren. Jedes Mal sah sie kurz in die Menge, wenn sie einen Namen aufrief, und rümpfte dann die Nase, als wären wir tatsächlich ein stinkender Haufen Drecks-BWL-Studenten. Mir war klar, dass sie mir auch in diesem Jahr nichts schenken würde. Aber das wollte ich auch gar nicht. Das hatte ich noch nie gewollt. Weder von einem meiner Dozenten noch von meinen Eltern oder von sonst jemandem. Alles, was ich wollte, war eine faire Chance. Eine Chance, bei der ich nicht immer wieder von Neuem abwägen musste, wie tief ich diesmal in Buchstaben und Worten versinken konnte, bis ich keine Luft mehr bekam. Als mein Name an der Reihe war, stutzte Bromberg kurz, sagte aber nichts und machte auch nicht das komische Ding mit ihrer Nase. Und für einen kurzen Moment dachte ich wirklich, sie hätte einen guten Tag oder sie würde mir tatsächlich endlich eine verdiente Chance geben. Bis ein Klickgeräusch, das definitiv aus meiner Richtung kam, sie unterbrach.

»Mr Hoover.« Sie setzte ihre Lesebrille ab, die jetzt an einem Band um ihren Hals baumelte, wie ein Galgenmännchen. Dann verschränkte sie die Arme vor der Brust, fixierte mich mit ihrem Blick und rümpfte die Nase. Die Hexe hatte mich im Visier. »Aus unerklärlichen Gründen werde ich Sie einfach nicht los.« Sie lachte bitter, als wäre das tatsächlich nur ein dämlicher Scherz, und wandte sich dann an den Rest der Gruppe. »Ich erwarte wirklich nicht viel von Ihnen. Pünktlichkeit, Selbstständigkeit und die Bereitschaft, in meinem Kurs etwas zu leisten. Wer meint, sich mit irgendwelchen Hilfsmitteln einen Vorteil zu verschaffen, damit er hier nur körperlich anwesend sein muss, ist bei mir an der falschen Adresse.«

Ohne Frage spielte sie damit auf mein Diktiergerät an, das gerade den Geist aufgegeben hatte.

»Sie bekommen alle die gleiche Chance. Ich bevorzuge niemanden. Wer gute Arbeit abliefert, wird mit guten Noten belohnt. Wer faul ist und keine gute Arbeit abliefert, bekommt eben schlechte Noten. So ist das Leben.« Der letzte Satz war wieder direkt an mich gerichtet.

»Und dass ich kein Unmensch bin, werde ich Ihnen auch gerne beweisen.« Sie ging zum Projektor, und im nächsten Moment wurde ein Dokument an die Wand geschmissen. »Während ich die Anwesenheit zu Ende führe, haben Sie die Möglichkeit, sich Notizen zu diesem Thema zu machen. Zur nächsten Stunde schreiben Sie dazu eine kleine Hausarbeit. Sehen Sie, Mr Hoover, so einfach kommt man bei mir an gute Noten.« Ihr unechtes Lächeln und ihr kurzer abwertender Blick auf mein Diktiergerät lösten ein Brennen in meinem Brustkorb aus. Im Gegensatz zu einem Smartphone konnte sie mir das Gerät nicht verbieten. Aber diese ganze Ansprache hatte sie nur gehalten, um mir zu sagen, wie sehr ihr meine Art, zu arbeiten, ein Dorn im Auge war. Sie verstand es einfach nicht. Sie wollte es nicht verstehen. Ich starrte auf die Leinwand vor mir und versteifte mich. Aus Sekunden wurden Minuten, aber es änderte nichts. Es blieben Buchstaben und Worte – schwarz auf weißem Untergrund. Für jeden in diesem verdammten Saal gut verständlich – für fast jeden. Ich ignorierte das dumpfe Pochen in meinen Schläfen. Wie unter Wasser hörte ich die Stimme von Bromberg, die weiter die Anwesenheit überprüfte. Eine weitere Unterbrechung wäre lebensmüde, da war ich mir sicher. Und von hier vorne unbemerkt ein Foto mit meinem Handy zu machen, war nahezu unmöglich. Aber mit jedem Namen, den sie aufrief, lief mir die Zeit davon. Ich hob den Arm. Mir blieb nichts anderes übrig.

»Mr Hoover, haben Sie nicht eben gerade schon meinen Kurs gestört?«

Der bissige Unterton und das Wissen, dass mich jetzt alle ansahen, ließen mein Adrenalin noch mehr ansteigen. Am Ende dieses Kurses würde ich meinen Stolz in Scherben vom Boden aufsammeln müssen. Das war ein neuer Rekord. »Wird es das Dokument auch noch mal als Download geben? Ich brauche …«

Sie unterbrach mich. »Ist diese Frage tatsächlich ernst gemeint?« Ohne eine Antwort von mir abzuwarten, sprach sie weiter. »Alle hier im Saal machen sich Notizen. Aber Sie haben sich ganz offensichtlich noch nicht einmal die Folie genau angesehen, denn dann wäre Ihnen nicht entgangen, dass ich mit Quellenangaben gearbeitet habe, damit Sie alles noch einmal in Ihren Fachbüchern nachschlagen können.«

Irgendwo hinter mir wurde gekichert.

»Und trotzdem fragen Sie mich, ob ich Ihnen die Folie noch

einmal extra zur Verfügung stellen kann? Also soll ich mir diese Mühe machen, während Sie es noch nicht einmal für nötig halten, sich wenigstens die Quellenangaben abzuschreiben?« Sie schüttelte fassungslos den Kopf. »Das ist Ihr letztes Jahr hier, Mr Hoover, richtig? Sie sollten Ihre Arbeitsauffassung wirklich überdenken und endlich den verdammten Hebel in Ihrem Kopf umlegen, wenn Sie nicht wollen, dass ich Sie durchfallen lasse.«

Alles daran klang wie eine Drohung. Eine Drohung, der ich nichts entgegensetzen konnte, selbst wenn ich es gewollt hätte. Das brachte nichts, denn Leute änderten nicht einfach ihre Ansichten. Und die meisten glaubten eben auch nur das, was sie mit ihren eigenen Augen sahen. Mein Blick war immer noch auf die Projektion an der Wand gerichtet. Je länger ich sie anstarrte, desto mehr hoffte ich, dass sich tatsächlich dieser eine Hebel in meinem Kopf umlegen würde. Aber das würde nicht passieren. Weil so was totaler Schwachsinn war und es diesen Hebel in meinem Kopf nicht gab.

»Bro, wir treffen uns zum Essen mit den Jungs. Wer nicht kommt, schmeißt heute Abend 'ne Runde.« Ohne auf Hedges Sprachnachricht zu antworten, schob ich mein Handy wieder in die Tasche und ging in Richtung Mensa. Mehr Kurse hatte ich für heute nicht, und Ablenkung war jetzt genau das Richtige. Ich holte mir einen Burger mit Pommes, bevor ich unseren Stammtisch in der Ecke am Fenster ansteuerte.

»Da ist ja unser Mann.« Olly grinste und schlug ein paarmal mit der Hand auf den Tisch. »Wir dachten schon, du würdest nach dem krassen Wochenende immer noch irgendwo rumliegen.«

Ich stellte mein Tablett vor mir ab und begrüßte alle mit Handschlag. »Sorry, Jungs, aber so schnell zwingt mich nichts in die Knie.«

Nate verschränkte zufrieden die Arme hinter dem Kopf. »Das wollten wir hören.«

»Wir haben gerade klargemacht, dass heute Abend was bei uns startet. Nichts Großes. Ein paar Freunde, Frauen und Bier.« Olly rieb sich die Hände, als könnte er es nicht erwarten, sich schon wieder volllaufen zu lassen.

Wir kannten uns alle von irgendwelchen Partys oder aus dem *Chesterfield*. Nate, Olly und Garrett teilten sich eine Wohnung außerhalb des Campus, weswegen wir unter der Woche öfter dort abhingen. Und irgendwann hatten wir angefangen, uns auch zum Essen in der Mensa zu treffen. Olly war der Meinung, so eine Männerrunde sei der absolute Frauenmagnet, und er hatte recht. Es dauerte nicht lange, bis eine Gruppe Studentinnen zielstrebig auf unseren Tisch zukam. Die meisten von ihnen hatte ich schon auf irgendwelchen Partys gesehen. Garrett ließ nichts anbrennen und nutzte sofort die Gelegenheit, um sie für heute Abend einzuladen und sich gleich auch einige Handynummern zu sichern. Als das Rudel abzog, tippte er zufrieden auf seinem Smartphone herum. »Mehr brauche ich auch nicht, um glücklich zu sein: hübsche Frauen und billigen Alkohol.«

»Hört, hört.« Hedgehog verzog das Gesicht. »Das habe ich auch mal gesagt.«

»Und warum hast du deine Meinung geändert?«

»Weil ich mein Herz an das einzig Trinkbare verloren habe – Bourbon.«

»Das einzig Trinkbare?« Garrett schnalzte mit der Zunge. »Was ist aus dem guten alten Bier geworden?«

»Ja, oder aus deiner Liebe zu Frauen?«, feixte Olly und spielte darauf an, dass Hedgehog der Einzige von uns war, der eine feste Freundin hatte.

»Was soll ich sagen? Mit dem Barkeeper-Job sind auch meine Ansprüche gestiegen.«

»Hört, hört«, wiederholte Garrett. »Also ich bleibe dann noch eine Weile anspruchslos und checke lieber noch ein paarmal das Angebot. In Bezug auf Frauen und Bier.«

»Wenn du erst mal meinen Old Fashioned probiert hast, wirst du deine Meinung nach dem ersten Schluck ändern.«

»Ist das nicht was für alte Leute? Ich glaube, meine Grandma trinkt den immer.«

»Deine Grandma weiß offensichtlich, was gut ist.«

Ich schüttelte grinsend den Kopf, während Garrett den Satz komplett unkommentiert ließ und Hedgehog stattdessen freundschaftlich auf die Schulter schlug. »Wir sind auf jeden Fall für dich da, sollte dir das Herz gebrochen werden.«

»Das«, sagte Hedgehog feierlich, »wird nicht passieren, meine Freunde. Weder von der Frau meines Herzens, noch was meinen Traum von einer eigenen Bar angeht.«

»Sag niemals nie.« Nate war durch und durch Realist. Im letzten Jahr hatte er einige Rückschläge einstecken müssen. Seine Ansichten waren also durchaus berechtigt. Aber ich kannte niemanden, der so unerschütterlich am amerikanischen Traum festhielt wie Hedgehog. Er träumte, solange ich ihn kannte, von einer eigenen Bar. Genauso lange wollte ich in die Firma meines Vaters einsteigen. Während es Hedge an Geld fehlte, um sich seinen Wunsch nach dem Studium zu erfüllen, waren es bei mir die Fähigkeiten und damit diese eine Chance, die mir von meinen Eltern nicht gegeben wurde. Aber anders als ich dachte Hedgehog nie ans Aufgeben. Ganz egal, was die Leute auch sagten. Dabei war es so leicht, einfach seine Träume aufzugeben. Und nach dem Kurs von Bromberg war ich auch mehr als bereit dafür. Ein Herz konnte auf so viele verdammte Arten brechen, und Dinge änderten sich so schnell. Viel zu schnell.

»Ich muss jetzt los.« Nate trank mit einem Zug den Rest seines Wassers aus und stand auf. Und auch Garrett und Olly hatten sich von ihren Plätzen erhoben.

»Wie sieht's aus, Jax? Bist du heute Abend dabei?«

Ich knirschte mit den Zähnen, schüttelte dann aber den Kopf.

»Komm schon, Alter, lass uns nicht hängen. Oder sind deine Ansprüche plötzlich auch gestiegen?«

»Mit meinen Ansprüchen kann sowieso niemand von euch mithalten.«

Jetzt sah mich auch Hedgehog mit hochgezogenen Augenbrauen an. Ich ignorierte die beiden und stocherte in meiner Salatbeilage herum.

»Seit wann lässt du die Gelegenheit auf ein Bierchen sausen?«, hakte Olly nach.

»Heute Abend kann ich einfach nicht.«

»Wie du meinst, Alter. Wir sehen uns.«

Hedge hatte sich auf seinem Stuhl zurückgelehnt, als die drei aus unserem Sichtfeld verschwunden waren. »Kein guter Tag heute, hm?«

»Ich muss eine beschissene Hausarbeit fertigkriegen, das ist alles. Außerdem habe ich keinen Bock auf einen Mitleidsfick.«

»Was zur Hölle ist denn ein Mitleidsfick?«

»Du weißt, was ich meine.«

»Bro, wenn Laura mich auf diese Weise ansieht, wie Mindy es eben bei dir getan hat, dann ist mir der Grund völlig egal. Wenn eine Frau dich will, dann solltest du ihr geben, was sie möchte.«

»Wer aus dem Rudel war denn bitte Mindy?«

»Die, die dich förmlich mit ihren Augen ausgezogen hat.«

Ich hob die Braue. »Ich dachte, so was tun nur Männer?«

»Alter, du merkst echt überhaupt nichts mehr.«

»Weil ich ein Mal keine Lust habe, mich zu besaufen und vögeln zu lassen?«

»Dass du heute Abend nicht mitkommen willst, meinte ich gar nicht. Du bist schon seit dem letzten Wochenende so drauf.«

»Seit dem Wochenende? Wir waren die meiste Zeit davon betrunken, keine Ahnung, was genau du meinst.«

»Und Samstag? Das war echt scheiße.«

»Hm?«

»Ich meine deine Show, als die Kleine vor unserer Tür stand. Du kannst ein Arsch sein, das wissen wir alle, aber so ein Arsch? Ich dachte, ihr seid zwei sechzehnjährige Teenager, die ihre Hormone nicht mehr im Griff haben. Kein Schlüssel – keine Post«, äffte er mich nach. »Du solltest mich zu deinem Wingman auf Lebenszeit machen.«

»Du spinnst total. Ich brauche ganz sicher nicht deine Hilfe, um bei Frauen zu landen.«

»Nicht? Also Mindys gierige Blicke hast du nicht einmal bemerkt, und die Sache mit der Kleinen hast du total versaut. Du brauchst ganz sicher Hilfe.«

»Ich habe nicht …« Ich gab auf. Hedge vom Gegenteil zu überzeugen wäre sowieso zwecklos gewesen. »Mein Kopf ist gerade echt voll mit anderer Scheiße. Das am Samstag war nichts Persönliches.«

Er stieß ein Zischen aus. »Frauen nehmen immer alles persönlich, mein Freund.«

»Willst du, dass ich mich bei ihr entschuldige?« Ich schob den Teller inklusive Tablett zur Seite.

»Ihr den verdammten Brief zu besorgen wäre ein Anfang. Regel die Sache. Aber auf die nette Art, du Neandertaler. Die Sache scheint ihr wirklich wichtig zu sein. Und außerdem sah es nicht so aus, als würde sie so schnell lockerlassen.«

»Kann schon sein.« Einer meiner Mundwinkel zuckte, als ich an ihren wütenden Gesichtsausdruck dachte.

»Und vielleicht solltest du dir wirklich endlich Nachhilfe oder so was suchen. Überall hängen doch diese Zettel. Oder was ist mit einer Lerngruppe?«

»Wer bist du? Meine Mutter?«

»Ich bin eben genau wie sie um dein Wohl besorgt.«

»Und jetzt klingst du auch noch wie sie«, gab ich schnaubend zurück. »Ich brauche keine Nachhilfe. Der Stoff ist nicht das Problem.«

»Gut, dann frag eben Nate. Der ist doch letztes Jahr durch ein paar Prüfungen gefallen und hat deswegen einen Haufen Gespräche mit Dozenten gehabt.«

»Und was hat ihm das gebracht? Er wiederholt die Kurse trotzdem.«

»Ja, aber er kann dir sicher ein paar Tipps geben, wenn du ihm sagst, was genau dein Problem ist.«

»Damit ich für die Jungs dann auch der Depp bin? Vergiss es.«

Hedge atmete hörbar aus und stand dann ebenfalls auf.

»Okay, ich muss auch los. Vielleicht solltest du erst mal versuchen, runterzukommen.«

»Noch weiter?«

»Du weißt, wie ich das meine.« Er klopfte mir freundschaftlich auf die Schulter. »Wir sehen uns später.«

Als Hedgehog weg war, holte ich meine Notizen aus dem Rucksack und starrte auf meine kaum lesbare Handschrift. Daraus bis nächste Woche eine akzeptable Hausarbeit zu machen grenzte an das Unmögliche. Selbst wenn irgendwer den Mist entziffern könnte. Ich ballte die Hände zu Fäusten, bis meine Fingerknöchel knackten. Wenn ich nicht irgendwie an das Original kommen würde oder an für mich gut lesbare Mitschriften, hatte ich dieses Spiel jetzt schon verloren. Aber wenn man in der ersten Stunde vor dem ganzen Kurs als der faulste Typ an der ganzen Uni abgestempelt wurde, konnte man sich einfach nicht überwinden, jemand nach den Notizen zu fragen. Weil ich dann nur das, was die alte Bromberg eben über mich gesagt hatte, bestätigen würde. Dabei hätte ich damit zumindest eine Chance, tatsächlich etwas abliefern zu können. Aber selbst das würde sicherlich nichts daran ändern, dass ich in Brombergs Kurs weiter auf der Kippe stehen würde. Mir blieb wohl nichts anderes übrig, als doch noch einmal mit ihr zu sprechen, um ihr meine Situation zu erklären. Ich holte das Diktiergerät aus dem Rucksack und drückte ein paar Tasten. Nichts passierte – Scheiße!

Ohne mein Tablett wegzuräumen, verließ ich die Mensa. Vielleicht hatte Hedgehog recht, und ich sollte wirklich erst mal runterkommen.

Mein Plan lag mir klar vor Augen: Ich wollte nur meine Kamera holen und dann weg hier. Etwa sechzig Meilen nördlich gab es einen kleinen Canyon, der an einen Bergsee grenzte. Das Licht war heute perfekt und die Motivmöglichkeiten durch die vielen Sandsteinformationen beinahe grenzenlos. Und genau das brauchte ich jetzt, um abschalten zu können. Noch bevor ich den Schlüssel ins Türschloss geschoben hatte, fiel mein Blick auf das Stück Papier, das irgendjemand versucht haben musste, unter der Tür durchzuschieben. Nur zwei Wörter. Sie waren in Großbuchstaben und mit einem blauen Textmarker geschrieben worden.

MEIN – BRIEF!

Mehr stand nicht drauf. Und trotzdem konnte ich nicht verhindern, dass sich einer meiner Mundwinkel hob.

Hedgehog hatte recht. Alyssa Darling würde nicht so schnell lockerlassen.

Mit dem Zettel in der Hand ging ich in mein Zimmer und schüttete den Inhalt meines Rucksacks auf meinem Bett aus, um meine Kamera und das Stativ einzupacken. Aber als mein Blick auf das Diktiergerät fiel, kam mir eine Idee. Ich wechselte die Akkus gegen ein paar volle. Dann holte ich die kleine Kassette heraus, legte eine neue ein und drückte auf Play. Alles funktionierte einwandfrei – was für ein Glück! Bevor ich ging, schnappte ich mir den Zettel von Alyssa Darling, stopfte noch eine Wasserflasche in meinen Rucksack und zog mit den Autoschlüsseln in der Hand die Tür hinter mir zu. Als ich bereits die ersten Stufen im Treppenhaus nach unten genommen hatte, hielt ich das Diktiergerät an meinen Mund und drückte die Aufnahmetaste.

Kapitel 6

Ally

Entweder war dieser Jax ein Psychopath, oder er hatte einfach nur einen kranken Humor. Ungläubig starrte ich auf die winzige Kassette in meiner Hand. Ich hatte sie eben in meinem Briefkasten gefunden. Eingewickelt in den Zettel, den ich ihm gestern unter der Tür durchgeschoben hatte. Mein Brief war natürlich nicht dabei gewesen und lag immer noch in seinem Briefkasten. Frustriert stieß ich die Luft aus. Ich musste endlich an diesen Umschlag kommen. Am besten war es wohl, wenn ich mich an die Verwaltung wenden würde, damit die sich um das Problem kümmerten. Von Möchtegern-Magic-Mike konnte ich das ja offensichtlich nicht erwarten. Was zur Hölle sollte das? Ich kannte niemanden, der heute noch Kassetten benutzte. Vor allem nicht so winzige. Stirnrunzelnd drehte ich sie erneut in meiner Hand. Da war keine Aufschrift oder sonst irgendein Hinweis. Auch auf dem Stück Papier stand nichts außer meiner eigenen Nachricht.

Als wir damals umziehen mussten, hatte ich beim Ausräumen der Garage eine ganze Kiste voll mit alten Kassetten von meinen Eltern gefunden. Sie waren alle mit einem Titel beschriftet gewesen. *Summer-Roadtripsongs* oder einfach nur *Ich liebe dich* hatte daraufgestanden. Eric hatte mir dann erzählt, dass sich Mom und Dad früher gegenseitig Musik aufgenommen hatten. Heute machte das niemand mehr. Jeder stellte nur noch seine eigenen

Playlists bei irgendeinem Musikstreamingdienst zusammen. In diesem Moment hätte ich viel dafür gegeben, um mir die Kassetten anhören zu können. Aber ein funktionierender Rekorder war in der Garage nicht zu finden gewesen.

»Wir können nicht alles behalten«, hatte Eric damals gesagt und mir den Karton abgenommen. Das konnten wir wirklich nicht. Schweren Herzens musste ich all die Musik, die meine Eltern miteinander verbunden hatte, entsorgen. Wie ein Geheimnis, das nie mehr gelüftet werden würde. Dem Karton folgten noch so viele andere Dinge. Als wären sie nichts mehr wert und hätten nicht irgendwann zwei Menschen so viel bedeutet. Meine Hand schloss sich fest um die kleine Kassette. Obwohl mir klar war, dass Jax Hoover mir sicher keine Musik aufgenommen hatte, verfluchte ich ihn innerlich für die Erinnerung, die er mit diesem kleinen blöden Ding ausgelöst hatte. Dieser Kerl war so nervig, wie ein Pickel vor einem Date. Kurz sah ich auf die Uhr, bevor ich die Kassette in meiner Tasche verschwinden ließ und stattdessen den zerknitterten Lageplan vom Campus hervorzog. Fünfzehn Minuten später hatte ich mich über das Gelände zur Bibliothek gelotst, wo ich mit Mona verabredet war. Wir wollten uns dort mit Luke treffen, um für den Nachmittagskurs unseren fiktiven Fall vorzubereiten. Wallace würde heute die ersten Praktikumsplätze vergeben, und wir waren mit unserer Präsentation an der Reihe.

Als ich durch die schwere Tür das riesige Gebäude mit den spitzen Türmen und den alten Backsteinen betrat, stockte mir für einen Moment der Atem. Ich kannte bisher nur die kleine Stadtbibliothek aus dem Bezirk, in dem ich bis vor Kurzem noch gewohnt hatte. Aber das hier war etwas völlig anderes. Der leicht säuerliche Geruch von altem Papier erfüllte den riesigen Saal. An den Wänden standen dunkle Holzregale, die so weit bis unter die Decke mit Büchern gefüllt waren, dass man sie nur noch mit einer Leiter erreichen konnte. Unzählige Gänge reihten sich aneinander und bildeten eine Art Irrgarten, in dem man sich ganz sicher verlaufen konnte, wenn man nicht wusste, wonach man genau suchte. Außerdem war die ganze Bibliothek in warmes Licht getaucht, das eine solche Gemütlichkeit und Ruhe ausstrahlte, dass ich mir keinen schöneren Ort vorstellen konnte, an dem ich für den Rest meines Studiums lieber würde lernen wollen.

»Beeindruckend, was?« Mona war neben mir aufgetaucht. »Genauso habe ich damals auch geguckt, als ich zum ersten Mal hier drin war. Die Bibliothek ist der ganze Stolz der Uni. Angeblich gab es zu Gründungszeiten auch einen Geheimbund, und in manchen Büchern sollen sogar Hinweise versteckt sein, dass er immer noch existiert.« Sie schob sich durch eine Gruppe von Leuten und winkte mich dann zu sich. »Komm. In der Lateinabteilung kann man am besten lernen, da gibt es die schönsten Plätze, und es ist nicht so viel los.«

»Glaubst du das?«, fragte ich, als ich sie eingeholt hatte.

»Das mit dem Geheimbund? Bis jetzt habe ich noch nichts gefunden, aber wenn da was dran ist, bin ich *in omnia paratus*.«

Ich lachte. »Zu allem bereit«, übersetzte ich den Satz grob. »Ist das dein Lebensmotto?«

»Eines davon. Ich finde, man sollte alle Möglichkeiten nutzen, die einem das Leben bietet.«

»Auch Mitglied eines Geheimbundes sein?«

»Auf jeden Fall auch das. Vor allem sollte man sich selbst nicht einschränken. Oder sich in irgendwelche Schubladen stecken lassen. Und am allerwenigsten sollte man sich eine Chance entgehen lassen, wenn sie sich bietet.« Sie zog ihr Handy aus der Tasche und tippte darauf herum.

»Hast du deswegen Luke Perkins gefragt, ob er in unsere Gruppe möchte?«

»Er hätte Nein sagen können. Außerdem hat Professor Wallace gesagt, wir sollen eigenständig denken und ihn überraschen. Von Luke können wir bestimmt eine Menge lernen. Der weiß außerdem am besten, auf was Wallace steht.« Sie sah mich kurz an. »Ich will nichts geschenkt, aber ich nehme gerne jede Hilfe, die ich kriegen kann. Das ist auch eines meiner Lebensmottos.«

Wir blieben vor einem leeren Tisch stehen, auf dem ich meine Tasche ablegte. »Aber manchmal ist eben nicht alles möglich.«

»Darüber mache ich mir keine Gedanken. Wenn ich Lust auf Himbeer- und Vanilleeis habe, dann hole ich mir welches. Warum sollte ich mich nur mit einer Sorte zufriedengeben, wenn ich beides haben kann?« Sie hob ihr Handgelenk und hielt mir ihre Armreife hin. »Was ist das?«

Verwirrt sah ich sie an. »Schmuck. Sehr viel davon.«

»Richtig, aber was siehst du noch?«

»Ich weiß nicht.«

Unsicher, was Mona genau meinte, hob ich ihren Arm noch ein bisschen näher an mein Gesicht. Die zarten Ornamente rund um die Reife waren an manchen Stellen stark zerkratzt, was bedeuten musste, dass sie schon sehr oft getragen wurden und bestimmt sehr alt waren. Das Silber war matt und abgegriffen. Trotzdem wirkte es immer noch elegant und schön.

»Ich habe sie von meiner Grandma«, erklärte sie mir und ließ ihren Blick ebenfalls über den filigranen Schmuck gleiten. »Als ihre Familie bei einem Brand starb, ist sie aus Louisiana abgehauen. Sie wollte wie viele Schwarze damals eigentlich nach Chicago. Weg von Unterdrückung und Gewalt durch die Rassentrennung in den Südstaaten. Im Norden wollte sie sich ein neues Leben aufbauen und hat es allein durch drei Bundesstaaten bis nach Indiana geschafft. Da war sie gerade einmal sechzehn Jahre alt.« Ihre Miene wurde ernst. »Trotz allem, was sie erleben musste, hat sie nie aufgehört, an sich und eine bessere Welt zu glauben. Und nur deswegen bin ich heute hier. Diese Armreife sind das Zeichen absoluter Selbstbestimmung. Mit jedem Geräusch, das sie machen, erinnern sie mich daran, dass mir keiner absprechen kann, wer ich bin. Nur ich allein bestimme über mich und meine Empfindungen. Niemand sonst.«

Die Ringe an ihrem Arm klimperten zustimmend, als sie sich auf einen Stuhl fallen ließ und ihr Handy auf den Tisch legte. In ihren glänzenden Augen spiegelte sich unverkennbar wider, wie tief diese Geschichte in ihr verwurzelt war. Alle Worte dieser Welt würden nicht genug sein, um diese Wunden zu heilen. Ich legte meine Hand auf ihre und drückte sie. »Danke, dass du mir das erzählt hast.«

Mona lächelte und drückte ebenfalls meine Hand. Sie öffnete den Mund, als wollte sie noch etwas sagen, deutete dann aber auf das Stück Papier, das aus meiner Tasche lugte. »Läufst du immer noch mit diesem blöden Plan durch die Gegend?«

Entschuldigend zuckte ich mit den Schultern. »Sonst hätte ich nie hergefunden.«

»Okay, so geht das nicht weiter. Morgen bekommst du von mir eine Campusführung à la Mona Williams. Damit du endlich ohne diesen dämlichen Plan überall hinkommst.«

»Aber ich mag den Plan.«

»Er kennt aber nicht die ganzen Abkürzungen zwischen den Gebäuden, in welcher Mensa es das beste Essen gibt, und am wichtigsten: wo man die saubersten Toiletten hier findet.«

Obwohl sie recht hatte, musste ich lachen. »Du hast mich überzeugt, saubere Toiletten sind verdammt wichtig.«

»Bei der riesigen Anzahl an Studenten hier absolut.« Sie stutzte wieder. »Und was willst du damit?« Mit langen Fingern angelte sie sich die kleine Kassette vom Tisch, die ebenfalls herausgerutscht war.

Frustriert pustete ich mir eine Strähne aus der Stirn. »Das weiß ich noch nicht so richtig. Zuerst muss ich rauskriegen, was das genau ist.«

»Das ist ein Tonband für ein altes Diktiergerät.«

Jetzt wurde ich hellhörig.

Mona hatte die Stirn in Falten gezogen. »Mein Vater arbeitet in der Versicherungsbranche. Er hatte früher auch so ein Teil, um Briefe zu diktieren, die seine Sekretärin dann nur noch anhören und abtippen musste. Aber heute läuft doch alles digital. Diese Dinger gibt es überhaupt nicht mehr.«

»Offensichtlich schon.«

»Wo hast du die denn her?«

»Aus meinem Briefkasten.« Ich schnaubte.

»Okay …« Mona hatte eine Augenbraue nach oben gezogen und sah mich abwartend an.

»Ich habe da ein Postproblem mit meinem Briefkasten-Nachbarn. Und anstatt sich darum zu kümmern, schickt er mir lieber so was.«

»Ich habe echt schon einen Haufen schräger Sachen erlebt, aber das? Dein Nachbar ist aber kein Psychopath, oder?«

»Er ist ein eingebildeter, selbstverliebter Arsch.«

Ungläubig sah sie mich an. »So gut kennst du ihn also schon?«

»Leider ja. Die ganze Sache ist einfach so frustrierend und dämlich.«

»Und was willst du jetzt machen?«

»Keine Ahnung. Wenn ich anders meine Post nicht wieder bekomme, muss ich wohl zur Verwaltung gehen.«

»Das dauert ewig, bis da was passiert. Ist der Brief denn so wichtig?«

Für einen Moment zögerte ich. »Es geht um meine Zeugenaussage in einem Raubüberfall.«

»Du wurdest überfallen?«

Ich schüttelte den Kopf. »In dem Laden, in dem ich gearbeitet habe, ist eingebrochen worden, und der Besitzer wurde dabei schwer verletzt.«

»Das ist echt krass. Wenn ich mir vorstelle, Ernie würde das passieren.« Sie schluckte. »Weiß man denn, wer der Täter ist?«

»Es gibt ein paar Verdächtige, aber die Ermittlungen laufen noch.«

»Ich hoffe, die Schweine werden gefasst.«

»Das hoffe ich auch.« Mit dem Finger fuhr ich die feine Maserung der alten Tischplatte nach. Hoffnung. Das Wort war mir so unglaublich vertraut. Es war für mich schon immer so viel stärker als jedes andere Gefühl gewesen. Stärker als Wut, als Trauer und als Angst. Sie war selbst geblieben, als wir das Haus verkaufen mussten, weil Dad die Krankenhausrechnungen nicht mehr bezahlen konnte. Und sie war auch nicht verschwunden, als Eric angefangen hatte, mit diesen Leuten rumzuhängen.

»Hey, ist alles okay bei dir?« Mona schnipste mit den Fingern vor meinem Gesicht herum und holte mich so aus meinen Gedanken. »Wenn du willst, können wir trotzdem zur Verwaltung gehen. Aber die Chancen stehen echt nicht gut. Es würde vermutlich schneller gehen, wenn du diesem mies gelaunten Typen damit drohen würdest, den Briefkasten aufzubrechen.«

Allein der Gedanke daran, wie gleichgültig dieser Jax darauf reagieren würde, war mehr als frustrierend. »Ich glaube nicht, dass ihn das wirklich interessiert.«

»Du könntest es drauf ankommen lassen.«

»Besser nicht.« Ich angelte mir die kleine Kassette zurück und drehte sie in meiner Hand hin und her. »Mit was kann man die eigentlich abhören?«

»Soweit ich weiß, nur mit dem Aufnahmegerät selbst.« Sie sah mich fragend an. »Moment, du willst wirklich wissen, was dieser Typ da draufgequatscht hat?«

»Wenn ich keinen Ärger wegen Sachbeschädigung haben will, bleibt mir wohl nichts anderes übrig.« Widerwillig angelte ich mein Handy aus der Tasche und stieß genervt die Luft aus. »Ich kann nicht fassen, dass ich wegen dieses Kerls jetzt auch noch mein Datenvolumen verbrauchen werde.«

Mona lachte. »Was hast du denn vor?«

»Nach einem Elektroladen oder so was suchen. Vielleicht bekommt man dort noch so ein Diktiergerät.«

»Es gibt an der Ecke zur vierzigsten einen Secondhandladen für Elektrozeug. Das meiste da sind allerdings Küchengeräte.«

»Dann werde ich es wohl da mal versuchen.«

»Du meinst es tatsächlich ernst. Und dann hat er am Ende irgendwelches obszöne Zeug da draufgesprochen. Oder er will dich in eine Falle locken, weil er ein Serienmörder wie Jeffrey Dahmer ist.«

Grinsend schüttelte ich den Kopf. »Hatte es Jeffrey Dahmer nicht nur auf Männer abgesehen? Und Kassetten hat er auch nicht verschickt.«

»Gut, dann such dir eben einen anderen Serienmörder aus, der seine Opfer auf skurrile Weise irgendwohin gelockt hat, um sie dann umzubringen.«

»Ich lasse mich von niemandem irgendwohin locken. Außer vielleicht zu den Briefkästen im Hausflur, damit er mir endlich meine Post geben kann.«

»Du solltest unbedingt ein paar normale Leute kennenlernen.« Sie holte erneut ihr Smartphone aus der Tasche, tippte darauf herum und sah mich dann mit einem Funkeln in den Augen an. »Was hast du morgen Abend vor?«

»Nichts?« Meine Antwort klang eher wie eine Frage.

»Hättest du Lust, mitzukommen? In die beste Bar, die es hier gibt? Das gehört natürlich auch mit zur Führung. Und morgen ist den ganzen Abend Happy Hour.«

Mein Herz fing unweigerlich an zu flattern. »Ich weiß nicht.«

»Das wird klasse«, versuchte Mona, mich erneut zu überzeugen. »Und es ist auf jeden Fall besser, als sich die ganze Zeit über diese Jeffrey-Dahmer-Kopie zu ärgern.«

»Ihr steht auf Serienmörder?«

Luke ging um unseren Tisch herum und ließ sich auf einen der leeren Stühle fallen.

»Das kommt ganz darauf an, ob du auch drauf stehst. Wir wollen dir ja keine Angst machen.«

»So schnell kann man mich nicht einschüchtern.« Er schenkte Mona ein Lächeln, das locker als Zahnpastawerbung durchgehen konnte. »Aber um deine Frage zu beantworten: Aus juristischer Sicht finde ich Mord durchaus attraktiv, aber darüber hinaus ist es nicht mein Fall.«

»Gut, ich stehe nämlich überhaupt nicht auf Mörder. Weder juristisch noch sonst irgendwie.«

»Und wenn du mal einen verteidigen musst? Was machst du dann?

»Interessante Frage.« Mona drehte nachdenklich an ihrem Nasenring. »Dann lehne ich das Mandat ab.«

»Auch wenn du in einer angesehenen Kanzlei arbeitest und die Chance auf eine Partnerschaft hast?«

Sie öffnete den Mund, schloss ihn dann aber wieder.

Luke sprach unbeirrt weiter. »Selbst wenn du den Fall ablehnen könntest, was macht dich so sicher, ob die Person tatsächlich ein Mörder ist?«

»Na, die Beweislage und sein Wort.«

»Beweise können unter Umständen nicht eindeutig sein. Wie in den Fällen von Amanda Knox oder O. J. Simpson. Und wieso gehst du davon aus, dass dein Mandant ausgerechnet dir die Wahrheit sagt?«

»Oh, bitte! Jeder weiß, das O. J. Simpson schuldig ist.«

»Du zweifelst also das Urteil eines Richters oder einer Jury an?«

»Nein, aber es wurden so viele Fehler gemacht, dass …«

»Das spielt keine Rolle«, unterbrach er sie. »Alles, was in irgendwelchen Serien oder Podcasts von sogenannten Experten erzählt wird, ist irrelevant.«

»Und Zeitverschwendung«, schaltete ich mich jetzt mit ein. »O. J. Simpson und auch Amanda Knox wurden wegen einer unklaren Beweislage und eines hochkarätigen Anwaltsteams freigesprochen, und das zählt am Ende. Die Wahrheit, ganz egal, wie die in Wirklichkeit auch aussieht, ist nach einem Urteil sowieso unwichtig.«

Luke sah von Mona zu mir. »Genau so ist es. So funktioniert unser Rechtssystem. Aber wir sollten es langsam angehen lassen und nicht jetzt schon über geschichtsträchtige Mordfälle diskutieren.«

Beleidigt schob Mona die Unterlippe vor. »Es ist trotzdem nicht fair.«

»Persönliche Gefühle solltest du sowieso aus dem Spiel lassen, wenn du eine erfolgreiche Anwältin werden willst. Das war das Erste, was ich von Wallace gelernt habe, und diesen Tipp kann ich nur jedem ans Herz legen.« Luke schenkte Mona erneut ein verschmitztes Lächeln, bevor er eine schwarze Mappe aus seiner Tasche zog. »Und noch ein kleiner Tipp von mir: Wallace wird heute nach dem Kurs die ersten Praktikumsplätze vergeben. Also sollten wir uns jetzt wirklich erst mal um unseren Fall kümmern, wenn wir nachher etwas Brauchbares abliefern wollen.«

»Das musst du mir nicht zweimal sagen.« Mona rückte sich auf ihrem Stuhl zurecht und sah Luke gespannt an, der einen Zettel aus seinen Unterlagen gezogen hatte. »Okay, was haben wir hier?« Er überflog kurz das Blatt, nickte dann und las laut vor. »Ihr Mandant hat mit seinem Fahrzeug öffentliches Eigentum beschädigt. Es wird ihm Fahrerflucht und überhöhte Geschwindigkeit vorgeworfen. Es droht der Verlust der Fahrerlaubnis sowie eine Schadensersatzklage.«

Zufrieden verschränkte Mona die Arme hinter ihrem Kopf. »Schon mal kein Serienmörder, sehr gut.«

»Wir werden ihn wohl nicht aus allem rausboxen können«, warf Luke nachdenklich ein.

Gedankenverloren starrte ich ins Leere und räusperte mich dann leise. »Wenn wir so argumentieren, dass er nicht grob fahrlässig gehandelt hat, dann müsste eigentlich die Versicherung für den Schaden aufkommen, und die Klage wäre hinfällig, oder?«

»Er würde auch nicht seine Fahrerlaubnis verlieren, sondern nur ein Bußgeld kassieren«, überlegte Mona weiter. »Dann hole ich uns mal schnell ein paar Gesetzesbücher. Bin gleich wieder da.« Sie sprang auf und war im nächsten Augenblick hinter einem der Regale verschwunden.

»Das war wirklich ein guter Ansatz von dir.« Luke hatte bis eben Mona hinterhergesehen und wandte sich jetzt mir zu. »Wir beide kennen uns noch gar nicht offiziell.« Er streckte mir seine Hand über den Tisch entgegen. »Ich bin Luke.«

»Ally.« Etwas überrumpelt erwiderte ich den Händedruck.

»Mona hat erzählt, dass du gleich beim ersten Versuch in Wallaces Kurs gekommen bist. Das ist echt beneidenswert.«

Meine Wangen wurden heiß. Es war mir immer noch unangenehm, so direkt darauf angesprochen zu werden. »Ich habe nur großes Glück gehabt.«

»Warum so bescheiden? Man sollte sich nie für Erfolg und Glück rechtfertigen.«

»Ich, also …« Jetzt war ich definitiv überrumpelt.

»Sorry, ich habe diese Angewohnheit, immer gleich mit der Tür ins Haus zu fallen. Das wirkt auf einige manchmal …«

»Abschreckend?« Mein Versuch, seinen Satz zu beenden, klang nicht sehr überzeugend. Das blieb auch Luke nicht verborgen, denn ein lockeres Lächeln umspielte jetzt seine Mundwinkel. »Ich würde es eher als zu direkt bezeichnen. Das ist auch ein großer Vorteil, wenn man Strafverteidiger werden will. Du solltest es mal probieren.«

»Ist das auch ein Tipp von Wallace?«

»Nein. Der ist von mir.« Er hatte seine Arme vor der Brust verschränkt, als würde er auf eine ganz bestimmte Reaktion von mir warten.

»Und warum schließt sich der Wunderknabe mit dem Job, um den ihn alle Jurastudenten beneiden, auch noch einer Lerngruppe an, die er eigentlich nicht mehr nötig hat?«

»Wunderknabe, ja?« Luke lachte. »Ich hatte eben auch großes Glück.«

»Glück oder herausragendes Talent?«

Er musterte mich mit einem zufriedenen Gesichtsausdruck, als hätte ich gerade genau das gesagt, was er hören wollte. »Ist gar nicht so schwer, zu sagen, was man denkt, oder?« Dann lehnte er sich vor, als wollte er mir ein Geheimnis anvertrauen. »Aber im Ernst. Ich glaube, dass man durch harte Arbeit und eisernen Willen alles erreichen kann, wenn man will. Und solche Lerngruppen bringen auch für mich noch mal Bonuspunkte, auch wenn alle denken, dass ich die nicht mehr nötig habe. Außerdem lernt man bei Wallace immer noch etwas Neues.«

Ich stutzte. »Du machst das freiwillig? Zu deinen eigenen Kursen? Wo nimmst du die Zeit her? Das ist fast unmöglich. Außer du verzichtest komplett darauf, nachts zu schlafen.«

»Schlaf wird total überbewertet«, sagte er schulterzuckend. »Genauso wie ausgewogenes Essen, Partys, Freizeit und generell alles, was Spaß macht.«

Einer seiner Mundwinkel verzog sich. »Ob meine Kommilitonen mich immer noch beneiden würden, wenn sie das alles wüssten?« Seine Stimme hatte einen Klang aus Belustigung und Ironie angenommen, der mit jedem Ton verriet, was er tatsächlich über seine Neider dachte. »Glück und Talent allein reicht eben nicht aus, um erfolgreich zu sein. Und Bescheidenheit auch nicht.«

»Redet ihr schon wieder über irgendwelche Mordfälle?« Mona zog eine Grimasse und legte einen Stapel Bücher vor uns auf den Tisch.

»Nein.« Luke sah kurz zu mir herüber, bevor er die Bücher unter uns aufteilte. »Wir haben uns nur über die Unterschiede von Glück, Talent und harter Arbeit unterhalten.«

Was Luke damit gemeint hatte, war mir erst richtig klar geworden, als ich mit ihm und Mona in der Mitte eines vollen Hörsaals gestanden hatte und von allen erwartungsvoll angestarrt wurde. Glück und Talent waren immer nur ein Türöffner. Wenn man wirklich etwas erreichen wollte, musste man hart dafür arbeiten. Wir hatten in der Bibliothek unzählige Rechtsbücher gewälzt, Urteile recherchiert und alle unsere Behauptungen gesetzlich untermauert – und wurden dafür belohnt. Ein Lächeln stahl sich auf meine Lippen, als mein Blick zum gefühlt hundertsten Mal heute Abend zu dem Zettel auf meinem Schreibtisch wanderte. In der

Mitte der Kopfzeile prangte unübersehbar das Firmenlogo der Kanzlei *Wallace & Partner*. Ein Bestätigungsschreiben, dass sich unsere Gruppe tatsächlich für das Praktikum qualifiziert hatte.

Das gequälte Piepen meiner Mikrowelle wurde vom Vibrieren meines Handys übertönt. Ich holte den Teller heraus und entsperrte das Display, während ich mich zurück an meinen Schreibtisch setzte.

Mona: *Ich kann es immer noch nicht glauben!!! Wir müssen das unbedingt morgen Abend feiern! Luke kommt auch. Und meine Mitbewohnerin Savannah. Ich hoffe, das ist okay für dich? Bitte sag Ja.*

Hinter das Wort *Luke* hatte sie ein Zwinker-Emoji gesetzt und am Ende drei Herzen.

Bevor ich ihr als Antwort das Emoji mit dem Partyhut schickte, biss ich in meine heiße Quesadilla. Augenblicklich verteilte sich der geschmolzene Käse in meinem Mund. Manchmal war das Leben echt verrückt. In einer Sekunde dachte man, es könnte nicht schlimmer werden, und alles, was einem wichtig war, brach wie ein marodes Mauerwerk auseinander. Und dann passierten plötzlich diese kleinen Dinge, die zusammen immer mehr zu etwas Großem, Wunderbarem wurden. Aber trotz allem war da immer noch dieses Brennen in meiner Brust. Ein Feuer, das in den letzten Jahren immer kleiner geworden war, aber nie ganz aufhören würde, zu flackern. Für zwei, drei Sekunden schloss ich die Augen und stellte mir vor, nicht hier in meinem Studentenzimmer zu sitzen, sondern in dem Garten unseres alten Hauses. Kurz bildete ich mir sogar ein, es würde nach verkohltem Holz riechen. Ein Geruch, der mir unweigerlich den süßen Duft von gerösteten Marshmallows und warmer Schokolade ins Gedächtnis rief. Der Wind blies die grauen Vorhänge zur Seite und gab die Sicht auf den Nachthimmel frei. Wie gern würde ich jetzt mit Mom, Dad und Eric am Lagerfeuer sitzen und ihnen von heute erzählen. Manche Dinge würden nie wieder passieren, ganz egal, wie sehr man sie sich auch wünschte. Aber ich hatte Eric versprochen, ihm zu schreiben. Und genau das würde ich jetzt tun.

In meiner Tasche suchte ich nach Papier und Stift und stieß dabei auf einen kleinen, harten Gegenstand. Kurz stutzte ich, bis es mir wieder einfiel. Es war das Diktiergerät, das ich tatsächlich in dem Elektroladen gefunden hatte. Ich hatte keine Ahnung, was mich erwarten würde. Vielleicht lag Mona doch richtig, und er hatte mir irgendein komisches Zeug draufgequatscht, weil er einfach nur ein durchgeknallter Typ war. Aber das würde ich nur auf eine Art herausfinden können. Mit zusammengepressten Lippen legte ich die Kassette ein, hielt das Gerät an mein Ohr und drückte auf Play.

»Du bist echt der unentspannteste Mensch, den ich kenne, Alyssa Darling.«

Reflexartig drückte ich auf die Stopptaste, als tatsächlich die tiefe Stimme von Jax Hoover durch meinen Körper rumpelte, als hätte er meinen Namen direkt in mein Ohr geflüstert. Augenblicklich stellten sich die feinen Härchen in meinem Nacken auf. Ich hätte es besser wissen müssen. Dieser Kerl entwickelte sich von einem Pickel langsam zu einem Abszess. Aber einem von der Sorte, die nur durch einen chirurgischen Eingriff entfernt werden konnte. Nach seiner stumpfen Behauptung bezweifelte ich, dass der Rest seiner Nachricht irgendwas Wichtiges in Bezug auf meinen Brief enthalten würde. Trotzdem drückte ich erneut auf Play und spielte das Band weiter ab. Diesmal aber mit sehr viel mehr Abstand zu meinem empfindlichen Gehörgang.

»Mir hat seit der Highschool keine mehr kleine Zettel unter der Tür durchgeschoben. Wirklich süß.« Der Sarkasmus und das Grinsen in seiner Stimme waren selbst durch dieses alte Gerät nicht zu überhören, was meinen Ärger nur noch mehr anfachte. Morgen würde ich als Erstes zur Verwaltung gehen und die Sache endlich klären.

»Und bevor du gleich wütend zur Verwaltung rennst …«

Ich rollte genervt mit den Augen. Jetzt konnte dieser Typ auch noch meine Gedanken lesen.

»Ich habe gerade Mrs Delaney aus dem Büro getroffen und meinen ganzen männlichen Charme eingesetzt, damit sie dein Problem ganz oben auf die Liste setzt.«

Wie bitte? Mein Problem? Der Typ hatte sie doch nicht mehr alle. Wenn er nicht diesen Schlüssel verloren hätte, wäre da überhaupt kein Problem. Fast schon wütend drückte ich die Playtaste und hörte weiter seine Nachricht ab. Aber da war nichts mehr. Keine Antwort darauf, was Mrs Delaney gesagt hatte oder wann der Hausmeister sich darum kümmern würde. Nichts, kein einziges Wort. Das konnte einfach nicht sein Ernst sein. Gereizt wie ein aufgescheuchter Bienenschwarm spulte ich die Kassette zurück und drückte die Aufnahmetaste.

Kapitel 7

Jax

Zum ersten Mal seit Stunden zog ich mein Handy aus meiner Jeans und entsperrte das Display. Ein verpasster Anruf von Aidan. Er musste versucht haben, mich zu erreichen. Hier draußen hatte ich kaum Netz. Es war echt schwer zu glauben, dass es tatsächlich noch Orte auf dieser Erde gab, an denen das Smartphone nicht funktionierte. Nicht erreichbar zu sein war fast so, wie nicht zu existieren. Und genau das war der Grund, warum ich diese Woche jeden verdammten Nachmittag hier rausgefahren war. In den Slot Canyons gab es keine Zeit, keinen Stress und keine Fragen. Hier drin spielte nichts eine Rolle. Kaum vorstellbar, dass sie vor Millionen von Jahren nur eine kleine Felsspalte gewesen sein mussten. Der Regen hatte den Sandstein immer mehr ausgespült und dieses beeindruckende Naturschauspiel aus einer wellenartigen Schlucht erschaffen. Keine Kamera würde jemals die Schönheit des Lichtspiels und die unzähligen Farben der Sedimentschichten auch nur ansatzweise einfangen können. Davon war ich mittlerweile überzeugt. Wenn man diesen Ort mit eigenen Augen gesehen hatte, war es praktisch unmöglich, ein würdiges Foto davon zu machen. Immer wieder hatte ich es versucht. Auch heute, aber keine Chance. Ich packte meine Fotoausrüstung und ging zurück zu der kleinen Anhöhe, wo immer noch der Rest meiner Sachen lag. Hier kam so gut wie niemand vorbei. Zumindest die letzten Tage nicht.

Und was hätte man mir auch klauen sollen? Meine Bücher? Oder meine versaute Hausarbeit? Bei dem Gedanken, dass mir Bromberg gleich die nächste aufgedrückt hatte, drehte sich mir fast der Magen um. Vielleicht sollte ich es wirklich einfach lassen. Vielleicht sollte ich auf meine Eltern und Bromberg hören. Vielleicht hatte ich mir meine Ziele einfach zu hoch gesetzt, und jetzt war der richtige Zeitpunkt, um es endlich auch mir selbst einzugestehen. Ich konnte mich noch so sehr anstrengen, meine kleinen Erfolge wurden nach kurzer Zeit durch vernichtende Niederlagen zerschmettert. Das hier war wie Bergsteigen ohne Ausrüstung. Immer, wenn ich dachte, ich hätte endlich die Spitze erreicht, war es doch wieder nur ein winziger Felsvorsprung, der sich anfühlte, als würde er jeden Moment unter meinen Füßen wegbrechen. Vielleicht war meine Vorstellung von einem Abschluss genauso unmöglich, wie dieses eine perfekte Foto zu schießen.

Der Alarm meiner Armbanduhr holte mich aus meinem Gedankensumpf. Ich sollte wirklich langsam mein Zeug einpacken. In spätestens fünfundvierzig Minuten würde die Sonne untergehen, und hier draußen wurde es schneller dunkel als in der Stadt. Wenn man die Zeit vergaß, konnte es gefährlich werden. Vor allem, wenn man keinen Handyempfang hatte. Allein der Weg zum Auto würde mich noch einmal zwanzig Minuten kosten. Und obwohl ich das alles wusste, bewegte ich mich keinen Zentimeter. Von hier hatte man einen perfekten Blick auf die Felsformationen. Wenn die Sonne so niedrig stand und man genau hinschaute, konnte man dabei zusehen, wie sie langsam hinter den Canyons verschwand. Bis sie noch einmal zwischen zwei Berggipfeln aufblitzte. Ich nahm einen letzten Schluck aus meiner Wasserflasche, bevor ich meine Kamera hob, das Objektiv scharf stellte und den Finger auf den Auslöser legte. Für dieses eine Foto würde ich noch bleiben.

Der schwarze Porsche Cayenne war trotz der Dämmerung kaum zu übersehen, als ich auf den Parkplatz der Uni fuhr. Sein Besitzer lehnte an der geschlossenen Fahrertür und nippte an einem Kaffee, während er auf sein Smartphone starrte. Mein Bruder sah erst auf, als ich mit meinem Wagen in die Parklücke neben seinem SUV einbog. »Wie lange stehst du schon hier?«

»Lange genug.« Aidan stellte seinen To-go-Becher auf seinem Autodach ab und verschränkte lässig die Arme vor der Brust. In solchen Momenten erinnerte er mich an den alten Aidan. Der viel zu cool gewesen war, um Jeans und T-Shirt gegen Anzüge und gestärkte Hemden zu tauschen. Heute trug er das Zeug jeden Tag, und so wie es aussah, sogar in seiner Freizeit. Und das, obwohl das Thermometer mit Sicherheit noch siebenundzwanzig Grad anzeigte. Nur die Jacke seines Anzugs hatte er ausgezogen.

»Ist jemand gestorben, oder warum der Aufzug?« Ich ließ die Autotür ins Schloss fallen und ging auf Aidan zu, um ihn mit einem Handschlag zu begrüßen. Er erwiderte den Gruß und zog mich in eine Umarmung.

»Du bist ein Arschgesicht, Brüderchen. Weißt du das? Ich musste zu einem Geschäftstermin in der Nähe und dachte, ich schaue kurz bei dir vorbei. Aber du gehst ja nicht an dein Telefon.«

»Sorry, ich hab's zu spät gesehen und hatte bis eben keinen Empfang.«

»Es gibt tatsächlich noch Orte auf dieser Welt, wo man kein Netz hat?«

»Ja, und das gar nicht mal weit von hier.«

Wie auf Kommando gab Aidans Handy einen schrillen Ton von sich. Genervt stieß er die Luft aus und scrollte dann durch sein E-Mail-Postfach. Gleich nach seinem Collegeabschluss hatte er einen Job bei *Hooveroptics* übernommen. Das war genau in dem Jahr gewesen, als ich hier angefangen hatte zu studieren. Seitdem sahen wir uns nur noch selten. Trotzdem fiel mir erst jetzt auf, dass es nicht nur die Klamotten waren, die sich verändert hatten. Seine dunklen Haare trug er sehr viel kürzer als früher. Und auch die sommerlich gebräunte Haut war verschwunden.

»Eine Auszeit von dem Ding würde dir auch mal ganz guttun, meinst du nicht? Oder scheint in Phoenix nicht mehr die Sonne?«

»Sehr witzig.« Ohne aufzusehen, tippte er weiter auf seinem Smartphone herum. »Es ist gerade viel los in der Firma. Da bleibt im Moment kaum Zeit für Wochenende oder Urlaub.«

»Und dann musst du auch noch wegen mir stundenlang auf dem Campus abhängen«, gab ich entschuldigend zu.

»Halb so wild. Allein für einen Kaffee bei *Marcy's* war es das wert. Außerdem war ich ewig nicht hier.« Er ließ sein Handy zurück in seine Hosentasche gleiten und sah ein paar Senior-Studentinnen hinterher, die an uns vorbeigingen. »Es hat sich echt nichts verändert«, murmelte er und schüttelte grinsend den Kopf, als sich die Frauen noch einmal nach uns umdrehten.

Jetzt musste ich auch grinsen. »Deswegen bist du also wirklich hier. Und ich dachte schon, Mom hätte dich geschickt.« Ich rechnete damit, dass ich mit meiner letzten Vermutung nicht ganz danebenlag, aber Aidan schüttelte den Kopf.

»Ich kann dich beruhigen. Sie steckt mitten in den Vorbereitungen für das Firmenjubiläum und redet von nichts anderem. Von ihr wirst du die nächsten Wochen wohl eher nicht so viel hören.« Er machte eine kurze Pause. »Aber ich habe ihr gesagt, dass ich bei dir vorbeifahre.«

Langsam verengte sich mein Blick, was auch Aidan bemerkte.

»Bleib locker. Ich soll dich nur fragen, ob du was brauchst.«

Abwartend verschränkte ich die Arme vor der Brust, was er mit einem Schulterzucken quittierte. »Mehr hat sie nicht gesagt, wirklich.« Trotzdem sah er mich mit diesem prüfenden Blick an, als wäre er ein Arzt, der noch nicht sicher war, was seinem Patienten fehlte. »Brauchst du denn was?«

Fast schon automatisch schüttelte ich den Kopf. »Nein, ich brauche nichts.« Meine Eltern hatten sich mittlerweile daran gewöhnt, dass ich, sooft es ging, ihre Hilfe ausschlug. Aber Aidan nicht. Er würde unserer Mutter keine Geschichte auftischen, nicht einmal, wenn ich ihn darum bitten würde. »Ich habe alles im Griff. Wirklich.«

Sein Blick bohrte sich noch einmal kurz in meinen, dann nickte er und wechselte das Thema. Mit einer knappen Handbewegung deutete er auf meinen Wagen. »Du fährst echt noch diese alte Kiste? Hast du keine Angst, am Arsch der Welt damit liegen zu bleiben?«

Meine Antwort war ein wissendes Grinsen, als Aidan um den Wagen herumging und beinah ehrfürchtig über die schwarzen Rallyestreifen auf der Motorhaube strich. »Wie habe ich dieses Auto als Kind geliebt. Sind das immer noch die Originalfelgen?«

»Was glaubst du denn?«

Beeindruckt nickte er mir zu. »Du hältst ihn wirklich gut in Schuss.«

Meine Mundwinkel hoben sich erneut vor Stolz. »Wenn du willst, drehen wir eine Runde und trinken noch ein Bier zusammen, bevor du wieder fährst.«

Aidan lächelte gequält und rieb sich dann müde über das Gesicht. »Das würde ich gern, aber es geht nicht. Ich muss gleich zurück nach Phoenix. Dad hat für morgen früh eine wichtige Konferenz wegen des neuen Objektivs angesetzt.«

Ich hob eine Augenbraue und lehnte mich gegen Aidans SUV. »Was ist denn mit dem neuen Objektiv?«, fragte ich betont beiläufig, als wüsste ich nicht ganz genau, was damit nicht stimmte.

Resigniert stieß Aidan die Luft aus. »Es verkauft sich schlecht.

Sehr schlecht. Dad befürchtet, dass wir eine Menge Kunden verlieren werden, die wir wegen des immer größer werdenden Angebots nicht mehr zurückgewinnen können. Er will großflächige Modernisierungen in der Forschung und Entwicklung vornehmen.«

»Und warum?«

»Warum?« Ungläubig schüttelte er den Kopf. »Weil es wichtig ist, auf dem Markt immer die neuste Technologie zu haben. Man muss immer besser, moderner und leistungsstärker als die Konkurrenz sein.«

Ich sah von meinem alten Chevrolet zu Aidans Porsche und dachte daran, wie begeistert er eben noch wegen des alten Autos gewesen war, das noch nicht einmal elektrische Fensterheber besaß. »Und was ist mit bewährter Technologie? Einfache Handhabung und trotzdem gute Leistung?«

»Jax, unsere Kunden wollen professionelles Zubehör. Fotografie ist ein teurer Spaß. Niemand kauft sich einfach so eine Kamera und passende Objektive für mehrere Hundert bis tausend Dollar, nur um damit herumzuknipsen und das ganze Zeug ein paar Wochen später frustriert in die Ecke zu stellen.«

»Nicht? Steht das so in euren Statistiken?« Ohne auf eine Antwort von ihm zu warten, redete ich weiter. »Professionalität muss doch nichts mit einer komplizierten Bedienung zu tun haben. Jeder fängt mal klein an. Ganz egal, mit was. Klar, manche Sachen brauchen sehr viel mehr Übung als andere, aber es ist nicht unmöglich. Und du wirst nicht glauben, wie viele Leute sich eine teure Fotoausrüstung kaufen, obwohl sie keinen Plan haben.« Ich ging zu meinem Kofferraum und holte meine Tasche heraus.

»Weißt du das von Gramps?«

»Jep«, sagte ich knapp. Unser Grandpa hatte *Hooveroptics* gegründet. Solange ich denken konnte, war ihm die Meinung seiner Kunden immer am wichtigsten gewesen. Selbst dann noch, als er unserem Vater längst den Firmensitz überlassen hatte. Früher hatte ich stundenlang vor der riesigen Vitrine in Gramps Arbeitszimmer herumgelungert und mir die vielen Objektive angesehen – aus jeder Produktionsserie eines. Von ihm hatte ich alles gelernt, was man über Objektive, das Fotografieren und das Entwickeln von Bildern wissen musste. Vor allem, dass es nicht auf komplizierte Technik ankam.

Ich schlug den Kofferraum zu und sah Aidan an.

»Hast du das Objektiv jemals ausprobiert?«

»Es hat alle möglichen Tests durchlaufen und auch alle bestanden, wenn du das meinst.«

»Nein, ich meine, ob du selbst damit ein paar Bilder geschossen hast?«

»Ich entwickle sie nur, fürs Ausprobieren sind andere zuständig.« Nachdenklich rieb er sich den Nacken. »Was soll ich überhaupt fotografieren?«

War das sein Ernst? »Blumen? Gebäude? Deine Freundin? – Nackt!«, zählte ich auf.

»Ich habe gerade keine … warte, du hast Aktfotos von Frauen gemacht?«

Grinsend warf ich meinen Rucksack über die Schulter und wandte mich dann zum Gehen. »Du solltest jetzt echt losfahren.«

»Du kannst doch jetzt nicht einfach abhauen. Wenn ich das nächste Mal hier bin, will ich Antworten hören.«

Mein Grinsen wurde noch breiter. »Das werde ich dir ganz sicher nicht erzählen.«

»Hey, Jax!«

Ich drehte mich noch einmal zu Aidan um, der schon mit einem Fuß in seinem Wagen stand.

»Und du brauchst wirklich nichts?«

Der Griff um den Träger meines Rucksacks wurde fester. Ein

Wort würde ausreichen. Da war ich mir sicher. Nur ein Wort von mir, und Aidan hätte sofort verstanden, was los war. Meine Fingerknöchel knackten, als ich den Griff weiter verstärkte und den Mund öffnete. »Probier das Objektiv aus.« Meine Forderung wurde mit einem zweifachen Hupen beantwortet, bevor Aidan den Motor aufheulen ließ und vom Parkplatz rollte.

»Willkommen zurück in der Zivilisation!« Hedgehog deutete irgendeinen Sci-Fi-Gruß an, als wollte er eine außerirdische Lebensform begrüßen. Ich klopfte auf den Tresen, bevor ich mich auf einen der vielen Hocker fallen ließ, hinter dem er gerade eine ganze Ladung Bud Light in die Kühlung räumte. Das *Chesterfield* hatte offiziell noch nicht geöffnet, aber in weniger als zwei Stunden würden die Leute ihm das Zeug literweise aus den Händen reißen.

»Bier? Du siehst aus, als könntest du eines brauchen.« Hedge schob eine ungeöffnete Flasche zu mir, aber ich schüttelte den Kopf.

»Okay«, sagte er irritiert und stellte es zurück zu den anderen. »Dann was Stärkeres?«

»Eine Coke, wenn du hast.«

Stirnrunzelnd schob er mir die Cola hin, die ich fast in einem Zug leerte. »Okay, es ist schlimmer, als ich dachte. Was ist da draußen mit dir passiert? Haben sie dir irgendeinen Chip eingepflanzt?«

»Nein. Mein Bruder war gerade hier.«

»Dein Bruder ist cool«, gab Hedge achselzuckend zurück. »Und ich kenne dich lange genug, um zu wissen, dass er nicht der Grund ist, dass du selbst auf ein Bier verzichtest.«

»Ist er auch nicht. Das hier ist schuld.« Ich zog meine Hausarbeit aus dem Rucksack und knallte sie auf den Tresen.

»Shit!« Ohne sie überhaupt richtig anzusehen, verzog Hedgehog das Gesicht. »Das ist …« Zum ersten Mal fehlten ihm die Worte. »Wähl diesen verdammten Kurs ab.«

»Ich kann nicht.«

»Dann sprich mit Bromberg.«

»Das hat sie abgelehnt.«

»Darf sie das überhaupt?«

»Sie hat gesagt, dass sie im Augenblick keinen Grund sieht, mit mir über meine Leistungen zu sprechen.«

»Und was hat dein Bruder gesagt?«

»Nichts. Ich habe es ihm nicht erzählt.« Ich trank den Rest meiner Cola und stellte die leere Flasche grob auf den Tresen. »Wenn ich mit ihm darüber gesprochen hätte, dann würde jetzt mein Handy pausenlos klingeln, und meine Mutter …« Den Rest des Satzes schluckte ich herunter und schüttelte den Kopf. »Sie soll sich einfach keine unnötigen Sorgen machen.« Immer wieder strich ich mit dem Daumen über den Flaschenhals, um das Kondenswasser wegzuwischen. Aber sofort bildeten sich neue Tropfen auf dem kalten Glas. »Vielleicht ist aufgeben wirklich besser als verlieren.«

»Willst du das wirklich? Schlachten werden nicht durchs Aufgeben gewonnen, mein Freund. Was ist mit: This opportunity comes once in a lifetime?«

»Seit wann zitierst du denn Eminem?«

»Du weißt ganz genau, worauf ich hinauswill. Seit fast vier Jahren willst du deinen Eltern beweisen, dass du es draufhast. Und jetzt, so kurz vor dem Ziel, ziehst du den Schwanz ein?«

»Mein Ziel war es, einen Collegeabschluss in Business zu machen.« Demonstrativ sah ich auf meine Hausarbeit. »Aber danach sieht es gerade nicht aus. Und ich bin kein gefallener Held, der mit Würde den letzten Walk of Shame geht und dann vom Schicksal eine neue Chance vorgesetzt bekommt.«

»Nein, Bro. Du bist der Antiheld, und Antihelden lassen es erst gar nicht so weit kommen.«

»Weil sie vorher das Feld räumen?«

»Oh Mann!« Hedge schüttelte den Kopf. »Du musst echt noch viel über Helden lernen. Lektion Nummer eins: Der Antiheld hat immer einen Antihelden-Freund, der ihm gehörig in den Arsch tritt, wenn es mal nicht so gut läuft. Um dann das Problem mit ihm zusammen an den Eiern zu packen.« Er schnappte sich meine Hausarbeit, und augenblicklich wurde eine immer tiefer werdende Falte auf seiner Stirn sichtbar. »Dein Ansatz ist gar nicht so schlecht, aber dein ganzer Aufbau ist total wirr und voller Fehler. Außerdem ist sie viel zu kurz.«

»Ich hatte nicht genug Zeit«, murmelte ich.

»Okay, wir müssen einen Plan schmieden, wie wir dich da durchkriegen, damit so was beim nächsten Mal nicht wieder passiert.« Nachdenklich legte er den Kopf in den Nacken. »Kann man solche Hausarbeiten nicht von jemand anderem schreiben lassen? Gegen Bezahlung?« Er schnipste mit den Fingern. »Oder im Netz kaufen!«

»Das ist illegal. Soll ich gleich von der Uni fliegen?«

Hedgehog schnaubte. »Und was, wenn du es tatsächlich mit einer Lerngruppe versuchst?«

Mein Blick bohrte sich in das Etikett der Colaflasche, als könnte ich die Buchstaben darauf auf diese Weise in Brand setzen. »Auch die können meine Hausarbeiten und Klausuren nicht schreiben oder mir mehr Zeit verschaffen.«

»Du bist echt ein schwieriger Fall.«

Immer noch starrte ich auf die Flasche. Genau das war der große Unterschied zwischen einem Helden und mir. Der Held musste erst lernen, zu kämpfen, um seine Probleme zu lösen. Ich dagegen hatte schon lange genug vom Kämpfen.

Die Tür zur Bar wurde aufgerissen und lenkte meine Aufmerksamkeit auf einen Getränkelieferanten, der eine Ladung Kisten in Richtung Lager schob. Vielleicht sollte ich den Typen fragen, ob sein Boss noch jemanden einstellte. Denn von meinen Fotojobs allein würde ich mir keine eigene Wohnung leisten können, und im Wohnheim konnte ich auch nicht bleiben, wenn ich nicht mehr studierte.

»Vergiss es!« Entschlossen verschränkte Hedge die Arme vor der Brust. »Ich weiß, was du vorhast, Bro. Aber das wird nicht passieren. Noch ist nichts verloren.« Dann wischte er sich seine Hände an einem Geschirrtuch ab und zog etwas aus seiner Hose. »Das hätte ich fast vergessen. Sie lag draußen vor unserer Tür. Und mein Instinkt sagt mir, dass du was damit zu tun hast.« Bevor er dem Getränketypen ins Lager folgte, legte er eine kleine schwarze Kassette auf den Tresen. Für mehrere Sekunden spielte sich alles in meinem Kopf ab, als hätte jemand die Slow-Motion-Taste gedrückt. Diese kleine schwarze Kassette war nicht zurückgespult. Und ich hätte schwören können, dass ich es getan hatte, bevor sie in Alyssa Darlings Briefkasten gewandert war. Okay, damit hatte ich nicht gerechnet. Ich hatte mich auf einen weiteren bösen Brief mit Textmarkerfarbe eingestellt. Oder darauf, dass sie mich wütend zur Rede stellen würde, was das sollte. Aber das? Meine Sinne fokussierten sich auf den kleinen Tonträger, als würde es sich um ein hochkompliziertes Rätsel handeln, das ich erst entschlüsseln musste. Dabei gab es nur eine Möglichkeit, herauszufinden, ob sich mehr als meine eigene Nachricht auf dem Band befand. Ich zog mein Diktiergerät aus meinem Rucksack, legte die Kassette ein und spulte sie zurück. Dann drückte ich auf Play.

Es dauerte ein paar Sekunden, bis ein lautes Rauschen aus dem winzigen Lautsprecher dröhnte, worauf mehrere Klickgeräusche folgten, als würde jemand während der Aufnahme auf den Tasten herumdrücken. Und dann war dieses frustrierte Seufzen zu hören, das eindeutig zu Alyssa Darling gehörte. »Weißt du, genau vor solchen Typen wie dir wurde ich gewarnt. Vor solchen selbstgefälligen Typen, die mit dieser *Das ist doch alles kein Problem*-Einstellung und einem Ego so groß wie Texas durchs Leben laufen.

Du kannst dich dann auch wieder mit deinem unwiderstehlichen Charme deiner aufstrebenden Magic-Mike-Kariere widmen. Ich werde selbst zu Mrs Delaney gehen und das mit ihr klären.«

Wieder gab es dieses Klickgeräusch, worauf sie ein kaum verständliches »Ich fasse es nicht, dass ich mir dieses Diktiergerät besorgt habe« murmelte und das Band endgültig stoppte. Genau in dem Moment, als Hedgehog mit dem Lieferanten zurück aus dem Lager kam und mir wieder bewusst wurde, warum ich eigentlich hergekommen war. Mein Blick fiel auf meine Hausarbeit, die immer noch wie ein Häufchen Elend auf der Theke lag, und wanderte dann zurück zu dem Diktiergerät in meiner Hand. Alyssa Darling hatte es tatsächlich geschafft, mich für zweieinhalb Minuten von meinen Problemen abzulenken.

Kapitel 8

Ally

»Was willst du trinken?«

Monas Stimme war kaum über den Lärm hinweg zu hören, während ich innerlich bis zehn zählte und mich dabei selbst verfluchte, warum ich ihre Einladung, hierherzukommen, angenommen hatte. Das *Chesterfield* war wohl nicht nur die beste Bar in Campusnähe, sondern offensichtlich auch die vollste. Was wiederum keine gute Voraussetzung war, wenn man um Betrunkene eigentlich einen großen Bogen machen wollte. Ich schluckte schwer. Mut wurde absolut überschätzt. Vor allem, wenn man zwischen Entscheidung und Umsetzung zu viel Zeit hatte, um noch einmal darüber nachzudenken. Und die hatte ich eindeutig gehabt. Bis Mona der Meinung gewesen war, dass wir auch drinnen weiter auf ihre Mitbewohnerin Savannah und auf Luke warten könnten.

Eine Gruppe Typen schob sich lachend an uns vorbei, und ich hielt die Luft an.

»Warum guckst du so, als würde es hier drin wie auf einer Müllhalde riechen?«

»Was?«

Mona deutete mit dem Finger auf mich. »Dein Gesicht ist knallrot. Geht's dir nicht gut?«

Wenn ich weiterhin die Luft anhielt, würde ich wegen Sauerstoffmangel tatsächlich gleich umfallen. Ich ließ den Blick über die Menge schweifen. Keiner beachtete mich. Der Laden war voll mit Leuten, die sich unterhielten und einfach nur eine gute Zeit haben wollten. Und daran war absolut nichts Bedrohliches. Niemand hatte mich gezwungen, hierherzukommen, oder würde mich hier festhalten, wenn ich gehen wollte. Das war ganz allein meine Entscheidung, die niemand mehr für mich treffen würde. Ich wischte mir meine feuchten Hände an meinen Shorts ab und legte meine Hand auf mein Schlüsselbein, um dem Schmerz einen Gegenimpuls zu geben. Dann holte ich Luft. Der Duft einer undefinierbaren Süße stieg mir zuerst in die Nase. Gefolgt von einer Mischung aus würzigem Zimt, süßem Karamell und Sahne. Für einen Moment wartete ich auf den stechenden Schmerz unter meiner Narbe, aber er kam nicht. Nichts von dem hier erinnerte mich an den fauligen, sauren Geruch von Bieratem, den ich nie wieder vergessen würde.

»Hey, ist alles okay? Willst du lieber wieder gehen?«

Monas Armreife bewegten sich in leichten Wellen an ihrem Handgelenk. Es war zu laut, um das leise Klimpern zu hören, trotzdem riefen sie mir unweigerlich Monas Worte aus der Bibliothek ins Gedächtnis. *Nur ich allein bestimme über mich und meine Empfindungen. Niemand sonst.* Und genau das würde ich jetzt tun. Trotzdem brauchte ich noch einen Augenblick, um die Worte zu verinnerlichen und mich ganz auf die Situation einzulassen. Dann sah ich sie an und schüttelte den Kopf. »Mir geht es gut. Aber bist du dir sicher, dass du dich da anstellen willst?« Ich nickte in Richtung Bar, an die sich immer mehr Leute drängten, als würde es dort Freigetränke geben.

»Das nennst du voll? Am Wochenende ist der Laden ab zehn Uhr so überfüllt, dass man ohne Vitamin B überhaupt nicht mehr reinkommt. Da ist das hier echt harmlos. Also, was willst du trinken?« Mona zog mich hinter sich her an einen kleinen Tisch, der gerade frei geworden war. Meine Anspannung löste sich noch ein bisschen mehr, als ich mich auf den Platz in der Ecke setzte, von dem aus ich alles gut überblicken konnte. Hier im hinteren Teil der Bar war es tatsächlich etwas ruhiger als in der Nähe der Theke. Das *Chesterfield* erinnerte mich mit seinen vielen dunklen Holzbalken, der rustikalen Einrichtung und der Schwingtür vor der Bar ein bisschen an einen Saloon. Auf der anderen Seite befanden sich sogar zwei Billardtische, an denen Pool gespielt wurde. Überall an den Wänden hingen in unterschiedlichen Größen Fotodrucke. Erst jetzt fiel mir auf, dass es sich immer um dasselbe Motiv handelte. Es war ein für Arizona so landschaftstypischer Canyon. Ich runzelte die Stirn. Es war tatsächlich immer dieselbe Felsformation. Sie wurde nur aus verschiedenen Perspektiven aufgenommen. Ich fragte mich, wie vielen Leuten das tatsächlich jemals aufgefallen war. Ein paar Aufnahmen waren in Schwarz-Weiß, andere in Farbe. Und wieder andere waren zu unterschiedlichen Tageszeiten aufgenommen worden. Auf einigen konnte man die Felsen lediglich als schwarze Umrisse erkennen, die nur von unzähligen Sternen angeleuchtet wurden. Es waren so viele Fotos, dass es den Eindruck machte, als wäre der Fotograf nie ganz zufrieden mit seinen Aufnahmen gewesen. Als hätte er immer wieder versucht, ein noch besseres Bild zu schießen. Wahrscheinlich hatte der Besitzer des *Chesterfield* sie gemacht.

»Ich bin echt erledigt.« Mona ließ sich auf den Stuhl neben mir fallen und warf einen kurzen Blick in die Getränkekarte. Wir waren den ganzen Nachmittag über den Campus gelaufen. Sie hatte ihr Wort wahr gemacht und mir wirklich jede noch so kleine Ecke der *University of Arizona* gezeigt. Am Ende war sie felsenfest davon überzeugt gewesen, dass ich ab jetzt ohne Lageplan überall hinfinden würde, und hatte ihn feierlich in den Müll geworfen. Dass ich mir da immer noch nicht ganz so sicher war, hatte ich ihr nicht gesagt. Auf unserer Tour war mir ganz in der Nähe des Wohnheims auch ein Briefkasten aufgefallen, in den ich ab jetzt meine Briefe an Eric einwerfen würde. Außerdem hatte ich kurz im Verwaltungsgebäude vorbeigeschaut. Was nicht besonders erfolgreich verlaufen war. Der leicht gereizte Unterton in Mrs Delaneys Stimme war mir nicht entgangen, als sie uns erklärt hatte, dass der Hausmeister sich um das Problem kümmern würde, sobald er dafür Zeit hätte. Genauso wenig wie ihre Frage, ob Jax und ich nicht miteinander sprechen würden, denn sie hätte diese Information ja schließlich schon an ihn weitergegeben. Auf welche skurrile Weise wir uns miteinander unterhielten, behielt ich lieber für mich.

Mona schob mir die Getränkekarte zu, und ich studierte das Angebot, um mich abzulenken. »Ich dachte, heute ist Happy Hour?«

»Ja, für mich schon.« Sie grinste und zog dann ihr Handy aus ihren Jeansshorts. »Ich frage mich echt, wo Savannah und Luke bleiben.«

»Vielleicht ist etwas dazwischengekommen«, murmelte ich und studierte weiter die übersichtliche Karte.

»Ja, sieht wohl ganz so aus.«

Ich hob den Blick.

Mona hatte ihre Unterlippe vorgeschoben und tippte immer noch auf ihrem Handy herum. »Luke schafft es nicht. Wir müssen ohne ihn feiern.«

Irgendwie verwunderte mich das nicht. Er hatte uns gestern in der Bibliothek einen kleinen Einblick in sein extrem hohes Lernpensum gegeben. Sein Ehrgeiz und seine Disziplin waren absolut beneidenswert. Trotzdem tat er mir leid. Es war bestimmt nicht leicht, immerzu auf Freizeit verzichten zu müssen.

»Er schreibt, er macht es wieder gut, und wir sehen ihn nächste Woche in der Kanzlei.«

Ich räusperte mich und knibbelte an einer Kante der Getränke-karte. »Ist das wirklich schon nächste Woche?«

»Ja.« Mona sah mich irritiert an. »Wieso? Willst du den Prakti-kumsplatz nicht mehr?«

»Doch. Ich dachte nur, ich hätte noch ein bisschen mehr Zeit.« Den Rest des Abends hatte ich gestern an meinem sehr übersicht-lichen Finanzplan gesessen. Die Erinnerung daran löste augen-blicklich ein flaues Gefühl in meiner Magengegend aus. Wenn man nicht genug Geld hatte, sparte man zuerst am Essen. Und mein Unterbewusstsein war gut darin, mich daran zu erinnern, was es bedeutete, hungern zu müssen. Mein Stipendium deckte zwar die meisten Mahlzeiten in der Mensa ab. Aber dazwischen oder spät-abends war man auf sich allein gestellt. Meine Mikrowellen-Quesadillas waren eine günstige Alternative zu all den teuren Snacks und Fertiggerichten. Allerdings würde ich in der nächsten Zeit wohl auch darauf verzichten müssen.

»Hast du Angst? Wallace wird uns schon nicht den Kopf abrei-ßen. Außerdem sind Luke und ich ja auch noch da.«

»Das ist es nicht.« Ich machte eine kurze Pause. »Es geht um meine Finanzen. Sie sind das Problem. Zwölf Stunden im Super-markt sind zu wenig, um gerade zusätzlich zu meinen Ausgaben auch noch die Bücher für Wallaces Kurs zu besorgen. Und die Businessklamotten kommen auch noch obendrauf. Ich brauche nur ein bisschen mehr Zeit, um das Geld zusammenzusparen. Oder um mir noch irgendwo einen kleinen Zusatzjob für zwei, drei Stunden zu besorgen.«

»Würdest du das denn zeitlich hinkriegen? Die Uni, das Prakti-kum in der Kanzlei und dann auch noch zwischen zwei Jobs hin-und herpendeln? Das ist echt Wahnsinn.«

»Für ein paar Wochen wird es schon gehen. Es muss einfach, ich habe keine andere Wahl. Vielleicht kann Luke mir ein paar

Überlebenstipps geben.« Ich zwang mich zu einem Lächeln. Es würde schon irgendwie funktionieren. Ich musste mich die nächsten Wochen einfach nur mehr einschränken.

»Ich werde mich mal umhören. Mein Bruder kennt viele Leute, vielleicht weiß er ja etwas. Aber gute Jobs in Campusnähe sind gerade nicht wirklich viele zu finden.«

»Wem sagst du das.«

Mona und ich hoben gleichzeitig den Kopf, aber nur mir klappte die Kinnlade herunter. Ich hatte das Gefühl, als wäre ich direkt in ein Zirkuszelt katapultiert worden. Vor uns stand eine junge Frau in einem roten Frack mit goldenen Quasten an den Schultern. Darunter trug sie ein weißes Top, schwarze Shorts und genauso dunkle Ballerinas. Unter einem winzigen Zylinder hatte sie ihre blonden Haare zu vielen kleinen Locken aufgedreht, und ihr Lippenstift hatte exakt den gleichen roten Ton wie ihr Kostüm.

»Sorry, ich musste Überstunden machen. In der Mall war heute die Hölle los.« Sie lächelte entschuldigend und zog die Jacke ihres Kostüms aus, bevor sie sich zu uns setzte. »Ich bin Savannah«, stellte sie sich mir vor, »Monas Mitbewohnerin mit dem schrägen Job.«

»Ich bin Ally und weiß gerade nicht, was ich sagen soll.«

Savannah lachte. »Das passiert mir öfter, wenn ich in dem Aufzug irgendwohin komme.«

»Das ist auch kein Wunder, du siehst toll aus«, begrüßte Mona sie. »Bei euch wird nicht zufällig noch eine Aushilfe für ein paar Stunden die Woche gesucht?«

Savannah kaute nachdenklich auf ihrer Unterlippe herum. »Soviel ich weiß, nicht. Vielleicht in einer anderen Filiale, aber das wäre eine gute Stunde mit dem Bus von hier.«

Mona stieß frustriert die Luft aus. »Ich werde uns erst mal was zu trinken besorgen. Was wollt ihr? Ich nehme einen Gin Tonic.«

»Ich auch.«

»Für mich bitte eine Cola«, sagte ich kleinlaut. Trotz meiner Erwartung, Mona würde protestieren, dass ich mir nichts Alkoholisches ausgesucht hatte, nickte sie. »Bin gleich wieder da.« Sie bahnte sich den Weg durch die Menge und war zwischen den Leuten an der Bar verschwunden.

Savannah hatte einen kurzen Blick auf ihr Smartphone geworfen und dabei immer wieder eine ihrer Locken lang gezogen.

»Und was machst du genau in der Mall?« Ich deutete auf ihren Kopf, wo immer noch der kleine Zylinder saß.

»Mist.« Ihre Wangen wurden rot, als sie nach dem winzigen Hut tastete und dann eine Haarnadel löste, um ihn abzunehmen. »Wenn ich das Kostüm auf der Arbeit lasse, wird es mir geklaut, und ich muss auf eigene Kosten ein neues besorgen. Für uns gibt es leider keine Umkleidemöglichkeiten oder abschließbare Spinde dort.«

»Für euch?«, fragte ich irritiert.

»Ich bin Animateurin – sozusagen. Wenn du dich schon immer mer gefragt hast, was all die Weihnachtselfen in den Einkaufszentren das Jahr über machen? Tada!« Sie schwenkte ihren kleinen Hut und deutete eine Verbeugung an. Dabei wehte mir ihr Parfum entgegen, von dem ich mir sicher war, dass die Hauptduftnote aus Kirschblüten und Rosen bestand.

»Während die Eltern in Ruhe auf Shoppingtour gehen, kümmere ich mich um ihre Kinder. Verkleidet als Zirkusdirektorin«, fügte sie hinzu und musste über ihre eigenen Worte schmunzeln. »Es gibt schlimmere Jobs. Außerdem sind die Kinder eine gute Ablenkung. Und die kann ich gerade wirklich gut brauchen.« Sie presste ihre Lippen kurz zu einem dünnen Strich zusammen, als hätte sie eben mehr gesagt, als sie eigentlich wollte. »Und du suchst noch nach einem Job?«, lenkte sie das Gespräch auf mich.

»Eigentlich arbeite ich im gleichen Supermarkt wie Mona, aber die Stunden reichen gerade nicht.«

»Am Anfang hatte ich auch zwei Jobs und wusste nicht, wie ich das alles hinkriegen sollte.«

»Studierst du auch Rechtswissenschaften?«

Sie schüttelte den Kopf, ohne mich anzusehen. Gedankenverloren ließ sie ihren Blick durch die Bar schweifen und wickelte dabei wieder eine Locke um ihren Finger. Unweigerlich hatte ich das Gefühl, mit meiner Frage erneut einen wunden Punkt getroffen zu haben.

»Ich habe mich für Business entschieden und bin jetzt im vorletzten Jahr.« Sie sah mich kurz an, bevor sie ihren Blick erneut durch den Laden wandern ließ und eine Gruppe Leute an den Billardtischen ihre Aufmerksamkeit erregte. Schlagartig versteifte sie sich auf ihrem Stuhl. Ihre Augen waren so weit aufgerissen, als hätte sie den Teufel höchstpersönlich gesehen.

»Ist alles in Ordnung bei dir?«

Sie reagierte nicht.

»Savannah?« Sie zuckte leicht, als ich sie am Arm berührte. »Geht es dir gut?«

»Was?« Sie löste sich aus ihrer Starre und sah mich an. »Ja, alles in Ordnung«, murmelte sie, aber in ihren Augen stand etwas anderes.

»Du siehst nicht so aus.«

»Es ist nur … ich habe vergessen … es ist besser …« Nichts von dem, was sie sagte, ergab irgendeinen Sinn. Als die Gruppe an den Billardtischen erneut laut lachte, schnappte sie sich ihre Tasche und sprang auf. »Sorry, ich muss hier raus.«

»Aber …« Meinen Einwand hörte sie schon nicht mehr.

»Was ist los? Wo will Savannah hin?« Mona hatte unsere Getränke auf dem Tisch abgestellt und sah ihr fragend hinterher.

»Ich habe keine Ahnung. Sie hat ihre Sachen genommen und ist einfach gegangen.« Erst jetzt fiel mir auf, dass sie den kleinen Zylinder vergessen hatte, der immer noch auf dem Tisch lag. »Sie hat gesagt, sie muss hier raus.«

»Einfach so?« Mona schien genauso ratlos wie ich.

»Wir haben uns ganz normal unterhalten, bis sie die Leute an den Billardtischen gesehen hat.«

Mona sah in Richtung der Poolspieler. »Das kann nicht sein.« Schlagartig verfinsterte sich ihre Miene.

»Was ist denn los?«

»Der Typ da.« Mona deutete auf einen Kerl mit einer Blondine im Arm, die so intensive Küsse austauschten, dass es selbst Casanova die Röte ins Gesicht getrieben hätte. »Das ist Tom. Savannahs Ex-Freund. Der Typ ist einfach nur ein Fuckboy. Sie hat ihm letzte Woche endlich den Laufpass gegeben, nachdem sie schon länger vermutet hat, dass da was zwischen ihm und Lisha läuft. Dieser Mistkerl hat es natürlich die ganze Zeit abgestritten.« Sie schnaubte verächtlich.

Das steckte also hinter Savannahs Reaktion. Jetzt ergab alles einen Sinn.

»Macht es dir was aus, wenn wir das hier heute verschieben? Ich muss zu Savannah und nach ihr sehen.«

»Nein, überhaupt nicht.«

Mona schnappte sich den kleinen Zylinder, den Savannah liegen gelassen hatte, und wandte sich zum Gehen.

»Was ist mit den Getränken? Ich muss noch bezahlen.«

»Schon erledigt.« Sie warf mir einen kurzen Blick über ihre Schulter zu, während wir uns durch die Bar bewegten. »Mein Bruder ist einer der Barkeeper hier. Ich sage ihm nur kurz, dass wir abhauen.«

»Dein Bruder? Also ist die Happy Hour eigentlich der Barkeeper?« Verwirrt versuchte ich, mit ihr Schritt zu halten, stoppte aber abrupt, als ich sah, von wem sie sich verabschiedete. Das konnte nicht sein!

»Was ist los?« Mona war zu mir zurückgekommen. »Du siehst aus, als hättest du einen Geist gesehen.«

Konnte man wohl so sagen. »Das ist dein Bruder?«

Mona seufzte. »Ich weiß, diese Igel-Frisur ist schräg. Seine Freunde haben ihm deswegen auch einen völlig lächerlichen Spitznamen gegeben. Total bescheuert.«

»Das meine ich gar nicht«, unterbrach ich sie tonlos. »Dein Bruder ist der Mitbewohner vom Briefkastentyp.«

»Was? Jeffrey Dahmer ist eigentlich Jax Hoover?«

Sie sah mich an, als hätte ich gerade einen Witz gemacht und die Pointe dabei vergessen. Als ich immer noch nichts sagte, war sie es, die den Gag auf die Spitze trieb. »Der ist auch hier.«

Ich riss die Augen auf. Genau in dem Moment, als ein großer Kerl die Theke verließ und mir die Sicht auf Jax Hoover freigab. Er saß auf einem der Barhocker und starrte eine leere Flasche an, die er immer wieder von einer Hand in die andere schob. Er war so in seinen Gedanken versunken, dass alles um ihn herum keine Bedeutung zu haben schien. In diesem unbeobachteten Moment wirkte er nicht wie der überhebliche, selbstverliebte Typ, der er war. Gerade eben wirkte er auf eine undefinierbare Art absolut zerbrechlich auf mich. Bis Monas Bruder ihn anstieß und grinsend in meine Richtung deutete. Jax drehte den Kopf, und ich versteifte mich unter seinem kühlen Blick, der sich mit jeder Sekunde weiter in mich bohrte.

»Okay, ich muss jetzt los. Du kommst klar?«

Ich löste mich von Jax und sah Mona an. »Mein Wohnheim ist um die Ecke. Mach dir keine Sorgen und grüß Savannah von mir.«

»Ich melde mich später, und dann musst du mir alles erzählen.«

Sie umarmte mich noch kurz und hatte im nächsten Moment das *Chesterfield* verlassen.

Da gibt es nichts zu erzählen, schoss es mir durch den Kopf. Schwüle Luft schlug mir entgegen, als ich aus der Bar ins Freie trat und einen kurzen Blick in den sternenklaren Himmel warf. Das Universum war so unendlich groß. Warum war unsere Welt dann immer so verdammt klein, wenn man es gerade nicht brauchen konnte? Die Tür fiel hinter mir zu, nur um sofort wieder aufgerissen zu werden.

»Du überraschst mich echt immer wieder, Ally–Alyssa Darling.«

Ich setzte mich in Bewegung, ohne mich umzudrehen.

»Wieso? Weil du nicht damit gerechnet hast, mich in einer Bar zu sehen, oder weil ich auf deine komische Nachricht geantwortet habe?«

»Beides.« Mit wenigen Schritten hatte Jax mich eingeholt. »Aber vor allem, dass du mit Mona zusammen Jura studierst.«

»Und was ist daran bitte so ungewöhnlich?«

Er lachte leise. »Ich habe dich nach deiner intensiven Analyse, was mein Ego angeht, eher für eine Psychologiestudentin gehalten.«

»Du ziehst aber schnell deine Schlüsse. Dabei war das noch nicht einmal alles, was ich über dich zu sagen habe.«

»Da ist noch mehr? Interessant. Hau raus. Was denkst du noch über mich?«

Er wollte echt wissen, was ich über ihn dachte? Kein Problem. »Ich wette, du studierst BWL. Aber wie du dein Studium abschließt, ist eigentlich völlig egal, denn du wirst sowieso in Daddys Firma anfangen. Deswegen ist das Leben für dich auch eine riesengroße Party, auf der du alles bekommst, was du willst, weil du dich selbst für den Größten hältst.«

»Dafür, dass du mich nicht kennst, sind das ganz schön viele Behauptungen, findest du nicht?«

Unbeirrt redete ich weiter. »Außerdem verunsicherst du gerne Leute und benutzt dafür skurrile Gegenstände, wie diese Kassetten. Was ziemlich unhöflich ist. Und dann ist es dir auch noch völlig egal, ob man überhaupt ein Gerät hat, um deine Nachrichten abhören zu können. Du schuldest mir übrigens noch fünf Dollar für das Ding.«

»Moment, du willst jetzt fünf Dollar von mir, aber die zwanzig für deine Fotos wolltest du nicht?«

Hatte er wirklich den Nerv, meine Fotos zu erwähnen? Wütend wirbelte ich herum, und im nächsten Moment knallte ich gegen Jax' harten Oberkörper, der ungebremst in mich gelaufen war. Fast schon reflexartig hielt ich die Luft an und krallte mich an seinen Oberarmen fest, um nicht das Gleichgewicht zu verlieren. Durch den Stoff des T-Shirts spürte ich seine glühend heiße Haut unter meinen Fingern. Als wäre er stundenlang draußen gewesen und sein Körper hätte die Hitze der Sonne immer noch gespeichert. Wie nach einem Tag am Strand. Für einen winzigen Moment schloss ich die Augen und versuchte, mich an das Gefühl von Sand, Meer und Sonne auf meiner Haut zu erinnern, wie ich es als Kind so oft erlebt hatte. Das Meer war Hunderte von Meilen weit weg, und Jax Hoover war gerade aus einer Bar gekommen. Ganz sicher hatte er nicht an irgendeinem Strand gelegen. Trotzdem beugte ich mich noch ein bisschen weiter vor. Ob man die Sonne an ihm riechen konnte? *Das ist zu nah – viel zu nah!* Die alarmierende Stimme in meinem Kopf und das leichte Pochen meiner Narbe nahmen mich mit jeder Sekunde mehr ein. Gleich würde mich meine Angst komplett im Griff haben. Also sog ich die Luft ein. Da war kein Duft, der mich an Sonne und das Meer erinnerte. Jax Hoover roch nach Zedernholz und Neroli. Mit einem winzigen

Hauch Minze – *wie ein von Wäldern umgebener Bergsee in den Rocky Mountains*, schoss es mir durch den Kopf. Das war genau der Duft, auf den ich mich bei unserer ersten Begegnung im Flur konzentriert hatte. An den ich mich geklammert hatte, um mich aus meiner Panik zu befreien. Mein Herz setzte einen Schlag aus, als mir bewusst wurde, wessen Geruch das gewesen war.

»Hast du gerade an mir geschnuppert?«

Jax' Stimme an meinem Ohr riss mich augenblicklich aus meinen Gedanken. Ich wich einen Schritt zurück, um mehr Abstand zwischen uns zu bringen. »Nein«, erwiderte ich viel zu knapp. Er musterte mich mit der gleichen Intensität wie eben in der Bar. Natürlich glaubte er mir nicht. Er sah mir direkt in die Augen, als würde sich die Wahrheit und das, was dahintersteckte, irgendwo auf dem Grund meiner Iris befinden. Also tat ich das Einzige, was ich ihm gerade entgegensetzen konnte. Ich fing seinen Blick auf und hielt ihn fest. Zum ersten Mal sah ich ihn länger an als nur für den Bruchteil von Sekunden. Seine Gesichtszüge waren angespannt und wirkten noch markanter. Über seiner rechten Braue hatte er ein winziges Muttermal, das sich bei der kleinsten Regung bewegte. Es fiel kaum auf, nur wenn man ganz genau hinsah. Unbemerkt legte ich den Kopf etwas schief. Seine Augen waren grün und zu gleichen Teilen grau. Hell und dunkel – zwei Gegensätze, die unweigerlich miteinander auskommen mussten.

»Dann bin ich jetzt dran, zu sagen, was ich über dich denke.«

»Tu dir keinen Zwang an.« Froh über den Themenwechsel verschränkte ich die Arme vor der Brust und zog abwartend eine Augenbraue hoch.

Meine Geste entlockte Jax ein leises Lachen, bevor er mich übertrieben von oben bis unten musterte. »Du studierst Jura, um der Welt irgendwas zu beweisen. Denn nach einer richtig miesen

Kindheit bist du heute die Vorzeigestudentin, die sich nie etwas zuschulden kommen lässt. Alles in deinem Leben ist komplett durchgeplant. Studium, Abschluss, Job. Nichts wird dem Zufall überlassen – die perfekte Fassade, hinter der du alles bis ins Kleinste analysieren kannst. Da ist für Spaß kein Platz.«

Ich streckte das Kinn vor und sah ihm fest ins Gesicht. Dieser Kerl hatte keine Ahnung, wie falsch er lag.

»Außerdem wette ich, dass du trotz meiner Nachricht bei Mrs Delaney warst, weil du niemandem traust außer dir selbst.« Sein Mundwinkel zuckte. Das hier war ein Spiel, aus dem wir beide als Gewinner hervorgehen wollten.

»Und? Habe ich recht?«

Ohne auch nur mit der Wimper zu zucken, starrte ich ihn an und ignorierte dabei, wie er sich auf seine Unterlippe biss, um ein weiteres Lachen zu unterdrücken. »Frag sie doch. Und vergiss dabei nicht, deinen Charme einzusetzen.«

»Werde ich tun. Gleich morgen.« Er bluffte nur, ganz sicher. Ich legte ein sarkastisches Lächeln auf, dann löste ich meinen Blick und ging weiter. Nur um nach ein paar Metern an einer Kreuzung orientierungslos zu stoppen. Mist! Musste ich hier abbiegen?

»Das Wohnheim ist da vorne.«

Super, Jax war also auch noch da. Nicht, dass ich ernsthaft geglaubt hatte, ihn in der kurzen Zeit abhängen zu können. »Verfolgst du mich eigentlich?«

»Wir haben zufällig denselben Weg, schon vergessen?«

Nein, das hatte ich nicht.

»Aber wenn du schon so direkt fragst.« Er hatte mich wieder eingeholt. »Mona meinte, dass du einen Job suchst.«

Fast stolperte ich über meine eigenen Füße. Sie hatte ihrem Bruder tatsächlich schon in der Bar davon erzählt. Bevor ich gewusst hatte, wer er war. Und Jax musste es gehört haben.

»Machst du dich immer über die Not anderer lustig?«

»Ich mache mich nicht darüber lustig.« Sein Ton war plötzlich sehr viel kälter als eben noch.

»Warum fragst du mich dann, ob ich einen Job suche? Oder bist du ganz plötzlich unter die Cafébesitzer gegangen und suchst dringend noch nach Aushilfen?«

Wir waren am Wohnheim angekommen, und ich kramte in meiner Tasche nach dem Schlüssel.

»Nein. Ich brauche jemanden, der mir mit meinem Unikram hilft.«

Ich hielt inne. Fragte mich gerade der Typ, der mich schon zweimal als Spaßbremse bezeichnet hatte, weil ich lieber lernte, als jedes Wochenende feiern zu gehen, ob ich ihm Nachhilfe geben kann? »Soll das ein Scherz sein? Vergiss es!«

»Also suchst du doch keinen Job?«

»So verzweifelt bin ich nicht, dass ich ein Jobangebot von jemandem annehmen muss, den ich nicht leiden kann.«

»Die wenigsten Leute können ihren Boss leiden«, bemerkte er trocken.

Genervt zog ich meinen Schlüssel aus der Tasche. »Ich habe gehört, dass es hier gute Lerngruppen gibt.«

Als hätte er den Tipp nicht zum ersten Mal bekommen, rollte er mit den Augen. »Eine Lerngruppe kann mir aber nicht helfen.«

»Warum fragst du dann ausgerechnet mich?«

»Weil ich jemanden brauche, der nicht so schnell aufgibt und der vor allem kein Mitleid mit mir hat.«

Ich sah ihn an. Seine Miene war genauso unergründlich wie immer. »Es gibt sicher noch mehr Leute hier, auf die diese Eigenschaften zutreffen. Wir haben nicht mal die gleichen Kurse zusammen. Selbst wenn ich wollte, hätte ich keine Zeit, mich auch noch in deinen Stoff einzulesen, um ihn dann mit dir durchzugehen.«

»Es geht nicht um Nachhilfe. Also nicht direkt.« Er war wirklich hartnäckig, das musste man ihm lassen.

»Warum sollte ich ausgerechnet dein Angebot annehmen?«

»Wegen des Geldes.« Er zuckte mit den Schultern, als würde allein dieses Argument ausreichen, um mich umzustimmen. »Weil du die Zeiten bestimmen kannst und mich nicht einmal dabei sehen musst.«

Weil ich ihn dabei nicht einmal sehen musste? Was auch immer er damit meinte. Wahrscheinlich hatten seine Eltern ihn vor ein Ultimatum gestellt, was seine Noten anging, und jetzt war ihm alles recht, nur um seine Privilegien nicht zu verlieren. Ich brauchte dringend noch einen Job, aber das? Nein. Ganz sicher würde ich sein Angebot nicht annehmen und ihm Nachhilfe geben, weil er sich lieber volllaufen ließ, als sich um sein Studium zu kümmern. »Du musst dir jemand anderen suchen.« Mit dem Fuß stieß ich die Tür zum Wohnheim auf, aber Jax machte keine Anstalten, mit hineinzukommen. Er hatte den Kopf in den Nacken gelegt, und sein Blick war in den tiefschwarzen Himmel gerichtet. Der Riemen seines Rucksacks rutschte ihm über die Schulter. Augenblicklich griff er danach, als würde sich etwas wirklich Wertvolles darin befinden. »Ich komme noch nicht mit rein. Ich habe noch was vor.«

Bevor ich etwas erwidern konnte, hatte er sich schon in Bewegung gesetzt. Nach ein paar Metern sah er noch einmal über seine Schulter zu mir zurück. »Überlege es dir noch mal, Ally-Alyssa Darling. Ich bin als Boss gar nicht so übel.«

Krachend ließ ich die schwere Tür ins Schloss fallen. Auf – keinen – Fall!

Kapitel 9

Ally

Der Geruch des Zitronenreinigers hing wie eine schwere Wolke über mir, als ich mir die Handflächen an meiner Schürze abwischte und gegen den nicht vorhandenen Türrahmen des Büros klopfte. Ernesto Montoya saß an seinem Schreibtisch und war damit beschäftigt, irgendeine Lieferung aus einem Karton zu räumen. Er sah nicht zu mir hoch, also blieb ich in der Tür stehen und wartete. Das Büro war eigentlich nur eine von Blechwänden abgeteilte Ecke im Lager und erinnerte eher an einen Abstellraum. Überall standen Deko und Pappaufsteller herum, die nur darauf warteten, auf der Ladenfläche zum Einsatz zu kommen. Die Wände waren vor einer Ewigkeit mit Werbeplakaten verschiedener Getränkemarken tapeziert worden. Einige hingen vergilbt und eingerissen herunter. Selbst eine lebensgroße Pappfigur von Shaquille O'Neal, der in seinem Basketballtrikot eine Tiefkühlpizza in der Hand balancierte, hatte ihre besten Tage schon längst hinter sich.

»Er hätte hier in Arizona, bei den Phoenix Suns bleiben sollen. Was für eine Schande!«

»Ich habe keine Ahnung von Basketball«, gab ich zu. Und noch viel weniger von Spielern, die schon lange nicht mehr aktiv waren.

»Du als Amerikanerin? Ich dachte, euch wird die Liebe zum Sport schon mit in die Wiege gelegt?« Er sah ehrlich erstaunt aus. Als wäre die Tatsache, sich in diesem Land nicht für Sport zu interessieren, wirklich unvorstellbar. »Ich war fast siebzehn, als meine Eltern mit meinem Bruder und mir hierhergekommen sind. Mein Vater wollte ein besseres Leben für uns. Er hat alle, wie sagt man, Hebel in Bewegung gesetzt, um diesen Laden eröffnen zu können. Als er endlich einen Großhändler gefunden hatte, der uns belieferte, war diese lebensgroße Pappfigur dabei gewesen. Shaque O'Neal – der amerikanische Traum. Ich habe es nie verstanden, aber seit dem Tag war dieser Spieler für meinen Vater der Größte und der Aufsteller unser Schutzpatron. Er hat immer gesagt, wenn O'Neal jemals nach Arizona wechselt, wird er sich jedes Spiel ansehen.« Er lachte bitter. »Manche Dinge kommen einfach zu spät.«

Wie recht er hatte.

Mit einem Messer schnitt er einen weiteren Karton auf und zog die Stirn in noch tiefere Falten. »Kennst du dich wenigstens mit so was aus? Meine Tochter meinte, dass Studenten so was brauchen, aber ich bin mir nicht sicher.«

Ich kam einen Schritt näher. Unwillkürlich legte sich ein breites Lächeln auf mein Gesicht, als ich erkannte, was da in dem Karton lag. »Ihre Tochter hat recht. Marshmallows sind lebenswichtig.«

Ernesto Montoya zog eine der vielen durchsichtigen Verpackungen aus dem Karton. Jede war mit Marshmallows, kleinen Schokoladentäfelchen, Keksen sowie einer kleinen Kerze und Holzspießen befüllt. »So was ist lebenswichtig?«

»Das ist ein Bausatz, um S'mores zu machen«, erklärte ich. »Man kann es einfach im Zimmer benutzen. Und zwar immer, wenn man Lust auf geröstete Marshmallows hat. Ohne ein Lagerfeuer anzünden zu müssen. Das ist genial.«

Meine Begeisterung ließ ihn erst die Nase rümpfen, doch dann entspannten sich seine Gesichtszüge für einen kurzen Moment. »Wenn du es so gut findest, dann solltest du eines mitnehmen.« Er warf mir eines der Päckchen zu, das ich reflexartig auffing. »Aber du bist bestimmt nicht hier, um dich mit mir über Marshmallows zu unterhalten, oder?« Seine Miene hatte in seine alte Härte zurückgefunden.

»Nein.« Verlegen räusperte ich mich. Trotz unserer vertrauten Unterhaltung eben hatte ich das Gefühl, es wäre einfacher, Don Vito Corleone um einen Gefallen zu bitten, als Ernesto Montoya nach mehr Arbeitsstunden zu fragen. »Es geht eigentlich um …«

»Geld?« Er lehnte sich zurück, legte seine schweren Stiefel auf die Kante seines Schreibtischs und sah mich abwartend an. Das leise Klingeln der Türglocke und Monas Stimme, die mit einem Kunden sprach, lenkten mich für einen Moment ab, bevor ich ihm antwortete. »Ich brauche mehr Stunden. Nur für ein paar Wochen.«

Unbeirrt sah er mich weiter an. Nur sein Oberlippenbart zuckte kurz. »Ich hatte gesagt, dass mehr als zwölf Stunden nicht drin sind.«

»Das habe ich nicht vergessen«, gab ich kleinlaut zu. »Es wäre auch nicht für immer.«

»Hast du Ärger?« Die Schärfe in seiner Stimme machte nur zu deutlich, auf welche Art von Ärger er anspielte.

»Ich nehme keine Drogen«, sagte ich fest, »ich habe ein paar Ausgaben, die nicht von meinem Stipendium bezahlt werden, und …«

»Was ist mit deinen Eltern?«, unterbrach er mich.

Ich schüttelte den Kopf.

»Du hast niemanden mehr?«

»Da ist niemand, der mir gerade helfen kann.«

Ein lautes Scheppern gegen die Blechwand ließ mich zusammenzucken. Erschrocken drehte ich mich zur Tür. Im Rahmen stand ein Mann, den ich noch nie hier gesehen hatte. Sein aufdringliches Aftershave verteilte sich so schnell im Raum, dass mir übel wurde. Zu dunkler Jeans und T-Shirt trug er ein New-Era-Basecap und war mindestens zehn Jahre älter als ich. »Hier bist du, Ernesto.« Der Typ rollte das R so übertrieben, als wollte er es besonders spanisch aussprechen. »Störe ich?« Ohne auf eine Antwort zu warten, schlenderte er durch den Raum und strich sich dabei immer wieder mit der Hand über seinen dunklen Bartschatten. Kurz vor dem Shaquille-O'Neal-Pappaufsteller blieb er stehen und stieß ein abfälliges Zischen aus. Die Luft war plötzlich seltsam aufgeladen. Dieser Besuch war definitiv kein Freundschaftsbesuch. Erst jetzt spürte ich die Anspannung in mir. Das Surren der Klimaanlage setzte ein und vermischte sich mit dem Rauschen in meinen Ohren. Ich hatte hier nichts verloren. Was auch immer die beiden Männer miteinander zu besprechen hatten, es ging mich nichts an. Trotzdem war ich unfähig, mich von der Stelle zu bewegen. Ernesto Montoya saß immer noch regungslos auf seinem Stuhl. Er schien nicht einmal zu blinzeln. Dann stand er langsam und ohne Hektik auf und griff nach einem Umschlag auf seinem Schreibtisch. »Bist du wirklich hier, um dich mit mir zu unterhalten, Derek?«

»Ich dachte nur, du hast vielleicht noch ein paar Fragen? Zu meinen kleinen Vertragsänderungen.«

»Du hast die Miete für den Laden erhöht und mir gedroht, wenn ich nicht bezahle. Ich habe sehr wohl verstanden.«

»Das ist gut, ich dachte schon, du kommst mir jetzt mit der gleichen Leier wie die anderen Mieter. *Wir leben schon ewig hier*, bla, bla. *Meine Kinder müssen aufs College, damit sie es mal besser haben*, bla, bla, bla. *Ich kannte deinen Vater, möge er in Frieden ruhen*, bla, bla.«

»Dein Vater war ein guter Mann.«

»Wie auch immer. Wenn du keine weiteren Fragen hast, dann können wir ja zum Geschäft kommen.«

Ernie drückte ihm wortlos den Briefumschlag vor die Brust. »Hier hast du die Miete für den nächsten Monat. Zähl nach.«

Mit einem trägen Grinsen nahm der Typ das Geld aus dem Umschlag, zählte es kurz und steckte es locker in seine Gesäßtasche, als würde es sich nicht um mehrere Hundertdollarscheine handeln. Den leeren Umschlag ließ er auf den Schreibtisch fallen. Dann ging er wieder zur Tür, blieb aber noch einmal stehen. »Es ist immer wieder nett, mit dir ins Geschäft zu kommen, Ernie. Man darf eben nie vergessen, wo man herkommt. Schönen Tag noch!« Die Worte schnitten wie eine Rasierklinge durch den winzigen Raum. Doch die Miene von Ernesto Montoya war immer noch wie in Stein gemeißelt – hart und absolut ausdruckslos. Als wäre all die Diskriminierung und Ungerechtigkeit, die gerade passiert war, ganz normal in seinem Leben. Wie ein Umstand, den man nicht ändern konnte. Erst als das leise Klingeln der Türglocke zu hören war, sah er mich an. »Ich kann dir gerade nicht mehr Stunden geben, Ally. Es tut mir leid.«

Diese Welt war wirklich ungerecht – auf so viele verschiedene Arten.

Ich streifte mir meine Schuhe von den Füßen, öffnete das Fenster und legte die Tüte mit den Marshmallows auf mein Bett. Direkt neben einen Brief von Eric, den ich eben zusammen mit einer kleinen schwarzen Kassette aus meinem Briefkasten geholt hatte. Noch während ich die alte Stehlampe in der Ecke anschaltete, riss ich den Umschlag auf. So schnell hatte ich nicht mit einer Nachricht von Eric gerechnet. Er war noch nie ein Typ der vielen Worte gewesen. Auch wenn der Postweg im Augenblick die einzige Möglichkeit war, überhaupt miteinander zu sprechen. Meinen Brief an ihn hatte ich gestern erst abgeschickt. Das konnte unmöglich schon eine Antwort darauf sein. Bestimmt wollte er wissen, was

mit den Unterlagen war, die ich immer noch nicht an seinen Anwalt schicken konnte. Der Gedanke, dass er vielleicht Ärger haben
könnte, löste ein mulmiges Gefühl in meiner Magengegend aus.
Langsam ließ ich mich auf den Boden gegen mein Bett sinken. Im
schwachen Schein der Lampe zog ich das dünne Stück Papier aus
dem Umschlag und las Erics Nachricht.

**An mein Schwesterherz, das vergessen hat, seinem
Lieblingsbruder zu schreiben, und dafür kein
schlechtes Gewissen haben muss … Das meine ich
ernst!**

Hey, All,
    *ich hoffe, bei dir ist alles okay und du hast gerade die verdammt
beste Zeit deines Lebens.*
    *Nächste Woche werde ich endlich dem Haftrichter vorgeführt.
Wenn alles gut läuft, bin ich bald hier raus. Hast du schon mit meinem Anwalt gesprochen?*

Wir sehen uns.
Ganz bald.
Eric

Mein Herz krampfte sich zusammen, und ich presste den Brief fest
an meine Brust. *Ganz bald.* Ich versuchte nicht, an dem Papier zu
riechen, um herauszufinden, ob es vielleicht nach Eric roch. Weil
es mich nur noch mehr an ihn erinnern würde. Und an eine un-
beschwerte Zeit, in der all unsere Träume noch fliegen konnten.
Ich wünschte mir nichts mehr, als dass mein Bruder endlich auch
die Chance bekäme, neu anfangen zu können. Vielleicht sogar hier
in Tucson. Das College würde ihm ganz sicher gefallen. Arizona

würde ihm gefallen. Aber all das stand zwischen einem Richter und einem Brief, an den ich nicht herankam. Selbst die Telefonnummer von Erics Anwalt hatte ich nicht.

Das Summen meines Handys lenkte meine Aufmerksamkeit kurz auf die E-Mail, die auf dem Display aufleuchtete. Professor Wallace hatte eine letzte Info zum Praktikum geschickt – für das mir immer noch ein paar Klamotten fehlten. In Gedanken ging ich meine Kommode durch. Ich hatte noch nie viel zum Anziehen besessen. Schon gar keinen Blazer und schwarzen Rock oder irgendwas, womit ich fürs Erste improvisieren könnte. Mona ging es ähnlich, sie wollte deswegen am Montag shoppen gehen und hatte mich gefragt, ob ich mitkommen wollte. Aber ohne Geld? Meine Hoffnung auf mehr Stunden im Supermarkt war wie eine Welle an einem Felsen zerschlagen worden. Frustriert warf ich meinen Kopf in den Nacken und stieß dabei gegen etwas Hartes auf meinem Bett. Ohne hinzusehen, angelte ich nach der kleinen Kassette und ließ sie durch meine Finger gleiten. Ich brauchte Geld, und ich brauchte unbedingt diesen Brief – und beides führte unweigerlich zu Jax. Also legte ich das Tape in das Diktiergerät und schaltete es ein.

Mein Texas-Ego und ich fühlen uns geschmeichelt, dass wir dich mit unserer Magic-Mike-Nummer so beeindruckt haben. Aber ich muss dich enttäuschen. Ich habe einen anderen Berufsweg geplant, bei dem ich mich nicht ausziehen muss. Aber wenn du darauf stehst, mich nackt zu sehen, dann können wir das gerne wiederholen. Ganz wie du willst.

Noch bevor ich über seine Nachricht mit den Augen rollen konnte, gab es ein Klickgeräusch, und eine weitere Aufnahme startete, die er etwas später aufgenommen haben musste. *Lass dir mein Angebot noch mal durch den Kopf gehen. Ich zahle dir, was du willst. Für mich steht wirklich viel auf dem Spiel.*

Ich legte das Diktiergerät neben mich auf den Boden. Für ihn stand viel auf dem Spiel, und dafür würde er mir bezahlen, was auch immer ich wollte? Die Vorstellung war total absurd und vermutlich auch total überzogen. Aber was konnte ihm so wichtig sein, dass er bereit war, dafür eine Menge Geld zu bezahlen? Und dann auch noch ausgerechnet an mich? Ich war mir sicher, dass fast jeder in seinem Studiengang sein Angebot annehmen würde, wenn er tatsächlich so großzügig Nachhilfestunden bezahlen wollte. Ich wusste ja nicht einmal, was er überhaupt studierte. Auf meine Vermutung gestern hatte er kein Wort gesagt. Trotzdem war mir das kurze Zucken seines Kiefers nicht entgangen. Vielleicht hatte ich genau ins Schwarze getroffen, und er studierte tatsächlich BWL, um einen Posten in der Firma neben seinem Vater einzunehmen. Es gab zwei einfache Möglichkeiten, das herauszufinden und mehr darüber zu erfahren, wer Jax Hoover war. Ich könnte Mona anrufen – oder ich fragte Google.

Bei dem Namen *Jax Hoover* und den Zusatzworten *Arizona* und *Tucson* landete ich tatsächlich einige Treffer. An erster Stelle stand eine Firma aus Phoenix, die Fotoobjektive baute. *Hooveroptics* – den Namen hatte ich noch nie gehört. Nach ein paar Klicks landete ich auf dem Reiter, der zur Firmengeschichte führte. Gründer war ein gewisser Stan Hoover gewesen, der den Vorsitz aber schon früh an seinen Sohn Mick übertragen hatte. Er leitete seither das Unternehmen zusammen mit seiner Frau. Bis der gemeinsame Sohn Aidan nach seinem Studium ebenfalls eine leitende Position übernommen hatte. Ich runzelte die Stirn. Von einem Jax Hoover stand dort kein Wort. Erst als ich weiterscrollte und auf ein Foto stieß, wurden meine Zweifel ausradiert. Auf dem Familienbild standen, neben einer Frau und einem Mann, die unverkennbar Mr und Mrs Hoover sein mussten, ihre Söhne Aidan und Jax. Die Aufnahme war letztes Jahr auf dem Privatgrundstück der Familie gemacht worden. Was ebenfalls als Information im Text unter dem Bild stand. Sowie ein paar andere private Details über die Hoovers. Aber Jax wurde nur ein Mal namentlich direkt unter dem Foto erwähnt. Sonst stand da nichts über ihn. Keine schulische Laufbahn und auch keine Info darüber, ob er ebenfalls nach dem Studium mit in die Firma einsteigen würde. Es war beinahe so, als existierte er nur auf diesem Foto. Ich wischte über das Display meines Handys, bis ich den Artikel zu Ende gelesen hatte. Dann warf ich doch noch einmal einen Blick auf das Familienfoto – und auf Jax. Seine Haare waren ein Stück länger als jetzt und auch etwas heller von der Sonne. Eine Strähne hing ihm locker ins Gesicht und kräuselte sich leicht. Wenn man ganz genau hinsah, konnte man sogar das kleine Muttermal über seiner Augenbraue erkennen. Im Gegensatz zu seinem Vater und seinem Bruder trug er kein Hemd, nur ein schlichtes T-Shirt. Selbst seine ausgeblichene Jeans wirkte viel zu lässig für dieses förmliche Foto. Alles an ihm sah so aus, als ob er nicht dazugehörte. Nur dieser dunkle Glanz in seinen Augen und seine Lippen, die zu einem kaum wahrnehmbaren Lächeln verzogen waren, sagten etwas anderes. Als würde auf irgendeine Weise so viel mehr dahinterstecken. »Wer bist du, Jax Hoover?« Als ich mich zurück zur Trefferübersicht meiner Google-Suche klickte, bekam ich tatsächlich eine Antwort darauf. Der Link an zweiter Stelle führte direkt auf einen YouTube-Channel. Es war ein Videoblog, der sich um Fotografie drehte – um analoge Fotografie. Ich runzelte die Stirn. Wer fotografierte im digitalen Zeitalter mit superguten Handykameras überhaupt noch mit einem analogen Fotoapparat? Ganz offensichtlich über fünfzehntausend Abonnenten, die an dieser Art, zu fotografieren, Interesse hatten. Ich scrollte mich durch die Übersicht. Es gab Videos über verschiedene Objektive und Linsen, und für welche Motive sie am besten geeignet waren. Ganz viel über das Entwickeln von Fotos und eine weitere Kategorie, in der es jede Menge Praxistipps für Anfänger und Einsteiger gab. Und dann klickte ich eines der Videos an. Nach einem kurzen musikalischen Intro blickte ich direkt in Jax' grüngraue Augen, bis ihn die Kamera richtig fokussiert hatte. Er stand irgendwo draußen, abseits des Campus, und es dämmerte bereits. In einer der Collegebroschüren hatte ich gelesen, dass es extrem gefährlich war, sich allein im Dunkeln in der Wüste aufzuhalten. Aber das schien Jax nicht zu interessieren. Mit einer unendlichen Geduld erklärte er, wie ein Weitwinkelobjektiv funktionierte und für was er es gleich benutzen würde. In seinem Blick lag ein Feuer, das jeden erkennen ließ, wie sehr er für das, was er da erzählte, brannte. Nichts erinnerte an den überheblichen, selbstgefälligen und gleichgültigen Typen, der er eigentlich war. Wieder fokussierte die Kamera sein Gesicht und zoomte es heran. Gerade in dem Moment, als er seine Lippen wieder zu diesem Lächeln verzog. So nah – viel zu nah. Reflexartig hielt ich das Video an und versuchte, die plötzliche Erinnerung an Jax' Geruch, den ich so sehr mit Wäldern und Bergseen verband, zu ignorieren. Um mich abzulenken, öffnete ich die Spalte mit den Kommentaren, um sie zu lesen. Aber die Funktion war ausgestellt. Jax Hoover hatte einen Blog mit Fotografie-Tipps, und die Leute konnten ihm keine Fragen zu seinen Videos stellen? Ich hatte keine Ahnung von diesen Plattformen oder wie sie funktionierten, aber das war ungewöhnlich. Auch unter den anderen Videos konnte man keine Kommentare schreiben. Einzig in den sehr übersichtlichen Videobeschreibungen stand eine E-Mail-Adresse. Und noch etwas war komisch: Das letzte Video hatte er vor mehr als drei Monaten hochgeladen. Nichts deutete darauf hin, dass er eine Pause einlegen oder den Channel aufgeben wollte. Es sah auch nicht so aus, als würde er keine Zeit mehr dafür haben. Genauso unvorstellbar war es, dass er auf einmal das Interesse verloren hatte. Was es auch war und was auch immer dahintersteckte, Jax war gerade der Einzige, der mir helfen konnte, und ich auf unerklärliche Weise ihm. Ich hatte schon schlechtere Jobs gemacht, die bestimmt schlechter bezahlt wurden. Es waren ja nur ein paar Monate. Ich nahm das Diktiergerät, spulte die Kassette zurück und drückte auf Aufnahme. *Ich mach's. Aber nur unter einer Bedingung.*

Jax

Ich war noch nie am Wochenende in der Mensa gewesen, und schon gar nicht, um dort mit jemandem über meine Hausarbeiten zu sprechen. Wir hätten uns im *Chesterfield* treffen können oder in einem der anderen Cafés auf dem Campus. Aber Ally-Alyssa Darling hatte darauf bestanden, dass es hier sein musste. Und Scheiße, selbst wenn sie gewollt hätte, dass wir uns auf dem Mond treffen, hätte ich zugesagt. Ich wollte mein verdammtes Glück ganz sicher nicht herausfordern. Die Idee, ausgerechnet sie zu fragen, war eigentlich gleich zum Scheitern verurteilt gewesen. Aber ich brauchte jemanden, der nicht versuchen würde, mir meine Fehler zu erklären, damit ich es beim nächsten Mal richtig machen konnte. Diese Art von Hilfe hatte ich schon meine ganze Schulzeit gehabt, und sie hatte nichts gebracht. Ich brauchte jemanden, der sich nicht dazu berufen fühlte, mich zu retten. Der sich durchbeißen konnte und nicht so schnell aufgab. Jemand, der keine unnötigen Fragen stellte, weil ich ihm einfach egal war – so wie Ally. Sie hatte keine Ahnung, aber im Augenblick war ich wie flüssiges Wachs in ihren Händen. Und als ich sie endlich im hinteren Teil der Mensa entdeckte, fühlte ich mich auch so. Sie saß an einem der kleineren Tische. Ihre Beine hatte sie locker übereinandergeschlagen, und ihre Haare trug sie zu einem hohen Pferdeschwanz. Ich konnte ihr Gesicht nicht richtig erkennen, weil sie in einen dicken Wälzer vertieft war, der vor ihr auf dem Tisch lag. An der Farbe

ihrer Pupillen hätte man ganz genau ihre Stimmung ablesen können. Und wenn wir aufeinandertrafen, wurden sie so dunkel wie
das Meer bei Gewitter. Als ich nach der Bar in sie hineingelaufen
war, wirkten sie sogar fast schwarz. Aber jetzt war alles an ihr absolut entspannt und nicht so kontrolliert wie sonst. Sie hatte mich
noch nicht bemerkt, und ich erwischte mich dabei, wie ich sie weiter einfach nur ansah, um diesen Moment buchstäblich in mich
aufzusaugen. Der Moment, bevor zwischen uns ganz sicher ein
Sturm ausbrechen würde. Und richtig, als sie den Kopf ein Stück
hob und mich sah, versteifte sich augenblicklich alles an ihr. Noch
nie hatte jemand so auf mich reagiert. Schon gar keine Frau. Und
erst recht nicht, wenn ich mich vor ihnen ausgezogen hatte. Ihre
Abneigung gegen mich musste wirklich aus tiefstem Herzen kommen. Trotzdem war da diese eine Frage in mir, die unbedingt eine
Antwort haben wollte. Warum hatte sie jetzt doch so plötzlich
ihre Meinung geändert?

»Du bist spät dran.«

Ihre unterkühlte Begrüßung entlockte mir ein träges Lächeln.
»Ja, ich hatte noch was zu erledigen. Hat ein bisschen länger ge-
dauert.« Ich zog den großen Umschlag hervor und legte ihn direkt
vor ihr auf den Tisch. Überrascht riss sie die Augen auf und zog
den Brief näher an sich heran, als könnte sie nicht glauben, dass es
sich wirklich um ihren Umschlag handelte. Ihre Gesichtszüge entspannten sich, und dann verzog sich ihr Mund zu einem Lächeln.
Ich hatte sie noch nie so echt lächeln gesehen. »Steht dir.«

Irritiert sah sie mich an, während ich mir einen Stuhl zurückzog und mich setzte. »Und was genau?«

»Die Sache da in deinem Gesicht.«

Eine leichte Röte breitete sich auf ihren Wangen aus, und sie
wischte sich mit der Hand darüber.

»Ich meine dein Lächeln.« Ich deutete auf ihren Mund und biss mir selbst auf die Unterlippe, um ein Grinsen zu unterdrücken. Augenblicklich ließ sie ihre Hand sinken und versteifte sich wieder. Die Zaubershow war vorbei.

»Okay, verrätst du mir wenigstens, was das für ein Brief war, der diese ungewöhnliche Reaktion in dir ausgelöst hat?«

»Er hat keine ungewöhnliche Reaktion in mir ausgelöst. Ich lache oft. Nur nicht, wenn du dabei bist.« Sie ließ den Umschlag beinahe beiläufig in ihrer Tasche verschwinden. Meine Frage ignorierte sie dabei komplett.

Kurz ließ ich meinen Blick durch den Raum wandern. Es waren tatsächlich ein paar Tische besetzt, und einige Leute schienen hier sogar zu lernen. Trotzdem musste ich an diesem Ort nicht mehr Zeit verbringen als unbedingt nötig. »Warum treffen wir uns ausgerechnet in der Mensa? Hat es dir im *Chesterfield* nicht gefallen?«

»Der Kaffee ist sehr gut hier, und ich habe noch Guthaben auf meiner Karte«, sagte sie fest.

»Wenn es dir ums Geld geht, ich hätte dich eingeladen. Auch hier.« Zum Beweis zog ich meine Mensakarte heraus und legte sie auf den Tisch.

»Nein. So ist es mir lieber.« Sie deutete auf die Tasse neben ihrem Buch. »Außerdem habe ich schon was, danke.«

Ich runzelte die Stirn. »Für mich ist es völlig okay, wenn ich deinen Kaffee bezahle. Schließlich wollte ich dieses Treffen.«

»Und für mich ist es okay, wenn ich das selbst mache. Wir sind keine Freunde oder so was, und ich bin ungern jemandem etwas schuldig, den ich nicht richtig kenne. Die meisten Leute wollen immer eine Gegenleistung für einen Gefallen.«

»Du glaubst also, nur weil ich dir einen Kaffee ausgebe, würde ich gleich irgendwas dafür von dir verlangen?«

»Die wenigsten Menschen machen irgendwas einfach nur so.

Oder denkst du, Männer geben Frauen in Bars Drinks aus, nur weil sie nett sein wollen?«

Natürlich wusste ich, warum Kerle den Frauen Drinks spendierten. Und in den meisten Fällen hatte sie sicher recht. Aber das zwischen uns war etwas ganz anderes. Trotzdem wurde ich das Gefühl nicht los, dass sehr viel mehr hinter ihrem Misstrauen steckte. Mein Blick fiel auf die Stelle, an der ich das Tattoo und die Narbe vermutete, die von ihrem T-Shirt verdeckt wurden. Und vielleicht waren es genau diese beiden Dinge, die etwas damit zu tun hatten. »Okay, wie du willst. Für jemanden, der noch an fliegende Hampelmänner glaubt, bist du ziemlich …«

»Realistisch?« Sie machte eine kurze Pause, als würde sie darauf tatsächlich eine Antwort von mir erwarten. »Und für jemanden, der überhaupt nichts für fliegende Hampelmänner übrighat, nimmst du alles ganz schön locker.«

»Vielleicht nimmst du auch einfach nur alles viel zu ernst«, versuchte ich, sie zu necken, und zwinkerte, um die Stimmung wieder etwas aufzulockern. Was sie aber nur mit einem Stirnrunzeln zur Kenntnis nahm.

»Ich nehme nicht alles zu ernst. Nur wichtige Dinge.« Mit einer absoluten Gelassenheit griff sie nach ihrer Tasse und nippte an ihrem Kaffee.

»Und warum hast du auf einmal deine Meinung geändert? Am Freitag warst du noch ziemlich davon überzeugt, absolut nichts mit mir zu tun haben zu wollen.«

»Ich muss ja nicht mit dir zusammenwohnen oder so was. Du hast mich gefragt, ob ich dir Nachhilfe geben kann, und ich brauche ganz dringend einen zweiten Job.«

»Du hast schon einen? Zwei Jobs im Studium sind Wahnsinn.«

Für einen kurzen Moment sah sie mich überrascht an, als hätte sie mit so viel Empathie von mir überhaupt nicht gerechnet. Dann wurde ihr Ausdruck wieder ernst. »Ich habe ein paar Stunden im Supermarkt, in dem auch Mona arbeitet. Aber das reicht gerade nicht. Also …« Sie straffte die Schultern und sah mich direkt an. »… bei welchen Themen brauchst du genau Hilfe? Hast du irgendwelche Unterlagen, die ich mir angucken kann?«

»Ja und nein.« Ich rutschte mit meinem Stuhl etwas näher an den Tisch. »Es geht nicht direkt um ein bestimmtes Thema. Es geht um meine Hausarbeiten, die ich schreiben muss.«

»Es geht um …?« Sie stoppte, und ihre Augen wurden dunkel. »Vergiss es. Das ist illegal, und ich werde garantiert nicht meine Zulassung riskieren, nur weil du …« Sie brach kopfschüttelnd ab und fing an, ihre Sachen zusammenzupacken. »Wegen so was kann man schneller von der Uni fliegen, als man das Wort Exmatrikulation überhaupt buchstabieren kann.«

Verwirrt sah ich sie an. Das hier lief gerade völlig daneben. »Von was redest du da?«

»Ich rede davon, dass du mich dafür bezahlen willst, deine Hausarbeiten zu schreiben. Und ich habe wirklich gedacht, du meinst es ernst. Dass du wirklich Hilfe brauchst, für was auch immer. Ich bin einfach so dämlich.«

»Alyssa.« Bevor sie davonstürmen konnte, fing ich ihr Handgelenk ein. »Warte! Bitte. Ich weiß, wir sind keine Freunde, und du vertraust mir nicht, aber niemand wird wegen Betrugs von der Uni fliegen. Das verspreche ich dir. Aber ich brauche wirklich deine Hilfe.«

Für mehrere Augenblicke sah sie mich an, als versuchte sie, meine Gedanken zu lesen.

Es gab diese Momente, in denen man Dinge sagte, die alles urplötzlich in eine ganz andere Richtung lenkten. Dinge, die man aus Selbstschutz eigentlich besser für sich behielt. Das hier war so ein Moment. »Gib mir wenigstens die Chance, es dir zu erklären.«

Ich ließ sie los, und sie rieb sich über die Stelle, an der eben noch meine Hand gewesen war. Sie musste mich wirklich hassen.

»Okay.« Sie setzte sich zurück auf ihren Stuhl und verschränkte die Arme vor der Brust. »Dann erklär es mir. Aber die Wahrheit, keine Geschichte.«

Auch wenn sie ihre Meinung über mich nicht ändern würde, ich musste es ihr sagen. Ich musste ihr alles sagen, wenn ich wollte, dass sie mir glaubte. Für einen Augenblick legte ich den Kopf in den Nacken und atmete noch einmal tief durch. Dann zog ich meine Hausarbeit aus meinem Rucksack und legte sie auf den Tisch. »Das ist das Problem.«

Ally zog den Stapel Papier zu sich heran und warf einen Blick darauf.

»So sehen alle meine Arbeiten aus, für die ich nicht genug Zeit habe und mein Diktiergerät ausgefallen ist.«

»Dein Diktiergerät?« Sie sah mich nicht an. Ihr Blick war immer noch auf meine Hausarbeit gerichtet.

»Ja. Normalerweise verschicke ich damit keine Nachrichten an wütende Frauen. Damit nehme ich meine Vorlesungen auf.« Meine Stimme klang kratzig, als ich sagte: »Ich habe ein Problem, während der Kurse mitzuschreiben, und Handys sind nicht erlaubt. Meine Professorin ist deswegen sowieso schon nicht so begeistert von mir.« Ich machte eine Pause, um mich zu räuspern. »Es ist nicht so, dass ich nicht schreiben kann. Ich brauche nur sehr viel mehr Zeit, um …«

»Du hast eine Lese-Rechtschreib-Schwäche.« Ally hob den Kopf und sah mich an.

Ich nickte knapp.

»Wie lange weißt du das schon?«

»Ungefähr seit der siebten Klasse und gefühlte hunderttausend Nachhilfestunden später.«

»Und das hat alles nichts gebracht?«

»Legasthenie verschwindet nicht einfach nur, weil dir immer wieder jemand stumpf die Regeln einzuhämmern versucht. Oder du doch mehr lesen sollst, besser zuhören könntest und dich einfach nur mehr anstrengen musst. Im Gegenteil. Es gibt einem nur noch mehr das Gefühl, ständig …« Den Rest des Satzes behielt ich für mich. Ich hatte genug von mir erzählt. »Ich suche niemanden, der meine Arbeiten schreibt. Ich suche jemanden, der sie vor Abgabe Korrektur liest und mir meinen Stoff aus den Büchern auf die kleinen Kassetten einspricht. Dann könnte ich es hören, statt es zu lesen.«

Ally knibbelte am Einband ihres Buches herum, sie schien immer noch nicht überzeugt zu sein. Und das konnte ich ihr nicht einmal verübeln. Diese Art der Nachhilfe war schräg, aber das Einzige, womit ich eine Chance hatte, meinen Abschluss zu bekommen.

»Was ist mit deinen Freunden? Hilft dir da niemand?«

»Außer Hedgehog weiß keiner davon. Und das soll sich auch nicht ändern.«

»Hedgehog?«, hakte sie irritiert nach.

»Monas Bruder. Und du weißt es jetzt.« Dann setzte ich alles auf eine Karte. »Bist du dabei?«

Für mehrere Augenblicke herrschte absolute Stille zwischen uns, und meine Hoffnung verabschiedete sich mit jeder Sekunde mehr.

»Wir sind immer noch keine Freunde, und ich vertraue dir nicht.«

Das hörte sich nicht gut an. Scheiße!

»Ich mach's, aber ich habe ein paar Bedingungen, denen du zustimmen musst.«

»Und die wären?«

Kurz zögerte sie, bevor sie mich mit festem Blick ansah. »Keinen Alkohol, wenn wir uns treffen. Auch nicht vorher. Wenn du auch nur ein Bier getrunken hast, bin ich weg.«

Keine Ahnung, was es damit auf sich hatte, aber ich nickte.

»Du hörst auf, Ally-Alyssa Darling zu mir zu sagen.«

Ihr Blick war so ernst, dass ich mir ein Grinsen verkneifen musste. »Okay, und wie soll ich dich stattdessen nennen, Alyssa?«

»So nennt mich niemand. Alle sagen Ally zu mir.«

Wieder stimmte ich mit einem Nicken zu. »Wie du willst, Ally.«

»Keine Witze über Peter Pan.«

Diesmal musste ich wirklich lachen. »Dieser Typ scheint dir ja wirklich wichtig zu sein, dass du ihn sogar zur Bedingung machst. Aber wenn es weiter nichts ist, ich werde kein böses Wort mehr über Peter Pan verlieren. Zufrieden?«

Sie nickte. »Eine Sache wäre da noch. Das ist keine Bedingung, aber …« Verlegen wandte sie den Blick ab. »Ich bräuchte einen kleinen Vorschuss, wenn das okay für dich wäre.«

Kapitel 10

Ally

Der lädierte Umschlag knisterte unter meinen Fingern, als ich ihn aus meiner Tasche zog und auf den Tisch legte. Eigentlich wollte ich ihn erst in meinem Zimmer öffnen und die Zeit in der Mensa weiter zum Lesen nutzen. Aber meine Gedanken schweiften immer wieder ab. Ich hatte keine Ahnung, wie Jax so plötzlich an den Brief gekommen war. Vor allem, weil der Hausmeister sich am Wochenende nicht um solche Dinge kümmerte. Warum bedeutete ihm meine Hilfe so viel, dass er Himmel und Hölle dafür in Bewegung setzte? Wieder rieb ich über die Stelle an meinem Handgelenk, an der seine Finger meine Haut berührt hatten. Mir war nicht entgangen, wie viel Überwindung es ihn gekostet haben musste, das zu tun und mich nicht gehen zu lassen. Genauso wenig, wie er nach unserem Deal so schnell wie möglich aus der Mensa verschwunden war, als würde dort die Pest wüten. Etwas zu hastig riss ich den Briefumschlag auf. Das zwischen Jax und mir war ein Job wie jeder andere. Ich würde für ihn die wichtigen Abschnitte seiner Fachbücher einsprechen und seine Arbeiten Korrektur lesen, und er würde mich dafür bezahlen. Jax hatte völlig recht. Wir mussten uns nicht mögen. Sympathie für den anderen war dafür nicht nötig. Und auch nicht, noch mehr darüber nachzudenken. Also zwang ich mich dazu, mich auf das zu konzentrieren, was wichtig war, und begann, den Brief von Erics Anwalt zu lesen.

Sehr geehrte Miss Darling,

ich vertrete Ihren Bruder Eric Darling als Pflichtverteidiger vor dem kalifornischen Gericht. Folgender Anklagepunkt wird ihm zur Last gelegt:
    Mithilfe bei Raubüberfall in Tateinheit mit gefährlicher Körperverletzung.
    Zur bevorstehenden Anhörung habe ich einige Fragen zur Tatnacht und zur damaligen Lebenssituation von Ihnen und Ihrem Bruder. Bitte füllen Sie dazu den umseitigen Fragebogen aus und schicken ihn zeitnah an mein Büro zurück.

Mit freundlichen Grüßen
John Graham, Pflichtverteidiger des Bundesstaates Kalifornien/ Chino

Meine Hände gruben sich in das Papier und zerknitterten es noch mehr. Das war ein Standardbrief, wie ihn unser Vater früher so oft bekommen hatte. Diese Briefe waren nicht einmal persönlich unterschrieben oder enthielten irgendwelche wichtigen Informationen. Sie waren nur dazu da, um die bürokratischen Vorschriften einzuhalten. Nicht mehr. Trotzdem blieb mir nichts anderes übrig, als das nichtssagende Formular auszufüllen, wenn ich nicht wollte, dass sich der Prozess wegen mir unnötig verzögerte. Ich beantwortete all die banalen Fragen, von denen ich wusste, dass ihre Beantwortung doch nichts bringen würde. Die Eric weder zu einem Deal verhelfen würden noch das Verfahren in irgendeiner Weise beschleunigten. Aber das Schlimmste war, dass es tatsächlich nichts gab, womit ich ihm helfen konnte. Ich konnte nicht einmal mit ihm sprechen oder bei seiner Anhörung dabei sein. Alles,

was ich hatte, war Papier und Stift – und meine Worte, die ich auf-
schreiben konnte.

An meinen Lieblingsbruder, den ich nie vergessen würde – selbst wenn das Collegeleben noch so toll ist!

Ich kann es kaum erwarten, wenn das alles vorbei ist und du endlich herkommen kannst. Eine ganze Tüte Marshmallows wartet auf dich.
PS: Heute kam endlich der Brief von deinem Anwalt.
PPS: Jetzt wird alles gut. Das weiß ich!
Ally

Es gab noch so viel mehr, was ich ihm schreiben wollte. Aber ich konnte nicht. Weil ich nicht wollte, dass er merkte, wie sehr ich ihn wirklich vermisste. Und weil mein letzter Satz eine Lüge war. Ich hatte keine Ahnung, ob alles gut werden würde. Ich hatte nicht einmal eine Vorahnung davon. Alles, was ich hatte, war Hoffnung. Unzerstörbare, unverwüstliche Hoffnung, dass es eines Tages besser werden würde.

Der Kloß in meinem Hals löste sich erst auf, nachdem ich beide Briefe in zwei neue Umschläge gesteckt hatte und sie in meiner Tasche verschwinden ließ. Ich nahm den letzten Schluck meines kalten Kaffees und lehnte mich auf meinem Stuhl zurück. Die Mensa war in der letzten halben Stunde noch leerer geworden. An den Wochenenden war ohnehin nicht viel los, weil nur die jüngeren Semester dazu verpflichtet waren, jeden Tag hier zu essen. Aber so wenige wie heute waren es sonst nie. Nur ein paar Tische weiter saß noch eine Gruppe. Ich runzelte die Stirn. Alle trugen das Uni-T-Shirt. Das große rote A darauf war unübersehbar. Hatte ich irgendwas verpasst? Das Klappern von Geschirr lenkte meine Aufmerksamkeit auf eine Studentin, die gerade mit einem Tablett in den Händen auf einen Tisch zusteuerte. Eine Studentin, die mir irgendwie bekannt vorkam. »Savannah?«

Sie drehte sich um und sah suchend in meine Richtung. Als sie mich erkannte, erschien ein zaghaftes Lächeln auf ihrem Gesicht, das irgendwie erleichtert wirkte. Als wäre ihr gerade ein riesiger Stein vom Herzen gefallen. »Hey!« Sie kam auf mich zu. Erst jetzt fiel mir auf, warum ich sie nicht gleich erkannt hatte. Ihre Haare waren heute nicht zu den winzigen Locken aufgedreht, sondern fielen ihr glatt über die Schulter. Statt des Kostüms trug sie ein schwarzes Sommerkleid mit Blumenmuster. Auch ihr sonst so auffälliges Make-up und der winzige Zylinder waren verschwunden. Nur die Art, wie sie ging, war dieselbe. Leichtfüßig und aufrecht. Wie eine Tänzerin, die gerade auf die Bühne ging, um dort das Publikum zu begeistern.

»Ich dachte nicht, dass ich hier heute jemanden treffen würde.« Verlegen strich sie sich eine Strähne hinters Ohr.

»Also, wenn du lieber allein sein willst …« Eilig stand ich auf und fing an, den Rest meiner Sachen zusammenzuräumen. Wir hatten uns erst einmal gesehen und nur kurz unterhalten. Vor allem, weil der Abend alles andere als positiv verlaufen war. Ich konnte verstehen, wenn sie lieber allein sein wollte. »Ich wollte sowieso gehen.«

»Nein. So meinte ich das nicht. Du musst wegen mir nicht gehen.«

Als Savannah ihr Tablett auf meinem Tisch abstellte und sich setzte, hielt ich inne.

»Ich gehe im Moment nicht oft raus. Oder komme hierher. Eigentlich nur, wenn die Wildcats spielen, weil die Mensa dann absolut leer ist.« Sie sah zu dem Tisch, an dem immer noch die Gruppe saß. »Na ja, zumindest fast. Jedenfalls ist die Chance dann am größten, dass ich niemandem über den Weg laufe, dem ich gerade nicht begegnen will. Mein Leben ist irgendwie so wie das von einem Einsiedlerkrebs. Mona ist sozusagen gerade meine einzige Verbindung zur Außenwelt. Also wenn du nichts anderes vorhast, würde ich mich freuen, wenn du bleibst.«

Ich wusste genau, was sie meinte. Einsiedlerkrebse lebten in Gruppen, aber jeder hatte für sich sein eigenes kleines Schneckenhaus, in dem er sich verstecken konnte. Wie wenn man in einem Raum voller Leute stand und doch völlig allein war. Und niemand es bemerkte, wenn man in diesem Moment vor Traurigkeit fast umkam. Und dieses Gefühl war noch schlimmer, als wirklich allein zu sein.

»Auf mich wartet sowieso niemand im Wohnheim.« Interessiert musterte ich die Teller auf ihrem Tablett, die alle mit einer beachtlichen Auswahl an Kuchen und Muffins beladen waren. »Also wenn du mir an der Essensausgabe auch noch ein Stück übrig gelassen hast, würde ich gern noch hierbleiben und dir Gesellschaft leisten.«

Savannah fing an zu lächeln. Und diesmal war es ein echtes, von Herzen kommendes Lächeln. »Ich würde auch teilen.«

»Aber nur, wenn der Kaffee auf mich geht.«

»Abgemacht.«

Als ich wenige Minuten später mit zwei großen Tassen Kaffee, Besteck und Teller zurückkam, hatte Savannah bereits alle Kuchen auf dem Tisch verteilt. Mit dem Messer schnitt sie jedes Stück in zwei Teile, während jetzt auch die Gruppe am Nachbartisch lautstark ihren Platz verließ.

»Wo wollen die denn alle heute hin?«

»Ins Stadion.« Savannah stieß mit einem Zischen die Luft aus und legte das Messer zur Seite. »Der ganze Campus ist schon wie leer gefegt.«

Als ich sie immer noch verständnislos ansah, klärte sie mich auf. »Heute ist eines der wichtigsten Spiele der Saison für die Arizona Wildcats. Das ist die Footballmannschaft der Uni.«

Offensichtlich hatte ich den Sportteil in den Collegebroschüren überlesen. »Ich habe echt keine Ahnung von Football oder irgendeinem anderen Sport«, gab ich zu.

»Ich auch nicht. Obwohl ich fast ein Jahr mit ihrem Star-Quarterback zusammen war.«

Überrascht sah ich sie an. »Du warst mit einem der Spieler zusammen?«

Savannah nickte. »Was für ein Klischee, hm? Der beliebteste Typ der Uni interessiert sich plötzlich für das unscheinbare Mädchen.« Mit der Fingerspitze fuhr sie durch die Buttercreme eines Schokoladenkuchens und steckte ihn halbherzig in den Mund. »Die Story würde fast als Teeniefilm für Netflix herhalten. Nur ohne Happy End. Was eindeutig realistischer ist.« Ein weiterer Finger voll Buttercreme folgte.

»Aber vielleicht sind diese Filme genau deswegen so beliebt. Weil sie absolut nichts mit der Realität zu tun haben.« Mein Argument war nur ein schwacher Trost, und ich brauchte ein paar Sekunden, um ein besseres zu finden. »Manchmal kann man sein eigenes Leben nur aushalten, weil es genau diese Filme gibt, die es für einen Moment leichter machen.«

»Weil das Mädchen den Jungen seiner Träume bekommt und die Bösen ihre verdiente Strafe?«

»Ja, ich denke schon.«

Savannah öffnete den Mund, als wollte sie protestieren. Schloss ihn dann aber wieder, als am anderen Ende der Mensa die Tür aufgestoßen wurde. Es war kaum hörbar, aber Savannah versteifte sich, wie ein Opossum, das die Totenstarre simulierte.

Ich reckte den Kopf, um besser sehen zu können. »Es sind nur ein paar Dozenten. Er ist es nicht.«

Augenblicklich entspannte sie sich wieder. Trotzdem verwunderte mich ihre Reaktion.

»Du hast doch gesagt, er ist im Stadion?«

»Er würde vermutlich sowieso nicht herkommen. Auch wenn er heute nicht spielen müsste.« Sie angelte sich eine Serviette vom Tisch und wischte sich energisch den Finger daran ab. »Und selbst wenn, würde es ihm umringt von seinen Lemmingen nicht einmal auffallen.«

»Aber vor wem versteckst du dich denn dann?«

»Vor Fangirls.« Sie schüttelte leicht den Kopf, als könnte sie es selbst nicht glauben, was sie da gerade gesagt hatte. »Die, die ganz genau wissen, wer ich bin und was passiert ist. Und die gerade keine Gelegenheit auslassen, mir zu zeigen, wie sehr sie mir das alles gönnen. Das kann ich gerade nicht so gut aushalten.«

»Es gibt Frauen, die dir sagen, wie sehr du es verdient hast, betrogen worden zu sein?«

»Sieht so aus.«

»Aber kann man da nichts machen? Mit irgendwem muss man doch darüber sprechen können. Was ist mit dem Sportverband?«

»Was sollen die denn schon tun?«

»Mobbing ist ein ernstes Thema.«

»Nicht im Sport. Und für Probleme, die nicht die Spieler betreffen, fühlen die sich sowieso nicht zuständig.«

»Aber …« Mir fehlten die Worte.

»Ist schon gut. In ein paar Wochen haben sie mich vergessen. Dann wird keiner mehr darüber sprechen.« Gedankenverloren rührte sie in ihrem Kaffee herum, bis nur noch ein kleiner Wirbel aus Milchschaum darin herumschwamm.

»Das letztens im *Chesterfield* …« Kurz sah sie mich an, bevor sie den Blick wieder auf ihre Tasse richtete. »Das tut mir wirklich leid. Ich wollte euch nicht den Abend versauen.«

»Du hast uns nichts versaut. Mona hat mir erzählt, was los war. Es hat mich gewundert, dass sie diesem beschissenen Mistkerl nicht gleich einen Tritt in die Eier verpasst hat.«

Mit dem letzten Satz entlockte ich ihr ein winziges Lächeln. »Das wollte sie auch. Aber sie musste mir versprechen, es nicht zu tun, auch wenn er es verdient hätte. Ich will nicht noch mehr Aufmerksamkeit. Die Sache ist sowieso schon demütigend genug.«

»Wann hast du herausgefunden, dass er …?«

»An dem Abend in der Bar.« Mit spitzen Fingern fing sie jetzt an, kleine Stücke aus einer Serviette zu reißen. »Ich hatte schon länger eine Vermutung. Er hat es immer wieder abgestritten und mir versichert, dass da nichts läuft. Dass der Sport eben viel Kontakt zu Frauen mit sich bringt und ich nicht das eifersüchtige Frauchen mimen soll.«

»So ein Arschloch! Tut mir echt leid.«

»Mir auch. Vor allem, dass ich nicht schon viel früher auf mein Bauchgefühl gehört habe.« Wieder riss sie einen Fetzen aus ihrer zerfledderten Serviette.

»Es ist nicht deine Schuld.« Ich sah sie eindringlich an. »Mach dir keine Vorwürfe. Jeder hat schon mal sein Herz an die falsche Person verloren.«

Sie nickte kaum wahrnehmbar. »Und was ist, wenn einem das ständig passiert? Wenn man sein Herz immerzu an die falschen Menschen verschenkt?« Der dünne Träger ihres Kleids rutschte von ihrer Schulter, bis sie ihn zurückschob.

»Ich weiß es nicht«, gab ich ehrlich zu. »Aber ich glaube ganz fest daran, dass da draußen für jeden von uns ein Stück vom Glück wartet.«

»Denkst du das wirklich?« Sie lächelte, aber ihr Blick wirkte traurig.

»Manchmal dauert es einfach nur länger, bis es einen gefunden hat.« Für einen Moment dachte ich an den Brief von Erics Anwalt, in den ich bis eben noch so viel Hoffnung gelegt hatte. Irgendwo da draußen wartete das Glück – für jeden von uns. Ganz egal, in welcher Form. Es musste einfach so sein.

»Dann werden wir uns in der Zwischenzeit wohl solange mit Süßkram trösten müssen. Schätze ich.« Savannah reichte mir eine Gabel und schob sich selbst ein Stück von dem Schokoladenkuchen in den Mund.

Unwillkürlich hoben sich meine Mundwinkel bei dem Anblick der vielen Teller auf unserem Tisch. Das alles erinnerte eher an eine Kuchenverkostung für eine Hochzeit als an ein Frustessen gegen Kummer.

Mit dem Finger fuhr ich durch das Sahnetopping eines halben Cupcakes und erntete dafür von Savannah stillen Zuspruch. Vielleicht brauchte man manchmal wirklich nur jemanden, mit dem man zusammen Kuchen essen konnte, während man darauf wartete, dass einen das Glück fand.

Offensichtlich war wirklich jeder im Stadion gewesen, während Savannah und ich uns durch das Kuchenangebot der Mensa probiert hatten. Aber jetzt herrschte auf dem ganzen Campus langsam Ausnahmezustand. Die Wildcats hatten das Heimspiel für sich entschieden, und die Euphorie darüber war an jeder Ecke spürbar. Überall wurde gegrölt, gesungen und gejubelt. Wenn es den amerikanischen Sportsgeist tatsächlich gab, dann war er definitiv gerade hier. Als ich in den Flur zu meinem Zimmer einbog, vibrierte mein Handy in meiner Tasche. Ich hatte Savannah gebeten, mir kurz eine Nachricht zu schicken, wenn sie in ihrem

Wohnheim angekommen war. Wir hatten die Zeit total vergessen und die Mensa erst verlassen, als das Spiel bereits abgepfiffen worden war. Sie hatte darauf bestanden, allein nach Hause zu gehen, und mir versichert, dass ich mir keine Sorgen machen musste. Trotzdem war ich erleichtert, als ich das Display entsperrte und ihre Nachricht las.

Savannah: *Bin da. Danke für den Kaffee und fürs Zuhören.*

Ich: *Danke für den Kuchen. Ich glaube, ich kann für den Rest der Woche nichts mehr essen.*

Savannah: *Dann nächstes Mal doch lieber Netflix und Eis?*

Ich verzog die Lippen zu einem breiten Grinsen. Im Gehen tippte ich eine Antwort, bis ich mit dem Fuß gegen etwas stieß und abrupt stehen blieb. Mehrmals blinzelte ich. Da lag ein Stapel Bücher vor meiner Tür. Ein Stapel BWL-Fachbücher. Mit jeder Menge kleiner Kassetten darauf. Sonst nichts, keine weitere Nachricht oder ein Zettel. Eindeutig Jax' Handschrift.

Ich ließ mein Handy zurück in die Tasche gleiten, öffnete die Tür zu meinem Zimmer und setzte mich mit den Sachen auf mein Bett. Alle Kassetten waren noch neu und in Folie verpackt. Bis auf eine. Meine Mundwinkel hoben sich leicht. Also doch eine Nachricht. Ich angelte mir mein Diktiergerät vom Schreibtisch und spielte das Tape ab.

Die Bücher passten nicht in deinen Briefkasten, und du warst nicht da, also musste ich improvisieren. Also, wenn du das hier abhören kannst, hast du sie vor deiner Tür gefunden und sie wurden nicht geklaut. Wenn du sie nicht gefunden hast, dann quatsche ich hier gerade völlig umsonst wie ein Idiot das Band voll, und ich sollte mir wohl eher überlegen, wie ich an neue Bücher komme. Jedenfalls, ich habe die Seiten markiert, die ich für meine nächste Hausarbeit brauche, und das Geld ins Buch gelegt. Wenn du Fragen hast, du weißt

ja, wo du mich findest.
Wir sehen uns.

Als das Band stoppte, war ich auf eine positive Art verwirrt. Zum ersten Mal war da keine sarkastische Bemerkung, mit der er mich aufziehen wollte, kein Ego-Spruch, nichts. Nur seine kurze Nachricht, die eigentlich echt nett klang. Es war komisch. Ich hatte mich so an unsere bissigen Sprachnachrichten gewöhnt, dass ich sie paradoxerweise fast ein wenig vermisste.

Ich strich über den Einband eines der Bücher, aus dem mehrere Papierschnipsel herausguckten, und zog es auf meinen Schoß. Wir hatten in der Mensa nicht wirklich darüber gesprochen, wie das Ganze ablaufen würde. Also blätterte ich mich durch die Seiten, um mir einen ersten Überblick zu verschaffen. Die Bücher behandelten Basisthemen und Grundlagen. Jax hatte überwiegend Abschnitte über Bilanzierungen markiert. Aus meiner Tasche holte ich mir meine Textmarker, einen Stift und ein Blatt Papier, um mir Notizen und einen Plan zu machen, wie ich anfangen wollte. Erst schrieb ich Buchtitel, Seitenzahl und Überschrift auf. Dann ordnete ich alles einer Farbkategorie zu. Das machte ich mit allen Büchern. Bis mir zwischen zwei Seiten mehrere Geldscheine entgegenfielen.

Kapitel 11

Ally

Es war schon halb zwölf und definitiv viel zu spät, als ich mit Jax' Büchern über den Flur des Wohnheims schlich und unschlüssig vor seiner Tür stehen blieb. Wir hatten noch keine Telefonnummern ausgetauscht, also konnte ich ihn nicht anrufen. Aber ich war mir sicher, dass er auch noch nicht schlafen würde. Trotzdem zögerte ich, bevor ich an die Tür klopfte. Es vergingen mehrere Augenblicke, in denen nichts passierte und ich schon davon ausging, dass niemand da war. Doch dann hörte ich tatsächlich Schritte auf der anderen Seite, und jemand öffnete die Tür. »Ally? Du?« Hedgehog stand im Türrahmen und starrte mich ungläubig an, ohne dabei aufzuhören, einen Cocktailshaker zu schwenken. Er trug ein schwarzes T-Shirt, auf dem in dicken weißen Buchstaben der Spruch *The Man – The Myth – The Bartender* aufgedruckt war. Mein Herzschlag beschleunigte sich, als mir bewusst wurde, was das alles zu bedeuten hatte, und ich zwischen ihm und dem Türspalt in die Wohnung sah. Da waren Leute – viele Leute. Und alle hatten entweder ein Glas oder eine Flasche in der Hand. Ich rümpfte die Nase, was auch Hedgehog bemerkte.

»Kann ich dir irgendwie helfen?«

»Steigt hier eine Party?« Meine Stimme klang viel zu schrill.

»Wir haben das Spiel heute gewonnen.« Er zuckte mit den Schultern, als wäre es eine Schande, würde man den Sieg nicht feiern. »Wenn du zu Mona willst, die ist noch nicht hier. Aber komm rein, was willst du trinken?«

»Mona? Äh, nein danke.« In meinem Kopf drehte sich alles. Irgendwie ergab das alles hier keinen Sinn. »Ich wollte eigentlich zu Jax, aber wenn ihr feiert, dann …« Ich stoppte mitten im Satz und presste die Bücher an meine Brust.

»Also, ich muss mich weiter um die Drinks kümmern. Jax ist noch in seinem Zimmer.« Mit dem Shaker deutete er auf eine Tür schräg hinter sich. Bevor ich irgendetwas darauf erwidern konnte, war er ohne ein weiteres Wort zurück in den offenen Küchenbereich gegangen – ohne Jax Bescheid zu sagen, dass ich hier war. Und ganz offensichtlich hatte er auch nicht vor, das zu tun. Er schenkte den Inhalt des Shakers in zwei kunstvoll dekorierte Gläser, um gleich darauf erneut den Shaker mit irgendwelchen Flüssigkeiten zu füllen. Unweigerlich verspannte ich mich. Ich stand buchstäblich am Eingang zur Hölle, in die man mich freundlich eingeladen hatte. Immer wieder beäugten mich einzelne Augenpaare, weil ich wie angewurzelt im Türrahmen stand. Ich fühlte mich so fehl am Platz wie ein Pinguin in der Karibik. Oder, so wie ich angeguckt wurde, wohl eher wie Mr Bean in einem Magic-Mike-Film. Magic Mike – was für ein Stichwort. Die Sache wurde langsam peinlich. *Gehen oder bleiben. Gehen oder bleiben.* Ich atmete tief durch, bevor mein Blick auf Jax' Zimmer fiel. Die Tür war nur angelehnt, und für mehrere Sekunden bildete ich mir ein, seine Silhouette durch den Spalt sehen zu können. Mit der Hand fuhr er sich mehrmals durch seine Haare, als würde er über etwas nachdenken. Ein weiterer unbeobachteter Moment, in dem er so ganz anders wirkte als sonst. Als wäre das ein Geheimnis, das er mit niemandem teilte. Dann war er aus dem Lichtkegel verschwunden, und der Moment war vorbei. Warum war er nicht bei den anderen? Irgendwer hatte eine Musikbox eingeschaltet, die mir augenblicklich bewusst machte, dass ich mich immer noch keinen Zentimeter bewegt hatte. Ich umklammerte die Bücher so fest, bis meine Fingerknöchel weiß hervortraten. Mein Blick bohrte sich in Jax' Zimmertür. Das konnten höchstens drei Meter sein. Ich müsste nicht einmal durch den Wohnbereich oder die Küche. Als jemand die Musik stoppte und kurz darauf *Till I Collapse* von Eminem in voller Lautstärke durch die Boxen geschmettert wurde, hielt ich die Luft an und ließ die Tür hinter mir ins Schloss fallen. Der aggressive Beat des Songs wummerte in meinem Körper und trieb mich vorwärts. Es waren nur ein paar Schritte. Trotzdem fühlte sich der Weg an, als würde ich barfuß über ein Gemisch aus Nägeln, Glasscherben und brennenden Kohlen laufen.

Die eiskalte Luft der Klimaanlage schlug mir entgegen, nachdem ich wie ein Dieb durch den Türspalt geschlüpft war und die Tür leise geschlossen hatte. Erst jetzt wurde mir klar, wie merkwürdig das alles gewirkt haben musste. Und noch etwas wurde mir in diesem Augenblick bewusst: Ich stand in einem fremden Zimmer von einem Mann, den ich kaum kannte, und hatte nicht einmal angeklopft. Mir stieg die Hitze ins Gesicht. Jeden Moment würde mir Jax einen Spruch um die Ohren hauen, dessen war ich mir absolut bewusst. Aber nichts dergleichen passierte. Jax war nicht einmal hier. Hatte Hedgehog sich geirrt? Hatte ich halluziniert? Langsam stieß ich die angehaltene Luft aus. Als ich wieder einatmete, kam in mir das Gefühl auf, durch das Tor in eine andere Welt gelangt zu sein. Der ganze Raum roch nach Wald, Tanne und eiskalten Bergseen. Für einen Moment schloss ich die Augen und versuchte, mir genau dieses Bild vorzustellen. Diese Erinnerung aus meiner Kindheit. Mein Safeplace, der nur noch in meinen Gedanken existierte. Jax' Duft war überall. Er hüllte mich ein wie ein schützender Kokon und schloss für einen Augenblick alles andere aus. Aber eben nur in meiner Fantasie. Die letzten Bässe des

Eminem-Songs dröhnten gedämpft durch die Wände und holten mich zurück in die Realität.

Verstohlen ließ ich meinen Blick durch das Zimmer wandern. Es war noch kleiner als meins, obwohl es vom Flur aus eigentlich viel größer gewirkt hatte. In der Mitte stand ein großes Bett, auf dem ein Laptop, das Diktiergerät und einige Handouts lagen. Ebenso wie ein paar der kleinen Kassetten. Vor dem Fenster waren schwere Vorhänge angebracht, die den Anschein machten, nicht einen einzigen Sonnenstrahl hineinzulassen. Auf der Kommode lagen ordentlich aufgereiht mehrere Kameras und Objektive in verschiedenen Größen. In einer Ecke drängten sich sehr lieblos zwei Schirme, die Teil einer Studiobeleuchtung zu sein schienen, verschiedene Stative und eine Ringleuchte, die etwas schräg in ihrer Halterung offensichtlich schon länger dort herumstand. Das ganze Zimmer war absolut ordentlich, bis auf diesen Teil. Alles war achtlos in diese Ecke gestellt worden, wie auf einem eingestaubten Dachboden. Als hätte Jax nicht vor, die Sachen jemals wieder zu benutzen. Mir kam der Gedanke, ob all dieses Zubehör etwas mit seinem Fotoblog zu tun haben konnte und damit, dass schon länger keine neuen Videos mehr hochgeladen worden waren. Die Wände wirkten im spärlichen Licht der Nachttischlampen fast schwarz, als sollten auch sie jede Lichtquelle schlucken. Nur an einer Wand neben den Vorhängen hingen mehrere Fotos, die mit einer Sofortbildkamera geschossen worden waren. Ich ging einen Schritt näher, um mir die Bilder genauer anzusehen. Es waren lauter Schnappschüsse. Auf einigen erkannte ich Hedgehog, der fast auf jedem Bild seinen Cocktailshaker in die Höhe hielt. Auch ein paar Leute, die gerade mit ihm draußen feierten, erkannte ich wieder. Selbst ein Bild von Mona hing dort. Auf einem trug Jax einen dieser übergroßen Geburtstagshüte und hielt schief grinsend seinen Mittelfinger in die Kamera, während Hedgehog seinem Kumpel einen dicken Schmatzer auf die Wange gab. Darunter hatte jemand *Bromance over Romance* geschrieben und ein Herz dazugemalt. Unwillkürlich musste ich lächeln. So viel Selbstironie hatte ich ihm gar nicht zugetraut. Auf einem anderen Foto stand Jax zusammen mit seinem Bruder tatsächlich auf einem Steg an einem von Bergen umgebenen See – in Badeshorts. Obwohl ich Jax schon mehr als einmal so gesehen hatte, wandte ich den Blick ab. Diese Bilder waren privat, und sie gingen mich nichts an. Ich sollte gar nicht hier sein und ungefragt sein Zimmer unter die Lupe nehmen. Ich sollte die Bücher aufs Bett legen und wieder gehen, bevor die Sache noch seltsamer wurde.

Von draußen war das Klirren von zerspringendem Glas zu hören und ließ mich zögern. *Nur noch einen kurzen Moment*, stellte ich mir selbst ein Ultimatum und lehnte mich leicht gegen einen der Vorhänge, um etwas Halt zu bekommen. Was sich als ein riesiger Fehler herausstellte. Denn nur Sekunden später gab das, was hinter dem Vorhang war, nach, und ich stolperte mit dem Rücken voran ins Leere.

»Was zur Hölle?«

Reflexartig drehte ich mich um und stand wenige Sekunden später völlig orientierungslos in einem winzigen Raum – vor Jax. Für mehrere Augenblicke starrte ich ihn an, wie ein Reh im Scheinwerferlicht. Und auch Jax sah mich an, als wüsste er nicht, ob das gerade wirklich passierte oder er es sich nur einbildete. Er trug eine graue Jogginghose, die ihm lässig auf den Hüften saß, und dazu ein ausgewaschenes T-Shirt. Seine Haare waren noch feucht und kräuselten sich leicht, als wäre er gerade erst aus der Dusche gestiegen. Mein Herz schlug so laut, dass ich befürchtete, es würde mir gleich aus der Brust springen. »Was zur Hölle ist das hier?«

»Mein Zimmer.« Unweigerlich spannten sich seine Muskeln

unter dem dünnen Stoff an, als er die Arme vor der Brust verschränkte.

»Nein. Dein Zimmer ist da draußen«, stammelte ich völlig idiotisch und deutete an der weit geöffneten Tür und dem Vorhang vorbei, durch die ich gerade gefallen war. Das alles ergab keinen Sinn. Immer noch völlig durcheinander sah ich mich um. Aber Jax hatte nicht ganz unrecht. Ich befand mich tatsächlich noch in seinem Zimmer. Allerdings wurde der Raum durch eine Trennwand geteilt, und hier drin war kaum mehr Platz als in einer Abstellkammer.

Das Schrillen eines Weckers holte uns beide aus unserer Starre. Jax stellte das Klingeln ab und betrachtete dann kurz etwas, das in drei flachen Plastikschalen herumschwamm und auf einer Art Arbeitsfläche stand. Erst jetzt fiel mir der beißend chemische Geruch auf, der in der Luft lag, und das ungewöhnliche rote Licht anstelle einer normalen Zimmerlampe. Der Raum war auch sonst alles andere als eine Abstellkammer. An der massiven Wand hingen einige Regale, auf denen sauber aufgereiht irgendwelche Flaschen und Dosen standen. Zwei großflächige Arbeitsplatten nahmen den meisten Platz ein. Auch hier schien alles seine feste Ordnung zu haben. An einem Ende befand sich eine Art schwarzer Kasten an einer Metallstange und erinnerte mich an einen alten Overheadprojektor aus der Schule. Erst als ich auf der einen Seite der Arbeitsfläche mehrere Fotos entdeckte, die dort lagen, fügten sich die Puzzleteile in meinem Kopf zu einem Ganzen zusammen. Diese Bilder hatten nichts mit den Schnappschüssen von draußen zu tun. Das hier waren professionelle Fotografien. »Du entwickelst hier drin Fotos.« Meine Stimme klang beinahe ehrfürchtig. Ich hatte noch nie eine Dunkelkammer von innen gesehen. Einige der alten Fotos von meinen Eltern waren noch auf diese Weise entstanden. Aber heute machte das niemand mehr. Ein fast vergessenes Handwerk. »Ich hatte keine Ahnung, dass es so was noch gibt.«

Ich machte einen Schritt auf die Bilder zu, um sie besser sehen zu können. Mir stockte der Atem. Die Abbildungen zeigten verschiedene Sternenkonstellationen und Galaxien. Ein Meer aus hellen Lichtpunkten und Nebelflecken, die so echt wirkten, als hätte Jax den Nachthimmel eingefangen und mit jedem Foto direkt in diesen Raum geholt.

»Sie sind nichts Besonderes.«

Er hatte keine Ahnung, wie besonders sie waren. »Doch, das sind sie. Sie sind – echt.«

»Echt?« Jax sah mich fragend an.

Vorsichtig fuhr ich mit dem Finger über den Rand eines Fotos, ohne es direkt zu berühren. »Wenn man ein Bild ansieht und sofort weiß, dass man sich stundenlang darin verlieren kann, dann ist es echt.« Ich löste den Blick von den Bildern und sah zu Jax. Seine Augen glänzten in dem Rotlicht fast schwarz. »Warum machst du dir die ganze Arbeit, sie selbst zu entwickeln?«

»Es gibt nicht mehr viele Labore, die sich mit analogen Bildern auskennen oder gute Qualität abliefern. Die meisten sind auf den digitalen Zug aufgesprungen.«

»Warum du nicht?«

Er zögerte, als müsste er erst über seine Antwort nachdenken. Oder darüber, wie viel er mir erzählen wollte. »Im richtigen Moment auf den Auslöser einer Kamera zu drücken ist für mich nur ein Teil. Aber dabei zuzusehen, wie daraus tatsächlich ein Bild entsteht, macht es für mich erst zu einem Ganzen. Es gibt mir das Gefühl, dass sich die ganze Arbeit gelohnt hat.«

»Fotos zu schießen ist also Arbeit?«

Er lachte leise. »Analoge Fotografie ist harte Arbeit. Man muss sie fühlen – immer. Sonst knipst man den ganzen Film voll, ohne ein einziges brauchbares Bild dabeizuhaben.«

»Das ist das Geheimnis eines guten Fotografen?«

»Fast. Ein paar Regeln gibt es schon noch. Aber wenn du es nicht fühlst …« Er schüttelte leicht den Kopf.

»Und dann muss man ja auch noch eine geheime Dunkelkammer in sein Studentenzimmer bauen.«

»Ja, manchmal gehört auch das dazu. Deswegen ist diese improvisierte Tür auch hinter einem Vorhang versteckt.«

Als ich nichts sagte, zog er skeptisch eine Braue hoch. »Wirst du mich morgen bei Mrs Delaney verpfeifen, oder ist das jetzt der Moment, in dem ich die *Men in Black* anrufen sollte, damit sie deine Erinnerung löschen?«

»Das würdest du nicht tun.« Ich schmunzelte über die Anspielung.

Und auch an Jax' Mundwinkel zuckte ein Muskel, aber er verzog keine Miene. »Du kennst eindeutig zu viele meiner Geheimnisse.«

»Wie viele hast du denn noch?«

»Im Moment keine, von denen du nicht schon weißt.«

»Im Moment? Dann habe ich dich also in der Hand?«

Für mehrere Wimpernschläge sah Jax mich einfach nur an. Die Luft zwischen uns war plötzlich seltsam angespannt. Als hätten wir sie mit unseren Worten wie zwei ungleiche Elektronen statisch aufgeladen.

»Aber deswegen bist du nicht hier, oder?«

Erst jetzt merkte ich, wie fest ich immer noch seine Bücher umklammert hielt. »Nein.« Ich sah auf den Stapel in meinem Arm. »Die wollte ich dir zurückbringen.« Ein Kloß bildete sich in meinem Hals, als er nichts sagte.

»Ich habe jede Seite auf eine Kassette gesprochen und sie alle mit Textmarker farblich passend zu den Papiermarkierungen ge-kennzeichnet. So findest du die Abschnitte, die du brauchst, schneller wieder. Aber ich habe alles auch noch mal aufgeschrieben. Falls dir das lieber ist.«

»Hast du das Geld gefunden?«

Ich verlagerte mein Gewicht. »Deswegen bin ich eigentlich hier. Es ist zu viel.«

»Du hast nicht gesagt, wie viel du brauchst, also …«

»Zweihundert Dollar kann ich nicht annehmen.«

»Es geht nicht darum, ob du es annehmen kannst. Du hast mich um Geld gebeten, und ich habe es dir gegeben.«

»Es ist trotzdem zu viel.«

Jax lachte leise. »Wie lange wollen wir das jetzt noch machen?«

Ich ließ nicht locker. »So lange, bis du die Hälfte zurück-nimmst.«

»Ally.«

Die Art, wie er meinen Namen aussprach, sorgte dafür, dass sich augenblicklich eine Gänsehaut auf meiner Haut ausbreitete.

»Ich werde es nicht zurücknehmen. Und du bist mir auch nichts weiter schuldig.«

»Aber.« Mein Protest stieß auf taube Ohren.

»Okay, um was geht es hier wirklich? Wenn du dir Sorgen machst, ich könnte verhungern oder meine Miete nicht mehr be-zahlen, dann kann ich dich beruhigen.«

»Niemand gibt jemandem so viel Geld im Voraus für einen Tu-torenjob.«

»Dann bin ich eben nicht niemand.« In seinem Blick lag eine Entschlossenheit, die unter anderen Umständen beneidenswert gewesen wäre. »Dann anders. Wie lange hast du dafür gebraucht?«

»Ungefähr drei Stunden.«

»Wenn ich dir sechzig Dollar die Stunde zahle, dann sind das hundertachtzig plus zwanzig Dollar Trinkgeld. Wir sind quitt.«

Das konnte er nicht ernst meinen. »Das ist doch total verrückt.«

»Du brauchst das Geld und ich deine Hilfe, und das …« Er deutete auf die Papierstreifen, die ich angemalt hatte. »… ist mir jeden Cent wert.« Er kam einen halben Schritt auf mich zu und löste vorsichtig die Bücher aus meinem Griff. Der Abstand zwischen uns war in diesem winzigen Raum schon kaum vorhanden, aber jetzt war da gar nichts mehr. Auch keine Möglichkeit, zurückzuweichen. So gut es ging, versuchte ich, meine Reaktion zu verbergen und ruhig weiterzuatmen, aber mit jeder Sekunde, die Jax vor mir stand, versteifte ich mich mehr. Er ließ mich nicht aus den Augen, auch nicht, als er einen Schritt zurück machte und mir so wieder mehr Raum gab.

»Ich habe noch keinen Tropfen Alkohol getrunken, falls du das denkst.«

Jax

Sie wich meinem Blick aus. Reiner Selbstschutz. Ich hatte ihren Bedingungen zugestimmt. Trotzdem wurde ich das Gefühl nicht los, als würde hinter dem Alkoholverbot so viel mehr stecken. »Du wirst mir nicht sagen, warum das so wichtig für dich ist, oder?«

»Wie kommst du darauf, dass es wichtig für mich ist?« Immer noch sah sie mich nicht an. Aber ich hatte meine Hausaufgaben gemacht.

»Eine deiner Bedingungen war ein absolutes Alkoholverbot, wenn wir uns sehen. Außerdem verbringst du außerhalb der Uni freiwillig Zeit in der Mensa. Der einzige Ort, an dem absolut alkoholfreie Zone ist. Dann die Nacht, in der ich vor deiner Tür stand.«

Ally presste die Lippen aufeinander.

»Und nach dem *Chesterfield* letztens hast du so panisch an mir geschnüffelt, als hätte ich in der Bar eine ganze Brennerei leer gesoffen.«

»Ich habe nicht panisch an dir geschnüffelt«, wiederholte sie meine Worte.

»Und«, fuhr ich fort, »du bist hier reingeplatzt, als wäre da draußen der Teufel hinter dir her gewesen.«

»Es war ein Unfall. Ich habe die Tür hinter dem Vorhang nicht gesehen und mich dagegengelehnt.«

Resigniert fuhr ich mir durch die Haare und umklammerte meinen Nacken. Ich hatte keine Ahnung, was ich noch sagen sollte. Und je länger das Schweigen zwischen uns anhielt, desto mehr wünschte ich mir, ich hätte einfach nichts gesagt.

Sie riss die Augen auf, als ich die Bücher auf die Arbeitsfläche legte und ihr dadurch unbeabsichtigt wieder etwas näher kam. »Aus irgendwelchen Gründen bist du angespannt wie ein Reaktor kurz vor der Kernschmelze, wenn ich dir zu nahe komme. Und ich weiß, dass du mir nicht erzählen wirst, warum das so ist. Und das akzeptiere ich. Aber irgendwas macht das mit mir, und ich habe keine Ahnung, was.« Ich wusste nicht, ob es an der roten Lampe lag, die alles plötzlich so unwirklich erscheinen ließ, oder ob der Geruch des Entwicklers mir schon den Verstand vernebelt hatte. Aber ich wollte das klarstellen. Und ich wollte, dass sie wusste, dass es mir nicht egal war. »Wir sind keine Freunde, und du vertraust mir nicht, richtig?«

Ally antwortete nicht und verschränkte stattdessen die Arme vor der Brust. Diese Frau war wirklich eine Herausforderung. Also legte ich eine Hand auf mein Herz, und die andere hob ich in die Luft, wie bei einer Vereidigung vor Gericht. »Ich schwöre auf alles, was mir heilig ist, dass ich es dir sagen werde, wenn ich auch nur einen Schluck Alkohol getrunken habe.«

Die Stille zog sich wie Kaugummi. Vielleicht war ich zu weit gegangen, und sie würde mich jetzt für einen kompletten Freak halten. Aber ich musste einfach alles auf eine Karte setzen. Das hatte ich schon immer getan, wenn es für mich um etwas ging. Alles oder nichts.

»Warum ist es dir so wichtig, dass ich dir glaube?« Ihr Blick war immer noch so wachsam wie der eines Fuchses, der einen Jäger gewittert hat.

»Ich kann es nicht riskieren, dass du unseren Deal aus Selbstschutz beendest, weil du jedes Mal vor mir zurückweichst, als hätte ich die Pest.«

Für einen quälend langen Moment sah sie mich an, ohne dass ich wusste, wo wir standen. Ich konnte ihre Augen in dem Licht nicht richtig erkennen. Und bei Gott, ich hätte gerade alles dafür getan, um den Ausdruck darin lesen zu können.

Und dann nickte sie. Zustimmend. Überzeugt. Und ohne Angst. Der Stein, der mir vom Herzen fiel, war bis nach Phoenix zu hören, da war ich mir sicher.

»Okay …« Ally schenkte mir ein kurzes Lächeln. »Ich sollte dann jetzt wohl besser wieder los.« Sie wandte sich zum Gehen, stoppte dann aber mitten in der Bewegung. Durch die Wände war ein lautes Poltern zu hören. All ihre Sinne waren plötzlich auf das gerichtet, was außerhalb dieses Zimmers passierte. Ich konnte ihr buchstäblich dabei zusehen, wie sich ihr Körper versteifte. Als würde sie jeden Moment von einer gefährlichen Klippe springen müssen und nicht schwimmen können. Oder überlegen, ob sie anstatt durch die Tür lieber durch das Fenster steigen und die Feuerleiter benutzen sollte. Wir waren hier viel zu weit oben. Das wäre Wahnsinn. Auf keinen Fall würde ich sie das tun lassen. Ich könnte ihr anbieten, sie zur Wohnungstür zu bringen oder bis zu ihrem Zimmer. Aber sie vertraute mir nicht. Nicht genug. Wie sollte sie sich da sicher fühlen? Was auch immer es war, das sie zögern ließ, zu gehen, und von dem sie mir nichts erzählen wollte, es musste ihr verdammt nahegehen. Also sagte ich das Einzige, was in dieser Situation Sinn machte. Das Einzige, was ihr vielleicht ein bisschen Sicherheit geben konnte, bis Hedgehogs Cocktailparty endlich vorbei war. »Schließ die Tür.«

Verwirrung huschte über ihr Gesicht. »Was? Warum?«

»Na ja, wir sind in einer Dunkelkammer. Und Fotos in der Entwicklungsphase sind lichtempfindlich.«

»Was hast du vor?« In ihrer Stimme lag immer noch Misstrauen.

»Nicht ich, du.«

»Ich soll deine Fotos entwickeln?« Verlegen biss sie sich auf die Unterlippe. »Willst du, dass hier irgendwas in die Luft fliegt? Ich habe überhaupt keine Ahnung, wie man das macht.«

»Es wird nichts in die Luft fliegen. Außer …«

»Außer?«

Ihr entsetzter Ausruf ließ mich schmunzeln. »Das war ein Scherz. Es kann nichts in die Luft fliegen, explodieren oder auch nur verpuffen.«

»Bist du dir sicher?«

Ich rollte gespielt mit den Augen. »Wirst du mir glauben, wenn ich Ja sage?«

Für einen Moment zögerte sie, doch dann schloss sie die Tür, und der Raum versank komplett im Rotlicht. Ich brauchte einen Moment, um mich an diese Art der Dunkelheit zu gewöhnen. Und daran, mit Ally in diesem winzigen Raum allein zu sein. Das hier war heiliger Boden. Hier kam sonst nie jemand rein. Selbst Hedgehog nicht. Und schon gar nicht, wenn ich an Bildern arbeitete.

Aber Ally hatte die Angewohnheit immer dann in mein Leben zu crashen, wenn ich es am wenigsten erwartete. »Ich muss dich noch eine Sache fragen, bevor wir anfangen können.«

»Und was?«

»Bist du dir absolut sicher, dass du hierbleiben willst? Denn auf keinen Fall, unter keinen Umständen, darf diese Tür geöffnet werden, bevor wir fertig sind. Selbst wenn die Welt untergeht.«

Sie lächelte. »Okay, was passiert denn, wenn jemand die Tür aufmacht?«

»Das.« Ich nickte auf die flache Schale mit der Entwicklerflüssigkeit.

Neugierig reckte Ally den Hals und überwand dann die winzige Distanz zwischen uns, um einen Blick in die Schale zu werfen. »Es ist völlig schwarz.« Sie drehte den Kopf in meine Richtung, um mich anzusehen. »Das ist meine Schuld. Ich habe die Tür aufgestoßen.«

Für ein paar Sekunden war ich völlig perplex, weil sie so nah vor mir stand. Ally schien es auch so zu gehen. Ihr Blick glitt über mein Gesicht, als wollte sie sich alles ganz genau einprägen. Ich schluckte viel zu schwer, als sich eine Gänsehaut auf meinen Armen bildete. Und dann passierte etwas Unerwartetes. Sie hob ihre Hand zum Schwur.

»Ich verspreche, bei allem, was mir heilig ist, dass ich diese Tür zulassen werde, bis wir hier drin fertig sind. Selbst wenn die Welt untergeht.«

Verdammt, diese Frau machte mich wirklich fertig. Ich löste mich aus ihrem Blick, zog einen neuen Satz Schalen aus dem Regal und schob die anderen zur Seite. »Dann lass uns anfangen.« Meine Stimme klang viel zu rau, als ich ihr kurz die verschiedenen Chemikalien erklärte und sie im richtigen Mischverhältnis in die dafür vorgesehenen Schalen kippte.

»Das ist schon alles?«

»Nicht ganz. Jetzt müssen wir das Bild erst mal auf das Fotopapier kriegen.«

Sie beobachtete jeden meiner Handgriffe, als ich ein Negativ in den Vergrößerer einspannte und so das Bild auf das Papier projektierte.

»Okay, und das funktioniert wirklich? Das Papier ist immer noch leer.«

»Ich muss mich wohl daran gewöhnen, dass du alles infrage stellst, hm?« Zwinkernd reichte ich ihr das weiße Fotopapier. »Es ist da drauf. Vertrau mir.«

Vorsichtig ließ sie es in die Entwicklerflüssigkeit gleiten, während ich den Timer stellte. Ally ließ die Schale nicht aus den Augen. Mit jeder Sekunde, die nichts passierte, schob sie ihre Unterlippe ein bisschen weiter vor und sah dann fragend zu mir. »Habe ich etwas falsch gemacht?«

Ich schüttelte den Kopf und stellte mich dann hinter sie, um den Prozess über ihre Schulter hinweg zu beobachten. »Benutz die Zange, um das Bild ein bisschen zu bewegen.«

Als sie nickte, stieg mir der Pfirsichduft ihres Shampoos in die Nase. Ich biss die Zähne zusammen und versuchte, mich stumpf auf das Geschehen in der Schale zu konzentrieren. Ally schwenkte immer wieder das Bild hin und her. Und dann färbten sich die ersten Stellen darauf dunkel. Immer fließender breitete sich die Farbe auf dem Papier aus und machte das Bild mehr und mehr sichtbar.

»Das ist Zauberei.«

Ihre geflüsterten Worte ließen mich schmunzeln. »Eigentlich ist es nur eine chemische Reaktion.«

»Hey«, protestierte sie. »Ein Magier verrät seine Tricks nicht. Das …« Sie brach ab. Ein leises »Oh« kam ihr über die Lippen, als der Timer piepte und sie das fertige Bild ansah. Eine weitere zufällige Nachtaufnahme.

»Das ist die Venus. Im Sternbild des Schützen.« Kurz hob Ally den Blick, um mich anzusehen. »Sie ist der hellste Stern am Himmel und um diese Jahreszeit immer nur ganz kurz zu sehen.«

In ihren Augen erschien ein Glanz, bei dem sich alles in mir zusammenzog. Noch nie hatte jemand so meine Bilder angesehen oder darüber gesprochen. Ich hatte keine Ahnung von Sternbildern, Planeten oder Sonnensystemen. Ich war einfach nur jemand, der Fotos machte und hoffte, dass sie irgendwem gefallen würden.

»Und was passiert jetzt?« Allys Stimme unterbrach die Stille, als wir das Bild fixiert und gewässert hatten.

Ich deutete auf die Leine über unseren Köpfen. »Jetzt muss es noch zum Trocknen aufgehängt werden.«

Entschlossen stellte sie sich auf die Zehenspitzen. Sie reichte mir jetzt bis zur Halsbeuge, aber ihre Arme erreichten immer noch nicht die Leine. Also lehnte ich mich zu ihr herunter, um sie hochzuheben. Meine Hände umfassten ihre Taille, und sie krallte sich in den Stoff meines T-Shirts, um besseren Halt zu finden. Meine Muskeln zogen sich zusammen, als hätte mich gerade jemand mit einem Eimer eiskalten Wassers übergossen. Jede Bewegung ihres Körpers an meinem verpasste mir eine neue kalte Dusche – die sich viel zu gut anfühlte. Es kostete mich jede Anstrengung, sie nicht einfach wieder runterzulassen, um endlich dieses Gefühl loszuwerden. Aber ihre Brüste so nah vor meinem Gesicht kurbelten meine Fantasie an wie die eines notgeilen Teenagers. Was zur Hölle stimmte denn nicht mit mir?

»Ich hab's.«

Erneut stieg mir eine Wolke ihres Pfirsichdufts in die Nase. Es war nur eine kleine Bewegung, sie langsam an mir heruntergleiten zu lassen. Trotzdem spürte ich jeden meiner Herzschläge, als ihr warmer Atem auf meine Schulter traf. Heilige Scheiße! Ich würde die ganze Nacht mit ihr in meiner Dunkelkammer verbringen und Fotos entwickeln, wenn es sein musste. Und allein bei dem Gedanken wusste ich, wie am Arsch ich war.

Kapitel 12

Ally

Jax und ich hatten uns seit dem Abend in seiner Dunkelkammer nicht mehr gesehen. Und seitdem befand sich mein Unterbewusstsein in einer Art Dämmerzustand, in dem meine Gedanken ständig wie ein Karussell darum kreisten. Dabei war doch überhaupt nichts passiert, oder? Ich war gut darin, meine Emotionen und Gefühle zu verstecken – dachte ich. Aber meine Angst hatte ich an diesem Abend nicht im Griff gehabt. Und Jax hatte es gemerkt. Er hatte mich nicht weggeschickt. Er wollte, dass ich blieb, um meinetwillen. Damit ich mich sicher fühlte. Und von da an hatte sich irgendwie alles verselbstständigt. Auf eine gute Weise. Bei der ich jede Minute dieses Abends nicht mehr aus dem Kopf bekam. Als hätte ich mich wie ein Blutegel an diesen Erinnerungen festgesaugt und könnte einfach nicht genug davon bekommen. Und dann war da noch dieses Gefühl von seiner Brust an meinem Körper und seinen Händen auf meinen Hüften, das sich immer wieder in meine Gedanken schlich und einfach nicht mehr verschwinden wollte. Nur mit Mühe konnte ich ein Seufzen unterdrücken, von dem ich nicht einmal genau wusste, was es zu bedeuten hatte. Und dass ich mitten am Tag in einer überfüllten Mensa an Jax Hoover dachte, machte es absolut nicht einfacher. »Okay, warum haben wir uns nicht erst umgezogen, bevor wir hierhergekommen sind?«

Mona sah mich an, als wäre diese Frage absolut überflüssig.

»Weil sich Footballspieler auch nicht erst umziehen, wenn sie ihre Siege feiern.«

»Okay, und was haben wir genau gewonnen?« Wir waren bis eben bei *Wallace & Partner* gewesen. Professor Wallace hatte darauf bestanden, das erste Treffen auf den Vormittag zu legen, damit wir die Kanzlei zumindest ein Mal mit voller Besetzung erleben konnten. Aber außer einer exklusiven Führung durch das Gebäude und die Einsicht in ein paar alte Akten war in der kurzen Zeit nicht viel mehr passiert. Trotzdem hatte Mona mich danach sofort in die Mensa geschleift, um das zu feiern – auf ihre Art.

»Du hast recht. Ich brauche keinen Grund, um am Waffelmittwoch in die Mensa zu gehen. Außer den Waffeln. Und die sind eben schnell weg. Da muss man Prioritäten setzen. Außerdem habe ich Savannah versprochen, ihr eine mitzubringen. Und eben in der Kanzlei war es dir noch egal, wie du ausgesehen hast.«

Ich zog eine Grimasse, als mir der Geruch von gebratener Paprika und süßem Vanillezucker in die Nase stieg. »Da waren auch alle in Businessklamotten.« Verstohlen sah ich mich um und zupfte dann an meinem Rock. »Niemand trägt hier einen schwarzen Anzug oder ein Etuikleid. Ich sehe aus, als wollte ich der Mensa-Dame eine Krankenversicherung für ihren Wellensittich aufschwatzen.«

Mona reichte mir lachend ein Tablett und reihte sich dann in die Schlange an der Essensausgabe ein. »Also wenn, dann siehst du aus, als wolltest du die Mensa-Dame in einem Rechtsstreit wegen ihrer nicht bezahlten Überstunden vertreten, Frau Anwältin. Außerdem siehst du verdammt gut aus.«

Wir hatten es am Montag endlich geschafft, in der Mall nach passenden und bezahlbaren Klamotten für unser Praktikum zu suchen. Während Mona sich nur schwer zwischen mehreren klassischen Jumpsuits hatte entscheiden können, war meine Wahl schnell auf einen Hosenanzug und zwei Blusen gefallen. Dazu hatte ich noch einen knielangen Rock und ein Paar schlichte, schwarze Loafer im Sale ergattert. Und alles konnte ich mit den zweihundert Dollar von Jax bezahlen. Schon wieder Jax. Jetzt seufzte ich doch.

»Außerdem interessiert es hier niemanden, wie du aussiehst.«

»Dafür gucken uns die Leute aber ganz schön schräg an.«

»Die gucken immer so.«

Ich hatte mich mittlerweile daran gewöhnt, vor dem gesamten Kurs zu stehen und über Rechtsfälle zu sprechen. Aber diese Art der Aufmerksamkeit wie hier in der Mensa mochte ich immer noch nicht. »Lass uns das Thema wechseln, ja?«

»Klar.« Sie grinste. »Jax Hoover hat dich also gefragt, ob du ihm Nachhilfe geben kannst, hm?«

Nicht diese Art von Thema. Ich wich ihrem Blick aus, während sich die Schlange langsam vorwärtsbewegte. »Es ist keine Nachhilfe im eigentlichen Sinne.«

»Ist *im eigentlichen Sinne* ein Synonym für *wir treffen uns für unverbindlichen Sex*?«

»Was? Nein! Wie kommst du denn darauf?«

»Mein Bruder meinte, du bist am Sonntag noch spät bei Jax gewesen. Ziemlich lange.« Am College wurde offensichtlich mehr getratscht als in einer Kleinstadt. »Hey, ich finde das völlig okay. Jax ist ein netter Kerl, wenn man ihn erst mal besser kennt. Und schlecht sieht er auch nicht aus. Er ist zwar nicht mein Typ, aber er hat definitiv Potenzial.«

»Da läuft nichts zwischen uns.« Ich schluckte den Kloß, der sich in meinem Hals gebildet hatte, hinunter.

»Man sollte sich da als Frau auf keinen Fall in irgendeine Schublade stecken lassen.«

»Ich habe keinen Sex mit Jax Hoover!«

»Wer hat keinen Sex mit mir?«

Mein Herz setzte einen Schlag aus. Oh. Mein. Gott!

»Jax, hey!« Mona fing an, Waffeln auf einen Teller zu stapeln, als wäre diese Situation gerade kein bisschen peinlich. Ich musste mir definitiv eine Scheibe von ihrer Gelassenheit abschneiden.

»Ladys«, grüßte Jax. »Schicke Outfits.«

»Danke.« Mona strahlte.

Auch ohne Jax anzusehen, spürte ich seinen Blick auf mir. Ich biss mir auf die Unterlippe, um dem Drang zu widerstehen, ihn ebenfalls anzusehen. Als würde es eine Rolle spielen, ob da mehr in seinem Blick lag als das Interesse an meinen ungewöhnlichen Klamotten.

»Und wer hat jetzt keinen Sex mit mir?«

»Ally«, gab Mona unverblümt zu und kramte ihre Mensakarte aus ihrer Tasche.

»Hm, daran hätte ich mich definitiv erinnert.«

Ich könnte schwören, dass er mich immer noch ansah – und dabei grinste. Mit einer übertriebenen Gelassenheit stellte ich einen Jell-O-Pudding und eine kleine Schale Obstsalat auf mein Tablett. »Was machst du eigentlich hier? Ich dachte, die Mensa ist nicht so dein Ding.«

»Es ist Waffelmittwoch.«

Mona warf zustimmend die Hände in die Luft.

»Außerdem esse ich tatsächlich jeden Tag hier. Außer am Wochenende.« Jax war ein wenig zu mir aufgerückt und belud jetzt ebenfalls einen Teller mit Waffeln. Er war so nah, dass wir uns rein zufällig berühren hätten können, wenn ich es gewollt hätte. So verdammt nah. Das brennende Gefühl der Neugier in meiner Brust wurde stärker. Ich schob mein Tablett weiter, um Abstand zu gewinnen. Was auch immer mein Verstand dachte, an dem Abend in der Dunkelkammer gespürt zu haben, es würde sich ganz sicher nicht in einer überfüllten Mensa wiederholen.

»Heute ist echt verdammt viel los.« Unschlüssig hielt Mona ihr Tablett in den Händen und sah sich suchend um. Alle Tische waren belegt.

Jax hatte sein Essen ebenfalls bezahlt und war neben Mona stehen geblieben. »Bei uns ist noch Platz.«

Sie zog eine Augenbraue hoch. »Am heiligen Stammtisch? Den ihr gegründet habt, um Frauen abzuchecken?«

»Hat Hedge dir das erzählt?« Jax lachte. »Wir essen da nur. Ich schwöre. Kommt mit. Laura sitzt auch bei uns.«

Wir folgten Jax durch die Menge zu einem Tisch in der Nähe der großen Fensterfront.

Hedgehog stieß einen anerkennenden Pfiff aus, als er uns erkannte. »Willkommen, willkommen! Welch hoher Besuch an unserer bescheidenen Tafel!«

Mona schob ihr Tablett auf den Tisch und stellte mir nacheinander alle vor. Laura war Hedgehogs Freundin und begrüßte mich mit einem Lächeln. Nate, Olly und Garrett, die Mona *die drei Musketiere* nannte, hatte ich am Sonntag auf der Cocktailparty schon kurz gesehen. »Und das ist mein Bruder …«

»Hedgehog«, unterbrach er sie.

Mona stöhnte. »Eigentlich heißt er Jacob. Einfach nur Jacob.«

Jax stellte sein Tablett in die Mitte des Tisches und lehnte sich dann zu mir herüber. Aus dem Augenwinkel sah ich, dass ein amüsiertes Lächeln seine Lippen umspielte. »Setz dich und genieß die Show. Die beiden sind unschlagbar.«

»Wenn man es zu etwas bringen will, muss man einen aussagekräftigen Namen haben. So wie Michael B. Jordan in *Creed*.«

»Oder Kevin Hart in *Jumanji*?«

»Kevin …?« Hedgehog legte den Kopf schief. »Vergleichst du mich gerade wirklich mit einem Sidekick aus einem Fantasyfilm?«

»Vergleichst du dich etwa mit einem Champion aus einem Boxerfilm?«

»Okay. Alle nennen mich Hedgehog. Außer meinen Eltern, meiner Grandma und offensichtlich meiner Schwester.« Er warf Mona einen finsteren Blick zu und schnappte sich dann eine von Jax' Waffeln. »Eines Tages wird mein Name über meiner eigenen Bar stehen, und Michael B. Jordan kommt auf einen Drink vorbei und wird mir ein Autogramm geben – auf meinen Arsch. Und das lasse ich mir dann genau an der Stelle tätowieren. Nur für dich, Schwesterchen.« Er nickte zufrieden und biss dann enthusiastisch in seine Waffel. Garrett schlug grölend auf den Tisch, während Nate ein »Es steht eins zu null für Hedgehog Jacob Williams« ausrief. Laura hielt jetzt ein imaginäres Schild in die Luft, um wie bei einem Boxkampf eine weitere Runde einzuläuten. Was Mona gespielt herausfordernd das Kinn vorstrecken ließ. Jetzt konnte ich ein Schmunzeln nicht mehr zurückhalten. Jax hatte recht, die beiden waren wirklich unschlagbar. Grinsend schob ich mir einen Löffel Wackelpudding in den Mund, als Mona zu einer weiteren Runde ansetzte. Aber ich hörte nichts mehr. Mein Blick lag auf Jax, der mir gegenübersaß und das Schauspiel zwischen den beiden interessiert verfolgte. Er hatte die Arme vor der Brust verschränkt, und um seine Lippen lag immer noch dieser amüsierte Zug. Das kleine Muttermal über seiner Augenbraue bewegte sich jedes Mal, wenn er seinen Mund ein bisschen mehr zu einem Lächeln verzog. Das war das erste Mal, dass ich ihn wirklich ansah, seitdem wir hier waren. Ein kurzer Moment, der nur mir gehörte und in dem ich versuchen konnte, das Chaos in meinen Gedanken zumindest ein bisschen zu sortieren. Aber das Gegenteil war der Fall. Je länger ich Jax ansah, um Klarheit zu bekommen, desto mehr verlor ich den Fokus. Wie ein Boot mitten in der Nacht, welches bei Sturm das Licht des Leuchtturms nicht mehr sehen konnte. Und dann, als hätte er das alles gespürt, sah er mich an. Jax ließ mich nicht mehr los mit seinem Blick, als würde er selbst nach irgendwelchen Antworten suchen. Wieder war ich gefangen in einer Zwischenwelt, in der ich nicht wusste, was ich fühlen sollte.

»Welche Cocktails magst du so, Ally?« Hedgehogs Frage riss mich aus meinem Gedankenstrudel.

»Hm?« Wann hatten die beiden ihren verbalen Boxkampf beendet?

»Ich würde die Cocktailkarte im *Chesterfield* ein bisschen anpassen, und da interessiert es mich, auf was die Leute außer Mai Tai noch so stehen.«

»Oh.« Fahrig strich ich mir eine Strähne aus dem Gesicht. »Ich mache mir nicht so viel aus Alkohol.«

»Kein Problem. Ich mache auch Mocktails.«

»Mocktails?«, wiederholte ich ungläubig.

»Ja. Alkoholfreie Cocktails. Sie unterscheiden sich kaum von den anderen, sind aber hundertprozentig clean. Bei mir muss niemand leer ausgehen.«

»Hedge ist wirklich gut in dem, was er macht«, warf Laura ein.

»Der Beste«, sagte Jax, ohne mich aus den Augen zu lassen.

»Jax wird übrigens die Fotos für die Karte machen. Das wird episch.«

»Du meinst Oldschool-Foto-Jax, der einen ziemlich erfolgreichen YouTube-Kanal hat und seit Monaten kein einziges Video mehr hochlädt? Meine Cousine nervt mich schon seit Wochen damit.« Nate sah Jax über den Rand seiner Wasserflasche fragend an.

Jax legte beide Hände auf sein Herz, als hätte man ihn an dieser Stelle gerade angeschossen. »Sag deiner Cousine, sie muss sich leider noch ein bisschen gedulden. Gute Dinge brauchen ihre Zeit.«

»Leute, ich muss los.« Mona war aufgestanden und fing an, ihre Sachen zusammenzuräumen. »Ich habe Savannah versprochen, ihr noch was zum Essen vorbeizubringen, bevor meine Nachmittagskurse anfangen.«

Laura sah Mona mitleidig an. »Wie geht es ihr denn?«

»Sie lenkt sich viel mit Arbeit und Unikram ab.«

»Ich könnte sie trösten«, schlug Olly grinsend vor.

Nate klopfte seinem Kumpel auf die Schulter, als wollte er sagen: *Vergiss es, du hast bei ihr eh keine Chance.* Dann stand er auf und verabschiedete sich ebenfalls. Olly und Garrett folgten ihm.

»Wir werden auch gehen.« Hedgehog stand mit Laura im Arm auf und gab ihr einen Kuss auf die Schläfe, bevor sie sich zum Gehen wandten. »Bis später, ihr beiden!«

»Und danke für die Waffeln, Jax.«

Jax tippte sich zum Gruß an die Stirn, und im nächsten Moment saß ich allein mit ihm an dem großen Tisch.

»Ich werde dann auch mal gehen.« Etwas unbeholfen stand ich von meinem Stuhl auf und strich meinen Rock glatt, während Jax sich noch keinen Zentimeter bewegt hatte. Als wollte er gar nicht von hier verschwinden. Oder er hatte einfach Spaß daran, mich dabei zu beobachten, wie ich meine halb leer gegessene Schale Obstsalat auf mein Tablett manövrierte. Dann deutete er auf seinen Teller mit den Waffeln, der immer noch in der Mitte stand.

»Zwei sind noch übrig. Eine für dich und eine für mich.«

»Ist das eine Einladung?«

Jax schüttelte den Kopf, als hätte er genau mit dieser Antwort gerechnet. »Wie hoch sind die Chancen, dass du Ja sagst, wenn ich Nein sage?«

Ich sah ihn nicht an. Stattdessen hypnotisierte ich meinen Obstsalat. »Danke. Ich habe noch.«

»Komm schon, Ally. Ich habe sie für alle gekauft, weil ich eine

Wette verloren habe. Lass uns die Welt zusammen ein bisschen besser machen und die beiden vor dem Müllschlucker retten.«

Meine Lippen verzogen sich zu einem winzigen Lächeln. Unwillkürlich kam mir Erics Warnung wieder in den Sinn: Ich sollte mich vor den bösen, gut aussehenden Jungs in Acht nehmen. Aber es waren nicht nur die, die Ärger machten. Es waren die bösen, gut aussehenden, selbstverliebten und absolut von sich überzeugten Jungs mit einem Herz für Waffeln, die noch viel mehr Ärger machten. »Okay«, hörte ich mich selbst sagen, »aber nur, wenn ich nicht in eine Waffelschutzorganisation eintreten muss.«

Mit einer Waffel in der einen Hand und der halb vollen Obstschale in der anderen stand ich nur ein paar Augenblicke später vor der Mensa. Ein angenehm warmer Wind schlug mir entgegen und zerzauste mir die Haare. Das war der erste Tag, an dem es nicht unerträglich heiß war.

»Willst du so jetzt über den ganzen Campus laufen?«

Unschlüssig blickte ich auf meine Hände. Es sah tatsächlich etwas merkwürdig aus. Vor allem, weil ich so weder die Waffel noch den Salat im Gehen hätte essen können. Außerdem war ich mir sicher, dass es eigentlich nicht erlaubt war, das Geschirr aus der Mensa zu entwenden. Es war viel zu schön draußen, um wieder reinzugehen. Zudem hatte ich noch Zeit, bis auch meine Nachmittagskurse beginnen würden. Also steuerte ich eine der freien Bänke an, die unter ein paar Mesquitebäumen standen.

»Darf ich?«

Ich nickte, und Jax setzte sich rittlings neben mich. Für den Bruchteil einer Sekunde streifte sein Knie meinen kleinen Finger. Wie der Flügelschlag eines Schmetterlings – zu kurz, um zu beurteilen, ob es sich genauso anfühlte wie in der Dunkelkammer. Und doch zu lange, um als eine zufällige Berührung durchzugehen. Meine Hände klammerten sich fester um die Kante der Bank.

Ich brauchte unbedingt Ablenkung. »Liefern Mona und Hedgehog sich immer so eine Show, wenn sie aufeinandertreffen?«

»Solange ich die beiden kenne, ja. Aber im Ernst. Mona würde für Hedge durchs Feuer gehen, und er für sie. Die beiden haben nur eine etwas schräge Art, das zu zeigen.«

In meiner Tasche kramte ich nach einem Bleistift, um mir die Haare hochzustecken. Für einen kurzen Moment wanderte Jax' Blick zu meinem Schlüsselbein, dann schaute er weg.

»Solange du die beiden kennst? Wie lange ist das denn?«

»Hedge und ich wurden uns bei der Zimmerverteilung quasi zugeteilt und haben festgestellt, dass wir sogar ein paar Kurse zusammen haben. Ich kannte bis dahin niemanden, der so vorurteilslos ist wie er. Seitdem unterstütze ich ihn, seinen Traum von einer eigenen Bar nach dem Studium zu verwirklichen, und er hilft mir, wann immer er Zeit hat. Bis ich dich gefragt habe.« Jax strich sich die Haare aus der Stirn und fixierte irgendeinen Punkt in der Ferne. »Ich habe meine Hausarbeit fertig, könntest du …?« Er brach ab, als würde es ihm immer noch schwerfallen, darüber mit mir zu reden.

»Heute Abend hätte ich Zeit, wenn dir das reicht.«

Er nickte. »Willst du kurz bei mir vorbeikommen?«

Ich wandte den Blick ab und beobachtete kurz eine Gruppe Studierende, die in die Mensa gingen. »Macht es dir was aus, wenn wir uns diesmal draußen irgendwo auf dem Campus treffen?« Fast hätte ich mit Protest gerechnet, weil es so viel einfacher gewesen wäre, wenn wir uns bei ihm oder bei mir kurz getroffen hätten, aber er reichte mir sein Handy, damit ich meine Nummer einspeichern konnte. »Ich schicke dir einen Standort.«

Ich nickte abwesend und räusperte mich dann. »Ich habe mir da was überlegt. Wegen der Bezahlung meine ich.«

Jax lachte leise, als er sein Smartphone zurück in seine Jeans schob. »Warum war mir klar, dass das Thema noch nicht vom Tisch ist? Okay, schieß los.«

»Ich nehme zwanzig Dollar die Stunde. Also zehn für eine halbe und …«

»Fünf für eine Viertelstunde«, schlussfolgerte er.

Ich nickte. »Und kein Trinkgeld mehr.«

»Okay, wie du willst.« Jax musste sich ein Lachen verkneifen und biss in seine Waffel.

»Danke für die Waffel.«

»Die Waffel dankt dir. Du hast sie vor einem schrecklichen Schicksal gerettet. Und mein Gewissen erleichtert.«

»Jax Hoover hat ein Gewissen?«

»Das weißt du immer noch nicht?«

Das war eine rhetorische Frage, ganz sicher. Ich schob mir ebenfalls ein Stück Waffel in den Mund. »Was für eine Wette war das, die du verloren hast?«

Jax sah mich an und grinste. »Das willst du nicht wissen.«

»Oh doch, das will ich.«

»Sagen wir mal so. Senf und ich werden keine Freunde mehr.«

Ich lachte. »Dir ist klar, dass ich mir das gerade bildlich vorstelle.«

»Am Ende hatte ich die Wahl, zwischen noch mehr Senf oder einer Ladung Waffeln für alle.« Sein Blick glitt über mein Gesicht, als suchte er darin irgendetwas, von dem ich nicht wusste, was es war. Bis er mir direkt in die Augen sah. »Und warum läufst du in diesen heißen Businessklamotten rum?«

»Heiße Businessklamotten, ja?« Ein kurzes Flattern machte sich in meiner Magengegend bemerkbar. Definitiv musste man sich vor den überheblichen Jungs am meisten in Acht nehmen. »Wird das hier ein Frage-und-Antwort-Spiel?«, lenkte ich ab.

»Du hast damit angefangen.« Er versuchte, betont unschuldig zu klingen, aber ich durchschaute ihn sofort.

In einer übertriebenen Geste straffte ich die Schultern. »Du willst also wissen, warum ich mitten am Tag auf dem Campus diese, O-Ton, heißen Businessklamotten trage? Okay: Mona und ich hatten das Riesenglück, einen Praktikumsplatz in der Kanzlei unseres Gastdozenten zu ergattern. Und wir hatten heute unseren ersten Tag. Eigentlich wollte ich mich noch umziehen, aber Mona meinte, wir müssten unbedingt sofort hierher, und jetzt verstehe ich auch, warum.« Erneut brach ich ein Stück von der Waffel ab. Der feste Teig zerging auf meiner Zunge und gab den buttrigen, süß-salzigen Geschmack frei. Seufzend schloss ich die Augen.

»So gut?«

»Besser als gut. Mittwoch ist ab jetzt mein neuer Lieblingstag.«

»Du hast einen Lieblingstag? Ich dachte für euch Musterstudierende besteht jeder Tag aus den gleichen langweiligen Dingen.«

»Du weißt ganz schön wenig über uns Musterstudierende.« Empört zog ich eine Augenbraue hoch. »Natürlich haben wir einen Lieblingstag. Vielleicht nicht unbedingt den Freitag wie bei den meisten hier. Aber wir haben ihn.«

Jax hatte amüsiert die Arme vor der Brust verschränkt. Er glaubte mir offensichtlich kein Wort. »Und welcher war deiner? Vor dem Waffelmittwoch?«

Der warme Wind löste eine Strähne aus meiner Bleistiftfrisur und zupfte damit an einer fast vergessenen Erinnerung. »Sonntag«, sagte ich und strich mir die Haare aus dem Gesicht. »Weil dieser Tag irgendwie magisch ist. Wie eine Art Zwischenwelt, in der man keine Ahnung hat, wie spät es ist, weil Zeit keine Rolle spielt und es unwichtig ist, ob es regnet oder die Sonne scheint. In der man Frühstück im Bett essen kann und es egal ist, ob du den ganzen Tag Netflix schaust. Oder der Kühlschrank leer ist, weil man sowieso vorhat, den Lieferdienst anzurufen. Und weil es an Sonntagen bei uns immer Waffeln und Pancakes gab.« Mit dem Handrücken fuhr ich mir über den Mund, um die Zuckerreste und den Gedanken an früher wegzuwischen. »Ich bin wieder dran.« Kurz überlegte ich, welche Frage ich Jax stellen könnte. Dann fiel mir etwas ein. »Was hat es mit diesem mysteriösen Fotoblog auf sich?«

Jax schmunzelte, und ein tiefes Grübchen an seinem Kinn kam zum Vorschein. Dann holte er einmal tief Luft, als würde die Geschichte dazu etwas länger dauern. »Ich habe alles, was ich über das Fotografieren weiß, von meinem Gramps gelernt. Er ist sozusagen daran schuld, dass ich überhaupt damit angefangen habe. Und da er aus einem Zeitalter stammte, in dem es noch keine Digitalkameras gab, bin ich auch irgendwie drauf hängen geblieben. Ich mag den Gedanken, an alten Sachen festzuhalten. Sie bleiben unverändert – irgendwie beständig. Die Idee mit den Videos hatte ich, nachdem ich gemerkt habe, wie schwer es ist, sich dieses Wissen anzueignen, wenn man nicht so gut darin ist, sich durch sämtliche Fachliteratur zu lesen. Zumindest war das mein ursprünglicher Plan. Ich wollte eigentlich nur ein paar kurze Videos machen. Dass tatsächlich noch so viele Leute Interesse an der analogen Fotografie haben, die einfach erklärt wird, war mir nicht klar. Und das ist eigentlich schon die ganze Geschichte.« In Jax' Stimme schwang die gleiche Begeisterung mit, wie sie mir schon in seinen Videos aufgefallen war.

»Und warum machst du jetzt keine Videos mehr?«

»Du willst es wirklich ganz genau wissen, hm?« Kurz presste er die Lippen aufeinander, als würde es ihm schwerfallen, darüber zu sprechen. »Mein Grandpa ist letztes Jahr gestorben, und jetzt habe ich sozusagen niemanden mehr, der mir was Neues zeigen kann oder den ich fragen könnte. Also muss ich mir selbst neue Techniken beibringen, und das dauert eben.« Er schob sich den Rest seiner Waffel in den Mund und musterte mich, als würde er überlegen, welche Frage er mir als nächste stellen konnte. »Warum hast du solche Angst, wenn jemand Alkohol getrunken hat?«

Der Satz traf mich unvorbereitet und hallte durch meinen Kopf wie ein Echo. »Ich habe keine Angst«, sagte ich schroff. Viel zu schroff. Ein automatischer Schutzmechanismus, hinter dem ich mich verschanzen konnte. Angriff war die beste Verteidigung. Das war eine seit Jahrhunderten bekannte Kampfstrategie, und sie funktionierte auch, um Schwächen dahinter zu verstecken – immer. Ich griff nach meinen Sachen und sprang auf. Diesmal würde mich Jax nicht aufhalten. »Sorry, ich muss jetzt los.« Ohne mich noch einmal nach ihm umzudrehen, verließ ich fast fluchtartig den Vorplatz der Mensa. Der Wind zog an mir und trieb mich dazu an, mit jedem Schritt noch schneller zu gehen.

»Ally.«

Mehr hörte ich nicht mehr, als ich im Schatten zweier Gebäude verschwunden war.

Kapitel 13

Jax

Scheiße! Ich war zu weit gegangen. Wie ein Raubtier hatte ich Ally mit dieser Frage in die Enge getrieben. Als hätte ich es nicht besser gewusst. Dabei ging mich das alles überhaupt nichts an. Verdammt! Ich zog mein Handy aus der Tasche und schickte ihr meinen Standort, wie eigentlich vereinbart. Sie wollte sich nicht bei mir treffen, und das konnte ich ihr nicht einmal übel nehmen. Aber das hatte ich jetzt wohl komplett versaut. Ich war so ein Idiot. Wenn Ally jetzt unseren Deal platzen lassen würde, war ich am Arsch. Sie hatte keine Ahnung, wie sehr ihre Tapes mir geholfen hatten. Wenn ich auf die gleiche Weise in der Klausurenphase lernen könnte, hatte ich eine realistische Chance, Bromberg den imaginären Mittelfinger zu zeigen. Aber ohne Ally … Ich ignorierte die Stimme in meinem Kopf, die mir weismachen wollte, dass es hier um mehr ging: um bissige Sprachnachrichten, Pfirsichduft, Augen, die ihre Farbe veränderten, wenn sie mich ansahen. Und ein absolut vernichtend heißes Businessoutfit, in dem ich sie nach heute am liebsten noch öfter sehen würde. Nur um mir vorzustellen, wie ich jeden einzelnen Knopf ihrer Bluse langsam öffnen würde und ihren Rock … okay, stopp! Heilige Scheiße! Verlor ich gerade den Verstand, oder hatte ich einen Office-Fetisch, von dem ich bis heute noch nichts wusste?

Mein Rucksack mit meinem Zeug landete viel zu hart auf der

Bank. Erneut warf ich einen Blick auf mein Smartphone. Keine Nachricht von Ally. Es war halb neun, und ich wartete in einem Park am Rande des Campus auf ein Mädchen, das nicht kommen würde, weil ich einfach meine verdammte Schnauze nicht halten konnte.

Das dumpfe Scheppern eines kleinen Steins, der gegen den Metallfuß einer der Bänke gekickt worden war, ließ mich den Kopf heben.

»Jax!«

»Luke.« Ich nickte knapp. Kein Handschlag, keine Begrüßung.

»Wir haben uns eine Ewigkeit nicht gesehen. Ich hätte nicht gedacht, dass du noch hier bist.«

»Tja, so kann man sich täuschen.«

Luke lachte leise. »Dann machen wir ja im nächsten Sommer zusammen Abschluss. Du im Master oder doch nur Bachelor?«

Meine Hände ballten sich zu Fäusten, aber nur so kurz, dass er es unmöglich merken konnte. Dann straffte ich die Schultern und legte das arroganteste Grinsen auf, zu dem ich fähig war. »Musst du nicht irgendwelchen Grannies über die Straße helfen oder deinen Professoren in den Arsch kriechen?«

Wieder lachte er dieses schmierige Lachen. »Weder noch. Aber vielleicht würde es dir ja ganz guttun. Zumindest, was die Grannies angeht. Das mit dem Arschkriechen hat ja nicht so funktioniert. Es wird erzählt, dass Professorin Bromberg erst gar nicht mit dir sprechen wollte.« Sein Grinsen wurde breiter.

»Immer noch den Dekan auf Kurzwahl eingespeichert, hm?«

Luke verschränkte die Arme vor der Brust und simulierte ein Gähnen. »Komm schon, Jax. Das war schon alles? Du hast doch sicher noch was Besseres auf Lager. Worte waren ja schon immer deine Stärke.«

Ich bewegte mich einen Schritt auf ihn zu. Es war keine große

Sache, aber Luke spannte sich an, als würde er damit rechnen, gleich eine von mir verpasst zu kriegen. Er war schon immer wie ein kläffender Hund gewesen, der den Schwanz einzog, wenn man ihm zu nahe kam.

»Wie ist das eigentlich, bei allen beliebt und erfolgreich zu sein und trotzdem immer das Arschloch zu spielen?«

Wieder dieses Gackern. Wenn er noch einmal so dreckig lachen würde, würde ich ihm tatsächlich ins Gesicht schlagen.

»Demut wäre doch mal was für dich, meinst du nicht?«

Ich verengte die Augen. »Du bist tatsächlich immer noch der alte Luke. Versuchst, jedem deine dämlichen Lebensweisheiten aufzudrücken.«

»Deinen Eltern hat das immer gefallen. Vielleicht waren sie froh, sich endlich mal mit jemandem unterhalten zu können, der nicht ganz so …« Er beendete den Satz nicht.

Mein Kiefer knackte.

»Aber nimm's nicht so schwer. Intelligenz ist eben das Einzige, was man nicht mit Geld kaufen kann.« Kurz tippte er sich an die Stirn und wandte sich zum Gehen.

»Wir sehen uns bei der Abschlussfeier. Ich werde der Typ mit den Auszeichnungen in der ersten Reihe sein.«

Sein Gelächter dröhnte durch die Dunkelheit, wie in einem schlechten Horrorfilm. Ich starrte ihm nach, bis ich mir sicher sein konnte, dass er wirklich weg war. Dann ließ ich den Kopf kreisen. *Irgendwann* … ich stoppte den Gedanken in meinem Kopf, um die Kontrolle nicht zu verlieren. Aber irgendwann, da würde sich all das bezahlt machen. Jeder Kampf, jeder Tropfen Schweiß und jede beschissene Demütigung.

»Hey!«

Eine vertraute Frauenstimme riss mich aus meiner Wut, und ich fuhr herum. Ally. Für einen Moment dachte ich wirklich, mein

Verstand hätte sich komplett verabschiedet. Aber sie war hier. Zögerlich kam sie auf mich zu und blieb hinter der Bank stehen. Ihre Klamotten von heute Mittag hatte sie gegen Jeans und ein weites Shirt getauscht, dessen Ausschnitt eine Schulter freigab. Nur ihre Haare waren immer noch hochgesteckt.

»Ich habe nicht gedacht, dass du kommst.«

Sie schob ihre Hände unschlüssig in die Gesäßtaschen ihrer Jeans. »Ich wollte dir auch erst eine Nachricht schicken.« Ihr Blick war auf einen imaginären Punkt auf der Rückenlehne der Bank gerichtet. »Aber ich muss mit dir persönlich reden.«

Irgendwas in mir zersplitterte wie eine kaputte Glasscheibe. Konnte dieser Tag noch beschissener werden? Ich fühlte mich wie ein Footballspieler der Buffalo Bills, die gerade zum vierten Mal in Folge im Finale des Superbowls gestanden hatten, aber immer als Verlierer nach Hause fahren mussten. »Schieß los.« Mit einem Kopfnicken deutete ich auf den Platz neben meinem Rucksack. Aber Ally rührte sich nicht. Das war absolut kein gutes Zeichen.

»Was du in der Dunkelkammer zu mir gesagt hast«, fing sie an und holte tief Luft. »Und deine Frage heute vor der Mensa. Das fällt normalerweise niemandem auf. Die Leute achten nicht darauf oder ziehen irgendwelche Schlussfolgerungen aus meinem Verhalten. Oder ich war bis jetzt einfach sehr gut darin, es zu verstecken.« Sie zog die Hände aus ihrer Jeans und verschränkte sie miteinander. »Entweder bist du ein direkter Nachfahre von Sherlock Holmes oder nur ein guter Beobachter.« Ein winziges Lächeln umspielte ihre Lippen und machte mir ein kleines bisschen Hoffnung.

»Also das mit Sherlock könnte ich herausfinden, wenn du willst. Meine Mutter steht total auf Ahnenforschung. Ich denke, das gilt auch für fiktive Verwandtschaft.«

Allys Lächeln hatte sich in ein Schmunzeln verwandelt – das

war schon besser. Sie löste den Blick von der Bank und sah mich an. »Okay. Aber darauf wollte ich eigentlich nicht hinaus.«

»Und auf was dann?« Ich schluckte schwer, um gegen das ungute Gefühl in meiner Magengegend anzukämpfen.

»Was ich eigentlich sagen wollte, ist, ich weiß, du willst ein paar Antworten auf das alles. Aber vielleicht können deine Sherlock-Gene noch warten? Ich bin nicht so gut darin, jedem zu erzählen, was …« Sie machte eine kurze Pause, als müsste sie nach den richtigen Worten suchen. »… was in mir kaputt ist.«

In meinem Hals platzte irgendein beschissener Knoten, von dem ich nicht einmal gewusst hatte, dass er da gewesen war. Und gleichzeitig löste ihr letzter Satz eine neue Frage in meinem Kopf aus. Etwas in ihr war kaputt. Das klang nicht gut. Aber wenn ich sie nicht gleich wieder verjagen wollte, musste ich mich zusammenreißen, bis sie mir ihre Geschichte von allein erzählen würde. Also nickte ich.

Ally rieb sich über den Oberarm, als wäre auch von ihr irgendeine Last abgefallen. Dann kam sie um die Bank herum und setzte sich auf den Platz, den ich ihr eben angeboten hatte. Ohne ein Wort holte ich meinen Laptop aus dem Rucksack und öffnete das Dokument mit meiner Hausarbeit. Dabei fiel ihr Blick auf etwas in meinem offenen Rucksack. »Was ist das für ein Buch?«

Ich tippte weiter auf meinem Laptop herum. »Das ist die einzige Möglichkeit, die ich habe, um meine Fotografie-Kenntnisse noch zu verbessern.«

»Darf ich?« Sie zog das Buch heraus und strich über den glänzenden Einband, bevor sie darin blätterte. »Ist das auch noch von deinem Grandpa?«

»Das und ein paar andere, die ich behalten habe.«

Ihre Augen überflogen interessiert ein paar Seiten. »Das klingt alles furchtbar kompliziert.«

»Ist es nicht. Wirklich. Eigentlich sind es nur drei technische Zusammenhänge, die man verstehen muss.«

»Du willst mir also erzählen, dass ein Andrew Krumholtz dieses dicke Handbuch für nur drei technische Zusammenhänge geschrieben hat? Das ist alles?«

»Nein.« Ich hob den Blick und wandte mich ihr zu. »Er hat ganze fünf dieser Handbücher geschrieben. Und da wäre sicher auch noch lange kein Ende gewesen, wenn er sich nicht auf seiner letzten Fotoreise beide Arme gebrochen hätte.«

Ally sah mich an und legte leicht den Kopf schief. Ohne den Blick von mir zu nehmen, zog sie ihr Handy aus der Tasche.

»Was hast du vor?«

»Ich google Andrew Krumholtz und werde mein kostbares Datenvolumen verbrauchen, um herauszufinden, ob du mich gerade auf den Arm genommen hast.«

»Und?« An dieser Vertrauenssache mussten wir definitiv noch arbeiten.

Entsetzt verzog sie das Gesicht. »Er hat sich im Pamir-Gebirge in einer Gletscherspalte abgeseilt und ist – abgerutscht.«

»Ein guter Fotograf nimmt schon so einiges in Kauf.«

»Irgendwo in Asien im ewigen Eis eingeschlossen zu werden?«

»Das ist wirklich hart. Aber für das perfekte Bild sind Fotografen bereit, so einiges zu riskieren.«

»Du etwa auch?« Ally klang immer noch völlig fassungslos.

»Wenn um vier Uhr morgens aufstehen und auf einen echt steilen Berg klettern dazuzählt?«

»Und das alles nur für das perfekte Foto?«

»Es ist so viel mehr als nur das.«

Ich sollte ihr meine Hausarbeit zuschieben und damit das Thema wechseln. Aber Ally sah mich weiter unverwandt an. Sie wollte es wirklich wissen. Mit der freien Hand fuhr ich mir durch die Haare und holte Luft. »Das klingt jetzt vielleicht total schräg. Aber da draußen mit meiner Kamera kann ich einfach alles vergessen. Egal, wie beschissen es gerade läuft. Das Gefühl und diese Magie, die beim Fotografieren entsteht. Wenn sich das Licht bricht und du auf den Auslöser drückst, das ist unbeschreiblich.«

»Das klingt nicht schräg. Es klingt, als würdest du mit Haut und Haaren dafür brennen, wenn du sogar todmüde im Dunkeln auf einen Hügel kletterst.« Sie kicherte. »Das würde ich wirklich gerne mal sehen – irgendwann.«

»Im Ernst? Du willst zusehen, wenn ich fotografiere?«

»Wenn du keine Zuschauer magst, dann …«

»Nein.« Meine Antwort kam viel zu schnell. »Aber das hat mich noch nie jemand gefragt. Die meisten wollen vor der Kamera stehen. Nicht dahinter, wo …«

»Die Magie entsteht?«

Diese Frau machte mich fertig. »Wenn du mit *irgendwann* vielleicht schon Sonntag meinst, dann könnte ich dich mitnehmen, wenn du willst.«

»Müsste ich auf einen Berg klettern?«

»Nein, keine Berge. Und du musst auch nicht um vier aufstehen. Versprochen.«

»Bleiben wir in Arizona?«

»Wir werden auch den Bundesstaat nicht verlassen.« Ich verkniff mir ein Lachen. »Keine Gletscherspalten in Asien. Wenn die Wetterverhältnisse passen, dann muss ich nicht einmal den Campus verlassen. Man kann auch hier gute Bilder machen. Vor allem Nachtaufnahmen. Der Park liegt nicht so dicht an den Gebäuden, und man wird nicht von künstlichem Licht gestört. Die Bilder letztens in der Dunkelkammer, die habe ich hier gemacht.«

»Wirklich hier?« Erst jetzt schien sie sich richtig umzusehen. »Mona hat mir den Park gar nicht gezeigt. Hier wäre der perfekte

Platz für ein Lagerfeuer.« Ein kaum hörbares Seufzen kam ihr über die Lippen.

»Wenn wir jetzt ein Feuer machen, ist in drei Minuten die Campuspolizei vor Ort.«

»Ich weiß.« Sie seufzte wieder. »Aber hast du nicht auch manchmal Lust auf all diese Dinge aus deiner Kindheit? Auf geröstete Marshmallows und S'Mores?«

»Nicht wirklich.«

»Du magst keine Marshmallows?«

»Ich habe sie noch nie probiert. Oder an einem Lagerfeuer gesessen.«

»Was? Sag mir bitte nicht, dass du auch noch nie mit deinem Dad ein Baumhaus gebaut hast oder barfuß über eine Wiese gelaufen bist?«

»Um ehrlich zu sein, kann ich mich nicht daran erinnern.«

»Und was ist mit Eis zum Frühstück und Pizza im Bett essen?«

»Nope. Wenn sich die anderen Kinder aus der Schule für so ein Zeug getroffen haben, bin ich lieber um die Objektivsammlung meines Grandpas geschlichen. Das klingt, als wäre ich ein totaler Supernerd gewesen, der war ich ganz sicher nicht. Ich wollte einfach immer schon irgendwie, so schnell es ging, erwachsen werden.«

»Aber wieso?« In ihrer Stimme lag ein Schmerz, den ich nicht deuten konnte. Und genau dieser Ton war es, der jetzt an der Oberfläche meiner Erinnerungen kratzte – viel zu bohrend. »Weil mir als Erwachsener niemand mehr sagt, wie ich sein soll und wer ich bin.«

Nachdenklich schürzte sie die Lippen und verschränkte ihre Hände ineinander, bis ihre Knöchel weiß hervortraten. »Hat man das früher oft zu dir gesagt?«

Ich schüttelte leicht den Kopf. »Nicht unbedingt gesagt, aber manche Dinge muss man nicht laut aussprechen. Vor allem, wenn man sieht, wie andere ohne große Anstrengung den Lernstoff pauken, und man selbst das Gefühl hat, dass die eigenen kleinen Erfolge nie genug sind.«

Mehrere Sekunden blieb es still zwischen uns, als müsste sie erst über meine Worte nachdenken.

»Du hast dich aber trotzdem nach der Schule für ein Studium entschieden«, sagte sie dann.

»Das ich im Grunde nicht brauche, weil meinen Eltern eine große Firma gehört und ich eigentlich von Beruf nur Sohn sein könnte?«

Verlegen senkte sie die Lider. »So habe ich das nicht gemeint. Aber du müsstest dir den Unistress nicht antun oder mich bezahlen, wenn es einen einfacheren Weg gibt.«

»Und was ist, wenn ich den nicht will? Wenn ich meinen Eltern beweisen möchte, dass ich mehr kann, als mein Leben lang ihr Geld auszugeben. Weil die Fotografie schon immer alles für mich war.«

»Und diese Chance geben sie dir nicht?«

»Meine Eltern sind toll. Wirklich. Aber das ist ihre Art, mich zu schützen – vor der bösen Welt da draußen.« Schnaubend legte ich den Kopf in den Nacken. »Intelligenz kann man eben nicht kaufen.« Ich erstickte fast an Lukes dämlichem Spruch. Aber verdammt, es war die Wahrheit.

»Deine Lernschwäche hat überhaupt nichts mit Intelligenz zu tun. Sie hat überhaupt nichts mit irgendwas zu tun.« Die Art, wie sie sich für mich einsetzte, machte irgendwas Verrücktes mit meinem Herzschlag.

»Ist schon okay. Ich komme damit klar. Das bin ich ja immer schon – irgendwie. Meine einzige Chance ist der Collegeabschluss. Wenn ich den habe, wird sich alles ändern. Ganz sicher.« Eine winzige Stimme in meinem Kopf fing an zu lachen und sorgte dafür, dass sich eine Gänsehaut auf meinem Arm bildete. »Vielleicht wäre so ein Lagerfeuer jetzt doch gar nicht so schlecht.«

Ally rutschte etwas tiefer in die Bank und zog ihre Beine an. Selbst im Dunkeln konnte ich sehen, wie ihre Augen glänzten.

»Früher habe ich mit meinen Eltern und meinem Bruder oft draußen am Lagerfeuer gesessen. Manchmal sogar die ganze Nacht. Mit jeder Menge Marshmallows, Keksen und Schokolade.« Sie lächelte, aber ihre Miene wirkte traurig. »Und dann haben wir in den Himmel geguckt und den Stern gesucht, der den Weg nach Nimmerland zeigt. Den Weg, den niemand kennt, außer Peter Pan.« Fröstelnd schlang sie ihre Arme um die Beine und sah in den Himmel. »Ich dachte immer, ich könnte dieses eine Mädchen sein, das den Weg findet. Mom meinte, ich muss nach dem Stern suchen, der am hellsten leuchtet. Aber da oben gibt es so unglaublich viele, dass ich nie sicher war, welcher der richtige sein könnte. Also habe ich angefangen, mein Fenster nachts offen zu lassen. Wenn ich den Weg nach Nimmerland nicht finden konnte, dann würde Peter Pan ganz sicher mich finden.« Ally lachte leise. »Seit damals hat sich einfach so viel verändert.«

»Hast du dir deswegen den Stern unter dein Schlüsselbein tätowieren lassen?« Die Frage war raus, bevor ich sie aufhalten konnte.

Sie wirkte überrascht, vermutlich, weil sie nicht damit gerechnet hatte, dass es mir überhaupt aufgefallen war, nickte aber knapp. »Er soll mich daran erinnern. Damit ich es nie vergesse.«

Wie viel musste ihr diese Geschichte bedeuten, wenn sie es sich sogar unter die Haut hatte stechen lassen? »Hey, auch wenn du Nimmerland als Kind nicht gefunden hast, du bist auf dem College, studierst Jura und hast ein volles Stipendium. Deine Eltern können unglaublich stolz auf dich sein.«

Allys Blick war immer noch zum Himmel gerichtet. Aber ihre

Lippen hatte sie jetzt zusammengepresst. »Meine Mom ist gestorben, als ich zwölf war. Da bleiben nicht mehr so viele, die stolz auf mich sein könnten.«

»Was ist passiert?« Meine Stimme klang brüchig.

»Es war eigentlich nur eine Blinddarmentzündung. Wie sie jeden Tag bei Tausenden Menschen vorkommt. Eine Routineoperation. Aber der Arzt wollte noch warten, obwohl sich ihr Zustand immer weiter verschlechterte. Bis es zu einem Darmdurchbruch kam, von dem sie sich nicht erholte.«

Der Kloß in meinem Hals wurde immer größer, und ich schluckte hart.

»Unser Vater war wie gelähmt damals. Er hat gegen das Krankenhaus geklagt, wollte Klarheit, wie das alles passieren konnte. Wer auch immer für diesen Fehler verantwortlich war, sollte dafür geradestehen. Das Krankenhaus war nicht gerade sehr kooperativ. Sie wollten ihren Ruf nicht verlieren. Und schon gar nicht eine Entschädigung bezahlen, die Eric und mich als Halbwaisen ein bisschen abgesichert hätte. Der Rechtsstreit zog sich ewig und schluckte immer mehr Geld. Es war von Anfang an ein unfairer Kampf.« Ihre Stimme war so leise, dass ich sie kaum noch verstand.

»Dad verlor den Prozess und musste am Ende das Haus verkaufen. Aber auch das war nicht genug. Wir haben in dem Moment alles verloren. Alles, was uns wichtig war: unsere Mutter, unser Zuhause, unsere Freunde und irgendwie auch den Glauben daran, dass alles irgendwann wieder gut werden würde.«

Verdammt! Ich hatte echt keine Ahnung gehabt. Warum Ally sich so extrem auf ihr Studium fixierte oder was diese Peter-Pan-Geschichte sollte. Es erinnerte sie alles an ihre Mutter. Scheiße, und ich hatte mich darüber lustig gemacht. Ich, der ich schon mein ganzes Leben alles auf dem Silbertablett vorgesetzt bekommen hatte. Im Gegensatz zu Allys waren meine Probleme einfach lächerlich. Sie hatte als Kind den wichtigsten Menschen in ihrem Leben verloren. Und das auf eine Weise, die ich mir nicht einmal vorstellen konnte. »Was ist danach passiert?«

Ally löste ihren Blick vom Himmel und sah mich an. Der Glanz in ihren Augen war verschwunden. »Dad konnte sich in seiner Trauer und Wut nicht um Eric und mich kümmern. Also waren wir die meiste Zeit auf uns allein gestellt. Oder wir haben die Nachbarn um Hilfe gefragt. Unser Anwalt hatte meinen Bruder und mich einmal als Kollateralschaden bezeichnet. Eine winzig kleine Fehlentscheidung hatte alles in unserem Leben verändert.«

Wut kochte in mir hoch. Absolute, abartige Wut, die ich kaum noch herunterschlucken konnte.

»Ich würde alles dafür geben, an den Punkt in meiner Kindheit zurückreisen zu können, an dem noch alles perfekt war.« Ally zwang sich zu einem Lächeln, aber sie zitterte. Verdammt, sie zitterte. Ich hatte keine Ahnung, ob es an der Kälte lag oder daran, was sie mir gerade erzählt hatte. Aber was spielte das für eine Rolle? Ich zog meinen Hoodie aus und legte ihn auf ihre Knie. Dabei streiften meine Finger ihren Arm. Zu kurz und doch viel zu lang.

Ihre Augen wurden groß. »Aber …« Natürlich protestierte sie.

»Ally, es ist nur ein Pullover. Zieh ihn einfach an, okay?«

Ihr Blick glitt von meinem T-Shirt zu meinen Oberarmen, auf denen sich eine Gänsehaut gebildet hatte. »Und was ist mit dir?«

»Du hast mir gerade erzählt, wie du deine Mutter verloren hast. Kannst du bitte aufhören, dir Sorgen darüber zu machen, ob mir kalt ist?«

Für einen Moment musterte sie mich stirnrunzelnd, und ich erwartete einen weiteren Protest. Oder eine ganze Reihe davon. Aber da kam nichts. Stattdessen zog sie sich meinen Hoodie über den Kopf und versank geradezu darin. Ich beobachtete, wie sie für einen Augenblick ihre Nase in dem Stoff vergrub. So, dass sie glaubte, ich würde es nicht bemerken.

»Ich hoffe wirklich, dass das was Positives zu bedeuten hat.«

»Was meinst du?«

»Dass du ständig an mir riechst. Oder an meinen Klamotten.«

»Das tue ich doch gar nicht *ständig*.«

»Hmmm. Ich bin ein guter Beobachter. Deine Worte, nicht meine.«

»Aha.« Sie biss sich auf die Unterlippe, um ein Lächeln zu unterdrücken. Dabei fiel ihr Blick auf das Buch, das sie zwischen uns auf die Bank gelegt hatte. »Würdest du mir das leihen?«

Ich hob eine Augenbraue. »Und du bist verdammt schlecht im Ablenken.«

Sie lachte – Gott sei Dank lachte sie wieder. »Ich will überhaupt nicht von irgendwas ablenken. Die Frage war ernst gemeint.«

»Du willst dich also wirklich durch Gletscher-Andrews gesammelte Werke quälen?« Vielleicht sollte ich langsam akzeptieren, dass mich bei Alyssa Darling gar nichts mehr wundern sollte. »Im Moment habe ich sowieso keine Zeit, um mich darauf zu konzentrieren. Also kannst du es gerne haben.«

»Danke.« Mit einer Hand presste sie das Buch an ihre Brust, und mit der anderen schnappte sie sich meinen Laptop, der immer noch auf meinen Knien lag. Stockte dann aber kurz. »Wegen Sonntag. Ich … bin dabei.«

Kapitel 14

Ally

Hey, wegen morgen. Ich habe einen Job reinbekommen, auf einer Familienfeier, etwas außerhalb von Tucson. Keine große Sache. Es gibt da nur etwas, das ich dir vorher sagen muss. Auf solchen Feiern wird immer Alkohol getrunken. Wenn du nicht mitkommen willst, ist das auch okay. Ich wollte nur, dass du das weißt. Also, ich muss um zwei hier los, mein Auto steht auf dem Parkplatz.

Das ist keine große Sache. Ich wiederholte die Worte in meinem Kopf fast genauso oft, wie ich diese Nachricht schon abgehört hatte. Es war keine große Sache, dass ich Jax gefragt hatte, ob ich ihm einmal beim Fotografieren zusehen könnte. Es war auch keine große Sache, dass er mich jetzt mit zu einem Fotojob nehmen wollte, anstatt unser Treffen abzusagen oder zu verschieben. Auch dass er mich auf den Alkohol hingewiesen hatte, war kein großes Ding. Und es war auch nichts weiter dabei, dass ich an einem Sonntagmittag um kurz vor zwei auf dem Weg zum Campusparkplatz war. In einem mintgrünen Sommerkleid im Stil der Fünfzigerjahre, das früher meiner Mutter gehört hatte. Ich widerstand dem Drang, noch einmal Jax' Sprachnachricht abzuhören, um mir völlig sicher zu sein, dass ich nichts falsch verstanden hatte. Aber das war unnötig. Außerdem war es dafür zu spät. Jax lehnte lässig an einem alten Sportwagen und hatte mich längst gesehen. Unweigerlich versteifte er sich, während sein Blick weiter unverwandt auf mir lag und an seinem Kinn ein Muskel zuckte. Er selbst trug eine schwarze Hose und ein weißes Hemd, dessen Ärmel bis zu den Ellenbogen hochgekrempelt waren. Die ersten beiden Knöpfe am Kragen standen offen. Er war weder zu chic noch zu lässig angezogen. Und er sah verdammt gut aus. »Hey!« Mein Herz schlug mir bis zum Hals, und ich befürchtete, dass mir jeden Augenblick die Stimme versagen würde. »Bin ich zu … also ist das Kleid zu …?«

Er schüttelte den Kopf, ohne zu wissen, was ich überhaupt sagen wollte. »Es ist perfekt.«

»Danke.« Verlegen strich ich mir eine Strähne hinters Ohr. »Du fotografierst also auf Familienfeiern?«

»Ich bin als analoger Fotograf bei einer Eventagentur gelistet. Meistens werde ich für so was gebucht. Das hier war allerdings nicht geplant, und ich springe für jemanden ein.«

»Und es ist wirklich okay, wenn ich mitkomme?«

Jax' Mundwinkel zuckten, als hätte er mit meiner Skepsis gerechnet. »Keine Angst. Ich habe dich als meine Assistentin angemeldet. Das geht schon in Ordnung. Vertrau mir.« Er stieß sich von seinem Auto ab. »Wir sollten jetzt aber wirklich los.«

»Ich habe keine Angst. Ich … hey …« Erst als ich zur Beifahrertür gehen wollte, nahm ich das Auto näher in Augenschein. »Hey«, wiederholte ich eine Spur leiser und lächelte in mich hinein. Vorsichtig strich ich über die schwarzen Rallyestreifen auf der Motorhaube.

»Hast du gerade mit meinem Auto gesprochen?« Jax' Augenbraue wanderte wie in Zeitlupe nach oben.

Na super! Jetzt hielt er mich endgültig für verrückt.

Ich räusperte mich und senkte unnötigerweise die Stimme. »Das ist ein knallgelber Chevrolet Camaro Z28 von 1977. Mit schwarzen Rallyestreifen.«

»Ich weiß.«

Verschwörerisch sah ich ihn an. »Das ist Bumblebee.«

Seine Augenbrauen wanderten noch weiter nach oben.

»Komm schon, Jax. *Transformers*? Autobots gegen die Decepti-cons. Intelligente Maschinenwesen, die sich auf der Erde als Autos tarnen müssen, um ihren Planeten zu retten. Der Film von Michael Bay? Hast du den als Kind nie gesehen?«

Jax öffnete von innen die Beifahrertür und sah mich amüsiert an. »Und ich dachte schon, du erzählst mir jetzt was über 7,5-Liter-V8-Motoren.«

»Was? Nein.« Kopfschüttelnd stieg ich ein und ließ mich in den weichen Ledersitz sinken. »Du fährst so ein Auto und hast echt noch nie *Transformers* gesehen? Ich kann es echt nicht fassen. Dir ist wirklich ein wichtiger Teil deiner Kindheit entgangen. Wenn wir zusammen aufgewachsen wären, hätte ich dich dazu überredet, mit mir diese Filme anzusehen, abends Marshmallows zu grillen, und all diese Dinge, anstatt dich bei deinem Grandpa zu verschanzen …« Ich verstummte. Jax hatte den Kopf zu mir gedreht und sah mich an, als hätte er jedes Wort in sich aufgenommen und irgendwo in seinem Innern eingeschlossen. Meine Atmung beschleunigte sich unter seinem Blick, und ich hielt die Luft an. Die Vorstellung war absolut an den Haaren herbeigezogen. Jax und ich hätten uns vermutlich nie getroffen, und noch weniger wären wir Schulfreunde gewesen. Aber egal, was er gleich sagen würde, ich würde nichts von dem zurücknehmen. Nicht, nachdem er mir erzählt hatte, warum er es als Kind nicht hatte erwarten können, erwachsen zu sein. Und nicht, nachdem er mir, ohne zu zögern, seinen Pullover gegeben hatte, weil ich nicht mehr hatte aufhören können zu zittern.

»Bumblebee ist ein Krieger der Autobots. Er kann als Einziger nicht reden, weil sein Sprachmodul im Kampf beschädigt wurde. Deswegen kommuniziert er über sein Radio.«

Ich schnappte nach Luft, als Jax den Motor startete. »Du kennst den Film also doch.«

Er lenkte den Wagen vom Parkplatz und zwinkerte mir kurz zu. »Ich wollte deine Begeisterung für Bee nicht unterbrechen.«

Für einen Moment war ich mir nicht sicher, ob er nur das Auto meinte oder auch meine Wenn-wir-zusammen-aufgewachsen-wären-Theorie. Aber ich stand dazu. Er hatte definitiv auf viel zu viele wunderbare Dinge verzichtet. Vielleicht sollte ich …. Der Rest meines Gedankens ging im aufbrausenden Motorgeräusch unter, als Jax das Gas durchtrat und wir über den Freeway flogen.

Die Fahrt dauerte zwanzig Minuten, bis wir die Hauptstraße verließen und in einen schmalen Seitenweg einbogen, der uns zwischen gigantischen Saguarokakteen, Agaven und knorrigen Sträuchern direkt zu einer abgelegenen Ranch führte. Das Grundstück war von einer halbhohen Sandsteinmauer umgeben, die ebenso weiß gestrichen war wie das Haupthaus und die kleineren Nebengebäude. Das Anwesen mit seinen Palmen und den Mesquitebäumen erinnerte eher an eine Hacienda als an eine typische Ranch. Nur die alte Wasserzisterne, die früher einmal mit Windkraft betrieben wurde, war der Beweis, wie alt das Gut schon sein musste.

»Die Besitzer haben die Ranch vor ein paar Jahren zu einer Eventlocation umbauen lassen und vermieten sie jetzt an Agenturen, die hier große Feste ausrichten. Inklusive Reitausflüge und Übernachtungsmöglichkeiten.« Wir fuhren an mehreren geparkten SUVs und Pick-ups mit texanischem Kennzeichen vorbei. Viel zu vielen SUVs und Pick-ups mit texanischem Kennzeichen. Das hier war definitiv kein runder Geburtstag von irgendeiner steinalten Grandma. »Du hast gesagt, du fotografierst auf einer Familienfeier. Das ist eine Hochzeit!« Meine Stimme klang viel zu euphorisch, was Jax ein Lachen entlockte. »Ist eine Hochzeit keine Familienfeier?«

»Doch, aber es ist *die* Familienfeier.«

»Ich werde nie verstehen, warum ihr Frauen da so drauf steht.«

»Das ist es nicht.« Meine Hände vergruben sich im Stoff meines Kleides. »Ich war noch nie auf einer Hochzeit. Und dieses Kleid entspricht ganz sicher nicht dem Dresscode.«

»Hey.« Für den Bruchteil eines Moments hatte ich das Gefühl, Jax wollte seine Finger auf meine verkrampfte Hand legen. Tat er aber nicht. Trotzdem löste der Gedanke an seine Berührung ein zartes Kribbeln auf meiner Haut aus.

»Wir sind hier in der Einöde Arizonas. Niemand außer dem Brautpaar wird sich streng an einen Dresscode halten. Die ganze Feier findet draußen statt, also alles ziemlich locker. Dein Kleid ist perfekt dafür. Außerdem, hast du dich schon mal umgesehen? Hier sind gerade mehr Texaner als in ganz Amarillo. Glaubst du, die werden sich an irgendeine Kleiderordnung halten?« Er lenkte den Wagen auf einen Parkplatz etwas abseits des Eingangs und stellte den Motor ab. »Bist du bereit?«

Ich atmete tief durch. Ein Teil von mir würde es vermutlich nie sein. »Ich brauche noch eine Sekunde.«

Jax nickte. »Okay.« Dann stieg er aus und holte seine Ausrüstung aus dem Kofferraum.

Erst jetzt wurde mir bewusst, dass ich ein weitaus größeres Problem hatte als mein Kleid. Denn ab hier gab es kein Zurück mehr, was den Alkohol betraf. Hier konnte ich mich nicht in irgendeinem Zimmer verstecken. Oder einfach zum Wohnheim zurückgehen. Wir waren hier viel zu weit außerhalb der Stadt. Außerdem wusste ich, was auf mich zukommen würde. Ich war schließlich auch schon im *Chesterfield* gewesen. Und auch wenn mich die Cocktailparty in Jax' Wohnung zurückgeworfen hatte, war ich bereit, wieder aufs Pferd zu steigen. Ich konnte mich nicht mein Leben lang vor etwas verstecken, das mich vermutlich selbst am Ende der Welt finden würde. Mit fahrigen Händen öffnete ich die Autotür und ging zu Jax. »Bereit.«

»Bist du sicher?« Er schloss den Kofferraum und sah mich so eindringlich an, als hätte auch er die ganze Zeit über etwas nachgedacht. »Mein Job ist zu Ende, wenn das Brautpaar nach dem offiziellen Teil in die Flitterwochen verschwindet. Vorher werden sich die Leute mit Alkohol zurückhalten. Die Bars mit dem harten Zeug sind hinter den Pavillons auf der rechten Seite. Die am Eingang hat nur alkoholfreie Sachen. Auch wenn es durch die Mauer nicht so aussieht, du kannst das Grundstück auf jeder Seite ohne Probleme verlassen, wenn es dir zu viel wird. Über das Tor auf der linken Seite und den Haupteingang kommst du direkt hierher zum Auto.« Er machte einen Schritt auf mich zu und drückte mir seine Autoschlüssel in die Hand. »Dann kannst du mit Bee zurückfahren. Hedge oder Nate können mich sicher später abholen.«

Meine Finger legten sich um die Schlüssel, während ich mit meiner anderen Hand meine Narbe bedeckte. Für einen kurzen Moment ließ ich zu, dass eine leichte Erschütterung durch mich hindurchging. Dann atmete ich einmal tief durch, wobei mir Jax' Duft leicht in die Nase stieg. »Danke, aber wenn ich es jetzt nicht versuche …« Ich löste meine Hand von meinem Schlüsselbein und nahm Jax das Stativ ab. »Dann tue ich das vielleicht nie wieder.«

Als ich durch das Tor ging und Jax mir folgte, war es, als wären wir aus der staubigen Wüste direkt in einer Oase aus Schatten spendenden Palmen und üppigem Grün gelandet. Überall standen Kakteen und noch mehr Blumenarrangements in allen nur erdenklichen Farben. Selbst ein kleiner Springbrunnen im Innenhof plätscherte vor sich hin.

»Willkommen, willkommen! Gehört ihr zum Bräutigam?«

Kurz dachte ich, wir wären in eine Wildwestshow geplatzt, denn ein Mann mit starkem texanischen Akzent, Cowboystiefeln und einem dunkelbraunen Stetson auf dem Kopf kam auf uns zu.

»Ich bin Larry, der Vater der Braut.« Er rückte den Hut auf seinem Kopf zurecht. »Verdammt, ist das heute heiß hier. Arizona steht dem Wetter in Texas wirklich in nichts nach. Kommt ihr von hier oder aus Oregon?«

»Wir sind von hier und für die Fotos zuständig. Das ist Ally, und ich bin Jax.« Jax hielt ihm die Hand hin.

»Ah, das Fotografenteam. Sehr gut. Ihr kennt euch hier aus?« Larry erwiderte den Gruß und sah dann auf seine Uhr. »Es ist so verdammt heiß heute. Ihr solltet unbedingt noch was trinken, bevor es losgeht. Ich bestehe darauf.« Er schob uns in Richtung Bar, von der mir Jax erzählt hatte, dass es dort nur alkoholfreie Drinks gab. »Was wollt ihr?«, fragte Larry an mich gewandt, wobei ich versuchte, ein bisschen mehr Abstand zwischen ihn und mich zu bringen.

»Ein Wasser?«, sagte ich mehr fragend, und Jax nickte.

»Zwei Wasser für meine Freunde hier.«

Der Kellner hinter der Bar polierte weiter seine Gläser und gab ein gedehntes »Hier gibt es nur alkoholfreie Cocktails« zum Besten.

Larry verzog verwirrt das Gesicht, wurde dann aber von einer ankommenden Gruppe am Eingang abgelenkt. Das hatte Jax also mit dem Dresscode gemeint. Auch hier trugen die meisten Männer einen Cowboyhut und passende Stiefel dazu anstatt Anzug und Krawatte.

»Steve, ich dachte schon, ihr schafft es nicht pünktlich!« Er wandte sich wieder Jax und mir zu. »Sorry, Leute, ihr kommt auch ohne mich klar? Bestellt euch, was ihr wollt. Wir sehen uns später.« Dann war er weg.

Jax berührte mich leicht an der Schulter. »Hey, ist alles okay?«

Ich atmete aus. »Sind die Brautväter immer so?«

»Larry ist schon ein spezieller Fall. Aber ja, auf Hochzeiten sind alle immer ziemlich locker.«

»Habt ihr euch entschieden, was ihr trinken wollt?« Der Kellner hatte seine Gläser zur Seite gestellt und sah uns auf eine abwartende und zugleich genervte Art an.

»Was steht denn zur Auswahl?«, fragte Jax mit einem ebenso schnippischen Ton zurück.

Ohne zu antworten, deutete der Kellner auf eine Tafel über ihm. Handschriftlich waren dort bestimmt mehr als zwanzig Cocktails und Longdrinks aufgeführt.

Jax hob den Kopf. Ein leiser Fluch kam ihm über die Lippen, und seine Kiefermuskeln spannten sich unnatürlich fest an, als er unverwandt auf die Tafel starrte.

Aus dem Augenwinkel sah ich, dass Larry jetzt mit der anderen Gruppe auf uns zukam, was Jax ebenfalls bemerkt haben musste. Trotzdem nahm er den Blick nicht von der Tafel. Ohne zu wissen, was ich eigentlich tun sollte, trat ich einen Schritt dichter an ihn heran und strich mit meinen Fingerspitzen langsam über seine Faust, die sich augenblicklich ein wenig entspannte.

»Okay, was gibt es denn hier?« Ich fing an, die Namen der Mocktails halblaut vorzulesen, als würde ich ein Selbstgespräch führen. Dabei ignorierte ich den ungeduldigen Gesichtsausdruck des Kellners, als auch er bemerkte, dass Larry mit der Gruppe auf dem Vormarsch war. Erst als ich die federleichte Berührung von Jax' kleinem Finger an meinem spürte, hörte ich auf zu lesen und sah ihn an. Das Grau in seinen Augen wirkte wie flüssiges Metall, bei dem sich mein ganzer Körper zusammenzog.

»Willst du einen Mojito?«

Ich nickte, und Jax bestellte unsere Getränke, obwohl ich keine Ahnung hatte, was ein Mojito eigentlich genau war. Aber das spielte in diesem Moment auch keine Rolle. Denn alle meine Sinne waren auf die Stelle gerichtet, an der unsere Finger immer noch leicht ineinander verhakt waren.

Die Zeremonie hatte vor der atemberaubenden Kulisse der Canyons auf einer kleinen Anhöhe stattgefunden. Das Brautpaar Grace und Riley war wirklich süß. Sie hatten sich auf dem College kennengelernt und im ersten Semester unsterblich ineinander verliebt. Und dass selbst die Braut zu ihrer Hochzeit Cowboystiefel trug, war offensichtlich nur für mich im ersten Moment ungewöhnlich gewesen. Ich vermied es die ganze Zeit, mich auch nur in der Nähe der Bars aufzuhalten. Erst hatte ich etwas abseits gestanden. Auf keinen Fall wollte ich stören oder jemandem im Weg sein. Bis mich Jax zu sich gewunken hatte und ich ihm im wahrsten Sinne des Wortes über die Schulter sehen konnte. Die Braut hatte sich ein paar stilechte Westernfotos mit Pferden gewünscht. Was Jax ihr, ohne zu zögern, erfüllte. Er wusste ganz genau, was er tat. Selbst im Umgang mit diesen imposanten Tieren. Jedes Mal, wenn er auf den Auslöser gedrückt hatte, war ich mir sicher, dass das Foto perfekt geworden war. Ohne das Shooting zu unterbrechen, hatte er mir einfache Einstellungen und Lichtverhältnisse erklärt. Jax spielte mit dem Licht, wie ein Musiker auf seinem Instrument, und ich hätte ihm stundenlang dabei zusehen können.

Nachdem das Brautpaar den Kuchen angeschnitten hatte, war der Eröffnungstanz an der Reihe. Und damit auch fast das Ende des offiziellen Teils erreicht.

»Und? War es so, wie du es erwartet hast?« Jax hatte sich zu mir an den Rand der Tanzfläche gestellt und seine Lippen zu diesem überzeugten Grinsen verzogen, seine Kamera immer noch über der Schulter.

So leicht würde ich es ihm nicht machen. »Ein bisschen enttäuscht bin ich schon. Du musstest nicht auf einen Berg klettern oder dich in einen Gletscher abseilen.« Ich biss mir auf die Lippen, um mir selbst ein Grinsen zu verkneifen.

»Dann werde ich mir fürs nächste Mal etwas Spektakuläreres einfallen lassen.«

Meine Augen weiteten sich. Wollte er das hier wirklich wiederholen?

Das Lied wechselte, und das Brautpaar forderte jetzt auch die anderen Gäste zum Tanzen auf. Das konnte wohl noch etwas länger dauern.

»Jax, Ally!« Larry kam aus Richtung der Bar auf uns zu. In der Hand hielt er ein halb volles Glas mit einer goldenen Flüssigkeit darin – Whiskey. Ich erstarrte. Meine Hoffnung, er würde von jemandem in ein Gespräch verwickelt werden, bevor er uns erreicht hatte, verschwand mit jeder Sekunde mehr. Der Druck in meiner Brust wurde größer, und meine Hände begannen zu schwitzen. *Es ist okay. Es ist okay.* Die Worte prallten an mir ab, als hätten sie keine Bedeutung. Meine Atmung beschleunigte sich. Der Schmerz an meinem Schlüsselbein pochte mit jedem Herzschlag durch meine Adern. Ich musste hier weg. Jetzt sofort. Ich musste … Jax' Finger an meinem Handgelenk zogen mich aus dem Strudel meiner Emotionen, und ich schnappte nach Luft, als ich mich mitten auf der Tanzfläche wiederfand. »Was …?«

»Den sind wir erst mal los, schätze ich.« Jax hatte den Kopf etwas gestreckt, um nach Larry zu sehen, der sich suchend umblickte, uns aber in der tanzenden Menge nicht entdecken konnte.

»Danke fürs Retten«, murmelte ich.

»Dank mir nicht zu früh. Ich kann nicht tanzen. Wahrscheinlich fallen wir Larry hier schneller auf als ein Ölfeld in Dallas.« Immer noch hatte er den Blick auf den angetrunkenen Larry gerichtet, der jetzt aber das Interesse an uns verloren zu haben schien und sich lautstark mit einem Kellner unterhielt.

Trotzdem sah ich mich nach einem weiteren Fluchtweg um. »Wenn wir es bis zum Ende des Songs an den Rand der Bühne schaffen, könnten wir auf dieser Seite unbemerkt von der Tanzfläche verschwinden.«

»Wie du meinst. Schlimmer kann es jetzt nicht mehr werden.« Jax legte seine Hände an meine Taille, und ich sog scharf die Luft ein, als ich die Wärme durch den Stoff meines Kleides spürte. Fast automatisch fand ich den Weg zu seinen Oberarmen und glitt hoch zu seinen Schultern. Ein Schauer durchlief mich, als sich harte Muskeln unter meinen Fingern bewegten – wie an dem Abend in der Dunkelkammer.

In diesem Moment beendete die Band den Song und stimmte eine Version des Meat-Loaf-Klassikers *I'd Do Anything for Love* an. Sofort stürmten noch mehr Leute auf die Tanzfläche.

»Wie passend«, stöhnte Jax gequält und zog mich noch ein bisschen weiter zu sich heran, bis sein Kopf so dicht neben meinem schwebte, dass ich seinen Atem auf der empfindlichen Stelle unter meinem Ohr spüren konnte. Die plötzliche Nähe brachte auch mich dazu, meine Hände auf seinen Schultern in seinem Nacken zu verschränken. Jax' Duft hüllte mich ein, und ich schloss die Augen, als sich eine Gänsehaut auf meinem Körper ausbreitete.

»So schlimm?« Der Takt des Songs wurde schneller, und wir passten uns dem Rhythmus an.

»Ich habe mich noch nie während einer Hochzeit über zwölf Minuten auf der Tanzfläche versteckt.«

Ich musste lachen. »Das weiß ich wirklich sehr zu schätzen.«

»Es ist das Mindeste, nach dem, was du vorhin für mich getan hast.« Seine Stimme war plötzlich ernst, aber sein Kopf immer noch so unglaublich nah, dass jedes Wort meine Haut streichelte.

»Du schuldest mir nichts, wirklich.«

»Doch.« Der Druck seiner Hände auf meiner Taille veränderte sich und löste ein Kribbeln aus. Als akzeptierte er keinen Widerspruch – nicht dieses Mal. »Du hast mich vor dem Ertrinken gerettet.«

Es wäre so leicht gewesen, den Kopf zu drehen und ihm in die Augen zu sehen. Um herauszufinden, wie er das meinte. Dabei wusste ich es längst. »Fühlt es sich so für dich an?«

Jax antwortete nicht sofort. Er schob uns durch die tanzende Menge immer weiter auf den Rand der Bühne zu. »Es wird einfacher, wenn man älter ist. Man lernt, mit solchen Situationen umzugehen oder sie zu vermeiden. Meistens jedenfalls. Aber das ändert nichts, wenn es einen dann doch eiskalt erwischt und die Welle über einem zusammenschlägt. Dieses Gefühl wird nie ganz verschwinden. Egal, wie gut man sich auch darauf vorbereitet. Und nur selten ist dann ein Rettungsboot in der Nähe.«

Meine Hände vergruben sich tiefer in seinem Nacken, um nach mehr Halt zu suchen. Jedes Wort brannte sich durch meine Haut in meine Seele, weil sie auch meine Worte hätten sein können. Genau so fühlte es sich an. Wie ertrinken. Immer. *Und nur selten ist dann ein Rettungsboot in der Nähe.* Mein Herz hämmerte wild gegen meine Brust, als sein letzter Satz immer mehr an Bedeutung gewann. Er war mein Rettungsboot gewesen. In seiner Dunkelkammer, jetzt und auch an dem Abend vor meiner Tür. Und ich war auf gewisse Weise seines gewesen. Aber was das Schlimmste war: Ich genoss es – alles mit Jax – viel zu sehr. Die Erkenntnis war beinahe wie ein Schlag ins Gesicht. Wie konnte das sein? Wir mochten uns doch nicht einmal, und jetzt waren wir plötzlich der Rettungsanker für den jeweils anderen? Jax' Hände bewegten sich erneut auf mir, als wäre es ein stummer Zuspruch. Und ich widerstand dem Impuls, meinen Kopf an seine Schulter zu legen.

Wir bewegten uns weiter durch die Menge, ohne ein Wort zu sagen. Bis wir den Rand der Tanzfläche erreicht hatten und ich mich von ihm löste – viel zu schnell. Wir verschwanden zwischen Bühne und einem Pavillon und standen nur wenige Sekunden später in einem kleinen Seitenhof, in dem das Hochzeitsauto auf das Brautpaar wartete – ein alter schwarzer Jaguar Roadster, dessen Verdeck offen stand. Die Erinnerung überflutete mich und brachte mich zu einem Oldtimertreffen vor so vielen Jahren zurück. Zu meiner Mutter in dem Kleid, das ich gerade trug, an einem Sonntag, der im Krankenhaus endete und alles veränderte.

»Hey, ist alles okay?«

Ich schluckte schwer und nickte, sah Jax aber nicht an. Und als er auf mich zukam, wusste ich, dass er mir kein Wort glaubte.

»Was ist los?«

Als ich immer noch nichts sagte, legte er zwei Finger unter mein Kinn und hob es an. Auf seiner Stirn hatte sich eine Falte gebildet, und seine Augen waren dunkel.

»Willst du lieber gehen? Soll ich dich zum Auto bringen?«

Unfähig, etwas zu sagen, schüttelte ich den Kopf.

»Was ist es dann?« Immer noch lagen seine Finger an meinem Gesicht, und als sein Daumen in einer unendlich zarten Bewegung über meine Haut fuhr, gab etwas in mir nach. »Mir geht es gut. Es ist nur dieses Auto.« Ich machte eine kurze Pause. »Wir sind früher oft an den Wochenenden zu Oldtimertreffen gefahren. Meine Eltern standen da total drauf. Meine Mom hat diese alten Autos so geliebt.«

Meine eigenen Worte hinterließen einen weiteren Riss in meiner Mauer, und ich brachte etwas Abstand zwischen Jax und mich.

»Setz dich rein.«

»Was?«

Er öffnete die Fahrertür. »Setz dich rein. Noch ist niemand hier.«

»Ich kann mich doch nicht ohne Erlaubnis in so ein Auto setzen.«

»Du sollst ja nicht damit wegfahren. Willst du dir diese Chance wirklich entgehen lassen?«

Nein, das wollte ich nicht. Nichts, was mich in irgendeiner Weise an meine Mutter erinnerte. Also stieg ich ein. Das weiche Leder unter mir ächzte und schmiegte sich im nächsten Moment an meinen Körper. Ich legte meine Hände um das glatte Holz des Lenkrads und ließ zu, dass all diese Bilder vor meinem inneren Auge erschienen. Bilder von meiner Mutter, wie sie über das ganze Gesicht strahlte, als sie genau wie ich jetzt am Steuer saß und …

Das Klicken von Jax' Kamera ließ mich aufblicken. »Was tust du da?«

»Nach was sieht es denn aus?«

»Du solltest dir lieber ein anderes Motiv suchen. Ich bin nicht fotogen.«

»Du würdest mir sowieso nicht glauben, wenn ich dir etwas anderes sagen würde. Also spare ich mir das. Leg deinen Arm auf die Tür und tu so, als würdest du in den Außenspiegel gucken.«

»Jax, ich …«

»Ally, bitte. Wenn sie wirklich nichts geworden sind, mache ich ein Lagerfeuer mitten auf dem Campus und verbrenne sie.«

Das war eine Lüge, ganz sicher. Ich räusperte mich, tat dann aber das, was er mir gesagt hatte. Wieder klickte der Auslöser, bevor Jax das Objektiv wechselte und erneut eine Reihe Fotos von mir schoss. Immer wieder sah er mich über den Rand seiner Kamera an und gab mir kleine Anweisungen. Er war unglaublich professionell, und doch brachte mich die Art, wie er seinen Blick über mich wandern ließ, dazu, dass mein Puls immer schneller wurde.

»Und jetzt setz dich auf die Rücklehne.«

»Ich kann doch nicht …«

»Wieso nicht?« Es machte keinen Sinn, ihm erneut zu sagen, dass ich den Besitzer nicht um Erlaubnis gefragt hatte. Also zog ich meine Schuhe aus und stieg auf den Sitz.

»Dreh dich ein bisschen zur Seite.«

Unbeholfen rutschte ich auf der Lehne hin und her. »Und jetzt öffne deine Beine ein bisschen.« Jax' Stimme klang dunkel und rau. Die Röte, die sich auf mein Gesicht legte, ließ mich nach Luft schnappen. Das hier war ein professionelles Fotoshooting, richtig?

»So?«

Er ließ die Kamera sinken und kam auf mich zu. »Darf ich?«

Pulsierende Hitze schoss durch meinen Körper, als ich nickte und seine Hand langsam den Stoff meines Kleides hochschob und ihn so drapierte, dass mein Bein frei lag, aber trotzdem alle wichtigen Stellen verhüllte. Und dann schob er quälend langsam meine Oberschenkel ein wenig auseinander. Oh Gott! Kühle Luft glitt zwischen meine Beine und ließ mich zusammen mit seiner Hand auf meiner Haut erschauern, dass selbst meine Brustwarzen hart wurden und über die Innenseite meines Kleides rieben. Grundgütiger! Ich roch seine von der Sonne erhitzte Haut, als er seine Hand noch ein wenig weiter über meinen Schenkel schob und ich meine Beine noch ein Stück mehr öffnete.

»Perfekt.«

Ich versuchte. das Zittern in meinem Oberschenkel zu unterdrücken, aber Jax war zu nah, um es nicht bemerkt zu haben. Ein leiser Fluch kam ihm über die Lippen, bevor er etwas zurücktrat und erneut seine Kamera hob. Und ich die ganze Zeit die Luft anhielt.

Kapitel 15

Jax

Was zum Teufel war mit mir los? Ehrlich, ich musste den Verstand verloren haben. Anders konnte ich mir das nicht erklären. Noch nie war es mir so schwergefallen, mich auf einen Job zu konzentrieren. Der ganze Tag war der blanke Wahnsinn gewesen. Mein Schwanz war da aber ganz anderer Meinung. Vor allem, als ich Ally fotografiert hatte. Ich sollte dringend kalt duschen, um diese Bilder aus meinem Kopf zu bekommen. Aber stattdessen stand ich wie ein Idiot neben ihr und wartete auf irgendeine beschissene Eingebung, während sie ihre Zimmertür aufschloss.

»Willst du kurz mit reinkommen? Ich habe da noch was für dich.«

Fuck! Das war definitiv eine Eingebung.

Als ich die Tür hinter mir ins Schloss fallen ließ, kam mir der Duft eines Parfums entgegen, das ich noch nie an Ally wahrgenommen hatte. Irgendwie blumig und schwer und nicht mit den Düften zu vergleichen, die Mädchen hier am College sonst benutzten.

»Es ist so verdammt warm hier drin.« Ally schaltete eine kleine Stehlampe in der Ecke ein und öffnete das Fenster.

Ich stutzte. »Alle Zimmer haben eine Klimaanlage. Du musst nur …«

»Ich weiß«, unterbrach sie mich. »Ich habe nur immer noch

gerne mein Fenster offen, wenn es dunkel ist. Du weißt schon, alte Gewohnheit.« Als wäre es ihr peinlich, dass sie immer noch an diesem Peter-Pan-Märchen festhielt, wandte sie den Blick ab, die Hand noch am Fenster. Dann schloss sie es wieder.

»Lass es auf.«

Sie zog eine Augenbraue hoch. »Es ist wirklich unglaublich warm hier drin und total kindisch wegen …«

»Ist es nicht.« Jetzt war ich derjenige, der sie unterbrach. »Es ist nicht kindisch, wenn es um etwas geht, das dich an deine Mom erinnert.«

Kurz zögerte sie und sah mich an, als müsste sie erst abschätzen, wie ernst sie meine Worte nehmen konnte. »Okay.« Ein zartes Lächeln huschte über ihr Gesicht, dann schob sie das Fenster wieder auf und sah kurz nach oben in den Sternenhimmel. In diesem Moment wurde mir klar, dass Ally niemals ihr Fenster nachts schließen würde. Ganz egal, wie alt sie auch war, sie würde für immer an diesen fliegenden Jungen glauben, der nicht erwachsen werden wollte.

»Ich wollte dir dein Buch zurückgeben.«

»Du hast es schon durchgelesen?«

Sie nickte und nahm einen Bleistift von ihrem Schreibtisch, um sich die Haare damit hochzustecken. »Mr Krumholtz konnte mich zwar nicht so überzeugen wie ein sehr begabter Fotograf heute auf einer Hochzeit, aber ich habe mich durchgebissen.«

»Du hast heute einen sehr begabten Fotografen getroffen?«, stichelte ich scherzhaft.

»Ja. Er hat mir einiges über Lichtverhältnisse und Objektive erzählt.«

»Klingt interessant.«

»Das war es auch.« Ein wissendes Lächeln umspielte ihre Lippen, als sie mir das Buch gab, auf dem eine kleine Kassette lag. »Ich hoffe, es ist okay. Aber ich hatte noch ein paar Kassetten hier, und ich dachte …« Sie beendete den Satz nicht und sah mich stattdessen einfach nur an.

»Du hast mir das Buch eingesprochen?«

»Ja, ich dachte, so kannst du es vielleicht irgendwann hören, also nur, wenn du willst, sonst kannst du es auch wieder überspielen.«

Irgendwas in meinem Körper zog sich zusammen. Nur, wenn ich wollte? Diese Frau hatte keine Ahnung, wie sehr sie mir mit allem, was sie tat, unter die Haut ging. Selbst jetzt, obwohl sie nur vor mir stand und mich aus ihren großen blauen Augen ansah. Verdammt! Sie wusste es wirklich nicht. »Du bist unglaublich.«

»Ist das gut oder schlecht?«

»Mehr als gut.« Das absolut Beste. »Was schulde ich dir?«

»Nichts.« Sie sah verlegen zu Boden. »Ich will nichts dafür. Du hast schon genug für mich getan. Ohne deinen Vorschuss hätte ich mir die Businessklamotten für die Kanzlei nicht leisten können.«

»Das hatten wir doch schon geklärt.«

»Ich will es aber so.« Eine Strähne löste sich aus ihrem Zopf, und ich widerstand dem Drang, sie ihr aus dem Gesicht zu streichen. Gegen die Entschlossenheit, die in ihren Augen lag, würde ich nicht ankommen. Und eigentlich wollte ich das auch nicht. Nicht jetzt. Ich würde mich revanchieren, ganz bestimmt. Für jede Seite aus diesem Buch. Also nickte ich, und damit gab es nichts weiter zu sagen. »Dann werde ich mal wieder gehen. Danke.« Ich meinte jedes Wort ernst, und doch wartete irgendetwas in mir darauf, dass Ally mich davon abhielt. Aber sie tat es nicht. Meine Hand lag schon auf der Türklinke, als die Vorhänge am Fenster sich raschelnd aufbäumten und im nächsten Moment Mitschriften, Notizen und andere Unterlagen von einem kräftigen Windstoß vom Schreibtisch gefegt wurden.

»Scheiße!« Fluchend fing Ally an, die Blätter wieder aufzuheben und zu sortieren. Ich konnte jetzt nicht gehen und sie mit dem Chaos allein lassen.

»Ist schon gut. Du musst mir nicht helfen. Ich …« Ihr Protest verstummte, als ich mich neben sie hockte und ihr wortlos ein paar Zettel reichte, die ich vom Boden aufgesammelt hatte. Erst als mir in dem Durcheinander zwei Fotos in die Hände fielen, stutzte ich. Das erste Bild zeigte ein Mädchen und einen Jungen an einem Lagerfeuer, die Marshmallows rösteten. Das waren ganz sicher Ally und ihr Bruder. Auf dem anderen Bild stand Ally am Strand. Sie trug nur eine schwarze Bikinihose und hatte einen Arm in einer anzüglichen Pose in die Luft gestreckt, während ihre nackten Brüste für das Foto von dem anderen Arm verdeckt waren. Trotzdem war noch genug zu sehen, dass meine Fantasie und mein Schwanz sich gerade zu einem Date verabredeten – schon wieder. »An welchem Strand war das?«

Ally hob den Kopf. Als sie sah, was ich mir da gerade angeguckt hatte, räusperte sie sich verlegen. Dabei hätte ich derjenige sein sollen, der verlegen sein sollte. Weil ich mir immer noch vorstellte, wie ich sie fotografieren würde – an diesem Strand nur in diesem Höschen. Ich hatte wirklich ein riesiges Problem.

»Das war noch in Kalifornien. Ich habe mit ein paar Freundinnen meinen Abschied gefeiert. Kurz bevor ich hierhergezogen bin.« Sie nahm mir die Bilder aus der Hand und stand auf. Ich rechnete damit, dass sie sie in irgendeiner Schublade verschwinden lassen würde. Aber sie pinnte sie an die Wand neben ihrem Schreibtisch, zu einer Reihe anderer Fotos, die sie dort aufgehängt hatte. Ohne den Blick von der Wand zu nehmen, stand ich auf. Da hingen alte Bilder von ihren Eltern, Kinderfotos von ihrem Bruder und von ihr selbst. Schnappschüsse aus dem Urlaub, von Geburtstagen, an Lagerfeuern oder beim Angeln am See. Aber auch Bilder, die noch nicht so alt waren. Von Ally am Strand, in diesem absolut scharfen Bikini, oder von ihr mit dem Tablett einer Cateringfirma in der Hand, auf dem sie höchstens sechzehn Jahre alt war. Hatte sie tatsächlich so früh angefangen, neben der Schule zu jobben? Ich wollte sie fragen, aber mein Blick fiel auf ein weiteres Bild, das gleich danebenhing und Ally in einem Krankenhausbett zeigte. Ihre Augen waren vom Weinen gerötet, und sie sah völlig fertig aus – und so unglaublich zerbrechlich. Mein Magen verkrampfte sich. Diese Bilder gaben so viel mehr über Allys Leben preis, als sie mir an dem Abend im Park erzählt hatte. Diese Bilder waren das komplette Spiegelbild ihrer selbst. Alles, was sie ausmachte, was sie liebte, vermisste und verletzt hatte, war hier in Bildern aufgehängt. Und dann sah ich es, das Foto, das ich vor ein paar Wochen schon einmal gesehen hatte. Damals hatte Ally es mir aus der Hand gerissen und mich beschimpft. Zu Recht. Sie hatte versucht, es an ihren Shorts trocken zu wischen, und dabei an manchen Stellen die Oberfläche kaputt gerieben. Ein Bild ihrer Mutter auf der Rücklehne eines alten Jaguar Roadster in exakt dem Kleid, das Ally gerade trug. Augenblicklich wurde mir klar, was für ein Arschloch ich wirklich gewesen war. Vorsichtig nahm ich das Bild von der Wand. »Ich wünschte, wir hätten uns anders kennengelernt.«

Ally blinzelte. »Was?« Bis eben hatte sie überprüft, ob sich noch mehr Bilder durch den Wind gelockert hatten. Aber jetzt sah sie mich an, als hätte ich tatsächlich den Verstand verloren.

»Ich hatte keine Ahnung, was dir das Bild bedeutet. Ich war die ganze Zeit so ein Idiot. Es tut mir leid.«

Sie starrte mich einfach nur an und hatte dabei ihre Lippen leicht geöffnet. Ich musste das wieder in Ordnung bringen. »Leihst du mir das Bild bis morgen Abend? Und noch ein paar von deinen Lieblingsbildern?«

216

»Es gibt sie nur ein Mal. Wenn …«

»Ich verspreche dir, dass ich gut darauf aufpassen werde und du sie so, wie sie sind, wiederbekommst. Ab wann bist du morgen Abend hier?«

»Gegen halb neun, schätze ich.«

»Gut, dann bin ich um neun hier. Nicht eine Minute später. Versprochen. Wenn nicht …« Ich nahm meine Kamera von der Schulter und legte sie auf Allys Schreibtisch. »… dann gehört sie dir.«

»Aber die ist von deinem Grandpa.«

»Dann ist es ein fairer Tausch, hm?«

Mir kam es wie eine Ewigkeit vor, dass sie sich nicht rührte. Wie eine Statue sah sie mich aus ihren großen Augen an, ohne den kleinsten Hinweis darauf, wie sie sich entscheiden würde.

»Du bringst sie mir morgen zurück?«

»Soll ich wieder schwören?«

Ally schüttelte den Kopf, aber sie lächelte. Und dieses Lächeln war alles, was ich wollte.

»Das ist das letzte Bild von meiner Mom, bevor sie gestorben ist. Es bedeutet mir alles.«

»Ich weiß, und ich verteidige es mit meinem Leben, wenn es sein muss.«

Wieder sah sie mich an, als müsste sie erst abschätzen, wie sehr sie mir wirklich vertrauen konnte. Aber dann öffnete sie das Fotografielehrbuch, das ich immer noch festhielt, und legte das Bild zum Schutz hinein. Als ich es zuklappte, schlug mir wieder der Duft dieses fremden Parfums entgegen. »Nach was riecht es hier eigentlich?«

»Das ist *Chanel N°5*.« Sie schlug ihre langen Wimpern nieder und verhakte ihre Finger ineinander. »Ich verbinde Gerüche mit Erinnerungen. Mein Bruder Eric riecht für mich nach Sonne und Meer. Selbst dann, wenn er gar nicht am Strand war. Als hätte er sich gerade frisch mit Sonnenmilch eingecremt.« Ihre Stimme wurde leiser. »Und meine Mom roch immer nach *Chanel N°5*. Das war ihr Lieblingsparfum. An manchen Tagen, wenn ich sie sehr vermisse, dann sprühe ich etwas davon in die Luft. Hier in meinem Zimmer.« Ally lächelte immer noch, aber jetzt wirkte es angestrengt. »Das ist auch unglaublich albern.«

Ich legte das Buch mit der Kassette auf die Kommode und überbrückte die letzte Distanz zwischen uns. »Hey, denk das nicht.« Meine Finger entzogen sich meiner Kontrolle und strichen die Strähne aus ihrem Gesicht, damit sie mich endlich ansah. »Du hast die größte Scheiße in deinem Leben erfahren, die man sich vorstellen kann. Nichts von dem, was du tust, um dich daran zu erinnern, ist kindisch.« Auch wenn ich im Gegensatz zu ihr keine allzu guten Erinnerungen an meine Kindheit hatte, wusste ich, wie sie sich fühlte. Ich wusste, wie es war, belächelt zu werden für Dinge, die andere Leute nicht verstanden oder lächerlich fanden. Wenn man sich lieber versteckte, als ausgelacht zu werden. Sie sollte sich nicht so fühlen – *ich* wollte nicht, dass sie sich so fühlte. »Und nach was rieche ich?« Meine Stimme klang kratziger, als ich es beabsichtigt hatte. Aber Ally hob endlich den Blick und sah mich an.

»Was?«

»Nach was rieche ich für dich?«, wiederholte ich und schob die Haarsträhne hinter ihr Ohr.

Ally öffnete den Mund, um etwas zu sagen, lehnte sich dann aber zu mir vor und atmete dicht an meinem Hals ein. Heilige Scheiße! Nur sie schaffte es, ohne mich zu berühren, dass ich am ganzen Körper eine Gänsehaut bekam.

»Du riechst wie ein tiefer Bergsee, dessen Wasser so kalt ist, dass man selbst im Sommer nicht darin baden könnte. Und der von einem dichten Wald umgeben ist, dessen hohe Tannen kaum

Licht hindurchlassen.« Erneut sog sie die Luft ein. »Nach Zeder und Harz. Aber auch ein bisschen nach süßer Minze und frischer Zitrone.« Sie lehnte sich zurück, und eine niedliche Röte breitete sich auf ihrem Gesicht aus. »Und dann ist da etwas, das einfach nur du bist.« Kaum merklich verlagerte sie ihr Gewicht, bevor sich ihr Körper versteifte, als müsste sie für die nächsten Sätze in eine Art Kampfhaltung gehen. »Aber das ist nicht der einzige Grund, warum … ich an dir rieche. Manche Gerüche erinnern mich nicht nur an positive Dinge.« Die Worte brachen plötzlich aus ihr heraus, als wäre ein Damm gebrochen. »Ich habe keine Angst vor Alkohol. Es ist der Geruch, der mich an etwas erinnert, das mir Angst macht. Und das ist auch der Grund, warum ich mich in manchen Situationen versichern muss, ob jemand getrunken hat.«

Ich hatte keine Ahnung, was ich sagen sollte. Doch dann traf mich eine weitere Eingebung wie ein Blitzschlag und fügte alle Teile zu einem Ganzen zusammen. »Dein Vater … hat er viel getrunken?«

Bei meiner Frage riss sie die Augen auf, als hätte ich gerade herausgefunden, wer JFK wirklich erschossen hatte. Auf keinen Fall wollte ich, dass sie wieder dichtmachte. Nicht jetzt. »Es ist nicht deine Schuld. So was passiert in mehr Familien, als man denkt.«

Mehrere Herzschläge lang sagte sie kein Wort. Dann nickte sie knapp. »Mein Vater hat das alles noch weniger verkraftet als Eric und ich. Nachdem wir das Haus verkaufen mussten, ist er jeden Abend in irgendeine Bar gegangen, um die Trauer und Wut zu ertränken. Damals hat mir der Geruch von abgestandenem Bier und schwerem Whiskey noch nicht viel ausgemacht. Selbst mit siebzehn konnte ich mir noch nicht genau vorstellen, wo das alles hinführen würde. Dass das alles nur die Spitze eines gigantischen Eisbergs werden sollte. Ich habe immer daran geglaubt, dass es irgendwann wieder besser werden würde. Dass es irgendwann wieder so werden würde wie früher – nur ohne Mom.« Ihr Blick schweifte kurz in die Ferne, als müsste sie ihre eigenen Worte für einen Moment sacken lassen. »Jedes Mal bin ich mitten in der Nacht aus dem Schlaf hochgeschreckt, wenn die Haustür viel zu laut ins Schloss gefallen ist und kurz darauf die schlurfenden Schritte meines Vaters zu hören waren. Am Anfang bin ich immer noch aufgestanden, um ihn wenigstens zuzudecken, wenn er es nur bis auf die Couch geschafft hat. Mehr konnte ich doch nicht tun. Und trotzdem hatte ich immer das Gefühl, dass es nicht genug war. Meinen Vater zu sehen, wie er weinte, während er seinen Rausch ausschlief, hat mein eigenes Herz weiter in Fetzen gerissen. Aber jedes Kind liebt seine Eltern bedingungslos, ganz egal, was auch passiert, oder?«

»Du hast nichts falsch gemacht. Dich trifft absolut keine Schuld«, sagte ich leise, während sich meine Schultern automatisch verspannten. Ally hatte so viel aushalten müssen, und trotzdem glaubte sie, sie habe etwas falsch gemacht? Mein Puls raste. »Niemanden trifft irgendeine Schuld. Dein Vater war verzweifelt. Er hat euch geliebt, ganz sicher.«

Ich wollte sie trösten, aber ihre großen Augen glänzten und füllten sich mit Tränen, als hätte ich genau das Falsche gesagt. Ihre Finger tasteten nach der Narbe an ihrem Schlüsselbein und fuhren darüber, als müsste sie sich vergewissern, dass sie noch da war. »Man schlägt niemanden, den man liebt. Auch nicht betrunken. Nicht einmal ein bisschen.« Ihr Blick ging suchend über ihre Fotowand, bis er an dem Krankenhausbild hängen blieb. Das Foto musste von dem Tag sein, als sie sich das Schlüsselbein gebrochen hatte. So eine Fraktur war eigentlich keine große Sache. Außer es steckte so viel mehr dahinter. In meinem Kopf kamen die wildesten Gedanken und Theorien auf. Aber konnte das möglich sein?

Ich musste sie fragen. Ich musste Gewissheit haben. »Wie ist das passiert? Hat dein Vater dich verletzt? Ist er dafür verantwortlich?«

Ein erneuter Windstoß ließ die Fotos an der Wand erzittern, und Ally schlang fröstelnd die Arme um ihren Oberkörper. Auch jetzt ließ sie meinen Blick nicht los. Und dann brachen die Worte aus ihr heraus wie Wasser aus einem kaputten Staudamm. »An diesem Abend kam er früher nach Hause. Er war wütend, weil man ihn aus irgendeiner Bar geschmissen hatte. Das Letzte, an das ich mich erinnern kann, war der betrunkene Atem meines Vaters, als er mich beschuldigt hat, ihm Geld geklaut zu haben. Dann hat er mich ins Gesicht geschlagen und gestoßen. Ich bin zwölf Stufen die Treppe hinuntergefallen. Zwölf. Nicht eine weniger. Er hat mich einfach liegen lassen. Mein eigener Vater, den ich jede Nacht zugedeckt habe, damit er seinen Rausch ausschlafen konnte. Dem ich die Tränen abgewischt habe, weil er wie so oft im Schlaf geweint hat. Ich hatte keine Ahnung, wie lange ich bewusstlos war oder wie lange ich dagelegen habe. Mein Bruder hat mich mitten in der Nacht gefunden und ins Krankenhaus gebracht. Und auch von dort weiß ich nicht viel, weil ich immer wieder ohnmächtig geworden bin. Die Diagnose lautete offener Bruch des Schlüsselbeins, schwere Gehirnerschütterung und Prellungen. Dad hat nicht einmal nach mir gefragt. Ich glaube, es ist ihm nicht einmal aufgefallen, dass ich weg war.«

Schmerz breitete sich in meiner Brust aus, als hätte sich ihrer auf mich übertragen. »Wo ist dein Vater jetzt? Kann er …? Ich meine, ist er …?«

Ally schüttelte den Kopf, und ihre Augen füllten sich mit Tränen. »Letztes Jahr erlag er einer Leberzirrhose. Er kann mir nicht mehr wehtun.« Sie wirkte so unglaublich zerbrechlich, und sie konnte nicht aufhören zu weinen. Immer mehr Tränen liefen ihr über das Gesicht, die ich mit meinem Daumen wegzuwischen versuchte. Scheiße! Als sie mir vorhin erzählt hatte, dass sie nicht zugelassen hätte, dass ich mich einigle, konnte ich an nichts anderes denken als daran, dass ich genauso für sie da gewesen wäre, als ihre Mutter gestorben war. Ich hätte jeden verdammten Tag ihre Tränen weggewischt. Auch wenn ich erst dreizehn gewesen wäre. Ich hätte sie in den Arm genommen, wann immer sie stumm darum gebeten hätte. Und auch, wann immer sie nicht darum gebeten hätte. Und ich wäre nach ihrem Sturz für sie da gewesen. Keine zehn Pferde hätten mich von diesem verdammten Krankenhausbett weggekriegt. Langsam zog ich sie ein Stück näher in meinen Arm, und sie vergrub ihre Hände in meinem Hemd. Mein Brustkorb hob sich in einem scharfen Atemzug, und ihr süßer Pfirsichduft gab mir den Rest. Ich konnte einfach nicht anders, auch wenn sie mich dafür vielleicht hassen würde. Mit dem Daumen fing ich eine letzte Träne von ihrer Wange auf, dann hob ich leicht ihren Kopf und … küsste sie. Ihre Lippen waren weich und kühl von ihren Tränen, und ich schmeckte das Salz auf ihrer Haut, als meine Zunge ganz langsam über ihre Unterlippe strich. Ich war eindeutig zu weit gegangen und rechnete damit, dass sie mir jeden Moment eine Ohrfeige verpassen würde. Aber ich konnte nicht aufhören, sie zu küssen, solange sie mich nicht davon abhalten würde. Oder solange sie weinte. Dafür landete ich sicherlich in der Hölle, aber in diesem Moment war ich bereit, alles in Kauf zu nehmen, nur damit sie aufhörte zu weinen. Immer wieder berührte ich ihre feuchten Wangen und küsste jeden Millimeter ihres Mundes, bis ein leichtes Zittern durch ihren Körper ging, ihre Lippen sich öffneten und ihre Zunge meine suchte. Und damit war ich verloren. Ich konnte nicht mehr klar denken. Ein leises Stöhnen kam aus meiner Kehle, und ich neigte den Kopf, um sie noch tiefer zu spüren und zu schmecken. Jedes Seufzen von ihr brachte meine Haut zum Kribbeln, bis sie brannte – bis ich brannte. Meine Hände lösten den Stift aus ihren Haaren und vergruben sich darin, während Ally sich an mir festhielt, als wollte sie nicht, dass ich auch nur einen Zentimeter Abstand zwischen uns brachte. Als wäre dieser Kuss alles, was sie gerade brauchte. Als wäre ich alles, was sie gerade brauchte. Und ich schwor bei Gott, in diesem Moment wollte ich alles für sie sein.

Kapitel 16

Jax

»Bro, hast du keine Vorlesung heute?«

Ich hob den Kopf und angelte mein Handy vom Nachtschrank. Scheiße, es war schon zehn Uhr. Damit hatte ich den ersten Kurs bei Bromberg gerade verpasst. Verfluchter Mist! Das war überhaupt nicht gut. Stöhnend ließ ich mich zurück in mein Kissen fallen.

»Wie viel hast du gestern getrunken?« Hedge schloss meine Zimmertür und lehnte sich dann dagegen.

»Nicht einen Tropfen«, gestand ich wahrheitsgemäß. Er würde mich für komplett bescheuert halten, wenn ich ihm sagte, was ich wirklich gemacht hatte. »Ich habe die ganze Nacht Bilder entwickelt.«

»Dein Ernst?« Er lachte. »Du solltest wirklich dringend flachgelegt werden.«

Wieder stöhnte ich. »Vielleicht hast du recht.«

»Moment!« Sein Lachen verstummte. »Warst du nicht der Typ, der letztens sogar auf einen Mitleidsfick verzichtet hat? Und jetzt gibst du mir recht, dass du dir dringend die Seele aus dem Leib vögeln solltest?«

Hedge war mein bester Freund. Ihm konnte ich nichts vormachen – ihm musste ich nichts vormachen. »Ich habe sie geküsst. So richtig.«

»So richtig?«, echote er grinsend. »Das klingt, als hättest du es ihr mit dem Mund besorgt und bist dann nicht mehr zum Zug gekommen. Ein kleiner Tipp von mir: Nimm es sportlich. Das ist mir auch …«

Verschlafen hob ich die Hand. »Halt! Was?« Das Letzte, was ich brauchte, war eine Aufklärungsstunde mit plakativen Erfahrungen von Hedgehog.

Jetzt stutzte auch er. »Über was reden wir hier eigentlich?«

»Ich habe Ally gestern geküsst.«

»Deine Nachhilfelehrerin? Ist das überhaupt legal?«

»Sie ist nicht meine Lehrerin, sondern meine Tutorin. Irgendwie.« Selbst diese Bezeichnung war eigentlich falsch.

»Tutorin, Lehrerin. Ist doch völlig egal. Du willst von ihr flachgelegt werden. Wo ist das Problem?«

Ich antwortete nicht, und Hedge verschränkte die Arme vor der Brust. »Scheiße, Mann! Den Gesichtsausdruck kenne ich. Du willst sie. Nicht nur ein Mal fürs Bett.«

»Bist du jetzt auch noch Doctor Love?«

»Dass du ihr am liebsten die Klamotten vom Leib reißen würdest, habe ich schon gemerkt, als sie das erste Mal bei uns vor der Tür stand. Dafür muss man kein Diplom haben, aber den Namen nehme ich.«

Manchmal verfluchte ich Hedge dafür, dass ihm einfach nichts entging. Aber darum ging es zwischen Ally und mir nicht. Noch nie. Vor allem nicht nach diesem Kuss.

»Warum stresst dich das so? Wollte sie nicht, dass du sie küsst?«

Allein bei der Erinnerung an Allys drängende Lippen und an ihr leises Seufzen schaltete sich mein Hirn ab. Sie hatte es definitiv gewollt. Genauso sehr wie ich. Das war nicht das Problem. »Ich will es einfach nicht versauen.«

»Damit du sie nicht als Tutorin verlierst?«

Ich nickte. Dabei ging es um so viel mehr. Das, was Ally mir gestern erzählt hatte, war einfach nur unvorstellbar gewesen. Und dass sie es mir überhaupt erzählt hatte, noch mehr. Sie war so unglaublich zerbrechlich.

»Wenn du dir nicht sicher bist, dann lass es langsam angehen. Frauen zeigen einem ganz genau, was sie wollen oder nicht. Und je mehr du ihnen die Zügel in die Hand gibst, desto eher weißt du, woran du bist. Und glaub mir, es gibt nichts Besseres, als wenn Frauen dir zeigen, was und wie sie es wollen.«

»Danke, für diesen absolut grandiosen Tipp. Wo hast du den aufgeschnappt? Während du mit deiner Grandma Oprah geschaut hast?«

Hedge lachte. »Du wirst mir noch mal dankbar sein. Aber im Ernst: Seit wann machst du dir so einen Kopf? Was ist aus dem Antihelden geworden?«

Ich zog eine Augenbraue hoch. Im Moment fühlte ich mich alles andere als heldenhaft. »Keine Ahnung. Aber du wirst es mir mit Sicherheit gleich sagen.«

»Und ich habe mir schon Sorgen gemacht.« Er stieß sich von der Tür ab und ließ seinen Blick über meine Kameras auf der Kommode schweifen, während ich mich aus dem Bett quälte, die Vorhänge zur Seite schob und das Fenster öffnete. Als ich mich gegen die Fensterbank lehnte, hatte Hedge gerade die Blende abgenommen und war jetzt dabei, durch die Kamera zu gucken.

»Helden kämpfen, um die Welt zu retten. Sie riskieren ihr Leben für die eine große Sache. Antihelden kämpfen nur für sich selbst. Für das, was ihr Herz will.« Er steckte die Blende wieder auf und legte die Kamera zurück. »Ich habe das Angebot bekommen, das *Chesterfield* nach dem Studium als Geschäftsführer zu übernehmen. Mit sofortiger Gewinnbeteiligung und dem Vorkaufsrecht in fünf Jahren. Wenn ich will.«

»Das ist der Wahnsinn, Alter. Die Bar war schon immer dein absoluter Traum.«

Hedge nickte. »Du bist der Erste, dem ich das erzähle. Ich kann es selbst immer noch nicht glauben.«

»Dann wirst du ab dem nächsten Sommer nur noch in deinem Büro sitzen und andere die Arbeit machen lassen.«

»Auf keinen Fall. Ich werde niemals damit aufhören, selbst Drinks zu mixen.«

Nein, das würde er wohl tatsächlich nicht. Wir waren im letzten Collegejahr, und es war immer klar, dass sich unsere Wege trennen würden. Trotzdem hinterließ die Vorstellung einen bitteren Geschmack in meinem Mund. »Dann bleibst du also hier in Tucson.«

»Ja, Laura macht ihren Abschluss erst übernächstes Jahr. Außerdem kommt sie von hier. Es ist perfekt. Und da Garrett und Olly definitiv nach dem Studium ausziehen, sucht Nate neue Mitbewohner. Wenn du also einen Plan B brauchst und dir das mit der Firma deiner Eltern noch mal überlegen willst …«

Ich antwortete nicht und fixierte stattdessen einen Punkt auf dem Fußboden. Das war ein Test. Niemand wusste so gut wie Hedge, was es bedeutete, an seinen Träumen festzuhalten. Und sie einfach aufzugeben, würde er niemals akzeptieren. Auch wenn sich ein Plan B gerade verdammt gut anhörte.

»Siehst du. Ein Antiheld wird immer auf das hören, was sein Herz sagt. Egal, was es ist.«

Vielleicht hatte Hedge mit seinen Talkshow-Weisheiten doch nicht so unrecht. Vielleicht gehörte ich wirklich zu der Art Helden, die so egoistisch waren und nicht die Welt retten wollten, sondern nur sich selbst.

»Ich muss los. Im Gegensatz zu dir gehe ich zu meinen Kursen.« Sein feixender Ton ließ mich grinsend den Mittelfinger heben.

Hedgehog lachte und tat dann so, als würde er etwas aus der Luft angeln und in seiner Faust einschließen. Dann drückte er einen Kuss darauf und pustete es wie einen Luftkuss zu mir zurück. »Ach, übrigens, du hast Besuch. Deine Mom sitzt in der Küche.«

»Was? Du verarschst mich.«

»Nicht, wenn es um deine Mutter geht, Bro.«

Das stimmte. Über Mütter machte man keine Witze. Das war ein ungeschriebenes Gesetz. »Und dann sagst du mir erst jetzt, dass sie hier ist?«

»Hey, ich wollte dich langsam darauf vorbereiten. Außerdem habe ich ihr einen Kaffee gemacht und mich ziemlich nett mit ihr unterhalten. Ich glaube, sie ist jetzt ein bisschen enttäuscht, dass sie mich nicht als Schwiegersohn haben kann.« Hedge hatte wirklich die Gabe, selbst mit den gereiztesten, kompliziertesten und schlecht gelauntesten Menschen umzugehen, die es gab. Oder wartende Mütter in Schach zu halten. Das war wohl auch so eine Sache, die sein Job mit sich gebracht hatte.

»Nächste Woche kannst du ganz sicher deine Adoptionsunterlagen unterschreiben.«

»Ich bin so was von bereit«, sagte er, setzte sich seine Sonnenbrille auf und ging zur Tür. »Wir sehen uns später.«

»Hey, Hedge!« Er blieb stehen und drehte sich noch einmal zu mir um. »Danke. Du bist der Beste.«

»Und du bist zur nächsten Sprechstunde von Doctor Love wieder herzlich eingeladen – als Ehrenpatient.« Schief grinsend verschwand er durch die Tür, und mir blieb gerade noch so viel Zeit, um mir ein Shirt überzuziehen, bevor meine Mutter mit zwei Kaffeetassen vor mir stand. Ihr Lächeln traf mich mitten ins Herz. Wir hatten uns das letzte Mal vor ein paar Wochen gesehen und seit einer Ewigkeit auch nicht mehr miteinander telefoniert. Obwohl ich es ihr versprochen hatte. Trotzdem freute sie sich jetzt, mich zu sehen. Ohne die geringste Spur von Enttäuschung. Ich war mit Abstand der beschissenste Sohn auf diesem Planeten. So viel stand fest. »Ich bin der beschissenste Sohn auf diesem Planeten.«

»So drastisch hätte ich es jetzt nicht ausgedrückt. Aber meine Söhne scheinen beide nicht viel davon zu halten, sich während ihres Studiums wenigstens ab und zu bei ihrer Mutter zu melden. Also bin ich hergefahren, um mich davon zu überzeugen, dass du noch lebst. Und um mit dir einen Kaffee zu trinken.«

Das beruhigte mein Gewissen in keiner Weise. Phoenix war zwar keine zwei Stunden Autofahrt von hier entfernt. Trotzdem fuhr man diese Strecke nicht einfach nur für einen Kaffee. Außer vielleicht, man war meine Mutter.

»Hätte ich gewusst, dass du kommst, wäre ich mit dir in ein Café gegangen.«

Sie winkte ab und kam auf mich zu, um mir eine Tasse zu reichen. »Ich habe die letzten Wochen genug gesessen und mich durch das Angebot sämtlicher Caterer probiert. Außerdem kann man in eurer Küche auch hervorragend sitzen. Und dein Mitbewohner Jacob macht wirklich vorzüglichen Kaffee.«

»Jake hat's echt drauf.«

Sie nickte und sah sich dann in meinem Zimmer um. »Ich war nicht mehr hier, seitdem wir vor drei Jahren dein Zimmer eingerichtet haben. Damals wirkte es irgendwie … größer.«

Ich räusperte mich. »Das war es auch.«

Sie nahm einen Schluck und sah mich über den Rand ihrer Tasse an. Sie trug wie immer ein dunkelblaues Kostüm und darunter ein helles Oberteil. Ihre blonden Haare hatte sie aufwendig in Wellen geföhnt, als wäre sie direkt vom Friseur hierhergekommen.

Genau so kannte ich meine Mutter. Sie überließ nie etwas dem Zufall. Vor allem nicht, was ihr Erscheinungsbild anging. Und ich hatte sie schon oft genug deswegen auf die Palme gebracht, weil es mir im Gegenzug völlig egal war. Es war mir noch nie so direkt aufgefallen, aber ich hatte exakt die gleiche Augenfarbe wie sie. Graugrün oder Grüngrau. Je nachdem, wie das Licht stand. Wir alle waren einzigartige Lebewesen. Und trotzdem konnte man es nicht leugnen, dass die DNA der Eltern immer auf irgendeine Weise in einem selbst wieder zum Vorschein kam. Egal, ob man es mochte oder nicht.

Ob Ally auch die Augen ihrer Mutter hatte? Ein dumpfes Gefühl machte sich in meiner Brust breit. Ich konnte meine Mutter jederzeit sehen oder zumindest mit ihr sprechen und tat es nicht. Während Ally sich nichts sehnlicher wünschte, als genau das tun zu können. Aber es war nie zu spät, um etwas zu ändern, richtig? Also stellte ich meine Tasse ab und zog meine Mutter in meinen Arm und drückte ihr einen Kuss auf die Stirn. Ohne Grund. Einfach nur so.

»Für was ist das denn?«

»Dafür, dass du noch da bist.«

Sie kicherte und fuhr mir durchs Haar, wie es nur Mütter konnten. »Wo sollte ich denn sonst sein?«

»Ich weiß nicht«, gab ich scherzhaft zu. »Dir vielleicht einen neuen Sohn suchen. Einen, der mehr …«

»Hey«, unterbrach sie mich. »Du, dein Bruder und dein Vater, ihr seid alles, was ich mir je gewünscht habe. Und ich würde mich immer wieder für euch entscheiden. Genau so und nicht anders.« Sie löste sich aus meiner Umarmung und griff stattdessen nach meiner Hand. »Auch für all die Steine, die wir aus dem Weg räumen mussten und noch müssen. Mit dir und für dich.«

Meine Kehle wurde staubtrocken. Ich schluckte, aber es wurde nicht besser. »Ich will dir was zeigen.« Ohne eine Reaktion von ihr abzuwarten, zog ich den Vorhang zur Seite, hinter dem sich die Tür zu meiner Dunkelkammer befand. »Ich habe sie zusammen mit Hedge … Jacob gebaut.«

»Was ist das?« Sie konnte sich immer noch keinen Reim darauf machen.

»Geh rein und guck's dir an.« Ich machte eine einladende Handbewegung, und sie trat zögerlich ein. Aber erst, als ich die rote Glühbirne gegen eine normale getauscht hatte und sie anschaltete, wurde ihr bewusst, was das hier war.

»Jax.« Ihre Stimme war eine Mischung aus Erstaunen und Bewunderung. Und dann hob sie den Kopf und sah die Bilder, die ich zum Trocknen aufgehängt hatte. »Hast du die gemacht?« Sie zog eines der Hochzeitsbilder von der Leine.

»Jake hat's nicht so mit dem Fotografieren, also ja, die sind von mir.«

»Du hast mir schon ewig nichts mehr von dir gezeigt.«

»Ich dachte nicht, dass es dich noch interessiert, nachdem ihr meintet, dass das mit mir und der Firma eine schlechte Idee sei.« Genau das hatte sie zu mir gesagt, nachdem ich zum ersten Mal den Wunsch geäußert hatte, wie Aidan einen Platz bei *Hooveroptics* zu übernehmen.

»Es interessiert mich immer. Und darum geht es auch gar nicht. Dein Talent und dein Können haben nichts damit zu tun, dass wir dir eine Stelle in der Firma ersparen wollen.«

»Aber warum gebt ihr mir dann nicht die Chance, es euch zu beweisen?«

Sie atmete tief durch. »All die Jahre habe ich mit ansehen müssen, wie du dich durch deine Schulzeit gequält hast. Wie deine Lehrer kein Verständnis für dich hatten und deine Klassenkameraden sich über dich lustig gemacht haben. Und du hast alles so hingenommen. Alles, was kam. Du hast es akzeptiert und dich dabei immer mehr zurückgezogen und kaum noch mit jemandem gesprochen. Ich will nicht, dass es dir in der Firma genauso geht. Ich will nicht, dass du dich quälen musst, weil es dort genauso weitergeht wie in der Highschool.«

»Denkst du, es ist hier besser?« Sie riss die Augen auf, und ich wandte den Blick ab. »Aber was soll ich denn tun? Nach dem Studium?«

»Tante Ruth würde sich freuen, wenn du nach deinem Abschluss für ein paar Wochen oder Monate zu ihr nach Kanada kommst. Wir könnten dort eine kleine Wohnung für dich mieten, wenn du willst. Du könntest dich dort vom Unistress erholen.«

Ich stieß hörbar die Luft aus. Das klang, als wäre ich ein Rentner, der nicht wusste, was er mit seinem Ruhestand anfangen sollte.

»Und später könntest du eine Zeit lang nach England oder Australien. Oder beides, wenn du willst. Eine Art Weltreise, die du selbst individuell gestalten kannst. Wir kommen natürlich für alles auf, ganz egal, für was du dich entscheidest.«

»Mom. Ich will von euch nicht weggeschickt werden wie ein Kind, das man vor den Gefahren der Welt beschützen muss. Meine Schulzeit war beschissen, ja. Und ja, auch jetzt ist es nicht immer leicht für mich. Ganz im Gegenteil. Und ob ich meinen Abschluss überhaupt bekomme, weiß ich gerade auch nicht. Ich bin euch für alles, was ihr für mich getan habt, unglaublich dankbar und auch für diese Megachance, reisen zu dürfen, ohne mir Gedanken über Geld machen zu müssen. Aber ich werde nach dem Studium selbst für mein Leben aufkommen.« Mein Herz hämmerte so hart gegen meine Brust, und mein Puls raste, dass ich befürchtete, gleich würde alles in mir explodieren. Aber ich musste endlich klarstellen, um was es mir wirklich ging. »Die Fotos habe ich alle gestern gemacht. Das hier …« Ich deutete auf das Bild, das meine Mutter in der Hand hielt. »… habe ich mit dem neuesten Objektiv von *Hooveroptics* gemacht. Und das …« Ich zog exakt das gleiche Motiv von der Leine und reichte es ihr. »… hab ich mit einem zwanzig Jahre alten Objektiv von Gramps gemacht. Siehst du den Unterschied?«

Sie legte beide Bilder nebeneinander auf die Arbeitsfläche und musterte sie eingehend.

»Euer neues Objektiv ist wie ein bockiger Esel, der sich nicht von der Stelle bewegen will. Egal, was man versucht, es wird einfach nicht richtig scharf.«

»Aidan hat erwähnt, dass du so eine Vermutung hast. Deswegen läuft er seit Wochen fluchend mit einer Kamera herum und versucht, irgendwelche Fotos zu machen.«

»Es ist keine Vermutung, sondern eine Tatsache. Hier.« Ich zeigte ihr ein weiteres Paar Fotos mit zwei fast identischen Nachtaufnahmen. »Die Bilder sind zur selben Zeit entstanden. Vielleicht mit zwei Minuten Unterschied. Siehst du, wie klar die Sternformationen sind? Auf dem anderen Foto kann man sie kaum erkennen. Ich habe echt alles versucht, aber es ist unmöglich, ein besseres Ergebnis zu bekommen.«

»Wir müssen das unbedingt deinem Vater und deinem Bruder zeigen.«

»Ich weiß, dass mein Objektiv nur für die analoge Fotografie funktioniert, aber das digitale Modell muss ähnliche Probleme haben. Anders sind die schlechten Verkaufszahlen und die Rückläufe nicht zu erklären.«

»Du beschäftigst dich in deiner Freizeit mit Firmenangelegenheiten?«

Schulterzuckend lehnte ich mich gegen die Arbeitsfläche und verschränkte die Arme vor der Brust. »Aidan schickt sie mir, wenn ich ihn frage.«

In ihrem Blick lag Erstaunen und absolute Bewunderung.

»Ich versuche nur, den Fehler zu finden.«

»Hast du denn eine Idee, woran es liegen könnte?«

»Dafür kenne ich die Bauabläufe zu wenig. Ich bin eben nur ein Fotograf.«

»Ein verdammt guter noch dazu.« Sie drückte meine Hand, bevor sie ihren Blick wieder zu den Fotos über uns wandern ließ. »Du fotografierst also auf Hochzeiten?«

»Meistens.«

»Bezahlen sie dich auch gut?«

»Ich bekomme nicht so viel wie Bryan Adams, aber für einen Studentenjob ist es mehr als okay.«

»Bryan Adams, der Musiker? Der ist jetzt auch noch Fotograf?«

»Das wusstest du nicht? Ich dachte, so was gehört zu den heißen Gesprächsthemen unter der Wärmehaube bei deinem Friseur.«

»Du.« Sie knuffte mir in die Seite und sah sich dann weiter meine Bilder an. »Und was ist das?« Vorsichtig löste sie die Bilder, die ich von Ally gemacht hatte, von der Leine. »Du hast sogar die unterschiedlichen Farbeinschlüsse ihrer Augen eingefangen. Die Aufnahme wirkt so zerbrechlich und gleichzeitig stark. Und auf eine unbeschreibliche Weise vertraut, als hättest du ein Stück ihrer Seele fotografiert. Unglaublich.« Sie hob den Kopf. »Wer ist sie?«

»Das ist Ally. Meine … Tutorin.«

»Du fotografierst also deine Tutorin?« Ein wohl wissender Ton lag in ihrer Stimme.

»Ist das verboten?«

»Nein. Sie ist hübsch.«

Ich hob eine Augenbraue. »Und?«

»Nichts. Sie ist wirklich hübsch, und du bist unglaublich talentiert.« Fast ehrfürchtig sah sie sich auch die anderen Bilder von Ally an und schüttelte jedes Mal den Kopf, als könnte sie nicht glauben, dass ich diese Fotos gemacht hatte. Dann legte sie sie plötzlich weg und sah mich entschlossen an. »Du solltest die Bilder wirklich deinem Vater zeigen. Alle deine Bilder.«

Kapitel 17

Ally

Es war kurz vor neun Uhr abends, und ich war viel zu spät dran! Energisch kämmte ich meine noch viel zu nassen Haare und versuchte, mir mit der anderen Hand ein Top über meinen Oberkörper zu ziehen. Ausgerechnet heute hatte Professor Wallace einen prominenten Fall reinbekommen. Einem bekannten Filmproduzenten drohte eine Steuernachzahlung in Millionenhöhe. Der Fall war nicht nur aus juristischer Sicht interessant, auch die Presse hatte ein Auge darauf geworfen und die Kanzlei für mehrere Stunden belagert, um an Informationen aus erster Hand zu kommen. Ein Verlassen des Gebäudes war nahezu unmöglich gewesen. Über das ganze Chaos hatte ich nicht nur die Zeit vergessen, sondern auch für eine halbe Stunde Jax und unseren Kuss von gestern. Jax' Lippen auf meinen, die meine Tränen gestoppt und mich alles vergessen lassen hatten. Von denen ich glaubte, sie immer noch zu spüren. Und jetzt hatte ich kaum Zeit gehabt, um zu duschen und mich umzuziehen, als Jax mehr als pünktlich an meine Zimmertür klopfte. Mein Herzschlag beschleunigte sich, und meine Hände fingen an zu schwitzen. Ich war nicht so naiv, um mir auf unseren Kuss gestern etwas einzubilden. Nach meinen Erfahrungen hatten die meisten Küsse nichts zu bedeuten. Sie waren in der Regel Teil eines hektischen und unromantischen Vorspiels. Viel zu hart und auf unangenehme Art fordernd – und viel zu nass. Aber wenn ich ehrlich zu mir war, wollte ich, dass dieser Kuss zwischen Jax und mir etwas bedeutete. Auch wenn ich noch nicht ganz sicher sagen konnte, was. Ich wusste nur, dass ich noch nie so geküsst worden war. Und dass ich mehr wollte. Von Jax' Küssen, seiner Nähe und seinen Händen, die mich festgehalten hatten, als wäre ich tatsächlich etwas Besonderes.

Meine Finger schlossen sich um die Klinke, und ich atmete noch einmal tief durch, bevor ich meine Tür öffnete. Jax trug ein weißes T-Shirt und ausgewaschene Jeans. Alles erinnerte mich an unser erstes Aufeinandertreffen. Nur dass er diesmal nicht sein Shirt auszog und ich trotz Top und Shorts glücklicherweise auch noch Unterwäsche trug.

»Hey!« Seine warme Stimme jagte Impulse durch meinen Körper, die mich auf angenehme Weise erschaudern ließen. »Bin ich zu früh?« Er deutete auf meine nassen Haare und ließ seinen Blick einmal über mich wandern. Worauf ich noch einmal mein Top zurechtzupfte, das immer noch auf meiner feuchten Haut klebte. Noch ein Déjà-vu unserer ersten Begegnung.

»Nein. Wir haben in der Kanzlei nur länger gemacht, und ich habe nicht damit gerechnet, dass man um diese Uhrzeit in den Waschräumen Schlange stehen muss, um zu duschen.« Ich machte einen Schritt zur Seite, damit er hereinkommen konnte. Sein Blick fiel kurz auf das geöffnete Fenster, dann stellte er einen Koffer und eine lange, schmale Kiste ab, die er mitgebracht hatte. Anschließend hielt er mir meine Fotos hin. Als ich danach griff, berührten sich unsere Hände, und ich spürte, wie warm seine Haut war. Ganz im Gegensatz zu meiner. Seine Berührung war wie Feuer, das sich in meinem Körper ausbreitete und mich von innen wärmte. Ich unterdrückte ein wohliges Seufzen, als die Hitze sich weiter in mir verteilte.

»Alle so, wie du sie mir gegeben hast.«

Kaum merklich nickte ich und wandte mich ab, um die Bilder zurück an die Wand zu pinnen. »Und was ist das da?« Ich deutete auf den schwarzen Koffer und den Kasten.

»Warte es ab. Es ist eine Überraschung.« Seine Mundwinkel hoben sich zu einem wissenden Lächeln. »Es wird dir gefallen.«

»Im Augenblick bin ich mir nicht sicher, ob mir Überraschungen gefallen, die in alten dunklen Koffern stecken.«

Jax lachte. »Keine Angst. Setz dich dahin. Mehr musst du nicht machen.«

Immer noch skeptisch setzte ich mich auf den Fußboden und beobachtete Jax dabei, wie er sich an den Sachen zu schaffen machte. Der lange Kasten entpuppte sich als eine mobile Leinwand, die man einfach nur ausziehen musste. In dem Koffer befand sich ein kleineres rechteckiges Gerät mit einer Linse daran.

»Ist das ein Projektor?«

»Wenn man so will, ist das die ziemlich alte Version eines Beamers. Nur dass er keine bewegten Bilder wiedergeben kann.«

Ich runzelte die Stirn. »Und was dann?«

»Er vergrößert analoge Fotos, die man vorher als Dia gerahmt hat.« Jax zog ein kleines rechteckiges Plastikteil aus einem schmalen, länglichen Kasten und gab es mir. »Das ist sozusagen eine winzige Form des Originals. Nur lichttransparent.«

Jax hatte recht. Das Foto befand sich wie ein Negativ auf einer Trägerfolie – eingespannt in einem kleinen Kunststoffrahmen. »Und das funktioniert?«

»So hat man vor der Digitalisierung Bilder an die Wand projiziert. Fotografen haben so ganze Vorträge gehalten.«

Ich ließ das kleine Dia durch meine Finger gleiten. So richtig viel erkannt hatte ich auf dem Bild nicht. Es war eines der Fotos, die Jax von mir auf der Hochzeit gemacht hatte. Aber es war viel zu klein und auch zu dunkel, um es richtig zu erkennen. Mir war immer noch nicht ganz klar, wie diese unscheinbare Abbildung gleich an die Wand geworfen werden sollte.

»Du bist immer noch skeptisch.«

»Ist das so offensichtlich?«

Jax nahm mir das Dia wieder ab und schob es zurück zu den anderen. Er antwortete nicht auf meine Frage, sondern steckte ein paar Stecker in die Steckdose und hockte sich dann neben mich. Sein Blick glitt über mein Gesicht, als wollte er sich jedes Detail ins Gedächtnis brennen. Dann drückte er auf den Knopf einer winzigen Fernbedienung in seiner Hand und löste damit ein mechanisches Geräusch aus. Und das erste Dia wurde vor die Projektorlinse geschoben. Das Foto, das ich eben noch so unscheinbar in meiner Hand gehalten hatte, war nun in Lebensgröße an die Leinwand geworfen worden.

»Überzeugt?«

Ich war nicht in der Lage, zu antworten. Wie gebannt hing mein Bick auf dem Bild, das mich auf der Rückenlehne des Oldtimer-Jaguars zeigte. Meine Wangen waren leicht gerötet, und meine Haare lagen um meine Schultern, als hätte der Wind sie so zerzaust. Der Stoff meines Kleides fiel mir in Wellen über ein Bein, während das andere komplett frei lag. Und obwohl auch einer der Träger leicht verrutscht war, sah nichts auf dem Foto in irgendeiner Weise anzüglich aus. »Bin das wirklich ich?« Meine Stimme war nur noch ein Flüstern.

Jax lachte leise. »Wirst du mir glauben, wenn ich Ja sage?«

Diese Antwort hatte er mir in letzter Zeit öfter gegeben. Als würde ich ihm tatsächlich nie ein Wort glauben, weil ich vorsichtig war, wem ich vertraute. Ohne eine Antwort von mir abzuwarten, drückte er wieder den Knopf in seiner Hand, und das Bild wechselte. Mein Atem stockte. Das war das Foto, das Jax als erstes von mir aufgenommen hatte. Mein Arm lehnte auf der Autotür, und ich hatte den Kopf darauf abgelegt, während ich so tat, als würde ich in den Außenspiegel gucken. Jax hatte daraus eine Nahaufnahme gemacht, die zum größten Teil mein Gesicht zeigte. Ich schaute nicht direkt in die Kamera, aber trotzdem hatte er meine Augen auf eine Weise eingefangen, die selbst mich in den Bann zog. Wie ein Ozean, von dem man sich stundenlang einfach nur treiben lassen wollte.

»Jax, das ist …« Mir fehlten die Worte.

»Furchtbar, grauenhaft, völlig schlecht? Also meine Mutter findet dich hübsch.«

Abrupt fuhr ich zu ihm herum. »Was? Du hast die Bilder deiner Mutter gezeigt?«

»Sie hat sie eher zufällig gesehen.«

»Das ist …« Ich seufzte.

»Was?«

»Ich ziehe nicht so gern die Aufmerksamkeit auf mich.«

Jax warf das nächste Bild an die Leinwand. Ein Schnappschuss, wie ich aus dem Auto ausstieg. Er musste mich fotografiert haben, ohne dass ich es bemerkt hatte. Ich stützte mich mit einer Hand an der Tür ab, während die andere eine Haarsträhne hinter mein Ohr strich. Und immer noch war der Träger meines Kleides heruntergerutscht. Das Bild war auf seine ganz eigene Art wunderschön und noch ursprünglicher als die anderen. Jax hatte keine Ahnung, was für ein guter Fotograf er war.

»Du musst dich nicht verstecken. Vor niemandem, hörst du?«

Ich sah ihn nicht an. Sich zu verstecken war all die Jahre immer so viel leichter gewesen.

»Willst du vielleicht am Wochenende mit mir und Bee nach Phoenix fahren?«

Jetzt sah ich ihn doch an. »Zu deinen Eltern?«

Er nickte. »Das Firmenjubiläum steht an, und meine Mutter hat mit Sicherheit die beste Cateringfirma der Stadt beauftragt. Sie ist eine verdammt gute Gastgeberin. Wir würden über Nacht bleiben, wenn du magst. Außerdem könnte ich dir dann zeigen, in welchen Verstecken ich meine Kindheit verbracht habe. Und meine Mom würde sich freuen, das Mädchen auf dem Foto kennenzulernen.« Sein Zwinkern entlockte mir ein Lächeln und ließ mich wirklich darüber nachdenken. Das nächste Wochenende hatte ich frei, und auch unitechnisch stand nichts Besonderes an. »Okay«, hörte ich mich selbst sagen. »Warum nicht.«

Ein triumphierendes Lächeln stahl sich auf seine Gesichtszüge, bevor er ein weiteres Mal den Knopf in seiner Hand drückte. Der Projektor machte wieder dieses mechanische Geräusch, und das nächste Bild erschien. Und das war kein Foto von der Hochzeit. Meine Augen wurden glasig, und ich blinzelte. Es war ein Bild von Eric und mir beim Angeln. Wir trugen beide dunkelgrüne Gummistiefel und dazu passende Regenjacken. Eric stützte sich an einer Angelrute ab, während ich mit einer deutlichen Zahnlücke in die Kamera grinste. Es war eines der Fotos, die sich Jax gestern ausgeliehen hatte. Nur dass es jetzt lebensgroß in mein Zimmer projiziert wurde. Mir wurde warm ums Herz, und gleichzeitig zog es sich schmerzhaft zusammen. Weil ich es Eric nicht zeigen konnte, weil ich es niemandem aus meiner Familie zeigen konnte. »Wie hast du das gemacht?«

Jax fuhr sich durch die Haare, als müsste er überlegen, ob er sein Geheimnis preisgeben konnte. »Ich habe die alten Bilder, so gut es ging, abfotografiert. An einigen Stellen sind leider …«

»Sie sind perfekt«, unterbrach ich ihn. »Mehr als das. So viel Mühe hat sich noch nie jemand für mich gemacht.«

»Dann gab es aber noch nicht viele Leute in deinem Leben, die sich um dich bemüht haben.« Er guckte verschmitzt. »Nates Cousine aus New Hampshire hat auf einer Kostümparty einen Piraten geküsst und sich in ihn verliebt, ohne zu wissen, wer er ist.«

»Was?« Ich musste lachen. »Du erzählst mir doch gerade wieder irgendeine Geschichte.«

»Frag Nate. Sie hat wochenlang den ganzen Campus auf den Kopf gestellt, um diesen Piratentypen zu finden.«

»Und? Hat sie es geschafft?«

»Ich weiß es nicht. Vielleicht sollten wir Nate fragen, wenn wir ihn das nächste Mal sehen.« Dann wurde seine Miene ernst. »Diese Bilder sind das Mindeste, das ich tun konnte, um mich dafür zu entschuldigen, was mit dem Bild von deiner Mutter passiert ist. Auch wenn es das nicht wiedergutmachen kann.«

»Da sind noch mehr Fotos drin?«

Er legte mir die kleine Fernbedienung in die Hand. Zögerlich drückte ich auf den Knopf, und meine Brust zog sich noch ein bisschen weiter zusammen. Es war, als würden Mom, Dad und Eric direkt hier in meinem Zimmer an einem Lagerfeuer sitzen, Marshmallows rösten und mich anlächeln. Als hätte es die vergangenen zehn Jahre nicht gegeben. Ich kniff die Augen zusammen und versuchte, mir für einen Moment einzubilden, dass die Zeit tatsächlich nur stehen geblieben war.

»Gefällt es dir?«

»Sehr«, flüsterte ich. »Danke.« Jax hatte recht. Schon lange hatte sich niemand mehr so um mich bemüht. Vor allem kein Mann. Und in mir wuchs die Idee, auch etwas für ihn zu tun. Nicht, weil ich mich dazu verpflichtet fühlte, sondern weil ich es wirklich wollte. Wenn er mir meine Familie auf einer übergroßen Leinwand zurückzubringen vermochte, konnte ich ihm vielleicht nachträglich ein Stück seiner verpassten Kindheit schenken. Ich griff nach der S'mores-Tüte, die mir Ernie gegeben hatte, und riss sie auf. Dann stellte ich die Kerze in die Mitte und zündete sie mit einem

Streichholz an. Es folgten Marshmallows, Schokolade und die Kekse, die ich darum herum aufbaute. Zum Schluss legte ich noch zwei Holzspieße vor uns ab.

»Kerzen sind im Wohnheim verboten«, stellte Jax mit hochgezogener Augenbraue fest.

»So wie Dunkelkammern?«, konterte ich. So leicht würde ich ihn nicht davonkommen lassen. »Egal, was du jetzt sagst, es ist Zeit für dein erstes Lagerfeuer.«

»Hier drin?«

»Wenn wir draußen ein Feuer machen, ist in drei Minuten die Campuspolizei da«, wiederholte ich seine Worte und grinste. »Das ist unser Ersatzlagerfeuer, und da ich auf deine Verschwiegenheit zählen kann …«

»Bist du dir da sicher?«

Grinsend funkelte ich ihn an. »Ich habe dich wegen deiner Dunkelkammer in der Hand.«

Jax schnalzte mit der Zunge. »Wirklich sehr clever. Dann haben wir uns ab jetzt gegenseitig in der Hand.«

»Sieht wohl so aus.« Ich biss mir auf die Lippe, um ein weiteres Grinsen zu unterdrücken, und spießte ein Marshmallow auf, das ich Jax reichte. Bevor er es über die Kerze hielt, deutete er auf die Fernsteuerung des Diaprojektors. »Darf ich?«

Noch einmal sah ich zu meiner Familie auf der Leinwand und nickte dann.

»Du kannst sie dir später alle noch mal angucken, wenn du willst.« Jax drückte den Knopf, und das Bild wechselte zu einem Foto von mir, wie ich versuchte, als Neunjährige eine viel zu große Axt in die Höhe zu stemmen, um Holz zu hacken. Dabei zog ich ein Gesicht, als wäre mir gerade die Hose gerissen. Ich musste lachen.

»Wo war das denn?«

»Im Urlaub in den Rockies. Da waren wir immer, als Mom noch da war. Ich wollte Eric unbedingt beweisen, dass ich auch schon Holz hacken kann, und bin erbärmlich gescheitert.«

Jax grinste und drückte das Bild weiter. Es war unglaublich, wie viel Mühe er sich mit den Fotos gegeben hatte.

Wir sahen uns noch eine Reihe anderer Bilder an, die mich jedes Mal zum Lachen brachten und zu denen ich Jax eine kleine Geschichte erzählen konnte. Bis das leise Zischen des Marshmallows über der Kerze unsere Aufmerksamkeit forderte.

»Ist es fertig?« Jax drehte skeptisch den Spieß hin und her.

»Jep. Du hast gerade das perfekte Marshmallow gegrillt.« Ich nahm zwei Kekse aus der Tüte und legte auf den einen ein Stück Schokolade. »Und jetzt entsteht die Magie.« Mit Hilfe des anderen Kekses schob ich das braun gebrannte Marshmallow auf den Schokoladenkeks und reichte Jax das Sandwich. Der süße Duft von warmem Karamell breitete sich im Zimmer aus und löste zusätzlich Lagerfeuerstimmung aus.

»Er ist jetzt fertig«, sagte ich halb lachend, als Jax den S'more immer noch in der Hand hielt, als wäre er nicht sicher, was er damit machen sollte. Also umfasste ich sein Handgelenk und hob es an meinen Mund, um abzubeißen. »Man muss sie noch warm essen.« Genussvoll schloss ich die Augen, als die Kombination aus flüssiger Schokolade, heißem Marshmallow und festem Keks auf meiner Zunge zerging. »Du verpasst wirklich was.«

Jax sah mich für einen Moment an. Sein Blick hing an meinen Lippen. Dann suchte er wieder meine Augen. »Okay, auf deine Verantwortung.« Er schob sich den Doppelkeks in den Mund, und seine Augenbrauen hoben sich vor Überraschung. »Das ist … wirklich gut.«

»Gern geschehen«, sagte ich und stieß ihn leicht mit dem Ellenbogen an. Und biss mir auf die Unterlippe. Diese Geste wirkte viel zu vertraut. Andererseits hatten wir uns geküsst, und das war noch viel vertrauter und intimer gewesen. Allein der Gedanke daran löste ein Kribbeln in meinem Körper aus und verstärkte den absurden Wunsch nach einer Wiederholung.

»Was denkst du gerade?«

Ich schnappte nach Luft. »Nichts«, log ich schamlos und spießte hoch konzentriert ein weiteres Marshmallow auf. Aus dem Augenwinkel sah ich, wie Jax mich beobachtete. Was nur dafür sorgte, dass mir unter seinem Blick noch wärmer wurde.

»Bist du bereit für das nächste Foto?«

Ich war so was von bereit. Meine Gedanken brauchten dringend Ablenkung.

Aber auf das, was jetzt kam, war ich nicht vorbereitet gewesen. Meine Mutter lächelte mich von der Rückenlehne eines alten Jaguars an. Das Bild, das ich nur als normales Fotoformat gehabt hatte, war gerade lebensgroß in mein Zimmer projiziert worden. Und nichts davon ließ erkennen, dass es sich hierbei nur um eine Fotografie von einer Fotografie handelte. Mein Herz schlug schneller, und eine tröstende Wärme sammelte sich dort – hüllte mich ein wie in eine Decke. Es war, als würde meine Mutter wirklich hier in meinem Zimmer sitzen und mich genauso liebevoll ansehen, wie sie es früher immer getan hatte.

»Die kaputten Stellen auf dem Foto lassen sich leider nicht wieder reparieren.«

Ich war unfähig, etwas darauf zu erwidern, so sehr war ich in diesem Moment gefangen. Und Jax ließ mir die Zeit. Bis ich den Kopf leicht in seine Richtung drehte.

»Hey!« Jax berührte mich leicht am Arm. »Ich wollte nicht, dass du …«

»Das bin ich nicht«, unterbrach ich ihn, ohne zu wissen, was er wirklich sagen wollte. »Ich bin nicht traurig.«

»Wirklich?«

»Ich liebe es.« Er konnte sich gar nicht vorstellen, wie sehr.

»Okay, denn eins habe ich noch.«

Fragend legte ich den Kopf schief. Das waren alle Bilder gewesen, die er gestern mitgenommen hatte. Also was sollte da jetzt noch kommen?

»Bist du bereit?«

Ich nickte, obwohl ich mir diesmal nicht so sicher war.

Der Diaprojektor ratterte und schob das nächste Bild ein. Und nur einen Wimpernschlag später bereute ich meine leichtfertige Entscheidung. Der Holzspieß fiel aus meiner Hand, und der Luftzug löschte die Kerze. Aber darauf achtete ich nicht. Die Wärme, die sich eben noch um mein Herz gelegt hatte, verwandelte sich schlagartig in eine alles verschlingende Meereswelle, die über mir zusammenschlug und mich mitriss. Das Gefühl, viel zu lange den Atem angehalten zu haben, ließ mich nach Luft schnappen. »Das ist nicht möglich.« Meine Stimme zitterte, und meine Fingernägel gruben sich in meine Handfläche. Ich traute mich nicht, zu blinzeln, aus Angst, dass das, was ich da sah, nur eine Einbildung war und das Bild verschwand, wenn ich nur kurz wegsehen würde. Es war das gleiche Foto von meiner Mutter wie eben. Das gleiche Lächeln, das gleiche Kleid und auch das gleiche Auto. Nur dass ich jetzt neben ihr saß. »Wie hast du das gemacht?«

»Nate hat das Bild für mich digital bearbeitet und zusammengeschnitten.«

Alles, was Jax sagte, war absolut logisch, und doch ergab es für mich gerade keinen Sinn, denn jede noch so kleine Zelle in meinem Körper war auf die Leinwand konzentriert. Auf das Foto von meiner Mutter und mir, als hätten wir wirklich zusammen in einem Jaguar Roadster gesessen und jemand hätte dieses Bild von uns gemacht. Erst als ich Jax' warme Hand an meiner spürte, holte mich dieser Impuls aus meiner Starre. Jax Hoover hatte das wirklich für mich machen lassen. Ein Kerl, den ich vor ein paar Wochen noch für seine Überheblichkeit und Arroganz gehasst hatte, hatte mir heute einen tiefen Herzenswunsch erfüllt. Er hatte mir meine Mom wiedergebracht. Auf die schönste Art, die ich mir vorstellen konnte.

Ohne nachzudenken, warf ich mich in seinen Arm. Durch den Schwung meines Körpers taumelten wir leicht, aber Jax fing mich auf und hielt mich fest. Seine Lippen waren für einen Moment hart unter meinen, und Enttäuschung machte sich in mir breit. Ich rechnete damit, dass er sich jeden Moment von mir lösen und mich verwirrt ansehen würde. Aber er neigte leicht den Kopf, und sein Mund wurde weich, als seine Zunge meine Lippen teilte. So sanft und zärtlich, dass ich fürchtete, gleich in tausend winzige Teile zu zerspringen. Halt suchend krallte ich mich in sein Shirt und traf dabei auf nackte Haut und feste Muskeln. Mein Atem ging viel zu schnell, als er mich noch näher an sich zog und kaum hörbar meinen Namen murmelte. So dicht an meinen Lippen, dass jede Silbe durch meinen Körper vibrierte und tief in mir widerhallte.

Meine Hände gingen ohne Erlaubnis auf Wanderschaft und zeichneten die Wölbungen seines Oberkörpers nach. Bis meine Finger auf seiner Brust liegen blieben und sein Herzschlag dagegen hämmerte. Himmel! Ich hätte ewig so in seinem Arm bleiben können. Aber als Jax eine Reihe Küsse auf meinen Hals presste und die empfindliche Stelle unter meinem Ohr fand, wollte ich mehr. Ungeduldig zog ich an seinem Shirt, was ihm ein gequältes Stöhnen entlockte, bevor sein Mund wieder auf meinen Lippen lag und seine Zunge sich gekonnt mit meiner vereinte. Seine Hand schob sich über meine, die immer noch unter seinem Shirt auf seiner Brust lag. Allein diese unschuldige Berührung löste ein Brennen in mir aus, das ich nie für möglich gehalten hätte. Jax setzte sich auf mein Bett, und ich atmete scharf ein, als er mich auf seinen Schoß zog. So verdammt nah. Der Diaprojektor ging aus, und mein Zimmer war nur noch in das sanfte Licht der alten Stehlampe getaucht. Ohne den Blick von ihm zu nehmen, schob ich meine Hände unter den Saum seines T-Shirts und zog es ihm in einer fließenden Bewegung über den Kopf. Du meine Güte! Die Hitze, die von seinem Körper ausging, jagte einen Schauer über meinen Rücken und ließ das Blut in meinen Adern noch mehr pulsieren.

»Du machst es mir verdammt schwer.« Jax' Stimme klang rau und dunkel und stand im Widerspruch zu dem, was er gerade gesagt hatte.

Ich runzelte die Stirn, und Unsicherheit machte sich in mir breit. »Willst du denn nicht?« Erschrocken über meinen Mut und diese direkte Frage biss ich mir auf die Lippe.

Jax lachte leise und fuhr mir anstelle einer Antwort durch die Haare. Was mich dazu brachte, kurz die Augen zu schließen. Ich nahm seinen Duft so tief in mich auf, dass es fast schon berauschend war. In diesem Moment wollte ich ihn so sehr. Ich wollte alles. Langsam zog ich mein Top aus und saß jetzt nur noch in Shorts und BH vor ihm. Sein Atem strich heiß über meine Haut, als seine Hände quälend langsam von meiner Hüfte aufwärts wanderten und ich jede Sekunde damit rechnete, dass seine Daumen die Unterseite meiner Brüste streiften. Aber er tat es nicht. Seine Finger fuhren nach hinten über meinen Rücken, bis sie weiter zu meinem Gesicht wanderten und es umschlossen.

»Du kannst dir gar nicht vorstellen, wie sehr ich das hier will. Aber noch mehr will ich …« Jax beendete den Satz nicht und verschloss stattdessen meine Lippen mit seinen. Und mit diesem Kuss radierte er alle meine Ängste aus, dass unsere Küsse nur belanglose Knutscherei waren.

»Verstehst du jetzt?« Er hauchte mir einen Kuss auf die Nasenspitze. »Wir haben alle Zeit der Welt. Ich will es langsam angehen lassen. Denn ich will, dass du weißt, wie sehr du mir vertrauen kannst.«

Seine Worte lösten einen Sturm in mir aus, den ich noch nie in meinem Leben gespürt hatte. Bedeutete ihm das wirklich so viel? Bedeutete ich ihm so viel? Mein Herz krampfte sich auf eine Weise zusammen, dass ich es als heftiges Ziehen bis tief in meinen Bauch spüren konnte. Ein wunderschönes, heftiges Ziehen. »Aber ich bin keine Jungfrau mehr, falls du das denkst.« Jax stöhnte und ließ mich nicht aus den Augen, als ich nach hinten griff und meinen BH öffnete.

»Das hilft absolut nicht.« Er bewegte sich so schnell, dass mir beinahe schwindelig wurde. Ein starker Arm umfasste meine Taille, und Jax legte mich aufs Bett, sodass ich jetzt unter ihm war. Seine Erektion, die durch die Jeans gegen meine weiche Stelle drückte, verriet mir, dass er mich ebenso wollte wie ich ihn. Ich tastete nach seiner Hose, um sie zu öffnen, aber Jax ließ mich nicht. Er presste sich so dicht an mich, dass ich frustriert aufgab. Was er bemerkt haben musste, wie sein Lächeln an meiner Haut mir verriet.

»Du bist nicht fair. Weißt du das eigentlich?«

Er grinste wieder. »Und du bist wahnsinnig ungeduldig.« Seine Daumen fuhren sanft über die Rundungen meiner Brüste, während er sich Zentimeter für Zentimeter eine Spur von meinem Kinn zu meinem Hals bis zu der Stelle küsste, an der seine Hände verweilten. »So wunderschön.« Seine Worte machten mich genauso atemlos wie seine Lippen und seine Finger. Und dann glitt er noch tiefer – zum Bund meiner Shorts. Ein Kribbeln breitete sich zwischen meinen Beinen aus, als sein leichter Bartschatten über die empfindliche Haut meiner Schenkel rieb und er mich auch dort küsste. Bis er sich in den Bund meiner Hose einhakte und den Stoff herunterzog. Jax suchte meinen Blick, und seine Augen, die gerade mehr grün als grau wirkten, schimmerten im schwachen Schein der alten Stehlampe und fragten stumm um Erlaubnis. Und ich wusste genau, um was er bat. Ich war kaum in der Lage, zu nicken, als er meine Beine ein bisschen weiter auseinanderschob und scharf die Luft einsog. Mit jedem Kuss, den er über meine Schenkel meiner Mitte näher kam, stand mein Körper mehr in Flammen, und meine Sinne drohten zu explodieren.

Bei der ersten Berührung seiner Zunge an der empfindlichen Stelle zwischen meinen Beinen keuchte ich auf. Noch nie hatte ich einen Mann auf diese Weise gespürt oder mir vorgestellt, dass es sich so anfühlen würde. Süß und scharf zugleich und absolut vernichtend. »Jax …« Ich krallte mich in die Matratze, als seine Zunge einen langsamen Rhythmus fand, der mehr als sündhaft war. Meine Hände vergruben sich in seinen Haaren und wollten ihn zu mir nach oben ziehen.

Aber er ließ es nicht zu. Kurz hob er den Kopf und warf mir einen Blick zu, der mich alles vergessen ließ. »Das machen wir heute nicht. Nicht, wenn ich das Gefühl habe, du willst dich nur bei mir revanchieren. Heute geht es nur um dich.«

Meine Wangen fingen an zu glühen, als meine überreizten Sinne endlich verstanden, was Jax damit sagen wollte. Aber mir blieb keine Zeit, zu protestieren. Wieder fand er mich mit seinen Lippen und seiner Zunge. Ich konnte ein Stöhnen nicht zurückhalten, als ich seine Zähne an der empfindlichsten Stelle meines Körpers spürte und er an mir saugte. Sein kehliges Seufzen dazu ließ mich nur noch höher fliegen. Was Jax weiter dazu anstachelte, mich auf diese Weise zu reizen. Dieser Mann wusste ganz genau, was er da tat. Und dann schob er einen Finger in mich, dem kurz darauf ein zweiter folgte. Stöhnend krampfte ich mich um ihn zusammen, als er den Rhythmus anpasste. Das war alles zu viel für mich. Ich schloss die Augen und kam mit seinem Namen auf den Lippen. Jax streichelte und küsste mich durch meinen Orgasmus, bis sich mein Puls langsam beruhigte und er wieder zu mir nach oben rutschte. Seine Augen wirkten fast schwarz, als er sich neben mir abstützte und eine Haarsträhne aus meinem Gesicht strich. Noch nie hatte ich Sex auf diese Art erlebt. Weder körperlich noch emotional. Und Jax' zufriedenes Grinsen zeigte mir, dass er das wusste. »War das okay für dich?«

Meine Antwort war eine Gegenfrage. »Bleibst du über Nacht hier?« Mit meinen Fingerspitzen fuhr ich über seine Schläfe und Wange bis zu seiner Brust. Ich wollte ihn unbedingt auch spüren. Er quittierte meine Berührung mit einem Kuss und einem gequälten Brummen. »Du machst es mir wirklich nicht leicht.«

»Du mir auch nicht«, sagte ich an seinem Mund und strich mit meiner Zunge über seine Unterlippe.

Jax löste sich von mir und sah mich dann unverwandt an. In seinem Blick lag so viel Verlangen, dass sich augenblicklich erneut ein Kribbeln in mir ausbreitete. Wie von selbst bewegte sich meine Hand weiter über seinen Oberkörper, abwärts zu seiner Jeans. Aber Jax fing mein Handgelenk ein. »Ich verspreche dir, wir werden all diese Dinge tun. Aber nicht heute Nacht. Heute ging es nur um dich, okay?«

Meine Knie wurden weich, als die Worte immer mehr an Bedeutung gewannen und ich ihm nickend zustimmte. Und das war Jax Antwort genug. Er breitete die Decke über uns aus, dann zog er meinen Rücken an seine Brust und schlang seinen Arm um mich, hielt mich fest.

»Was tust du da?«, fragte ich kichernd. »Hast du Angst, dass ich dich trotzdem anfassen könnte? Vertraust du mir denn nicht?«

»Oh doch. Aber das Fenster ist auf, und ich vertraue diesem Peter Pan nicht. Von dem lasse ich mir ganz sicher nicht im Schlaf mein Mädchen wegnehmen.«

Ich schloss die Augen und drückte mich noch ein bisschen weiter an ihn, bis ich ganz von seinem warmen Körper eingehüllt war und sein Atem gleichmäßig über meine Halsbeuge strich. Mit jeder Sekunde, die wir einfach nur dalagen, ließ ich zu, dass sich seine Worte tief in mein Herz gruben – jedes einzelne.

In dieser Nacht schlief ich in Jax' Arm ein, ohne zu hoffen, dass Peter Pan wirklich kommen würde.

Kapitel 18

Jax

Fuck! Das hatte ich so nicht geplant. Weder das, was ich gerade gesagt hatte, noch das, was vorher in diesem Bett passiert war. Aber vielleicht gab es Dinge, die man einfach nicht planen konnte. Einiges passierte einfach, wenn es richtig war. Und das eben hatte sich verdammt richtig angefühlt. Immer noch war mein Körper auf alles andere als auf Schlaf programmiert. Ich fühlte Ally in jeder Zelle meines Körpers. Es hatte mich meine ganze Willenskraft gekostet, trotz ihrer Zustimmung nicht nachzugeben und mit ihr zu schlafen. Und die Tatsache, dass ihre nackte Haut mit jedem ihrer Atemzüge leicht über meine rieb, machte es nicht leichter. Mein Blick wanderte über ihr Gesicht, das vom hereinfallenden Mondlicht erhellt wurde. Sie war sofort eingeschlafen, nachdem ich die Stehlampe ausgemacht hatte. Ihre Züge wirkten absolut entspannt, und ein Anflug von männlichem Stolz überkam mich, weil ich dafür verantwortlich war. Normalerweise war ich, was Ally betraf, meist der Grund für das Gegenteil gewesen. Und genau deswegen wollte ich nichts überstürzen. Ich wollte ihr beweisen, dass Sex mehr sein konnte, und, Himmel, ich hatte es mir heute auch irgendwie selbst bewiesen. Vor allem wollte ich, dass sie wusste, wie sehr sie mir vertrauen konnte. Nicht nur, wenn es um ihre Ängste und ihre Vergangenheit ging. Oder wenn sie traurig oder glücklich war. Oder ich Dinge mit ihr tat, die ihr diese

kleinen süßen Geräusche entlockten, mit denen sie mich regel-
recht um den Verstand brachte. Verdammt, ich wollte, dass sie
es immer konnte. Ganz egal, wann. Und ich wollte, dass sie es
wusste.

Ally bewegte sich im Schlaf, und die Decke rutschte von ihrer
nackten Schulter. Ich versuchte, sie wieder zuzudecken, aber sie
ließ mich nicht. Als hätte sie Angst, ich könnte einfach so verschwinden, schob sie sich noch dichter an mich und zog meinen
Arm enger um ihre Taille. Ein unerwartetes Zittern durchfuhr
mich, und ich drückte ihr einen Kuss auf die Schläfe. Kurz öffnete
sie ihre Lider und sah mich durch ihre dichten Wimpern an.

Und dann lächelte sie – ihr absolut vernichtendes Ally-Lä-
cheln, das mich mitten in die Brust traf. »Geh nicht.«

Niemals. Meine Antwort war ein weiterer Kuss auf die Narbe
unter ihrem Schlüsselbein, bis sie wohlig seufzte und ihre Augen
wieder schloss. Sie hatte mich gebeten, die Nacht hier bei ihr zu
bleiben. Und nichts hätte mich dazu bringen können, mein Wort
zu brechen.

Ally

»Du bist nervös.« Jax griff nach meiner Hand und drückte sie, als
wir den breiten Kiesweg zum Haus der Hoovers entlanggingen.

»Bin ich gar nicht.«

»Hm. Und warum hast du die letzten zwanzig Meilen wie eine
Statue neben mir im Auto gesessen? Außerdem sind deine Hände
eiskalt.« Sein Daumen rieb warm über meinen Handrücken, was
seine Aussage noch unterstrich.

»Es ist nur, ich war noch nie auf einem Firmenjubiläum. Zumindest nicht als Gast. Vielleicht blamiere ich mich ja total, weil
ich überhaupt keine Ahnung von dem Unternehmen deiner Eltern

habe? Also, *Hooveroptics* wurde von deinem Grandpa Stan 1984 gegründet und 1994 an deinen Vater Mick weitergegeben …«

Jax war stehen geblieben, ohne meine Hand loszulassen. »Hast
du hier heute ein Vorstellungsgespräch, von dem ich nichts weiß?«
Ich zuckte mit den Schultern. »Die Infos standen auf der
Homepage.«

»Ich bin mir sicher, dass mein Vater selbst nicht mehr so genau
weiß, wann er die Firma übernommen hat. Und ich übrigens auch
nicht. Du wärst also nicht die Einzige mit dieser Wissenslücke gewesen.« Sein Grinsen wurde breiter. »Aber wir finden bestimmt jemanden, den wir damit beeindrucken können.«

»Haha.« Ich rollte gespielt mit den Augen und wollte ihn wei-
terziehen, aber Jax bewegte sich nicht. Er zog mich in seinen Arm
und küsste mich so stürmisch, dass ich nach Luft schnappte.

»Hat dir schon mal jemand gesagt, wie unglaublich süß du aussiehst, wenn du nervös bist?«

»Und hat dir schon mal jemand gesagt, wie überheblich du
bist?«

»Ja, jeden Tag.« Er zwinkerte, während ich ihm sanft in die Unterlippe biss.

»Wir sollten wirklich reingehen, wenn wir nicht zu spät kommen wollen.«

Langsam löste sich Jax von mir. Sein Kiefer war angespannt.
»Bist du denn so weit?«

Ich hatte die Zeit im Auto genutzt, um mich an den Gedanken
zu gewöhnen, dass ich auch auf dieser Feier Alkohol nicht aus dem
Weg würde gehen können. Auch wenn Jax mir Möglichkeiten zum
Rückzug aufgezeigt und ich auf solchen Festen nichts zu befürch-
ten hatte, kostete es mich trotzdem immer wieder aufs Neue Überwindung, den entscheidenden Schritt zu gehen.

»Hast du …?« Jax machte eine kurze Pause, als müsste er darüber nachdenken, ob er diese Frage wirklich stellen sollte. »Hast du schon mal darüber nachgedacht, mit einem Psychologen über deine Angst und deinen Unfall zu sprechen?«

Ich schluckte hart. »Wie kommst du denn darauf?«

»Auf YouTube gibt es ein paar Videos, die eine posttraumatische Belastungsstörung nach einem traumatischen Erlebnis sehr gut erklären.«

Ich senkte die Lider und brachte etwas Abstand zwischen uns. Aber Jax ließ mich immer noch nicht los. Die Wahrheit war, dass ich über so viele Jahre gelernt hatte, das alles mit mir selbst auszumachen, damit es von außen nicht sichtbar war. Außer für Eric.

»Es ist okay, sich Hilfe zu holen. Und es ist okay, sie anzunehmen.« Er drückte mir einen Kuss auf den Handrücken. »In dem Video wurde auch gesagt, dass Unis, an denen man Psychologie studieren kann, oft Programme laufen haben. Mrs Delaney kann sicher mehr dazu sagen.« Noch einmal drückte er meine Hand und verlieh seinem nächsten Satz damit so viel Bedeutung, dass mein Herz einen Schlag aussetzte.

»Du bist nicht mehr allein, hörst du?«

Jax hatte recht, ich musste nicht mehr nur noch stark sein. Und ich musste nicht mehr alles allein durchstehen, weil ich nicht mehr allein war. Ich hatte einen tollen Freundeskreis mit Menschen, denen ich wichtig war – und ich hatte Jax, der das in mir sah, was ich vor allen anderen immer versteckt hatte. Für mich hatte sich so vieles zum Positiven verändert. Kurz schloss ich die Augen und atmete tief ein, bevor ich als Antwort ebenfalls seine Hand drückte. Erst jetzt merkte ich, wie angespannt er selbst war. »Und du? Bist du auch bereit?«

Sein Blick fiel auf die Mappe, die auf seiner kleinen Reisetasche lag. »Na ja, vielleicht bekomme ich heute die Chance meines Lebens. Keine große Sache«, fügte er augenzwinkernd hinzu. Aber ich wusste, wie viel ihm der Tag heute wirklich bedeutete. Jax war jemand, der sehr selbstbewusst wirkte, aber was seine Fotos anging, war er der bescheidenste Mensch, den ich kannte. Für einen langen Moment lehnte ich meine Stirn gegen seine, bis wir beide den Mut fanden, hineinzugehen.

Das Haus wirkte von innen noch viel größer, als es von außen eben noch den Anschein gemacht hatte. Der Eingangsbereich musste früher einmal das Haupthaus gewesen sein, von wo aus dann weitere Wohnkomplexe angebaut worden waren. Es roch nach Veilchen, frischer Wäsche und etwas, das mich unverkennbar an Jax erinnerte. Unsere Schritte hallten auf dem hellen Marmorfußboden wider, und meine Nervosität wurde noch ein bisschen größer, als Jax mich in die imposanteste Küche führte, die ich je gesehen hatte. Der Fußboden war ebenfalls aus feinem, hellem Naturstein, und die weißen Fronten der Schränke und Schubladen blitzten, dass man sich darin hätte spiegeln können. In der Mitte stand eine riesige Kochinsel, auf der unzählige Tabletts mit kleinen Kanapees, Pralinen und winzigen Törtchen aufgebaut waren. Immer wieder kam jemand vom Servicepersonal der Cateringfirma herein, um sich eines der Tabletts zu schnappen und dann sofort wieder in den Außenbereich zu verschwinden. Ich stellte meine Tasche auf den Fußboden und wippte ungeduldig hin und her, um meine Anspannung so zu verbergen.

»Ach du meine Güte! Ihr seid wirklich gekommen.« Eine Frau in einem cremefarbenen Kostüm und einer aufwendigen Hochsteckfrisur war in die Küche geschritten. Ich erkannte Jax' Mutter sofort von den Bildern der Homepage wieder. Aber erst jetzt, wo sie auf mich zukam, sah ich, dass er seine auffällige Augenfarbe von ihr geerbt haben musste.

Sie streckte mir ihre Hand hin. »Schön, dass ihr hier seid. Ich bin Susan.«

»Danke für die Einladung! Ich bin Ally.«

»Die hübsche Frau auf den Fotos.«

Ich schüttelte ihre Hand und spürte, wie ich rot wurde.

»Um ehrlich zu sein, sind wir nur wegen des Essens hier.« Unverhohlen schnappte sich Jax eines der Häppchen und schob es sich grinsend in den Mund. Dann ging er auf seine Mutter zu und drückte ihr einen Kuss auf die Stirn.

»Du bist unverbesserlich, weißt du das?«

»Redet ihr von mir?« Ein Mann, der eindeutig Jax' Bruder war, kam in die Küche. Er trug einen dunklen Anzug und sah Jax wirklich zum Verwechseln ähnlich. Nur dass er etwas älter und seine Haare sehr viel dunkler waren.

»Nein, es geht um mich.« Jax sah seinen Bruder feixend an, der darauf mit einem breiten Grinsen reagierte.

»Aidan, schau mal, wer gekommen ist.«

»Ich sehe schon, mein Angeber-Bruder hat tatsächlich den Weg hierher gefunden.«

Jax ignorierte den Seitenhieb und deutete stattdessen auf mich. »Ally, das ist mein Bruder Aidan. Zumindest wird immer behauptet, dass wir Brüder sind.«

Susan stemmte empört die Hände in die Hüften, während Aidan sich zu mir wandte. »Hör nicht auf ihn. Das tue ich auch nicht. Willkommen im bescheidenen Haus der Hoovers!« Er reichte mir ebenfalls die Hand und stutzte dann. »Moment, bist du nicht das Mädchen auf den Fotos?«

Ich nickte. Offensichtlich hatte die ganze Familie bereits die Bilder von mir gesehen.

»Mir brennt da seit Wochen eine Frage zu Jax' Fotografie-Techniken auf der Seele. Vielleicht kannst du sie mir ja später beantworten?« Obwohl Aidan mit mir sprach, sah er Jax breit grinsend an, als wollte er ihn mit irgendeinem Insiderwitz aufziehen, den nur die beiden verstanden.

In Jax' Augen funkelte Kampflust auf. »Ich könnte dich stattdessen auch in den Pool schmeißen, damit sich dein arschteurer Anzug so eng um deine Eier zieht, dass alle denken, du wurdest kastriert.«

»Jungs, ich warne euch. Nicht heute vor den Gästen.«

Jetzt konnte auch ich mir ein Schmunzeln nicht mehr verkneifen, während Susan mich entschuldigend ansah.

»Es tut mir leid, Ally. Meine Söhne haben ihre gute Erziehung augenscheinlich verloren.«

»Wir haben nie eine erhalten«, gaben beide unisono zurück, was ihre Mutter nur noch mehr den Kopf schütteln ließ.

»Welch ein seltenes Bild. Die ganze Familie an einem Ort zusammen.« Mick Hoover war jetzt auch in die Küche gekommen und stellte ein leeres Tablett auf der Küchenzeile ab. Er trug wie Aidan einen dunklen Anzug und begrüßte seinen jüngeren Sohn, bevor Jax mich ihm vorstellte.

»Schön, dass ihr es einrichten konntet. Ally, fühl dich bei uns wie zu Hause.« Mick Hoover schenkte mir ein warmes Lächeln, und ich war mir sicher, dass er es tatsächlich auch so meinte.

»Dad. Kann ich vielleicht mit dir und Aidan kurz reden? Geschäftlich?«

»Aber sicher. Bis die restlichen Gäste eintreffen, dauert es noch. Wir können solange in mein Büro gehen. Es gibt da auch etwas, das wir dir sagen müssen.«

»Okay.« Jax presste die Lippen aufeinander. »Wir ziehen uns nur kurz um, okay?«

Mick und Susan Hoover tauschten erstaunte Blicke aus, als Jax sich die Mappe unter den Arm klemmte und nach seiner Tasche und dem Kleidersack griff.

»Ist gut. Ich habe für Ally das Gästezimmer neben deinem hergerichtet. Zeigst du ihr alles?«

Er nickte, und ich schnappte mir ebenfalls meine Tasche. Dann verließen wir die Küche in Richtung Treppe, die in den ersten Stock führte.

Zehn Minuten später stand ich fertig umgezogen in einem schwarzen Rock und passendem Blazer an der Tür, als Jax klopfte. Er war gerade dabei, sich die Ärmel seines weißen Hemdes hochzukrempeln, während er die Jacke seines dunklen Anzugs lässig über eine Schulter geworfen hatte und die Mappe unter seinem Arm klemmte. Sein Blick glitt über mich, und ich atmete tief durch. Mona hatte mir extra eine Statement-Bluse mit Paisley-Muster in Sandtönen geliehen, die im Nacken gebunden wurde und auch ohne Blazer unglaublich chic aussah, mich aber nicht zu sehr wie eine angehende Rechtsanwältin im ersten Semester aussehen ließ. Mit fahrigen Händen steckte ich noch schnell meine Haare hoch und löste zwei Strähnen, die mein Gesicht einrahmten.

»Du siehst wirklich verdammt scharf aus.« Seine Stimme klang rau, aber voller ehrlicher Zuneigung. Und als sich ein unwiderstehliches Lächeln auf seine Lippen stahl, fing mein Herz an zu stolpern. Noch nie hatte jemand so etwas zu mir gesagt und mich dabei so angesehen, wie Jax es gerade tat. Und noch nie hatte ich mich so begehrenswert gefühlt wie in diesem Moment. Dabei sah Jax selbst unglaublich gut aus. Und genau so gab er sich auch. Nichts deutete darauf hin, dass er es normalerweise vermied, einen Anzug zu tragen.

»Du auch.« Ich machte einen Schritt auf ihn zu, richtete seinen Kragen und biss mir auf die Unterlippe, um mich nicht in seinem Duft zu verlieren. Dabei berührten meine Finger seinen Nacken, und er sog scharf die Luft ein.

»Wir sollten los. Dein Vater und dein Bruder warten bestimmt schon.«

Immer noch lächelnd sah Jax mich an. Als wollte er sagen, dass es ihm gerade völlig egal war, wenn die beiden auf ihn warten mussten. Dann schob er seine freie Hand in meine und verschränkte unsere Finger miteinander. »Ich muss dir was zeigen.«

Jax führte mich wieder in den älteren Teil des Hauses, bis wir vor einer großen dunklen Flügeltür stehen blieben, die er öffnete und mich hindurchschob. Meine Augen weiteten sich, als ich den schwachen Duft von Pfeifentabak und Holzpolitur wahrnahm. Susan Hoover hatte das ganze Haus sehr hell und modern eingerichtet. Nur dieser Raum schien aus einer anderen Zeit zu sein. Schwere dunkle Holzmöbel schluckten das wenige Licht und tauchten alles in eine fast schon geheimnisvolle Atmosphäre. Der große Schreibtisch sah aus, als würde selbst der stärkste Mensch ihn nicht von der Stelle bewegen können. Ebenso wie die lederne Couchgarnitur und die massiven Vitrinen an den Wänden.

Jax schaltete das Licht an. Augenblicklich erwachte das Zimmer aus seinem Dornröschenschlaf und gab noch ein ganz anderes Geheimnis preis. Unzählige Objektive wurden jetzt in den Vitrinen beleuchtet.

»Das war das Büro von deinem Grandpa.« Von der Sammlung hatte Jax mir zwar erzählt, aber sie selbst zu sehen war noch viel beeindruckender. Dieser Ort hatte wirklich etwas ganz Besonderes, und ich konnte verstehen, warum er als Kind am liebsten hier die Zeit verbracht hatte. Wenn ich mir ein anderes Versteck als unter dem Küchentisch hätte aussuchen können, dann wäre es genau dieses Zimmer gewesen.

»Was denkst du gerade?«

Ich spürte Jax' Präsenz hinter mir und drehte den Kopf leicht in seine Richtung. Er hatte die Mappe und sein Jackett auf den

Schreibtisch gelegt und fuhr jetzt mit den freien Händen die Schnürung meiner Bluse im Nacken nach. Himmel, allein diese Berührung löste ein paar gerade absolut unpassende Gedanken in mir aus. Gedanken, die sich erst recht nicht abschütteln ließen, als Jax sich vorbeugte und meinen Hals küsste.

»Ich habe mich nur gerade gefragt, wie vielen Mädchen du das hier schon gezeigt hast, um sie zu beeindrucken.«

Seine Lippen an meiner Haut verzogen sich zu einem Lächeln. »Ich habe dich gerade beeindruckt?« Ein weiterer Kuss folgte, und ich schloss kurz die Augen, bevor ich mich zu ihm umdrehte. »Würdest du mir glauben, wenn ich Ja sage?«

Jax' Hände landeten auf meiner Taille und zogen mich in seinen Arm. Immer wieder malte seine Zunge Kreise auf meine Haut. Bis seine Lippen erneut über den Puls an meinem Hals glitten. Und als er meinen Namen flüsterte, breitete sich an dieser Stelle ein Schauer aus, der mir unaufhaltsam über den ganzen Körper lief.

»Wir sollten nicht …«

»Ich weiß.«

Aber wir beide hatten offensichtlich nicht genug Willenskraft, das hier zu beenden. Ich stieß rückwärts gegen den Schreibtisch und stellte mir vor, wie Jax mich darauf hob, meine Beine auseinanderschob und sich dazwischen platzierte. Meine Gedanken wurden noch anzüglicher, als er anfing, an der empfindlichen Stelle unter meinem Ohr zu saugen, und immer wieder sanfte Küsse darauf drückte. Bilder von seiner Hand, die sich quälend langsam unter meinen Rock schob und dort den Stoff meines Slips fand, bemächtigten sich meiner Fantasie. Himmel! Zu einem völlig falschen Zeitpunkt und an einem absolut falschen Ort. Jax hob den Kopf. Sein Blick war verschwommen, als hätte er gerade genau die gleichen schmutzigen Gedanken gehabt wie ich. Die Vorstellung ließ mich noch mutiger werden, und ich fuhr mit meinen

Händen seine Brust hinauf. Der glatte Stoff schmiegte sich an seine Haut und umspielte jeden seiner Muskeln und jede Wölbung, die sich unter meiner Berührung anspannte. Ich verlor mich mit jedem Atemzug mehr in seinem Duft und dem Gefühl seines Körpers unter meinen Handflächen. Meine Fingerspitzen stießen gegen den obersten Knopf und öffneten ihn wie ferngesteuert. Der Wunsch, ihn auch zu sehen und zu schmecken und nicht nur zu spüren, wurde fast überwältigend. Und als er scharf einatmete, während ich auch den zweiten Knopf öffnete, vergaß ich alles um uns herum. Jax' Hände, die sich auf meine legten und mich daran hinderten, weiterzumachen, holten mich zurück in die Realität.

»Du bringst mich um, weißt du das?«

Ich musste kichern, und auch seine Mundwinkel zuckten. Dann legte er seine Hände um mein Gesicht und hob es zu ihm. »Wir sollten wirklich damit aufhören, denn es fällt mir verdammt schwer, mich zurückzuhalten, wenn du mich so ansiehst und anfasst. Aber wenn wir miteinander schlafen, dann soll es in meinem Bett passieren. Denn für das, was ich mit dir vorhabe, reichen keine fünf Minuten auf irgendeinem Schreibtisch. Nicht bei unserem ersten Mal.«

Mein Herzschlag beschleunigte sich, als Jax sich anschließend vorbeugte, um mich zu küssen. Noch bevor er seine Lippen auf meine legen konnte, waren Schritte im Flur zu hören. Reflexartig zog er mich hinter einen der großen Vitrinenschränke, bevor die Tür mit einem knarzenden Schwung aufgerissen wurde. In der Spiegelung der Scheibe erkannte ich Aidan, der mit verschränkten Armen im Türrahmen stand, während wir versuchten, unsere Atmung unter Kontrolle zu bringen. Nur Sekunden später wurde das Licht gelöscht, und die Tür fiel wieder ins Schloss.

»Ist alles okay?« Jax stupste mich mit der Nase an. Wir waren wieder allein, trotzdem bewegten wir uns nicht, als würden wir uns tatsächlich wie zwei Kinder an einem geheimen Ort verstecken. Ich konnte nicht anders und zog ihn endlich für den langersehnten Kuss zu meinen Lippen. Sein raues Stöhnen kitzelte meine Haut und setzte mich augenblicklich noch mehr in Flammen. Widerwillig löste ich mich von ihm, was Jax mit einem weiteren Stöhnen kommentierte. »Wir sollten wirklich damit aufhören, wenn wir nicht doch noch erwischt werden wollen.«

»Und ich sollte zu Aidan und meinem Vater ins Büro gehen. Schaffst du das unten kurz ohne mich?«

Ich nickte, bevor wir das Zimmer seines Grandpas verließen und Jax mich zu der Treppe brachte, über die wir vorhin nach oben gekommen waren.

Er hauchte mir einen Kuss auf meine Fingerknöchel, bevor er mich losließ.

»Ich habe im Übrigen noch nie ein Mädchen mit hierhergebracht. Du bist die Erste.« Er hob die Hand zum Schwur, wie damals in seiner Dunkelkammer, und verschwand dann hinter einer weiteren Flügeltür. Seine Worte rauschten durch meinen Körper, wie ein reißender Fluss, der sich seinen Weg durch die Berge sucht, und erreichten einen Punkt in meinem Herzen, das sie auf eine wunderbare Art zum Rasen brachten. Ich konnte es mir kaum selbst eingestehen, aber der Mann, dem ich vor ein paar Wochen noch zu gerne ein Ticket in die Hölle gekauft hätte, hatte sich mit jedem Tag mehr in mein Herz geschlichen und tat es immer noch.

Als ich zurück in die leere Küche ging, nahm ich mir ein Champagnerglas und füllte es randvoll mit Gingerale, bevor ich durch die riesige Glasschiebetür in den Außenbereich trat. Und der war noch imposanter als das Haus selbst. Auf mehreren Ebenen erstreckte sich eine aus Natursteinen angelegte Poollandschaft inklusive Wasserfall. Große Palmen ragten in den Himmel, und das Rauschen des Windes in den Blättern vermischte sich mit dem

Plätschern des Wassers. Das Personal der Cateringfirma war gerade damit beschäftigt, Ethanol-Feuersäulen anzuzünden, die überall draußen aufgestellt worden waren und den gesamten Garten in eine gemütliche Atmosphäre tauchten. Gedankenverloren drehte ich mein Glas in der Hand und ließ meinen Blick über die Gäste schweifen, die sich angeregt in kleineren Grüppchen unterhielten. Es war wirklich traumhaft schön hier.

»Alyssa Darling?«

Ich wirbelte herum, als ich die vertraute Stimme hinter mir wiedererkannte und erstaunt die Augen aufriss. Vor mir stand tatsächlich Luke Perkins. »Was machst du denn hier?« Irritiert und gleichzeitig froh, jemanden zu treffen, den ich kannte und mit dem ich mich unterhalten konnte, legte ich den Kopf schräg. »Ich dachte, du gehst nicht aus?«

»Ich wohne hier. Also nicht hier direkt, aber in der Nachbarschaft. Die Hoovers sind Bekannte meiner Eltern. Aber das hier ist mehr oder weniger ein Geschäftstermin.« Er deutete auf sein Champagnerglas, das ebenfalls mit Gingerale gefüllt war, und stieß dann leicht gegen meines, bevor er einen Schluck daraus nahm. Fast beiläufig ließ er dabei seinen Blick über mich wandern.

»Und was bedeutet mehr oder weniger geschäftlich?«

»Die Kanzlei meines Vaters vertritt schon ewig die Firma der Hoovers. Mick will noch etwas besprechen, und ich darf dabei sein. Als angehender Anwalt kann ich von solchen Gesprächen nur lernen.« Er nahm einen weiteren Schluck aus seinem Glas, während ich meines einfach weiter in der Hand behielt. Ob Luke tatsächlich auch mal eine Sekunde nicht an seine Zukunft und seine Karriere dachte? Bevor ich ihm die Frage stellen konnte, ergriff er das Wort.

»Und was ist mit dir?«

»Ich bin mit Jax hier«, antwortete ich, ohne zu zögern. »Er hat mich eingeladen.«

Kaum merklich veränderte sich etwas in seiner Miene. Aber nur eine Sekunde später hatte er sich wieder gefangen. »Du kennst Jax Hoover? Woher?«

»Na ja, wir gehen auf die gleiche Uni.« Auch wenn das stimmte und es viele Möglichkeiten gab, sich auf dem Campus kennenzulernen, war das sicher nicht die Antwort, die Luke hören wollte. Aber irgendwas in mir hielt mich davon ab, ihm mehr zu erzählen.

Luke sah mich mit einem durchdringenden Blick an, den ich nicht ganz deuten konnte. »Jax und ich kennen uns schon ewig. Wir sind früher sogar zusammen zur Schule gegangen.« Er lachte leise und schüttelte dann leicht den Kopf, als würde er sich an irgendetwas von damals erinnern. Dann schaute er mich wieder an und grinste. »Seid ihr zusammen?«

Die Frage klang beiläufig. Trotzdem ließ Luke mich nicht aus den Augen, als wollte er jede noch so kleine Regung von mir scannen. Wie ein Anwalt, der einen Beschuldigten auf der Anklagebank vernahm.

»Luke! Wie schön, dass du auch hier bist.« Susan Hoover kam auf uns zu und begrüßte ihn genauso strahlend wie mich vorhin. »Dein Vater hat uns von deinen Plänen erzählt. Das ist großartig.«

Die beiden sprachen über die Fusion irgendeiner Firma, die Lukes Vater kürzlich arrangiert hatte. Bis jemand am anderen Ende des Gartens die Hand hob und Luke den Gruß erwiderte.

»Entschuldigt mich. Ich muss da kurz hin. Danke für die Einladung, Susan.« Dann wandte er sich an mich. »Es war schön, mit dir zu plaudern, Ally. Wir sehen uns sicher später noch mal.« Er lächelte, als er ging. Aber es wirkte auf unerklärliche Weise aufgesetzt.

Kapitel 19

Jax

»Das ist wirklich unglaublich.« Mein Vater hielt die beiden Fotos so gegen das Licht, dass er die Unterschiede noch besser sehen konnte. Immer wieder schüttelte er den Kopf. »Und das sind tatsächlich die gleichen Objektive?«

»Einmal analog und einmal digital«, erklärte ich.

»Der Fehler ist nahezu identisch«, schaltete sich jetzt auch Aidan mit ein. »Wie konnte das passieren?«

Mir fielen da gleich mehrere Gründe ein, aber ich hielt mich zurück – noch. Wortlos schob ich ihm ein weiteres Foto des gleichen Motivs hin.

»Was ist das?«

»Das Bild habe ich mit einem 1:4-Objektiv von Gramps gemacht.« Die letzten Tage hatte ich so viele Fotos geschossen und so viel experimentiert wie schon lange nicht mehr. Aber ich wollte ihnen jede Schwachstelle und jeden Fehler zeigen, den die *Hooveroptics*-Modelle hatten. Sie sollten es mit ihren eigenen Augen sehen, im direkten Vergleich.

Aidan sah ungeduldig in die Runde. »Und was bedeutet das genau?«

»Es bedeutet, dass die Blende im mittleren Lichtstärkenbereich ist und somit weder zu den besonders überragenden noch zu den besonders schlechten Objektiven zählt.« Dad warf ihm einen Blick zu, als wollte er sagen: *Mach endlich deine Hausaufgaben.* Mein Bruder würde sich wahrscheinlich nie mehr für die Fotografie interessieren, als er musste.

Dann stieß Dad ein anerkennendes Brummen aus. »Der Unterschied ist ganz klar zu erkennen. Dabei müsste das Objektiv schon dreißig Jahre alt sein.«

»Fast siebenunddreißig«, sagte ich. Was kaum einen Unterschied machen durfte. »Es ist nicht mehr das beste, aber die Handhabung und das Ergebnis sind immer noch unschlagbar. Vor allem im Outdoorbereich.«

Die Miene meines Vaters, die eben noch voller Begeisterung war, wurde plötzlich ausdruckslos, und ich konnte sie nicht mehr deuten. Es wurde Zeit, alles auf eine Karte zu setzen. »Wenn man in diesem Fall die alte Technik nur optimieren würde, hätte man ein Objektiv, das sich für Anfänger und Einsteiger super eignet und bezahlbar ist.«

»In den letzten Jahren hat *Hooveroptics* höhere Umsätze mit Profiprodukten gemacht.«

»Profis wissen, was sie wollen. Die muss man nicht belehren. Aber der Markt ist größer, und warum sollte man sich nicht auch auf Einsteiger konzentrieren?«

Aidan presste bei meinem Einwand die Lippen aufeinander und verschränkte die Arme vor der Brust. Gerade war ich mir nicht mehr sicher, ob mein Plan, ihn zuerst auf meine Seite zu ziehen, noch aufging. »Was ist daran falsch, einen Kunden gleich von Anfang an zu gewinnen? Es ist einfacher, einen unerfahrenen Fotografen zu begeistern, als einen festgefahrenen Profi zu überzeugen.«

»Das ist richtig.« Mein Vater hatte mir zwar zugestimmt, aber seine Haltung sagte etwas ganz anderes. Die reservierte Art mir gegenüber war ungewöhnlich. Und das gefiel mir überhaupt nicht.

»Was ist hier eigentlich los?«

»Jax«, setzte mein Vater an und rieb sich über sein Gesicht. »Alles, was du gesagt hast, ist absolut richtig. Und deine Bilder sind erstklassig. Mehr noch.«

Ich biss die Zähne zusammen, und mein Kiefer knackte, als wäre das Geräusch eine Warnung an mich selbst. Wenn ich etwas aus meiner Kindheit gelernt hatte, dann, dass Erklärungen, die mit Komplimenten anfingen, selten mit etwas Gutem endeten. Als würde das irgendetwas besser machen, wenn man jemanden erst lobte und ihm dann doch verbal ins Gesicht schlug. »Was zum Teufel ist los?«, wiederholte ich noch einmal und bemühte mich, meine Stimme ruhig zu halten.

»Deine Fotos sind wirklich …«

»Um meine Bilder geht es jetzt aber nicht«, unterbrach ich ihn. »Es geht um die Firma und das beschissene Objektiv, das ihr produziert habt.«

»Jax!«

Ich riss die Arme hoch und ließ mich resigniert in einen Stuhl fallen. »Hört endlich auf, mich in Watte zu packen, als wäre ich unheilbar krank oder so was und könnte die Wahrheit nicht verkraften.« Definitiv war jetzt auch der letzte Rest Ausgelassenheit, die eben noch in der Küche geherrscht hatte, verschwunden.

»Okay.« Mein Vater straffte die Schultern. »Du hast recht. Es geht um die Firma und das beschissene Objektiv, das wir produziert haben. Und deswegen haben wir letzte Woche entschieden, es vom Markt zu nehmen.«

Ich nickte. »Wenn wir uns auf die Ursprünge konzentrieren, kriegen wir das wieder hin. Jeder Firma passiert so was.«

Wie in Zeitlupe schüttelte Aidan den Kopf. »Wir haben lange darüber gesprochen. Der Vorstand wird demnächst darüber entscheiden, ob es für *Hooveroptics* nicht besser ist, sich komplett von den analogen Objektiven zu trennen.«

Die Worte trafen mich wie die Splitter einer Granate. Meine Hände ballten sich zu Fäusten. Das konnte nicht ihr verdammter Ernst sein. »Und das Angebot etwas runterzufahren war keine Option?«

»Jax, die analoge Fotografie ist fast tot. Und das wird sich auch nicht mehr ändern.«

Fast tot. In meinem Kopf dröhnte es, als würde ich unter einer riesigen eisernen Glocke stehen, die gerade angefangen hatte zu schlagen. »Und was ist mit Grandpas Erbe?«

»Wir müssen jetzt an das Wohl der Firma denken und mit der Zeit gehen.«

Ich schnaubte. »Und dabei verratet ihr den Menschen, der das alles überhaupt erst möglich gemacht hat?«

»Die Entscheidung ist uns nicht leichtgefallen, glaub mir.«

»Wenn auch noch die analogen Kunden wegfallen, wer bleibt denn dann noch?«

Aidan räusperte sich, und seine Brust spannte sich merklich unter seinem Hemd an. »Wir werden uns in Zukunft nur noch auf High-End-Qualität konzentrieren und unseren Kunden das Beste anbieten, was es gibt.«

»Was? Das sind Objektive, die quasi preislich bei siebentausend Dollar erst losgehen. Nach oben gibt es da kaum Grenzen. Das ist Wahnsinn. So was leistet sich niemand einfach mal eben so. Vor allem kein Anfänger.«

»Um einen stabileren Stand auf dem Markt zu haben, werden wir unsere Zielgruppe anpassen, sodass sie dem Profil eines Profifotografen entspricht: Studios und Leute, die damit ernsthaft Geld verdienen. Wir werden uns auch firmenintern entsprechend anpassen.«

»Anpassen? Was heißt das genau?«

»Wir werden ein Expertenteam zusammenstellen, das Anfang nächsten Jahres mit der Umstellung beginnen wird. Dafür stellen wir eine Menge neuer Leute ein. Unter anderem im Marketingbereich und in der Forschung und Entwicklung. Außerdem wechseln wir die Assistenz der Geschäftsführung.«

Mein Mund wurde staubtrocken, und mein Magen rebellierte. Ich fühlte mich wie der letzte Spieler auf dem Feld, den niemand für sein Team auswählte. »Lasst mich raten: Und einen Platz für mich werdet ihr bis zum nächsten Sommer garantiert nicht frei halten, hm?« Obwohl ich die Antwort längst wusste, klang mein Satz wie eine Frage. Als würde ich mich selbst zu sehr hassen, um mich schützen zu wollen. Als hätte ich die ganzen Jahre über noch nicht genug eingesteckt.

»Jax.«

Ich hob die Hand, um meinen Vater zu stoppen. Die Mitleidstour war jetzt das Letzte, was ich brauchen konnte. »Das heißt, ich habe euch gerade völlig umsonst den ganzen Scheiß gezeigt?« Die nächste Frage, die ich mir selbst beantworten konnte.

»Das war nicht umsonst.«

»Aber es hat auch nicht gereicht, um … vergesst es!«

»Wir wissen deine Begeisterung und deinen Einsatz wirklich zu schätzen.«

»Meine Begeisterung und meinen Einsatz? Ihr tretet gerade alles, was Gramps aufgebaut hat, mit Füßen, aber ihr wisst meine Begeisterung zu schätzen?« Ich sprang auf und stemmte die Hände auf die Tischplatte. »Habt ihr eigentlich überhaupt irgendwann mal ernsthaft darüber nachgedacht, mir eine Chance zu geben?«

»Jax.« Jetzt war es Aidan, der versuchte, mich zu beruhigen. »Nimm dir nach deinem Abschluss für den Rest des Jahres eine Auszeit. So lange, bis wieder alles richtig läuft und wir die Probleme im Griff haben. Dann sehen wir weiter. Und vielleicht willst du ja dann doch noch lieber in Kanada bleiben. Hey, ich würde sofort mit dir tauschen.«

»Du jetzt also auch?« Meine Augen wurden schmal. Mir war klar, dass Aidan mir nur helfen wollte, aber ich hatte es so verdammt satt. »Seit Ewigkeiten sagst du mir, dass ich es Mom und Dad beweisen soll. Also reiße ich mir den Arsch auf, um dieses Studium zu packen, und liefere euch den Beweis und dazu die verdammte Scheißlösung für das Objektiv, aber es reicht nicht.« Denn für mein eigenes Problem, das an mir haftete wie Venom an seinem Wirt, gab es auch keine Lösung. Meine innere Stimme lachte bitter. Was für eine Ironie, meine Legasthenie mit einem Parasiten aus dem Marvel-Universum zu vergleichen. Aber das hier war keine fiktive Stadt, in der das Gute das Böse bekämpfte. Das hier war das Büro meines Vaters, in dem gerade über meine Zukunft entschieden wurde. »Es wird nie reichen, oder?« Ich spürte, wie die Ader an meinem Hals unaufhörlich Blut durch meinen Körper pumpte. Dabei war es sinnlos. Auch auf diese Frage würde ich keine Antwort bekommen. Ruppig griff ich nach den Fotos, die überall auf dem Tisch verteilt lagen, und schmiss alles zurück in die Mappe.

»Jax, Junge, deine Bilder.«

Es war mir egal. Ich hatte die Fotos nur für dieses Treffen geschossen und entwickelt. Sie bedeuteten mir nichts. Energisch griff ich nach dem letzten Bild, einer Nachtaufnahme, und bekam dabei noch etwas anderes zu fassen, das mir vorher auf dem Schreibtisch überhaupt nicht aufgefallen war: einen Flyer, auf dem Luke Perkins mit seinem Vater abgebildet war. »Was ist das?« Mein Adrenalin hatte mich viel zu sehr im Griff, um die wenigen Sätze auf dem Handzettel jetzt selbst zu lesen.

»Das ist der neue vorläufige Flyer von *Perkins & Sons*, wenn Luke nächstes Jahr einen Platz in der Kanzlei seines Vaters übernimmt.« Abfällig schnalzte ich mit der Zunge, natürlich würde er das. Trotzdem ergab das alles wenig Sinn. »Und was macht dieser vorläufige Flyer auf deinem Schreibtisch?« Ich wusste, dass Jim Perkins meinen Vater schon ewig als Firmenanwalt unterstützte. Aber für gewöhnlich schickten sie sich keine Broschüren.

»Ich weiß, du magst Luke nicht. Aber Jim will kürzertreten und hat die Betreuung einiger Mandanten intern abgegeben. Und mit Luke hätten wir einen jungen, dynamischen Anwalt, der uns gerade in der Umstellungszeit noch besser unter die Arme greifen könnte.«

In meinem Kopf fing es an zu rauschen, als wäre ich in einen Fluss gestürzt und hätte in der reißenden Strömung die Orientierung verloren. Mir wurde speiübel, und ich hätte am liebsten gekotzt. »Du vertraust diesem Penner Luke also eher die Firma an als deinem eigenen Sohn?«

»So ist das nicht.«

»Und wie ist es dann?« Ich brüllte die Worte fast.

Dad antwortete nicht, aber sein gequälter Gesichtsausdruck sagte alles.

Enttäuschung und Wut stiegen in mir auf wie Galle. »Und ich habe mich auch noch in diesen Scheißanzug geschmissen.«

»Junge, bitte beruhige dich. Deiner Mutter zuliebe.«

Er hatte recht, das Haus war voller Leute. Ich straffte die Schultern. »Keine Sorge, ich werde keine Szene machen. Ich weiß, wann ich verloren habe.« Meine eigenen Worte brannten wie scharfer Whiskey in meiner Kehle. Ich ließ die Mappe auf dem Tisch liegen und schmiss den Flyer daneben. Der Antiheld hatte seine Schlacht verloren – endgültig.

Die Tür flog hinter mir ins Schloss, und ich ging nach unten.

Jeder Schritt und jede Stufe kosteten mich absolute Selbstbeherrschung. Ich musste diese verdammten Klamotten loswerden. Ich musste hier raus. Und vor allem musste ich Ally finden und mit ihr reden.

»Oh, hey, Jax!«

Mein Kopf schnellte herum, als mich jemand aus der offenen Bibliothek rief, an der ich gerade vorbeiging. Sie war ein weiterer Raum im Haus, den Gramps ursprünglich eingerichtet hatte. Ich hielt mich nur selten dort auf. Aus offensichtlichen Gründen.

»Komm rüber zu uns.« Ein Arm, der zu der Stimme gehörte, die mich gerade gerufen hatte, winkte mich heran. Es war Jim Perkins, der mit einigen Männern zusammenstand, die ich nicht kannte – und seinem Sohn. Am liebsten hätte ich die Gruppe ignoriert und wäre einfach weitergegangen. Aber die Genugtuung wollte ich Luke nicht geben. Nicht schon wieder. Nicht nach dem, was gerade oben passiert war. Also ging ich in die Bibliothek und stellte mich in den Männerkreis neben Jim Perkins und nickte in die Runde. Jim legte mir seinen Arm um die Schulter, als wäre ich ebenfalls einer seiner Söhne. Ich kannte ihn nur von ein paar Geschäftsessen mit meinem Vater und früher von einigen Schulveranstaltungen. Er war einen halben Kopf kleiner als Luke und hatte seine schütteren blonden Haare so um den Kopf gelegt, dass es nach mehr aussah, als es eigentlich war. Vielleicht war das so ein Anwaltsding: nach außen hin etwas darstellen, das nicht der Realität entsprach. Ich unterdrückte ein Schnauben. Was zum Teufel sollte ich hier?

»Luke hat mir erzählt, dass du nächstes Jahr auch deinen Abschluss machst. Wie schnell doch die Zeit vergeht.« Er klopfte mir freundschaftlich auf die Schulter, bevor er seinen Arm zurückzog. »Hast du schon Pläne für nach dem Studium?« Es klang, als wollte er ganz normalen Small Talk betreiben, aber Luke beobachtete mich wie ein Raubvogel, der darauf wartete, dass seine Beute einen Fehler machte – einen tödlichen.

»Ich weiß noch nicht genau. Vielleicht gehe ich für ein paar Monate ins Ausland.« Meine Wut wurde noch mehr angefacht, und ich spuckte die Worte aus, als wären sie Gift. Aber wenn ich ehrlich zu mir selbst war, gab es nach dem Gespräch mit meinem Vater und Aidan gerade auch keine andere Möglichkeit für mich.

»Das klingt toll. Wirst du dort einen Job annehmen?«

Mein Kiefer knackte, und ich presste ein »Nein« hervor.

»Na ja, so eine Auszeit ist doch auch etwas Wunderbares. Die würde uns allen ganz guttun.« Jetzt schlug er Luke freundschaftlich auf die Schulter. »Luke wird bei mir in der Kanzlei anfangen. War das keine Option für dich? Dein Vater kann doch sicherlich jede Hilfe in der Firma brauchen?«

Ich nickte knapp. *Aber nicht meine Hilfe.* Am liebsten würde ich der bissigen Stimme in meinem Kopf das Maul stopfen. Nur Luke, der mich dämlich angrinste, würde ich noch viel lieber eine verpassen. »Entschuldigen Sie mich. Ich muss noch etwas erledigen«, murmelte ich und machte Anstalten, zu gehen.

»Sorry, wir wollten dich nicht langweilen mit Gesprächen über Karriere und die Zukunft.«

Wir?

Luke tätschelte seinem Vater den Oberarm, als müsste er ihn wie einen alten, senilen Mann irgendwie beruhigen. Dabei hatte sich Luke die ganze Zeit mit keinem Wort an diesem Gespräch beteiligt. »Vielleicht willst du ja eher über etwas anderes reden. Etwas mit mehr Substanz.« Sein falsches Anwaltslächeln konnte er sich sonst wohin stecken. Ich sollte endlich verschwinden, bevor ich noch etwas sagte, was ich bereuen würde.

»Hast du zufällig den Börsenbericht heute Morgen gelesen? Die Einigung im US-Schuldenstreit geht in die entscheidende Runde.

Das Thema ist doch auch für euer Unternehmen wichtig, oder interessiert dich die Firma nicht so?« Er sah mich abwartend an, als wollte er tatsächlich eine Antwort auf diese Frage.

»Also, ich hätte den Artikel hier.« Ohne zu zögern, zog er eine Zeitung unter seinem Arm hervor und schlug den Börsenteil auf und – reichte ihn mir. Das Blut rauschte in meinen Ohren. Jemand in der Runde verkündete ebenfalls sein Interesse an dem Bericht, und auf einmal waren alle Augen auf mich gerichtet.

»Dann macht es dir doch sicher nichts aus, uns den Artikel schnell vorzulesen?«

Meine schweißnassen Finger krallten sich in das Papier, und die Druckerschwärze färbte meine Haut. Immer noch sahen mich alle an, als würde ich den heiligen Gral oder so etwas in meinen Händen halten. Ich versuchte, meine Lippen mit der Zunge zu befeuchten, aber es klappte nicht.

»Was ist los?« Lukes Worte trieben mich weiter verbal in die Ecke, aus der ich nicht mehr wegkam. Ich atmete tief durch. Einmal. Zweimal.

»Oder kannst du nicht lesen?«

Für eine Sekunde war ich wie erstarrt, während er ausgelassen lachte, als hätte er nur einen Witz gemacht. Aber sein Mund hatte sich zu einem dreckigen Grinsen verzogen. Dieses verdammte Arschloch. Und dann stimmten auch die anderen ins Gelächter mit ein. Mir blieb die Luft weg. Sie dachten, es sei ein Scherz. Sie konnten es nicht wissen. Sie konnten es unmöglich wissen. Niemand wusste es – außer Luke. Es war wie damals in der Schule. Es war wie in Brombergs Kursen. Oder wie an der Bar auf der Hochzeit, wo Ally mich gerettet hatte.

Ally.

Ich musste zu ihr. Bevor all meine Wut in mir explodieren würde. Bevor … »Entschuldigen Sie mich kurz, Gentlemen.« Ich knallte Luke mit so viel Nachdruck die Zeitung vor die Brust, dass er husten musste, nickte in die Runde und verließ, so schnell ich konnte, die Bibliothek.

Wo war sie? Die Küche war voll mit Leuten des Cateringservices, die mir die Sicht nach draußen versperrten. Mein ganzer Körper stand unter Spannung und war gefüllt mit einem gefährlichen Cocktail aus Adrenalin und Wut, der jeden Moment überlaufen würde. Wo zum Henker steckte sie nur? Der Gedanke, dass etwas passiert sein könnte, weil ich nicht da war, machte sich zusätzlich in mir breit. Erst als ein großer Kellner mit einem voll beladenen Tablett Champagnergläser die Küche verließ, hatte ich freie Sicht nach draußen. Ich entdeckte Ally am äußeren Rand der Terrasse. Sie unterhielt sich mit meiner Mutter und stand schräg mit dem Rücken zu mir. Ihre Jacke hatte sie ausgezogen, und die Schnürung ihrer Bluse gab einen breiten Streifen gebräunter Haut frei. Auch wenn ich es von hier nicht sehen konnte, hätte ich schwören können, dass sich eine Gänsehaut darauf ausbreitete. Als hätte sie meinen Blick gespürt, drehte sie sich zu mir um. Einer der Kellner sprach mich an, aber ich hörte nicht hin. Ich bahnte mir einen Weg raus auf die Terrasse, wo Ally schon auf mich zukam. Auf ihrer Stirn hatte sich eine tiefe Falte gebildet, als spürte sie, dass etwas nicht in Ordnung war. »Was ist los?«

»Ich muss hier weg«, sagte ich knapp und presste die Lippen aufeinander.

Allys tiefblaue Augen wurden groß, wie zwei Ozeane, in denen ich mich am liebsten ertränkt hätte. In ihrem Blick lagen tausend Fragen. Aber sie stellte nicht eine. Ich würde ihr alles erklären, ihr alles sagen, aber jetzt musste sie mir vertrauen – ohne Worte. Mehr brauchte ich im Moment nicht. Sie griff nach meiner Hand und strich unendlich sanft mit ihrem Daumen über meine Haut, und diese kleine Berührung raubte mir fast die Sinne, als würde ich Ally gerade zum ersten Mal sehen. So richtig sehen. Das Gefühl, tief in meiner Brust, das sich wie ein verdammtes Buschfeuer ausbreitete, kam mir auf einmal so bekannt vor. Ich hatte es schon einmal gespürt. Damals, als ich vor ihrer Tür gestanden hatte. An dem Abend hatte ich geglaubt, dass es vom Alkohol kommen musste. Aber jetzt? Der Wind bewegte die Strähnen vor ihrem Gesicht, während sie mich nicht aus den Augen ließ. Ich liebte sie. Verdammt, ich liebte alles an Alyssa Darling, weil sie mich so sah, wie ich wirklich war. Mit all meinen Fehlern und in meiner ganzen beschissenen Unvollkommenheit.

»Dann lass uns gehen.«

Kapitel 20

Ally

Zehn Minuten später saßen wir in Jax' Auto. Der Motor brüllte, als er in den nächsten Gang schaltete und über den Freeway schoss.

»Jax, du bist viel zu schnell.« Meine Stimme ging fast in dem Motorgeräusch unter. Aber das Letzte, was wir jetzt brauchen konnten, war Ärger mit der Polizei, oder schlimmer: einen Unfall.

»Verdammt!« Jax schlug mit beiden Handflächen gegen das Lenkrad. Immer wieder. Seine Nasenflügel bebten vor Wut.

Ich starrte ihn an, während sein Blick auf die Straße gerichtet war. »Was ist im Büro deines Vaters passiert?« Als er nicht reagierte, legte ich meine Hand auf seinen Oberschenkel. Der raue Stoff seiner Anzughose stand im Kontrast zu der Hitze, die von ihm ausging. Für den Bruchteil einer Sekunde sah er auf meine Hand und dann wieder auf die Straße, bevor sich seine Muskeln unter meinen Fingern etwas entspannten.

Er öffnete den Mund, aber es kostete ihn einen Moment, die nächsten Worte auszusprechen, während er den Wagen beschleunigte. »Ich habe verloren.«

Mein Blick flog von Jax auf die Straße und dann wieder zu ihm. Seine Augen wirkten in der Dunkelheit fast schwarz. »Aber deine Fotos. Konntest du sie damit nicht überzeugen?«

»Doch.« Er stieß zischend die Luft aus. »Sie waren absolut begeistert. Trotzdem haben sie ihre Meinung nicht geändert. Lieber

geben sie diesem Wichser von Anwaltssohn eine Chance als mir.«
Wieder ließ er den Wagen aufheulen, und ich krallte meine Finger
in sein Bein. Sofort drosselte er das Gas. »Ich werde nach meinem
Abschluss für ein paar Monate nach Kanada gehen. Eine Auszeit
nach dem Studium – Jackpot würde ich sagen.«

»Sie können dich doch nicht zwingen.«

Jax lachte tonlos. »Nein, das können sie nicht. Aber was bleibt
mir denn anderes übrig? Was soll ich denn tun? Hedge übernimmt
das *Chesterfield* nächstes Jahr. Vielleicht hat er ja einen Job für
mich.« Seine Stimme triefte vor Ironie.

»Du kannst doch jetzt nicht einfach so aufgeben. Es gibt immer
etwas, das man tun kann. Rede noch einmal mit deinen Eltern. Mit
deinem Bruder. Oder was ist mit deiner Tante? Kann sie nicht ...«

»Ally«, unterbrach er mich. »Es ist vorbei. Selbst wenn ich mich
an die Tür von *Hooveroptics* ketten würde, würden sie ihre Meinung
nicht ändern. Sie werden das ganze Konzept der Firma umstellen,
und da ist dann noch weniger Platz für mich als vorher. Und alles,
was ich weiß, wäre dann sowieso nutzlos.«

Ich schüttelte den Kopf. »Dein Wissen ist nicht nutzlos. Es hilft
Tausenden deiner Abonnenten auf deinem YouTube-Kanal. Und
die Leute wollen mehr von dir lernen. Was auch immer dein Vater
und dein Bruder dir erzählt haben. Es stimmt einfach nicht. Du
hast vielleicht die Kommentarfunktion unter deinen Videos ausgeschaltet, aber die Links zu deinen Videos und dein Name tauchen
in fast jedem Fotografie-Forum auf. Du kannst jetzt nicht einfach
alles hinwerfen und aufgeben.«

»Das habe ich auch nicht.« Er wechselte die Spur, um einen
Truck zu überholen. »Man hat mich aufgegeben.« In seiner Stimme
lag so viel Schmerz und verzweifelte Wut, dass ich nicht mehr
wusste, was ich sagen sollte. Und auch Jax starrte stumm auf die
Straße. Nur an seinen weiß hervortretenden Fingerknöcheln er-

kannte ich, dass er sich immer noch nicht beruhigt hatte. Die Stille zwischen uns wurde vom gleichmäßigen Schnurren des Wagens begleitet. Bis Jax etwas sagte. »Manchmal trifft das Schicksal eine so beschissene Entscheidung, die eine nicht endende Kettenreaktion auslöst. Und egal, was man tut oder wie sehr man sich anstrengt, es hört einfach nicht auf.«

Seine Worte trafen etwas in mir und hinterließen einen stechenden Schmerz in meinem Herzen – weil ich jedes einzelne Wort dort fühlte. Das Schicksal konnte so unendlich unfair sein. Jax schaltete einen Gang runter, um erneut ein Auto zu überholen, als mir dieser eine Satz wieder ins Gedächtnis kam. *Lieber geben sie diesem Wichser von Anwaltssohn eine Chance als mir.*

Ich runzelte die Stirn. Meinte er Luke?

Jax und ich kennen uns schon ewig. Wir sind früher sogar zusammen zur Schule gegangen.

»Was hat Luke Perkins mit der ganzen Sache zu tun?«

Jax' Miene wurde schlagartig noch dunkler, und ein harter Zug legte sich um seine Lippen. »Du kennst Luke?« Er spuckte den Namen aus, als würde er beinahe daran ersticken, und ich wurde das Gefühl nicht los, dass der Auslöser für seine Wut nicht nur das Gespräch mit seinem Vater war.

»Er arbeitet für meinen Professor, und wir sind zusammen in einer Lerngruppe. Ich hatte keine Ahnung, dass ihr euch kennt, bis ich ihn vorhin zufällig bei deinen Eltern getroffen habe.«

»Und was hat er dir erzählt?«

»Nicht viel. Nur, dass er etwas Geschäftliches zu tun habe und dass er dich schon ewig kenne.«

»Mehr hat er nicht gesagt?« Jax lachte. Ein kaltes, fast bösartiges Lachen. »Typisch. Die wichtigen Details lässt er aus.«

»Und was sind diese Details?«, hakte ich nach.

»Luke, der Glückspilz«, stieß er zwischen zusammengebissenen Zähnen hervor, »wird nach seinem Abschluss ganz groß in der Kanzlei seines Vaters rauskommen und unsere Firma vertreten. Denn wir brauchen einen jungen, dynamischen Anwalt, der uns in der Umstellungszeit noch besser unter die Arme greifen kann.« In seiner Stimme lag eisige Härte.

»Aber vielleicht hat dein Vater recht. Luke hat unheimlich was drauf. Er ist ehrgeizig und loyal.«

»Loyal? Kennst du ihn wirklich so gut?«

»Nein«, gab ich wahrheitsgemäß zu. »Aber ich kenne dich. Und irgendwas sagt mir, dass da mehr zwischen euch steht als stumpfe Rivalität. Was ist noch passiert?«

Sein Kehlkopf hüpfte, als er schluckte und das Lenkrad wie einen Schraubstock umklammerte.

»Wir sind keine Rivalen. Das waren wir nie. Zumindest, was mich betrifft. Wir waren beste Freunde. So richtig beste Freunde. Solche, die alles zusammen machen und füreinander durchs Feuer gehen. Egal, wie viel Ärger das auch bedeutete. Bis zur fünften Klasse.« Jax machte eine kurze Pause und kniff die Augen zusammen, um in der Dunkelheit die Ausfahrtsschilder besser lesen zu können.

»Das ist schon eine Ewigkeit her«, stellte ich fest.

Er nickte. »Als ich immer mehr Probleme in der Schule bekam und meine Noten immer schlechter wurden, hatte Luke plötzlich keine Zeit mehr, sich mit mir zu treffen. Zuerst ist es mir gar nicht aufgefallen, weil ich genug mit meinem eigenen Scheiß zu tun hatte. Aber dann …« Er stoppte und atmete tief ein und aus. »Wir sollten einen Aufsatz schreiben. Keine Ahnung, über was ich geschrieben habe. Ich weiß nur noch, dass Luke mich vorgeschlagen hat, als es darum ging, den Mist vorzulesen. Er hat die ganze Zeit gelacht. Bei jedem Wort, das ich …« Den Rest ließ er unausgesprochen und schlug erneut auf das Lenkrad. »Ich wollte ihm eine reinhauen, aber unsere Lehrerin ist vorher dazwischengegangen. Sein Glück, mein Pech. Meine Eltern wurden noch am gleichen Tag in die Schule bestellt. Die Schulleitung war der Meinung, dass ich mit meinen schlechten Leistungen wohl besser auf einer anderen Schule aufgehoben wäre als auf einer teuren Privatschule. Vor allem, wenn zu meinen schlechten Noten jetzt auch noch ein offensichtliches Aggressionsproblem dazukommen würde.« An der nächsten Kreuzung setzte er den Blinker und bog vom Freeway auf eine weniger befestigte Straße ab. »Als ich an meinem letzten Schultag meinen Spind leer räumen musste, grinste Luke mich an, als hätte er genau das erreicht, was er wollte. Mein bester Freund konnte es nicht erwarten, mich loszuwerden. Und ab da wurde alles noch schlimmer. Wir gingen nicht mehr zusammen zur Schule, aber er nutzte jede Gelegenheit …« Wieder beendete Jax den Satz nicht, aber ich konnte mir auch so vorstellen, was er sagen wollte. Sein Gesichtsausdruck war immer noch hart, und zwischen seinen Augen bildete sich eine tiefe Falte. Selbst im Halbdunkel sah man ihm seinen inneren Kampf an. Meine Hand lag immer noch auf seinem Bein und hatte sich fest in seine Hose gegraben. Viel zu fest. Aber er schien es nicht einmal zu bemerken.

»Es war besser, dem ganzen Mist aus dem Weg zu gehen, so gut es ging. Vor allem Luke und seinen Freunden.«

»Und deine Eltern?«

»Sie wissen es nicht.«

»Aber warum? Das würde alles ändern.«

»Würde es das wirklich? Ich bin der Junge, der von der Privatschule geschmissen wurde. Der, der sich lieber bei seinem Grandpa im Büro versteckt hat.« Seine Stimme wurde lauter. »Und der, der nie genug war und es auch nie sein wird.« Er stoppte den Wagen und schaltete den Motor aus. Ich brauchte einen Moment, um mich an die plötzliche Dunkelheit zu gewöhnen, weil wir irgendwo mitten in der Wüste standen. Weit weg vom künstlichen Licht der Straßenlaternen und Städte. Das unerwartete Klingeln seines Handys unterbrach die Stille. Nach einem kurzen Blick auf das Display drückte er den Anrufer weg und donnerte das Telefon auf die Armaturen vor ihm.

»Wer war das?«

»Aidan«, antwortete er knapp und löste seinen Sicherheitsgurt. »Ich muss kurz hier raus.« Er riss die Tür auf und stieg aus, während ich immer noch versuchte, all die Zusammenhänge miteinander zu verbinden. Jax' Kampf, den er schon so lange austragen musste. All das, was er als Kind ertragen hatte – von seinem eigenen Freund. Von Luke! Ich ballte die Hände zu Fäusten, und meine Nägel gruben sich in meine Handflächen. Es gab nichts Schlimmeres, als sich immer verstecken zu müssen, aus Angst, verletzt zu werden. Egal, auf welche Weise. Ich stieg ebenfalls aus und ging um den Wagen herum. Jax hatte sich mit dem Rücken gegen die Autotür gelehnt und den Kopf in den Nacken gelegt. »Da oben leuchten Millionen Sterne. Sie existieren einfach nur und werden dafür auf der ganzen Welt seit Jahrtausenden bewundert. Es ist so was von zum Kotzen.« Er sah mich nicht an, aber seine Brust hob und senkte sich in schnellen Atemzügen, als würden Wut und Enttäuschung darin kämpfen. Eine Schlacht, gegen die ich nichts ausrichten konnte. »Vielleicht sind wir hier unten wirklich zwei unbedeutende Punkte für den Rest des Universums. Vielleicht erinnert sich irgendwann niemand mehr an uns. Und schon gar nicht an das, was wir getan oder geleistet haben. Oder an diesen Tag.« Meine Stimme versagte fast, als ich die letzte Distanz zwischen uns überbrückte und mit meinen Händen über seine Brust fuhr. Ich tat das Einzige, was ich in diesem Augenblick tun konnte. Es gab nur diese eine Möglichkeit. Langsam schob ich mich in seinen Arm und hielt ihn fest. Mit aller Kraft, die ich aufbringen konnte. Ich würde ihn nicht loslassen, selbst wenn er versuchen würde, mich zurückzustoßen. Selbst wenn die Welt um uns herum untergehen würde. Meine Hände krallten sich in seine Schultern, und ich legte meinen Kopf an seine Brust. Jax bewegte sich nicht, während ich seinen Herzschlag durch das Hemd spürte. Mit jedem Schlag ging sein Schmerz ein bisschen mehr auf mich über. Ich schloss die Augen und ließ es zu. Ich nahm alles in mich auf. Jax' Wut war meine Wut. Sein Verlust war mein Verlust. Sein Schmerz war mein Schmerz. Eine einzelne Träne löste sich aus meinem Augenwinkel und rollte mir über die Wange. Nur eine einzige. Sie war für Jax und für mich.

Eine warme Hand streichelte meine kühle Haut und wischte die Träne weg. Und dann schlossen sich Jax' Arme um mich, zogen mich dichter an seinen festen Körper und hielten mich ebenfalls fest. Ich war von ihm umschlossen wie von einem schützenden Kokon.

Wir standen eine gefühlte Ewigkeit einfach nur da. Irgendwo im Dunkeln in der Wüste, mit Millionen von leuchtenden Sternen über uns. Als wären wir ganz allein auf dieser Welt – als gäbe es nur uns und nichts sonst. In diesem Moment wusste ich, dass Jax mich genauso wenig loslassen würde wie ich ihn. Und noch etwas wurde mir in diesem Moment bewusst: Ich hatte mich in Jax Hoover verliebt.

»Bist du noch da?« Seine Worte kitzelten meinen Scheitel, als er sein Kinn darauf stützte und seine Arme noch ein bisschen enger um mich schlang. Ich traute mich nicht, etwas zu sagen, aus Angst, den Augenblick zu zerstören. Aber Jax ließ nicht locker. Er beugte sich etwas zu mir herunter, um mich anzusehen. Seine dunklen Augen suchten in meinem Gesicht nach einer Antwort und jagten mir einen Schauer über die Haut, als er mir eine Strähne aus dem Gesicht strich und dabei erneut über meine Wange fuhr. Seine

Wut war weg, nur noch eine leichte Spur von Zerrissenheit spiegelte sich in seinen Pupillen. Zitternd atmete ich ein, als ich mich auf die Zehenspitzen stellte und, anstatt ihm eine Antwort zu geben, mit meinen Lippen die Konturen seines Mundes nachfuhr. Bevor ich das Gleiche mit meiner Zunge wiederholte. Ich wollte jeden dunklen Gedanken an seine Vergangenheit und an diesen Tag aus ihm vertreiben. »Du bist genug. Für mich bist du genug, hörst du?« Meine Lippen streiften sein Kinn und dann seinen Hals, bevor sie wieder zurück zu seinem Mund wanderten. »Für mich wirst du immer genug sein.«

»Ally.« Die Art, wie er meinen Namen flüsterte, steckte mich unweigerlich in Brand. Gefolgt von weiteren Gebeten und Flüchen. Jax' Hände fuhren über meinen Rücken, bis zu meinem Po, und er zog mich an sich, bis ich jeden Zentimeter seines Körpers an meinem spürte. »Wir sollten zurück ins Wohnheim fahren.«

Ich schüttelte den Kopf.

Jetzt war es seine Zunge, die über meine Unterlippe strich und mir ein Seufzen entlockte. Wo auch immer wir waren, ich war noch nicht bereit, zurückzugehen. Und als Jax den Kopf etwas neigte und den Druck seiner Lippen verstärkte, würde ich es vielleicht auch nie sein. Denn dieses Gefühl wollte ich so lange wie möglich festhalten. Das Gefühl von Jax auf meiner Haut und in meinem Herzen. »Ich will nicht gehen. Noch nicht«, flüsterte ich beinahe atemlos und schloss die Augen, als er sich an meinem Hals entlangküsste und ich unweigerlich den Kopf in den Nacken legte. Der Wind kühlte meine feuchte Haut überall dort, wo seine Lippen mich berührt hatten, und hinterließ eine Gänsehaut, die mich erschauern ließ.

»Was machst du da?« Jax hatte aufgehört, mich zu küssen, aber ich traute mich nicht, meine Augen zu öffnen. Aus Angst, das hier könnte alles nur Einbildung sein.

»Hey.« Er küsste die Stelle dicht an meinem Ohr. Immer noch hielt er mich in einer leicht nach hinten gebeugten Position. »Mach die Augen auf. Sieh mich an.«

Wieder schüttelte ich den Kopf. »Ich will diesen Moment nicht kaputt machen.«

Jax lachte leise. »Du und was kaputt machen? Das geht doch gar nicht.«

»Oh, doch. Ich kann eine Menge kaputt machen, vor allem Augenblicke wie diesen.«

»Augenblicke, die einen vergessen lassen, zu atmen?«

»Ja.« Meine Antwort ging in einem erneuten Kuss von ihm unter. Seine Zunge traf auf meine, und ich öffnete ganz leicht die Lider. Jax sah mich an, während er mich weiterküsste und ich mich in der Tiefe seines Blicks verlor, der mich restlos verschlang. Und dann zog Jax eine Spur zu meinem Schlüsselbein und gab den Blick auf den Himmel über uns frei. Mein Herz zog sich zusammen, als wüsste es nicht, ob es bei diesem atemberaubenden Anblick schneller schlagen oder einfach stehen bleiben sollte. Hier draußen war der Sternenhimmel wirklich noch so viel heller, klarer und größer. Er war so unendlich, dass man tatsächlich glaubte, von hier aus jeden Stern, der im Universum existierte, mit bloßem Auge erkennen zu können. »Sie sind so wunderschön. Auch wenn sie nichts machen, außer zu leuchten.«

Jax löste sich von mir und wandte den Kopf zum Himmel. Seine Arme waren immer noch fest um mich geschlossen. »Ja, es gibt fast nichts Schöneres.« Er drehte den Kopf wieder zu mir. »Fast.«

Dieses eine Wort floss wie flüssige Seide über meinen Körper, und ich hielt die Luft an. »Lass uns heute Nacht hierbleiben. Bitte.«

Einen Augenblick lang sah Jax mich einfach nur an, dann

nickte er. »Okay, ich habe zwei Decken im Auto. Das müsste gehen.«

Ich runzelte die Stirn, was Jax ein Grinsen entlockte. »Nicht das, was du denkst. Das hier war echt nicht geplant. Aber Bee ist nicht mehr der Jüngste. Und wenn man in der Wüste mit dem Auto liegen bleibt, muss man manchmal ewig auf Hilfe warten.«

»Du bist öfter hier draußen?«

»Manchmal jeden Tag.«

»Warum?«

Mit der Hand fuhr er sich durch die Haare und legte dann den Kopf in den Nacken, als wäre allein dieser Himmel Antwort genug. »Ich schätze, jeder hat so einen Ort, um … nachzudenken. Und um zu vergessen. Das hier ist meiner.«

»Aber du bist gerade nicht allein.«

»Nein. Und das ist auch absolut perfekt so.« Seine Hände wanderten zu meinen Hüften und glitten über den schmalen Streifen nackter Haut zwischen meiner Bluse und dem Rock. Mein Herz zitterte in meiner Brust. Ja, es war absolut perfekt. Alles war perfekt.

Mein Blick glitt in die Ferne zu den Bergen, die wie gigantische Riesen in den Himmel ragten. Und dann erkannte ich sie. Die Felsformationen hinter uns, die mir bis eben gar nicht aufgefallen waren. Ich hatte sie nur ein einziges Mal gesehen, aber sie hatten sich so in mein Unterbewusstsein gebrannt, dass ich mich sofort an sie erinnerte. »Die vielen Fotos im *Chesterfield* sind alle von dir. Du hast sie hier gemacht.«

Jax hielt inne und suchte meinen Blick. »Sie sind dir aufgefallen?«

Unfähig, etwas zu sagen, nickte ich nur. Ich konnte verstehen, warum er sie so oft fotografiert hatte. Sie waren wirklich atemberaubend.

»Wenn es hell ist und das Wetter mitspielt, kann man sogar in den Slot Canyon gehen.«

»Wirklich? Ist das nicht gefährlich?« Bisher kannte ich diese für Arizona typischen Berglabyrinthe aus Sandstein nur von Fotos.

»Es ist nur ein kleiner Canyon. Keine große Sache, wenn man ein paar Regeln beachtet.«

»Und welche sind das?«

»Die verrate ich dir erst, wenn wir da sind.«

Ich riss die Augen auf. »Was? Jetzt?«

Jax beugte sich vor und gab mir einen Kuss auf die Stirn. Dann löste er sich von mir und ging zum Kofferraum, um tatsächlich zwei Decken zu holen. »Jetzt ist es zu gefährlich. Außerdem wolltest du doch hierbleiben.« Er kramte in seinem Kofferraum herum. »Das hier hat mir Hedge mal gegeben.« Eine kleine Pappschachtel flog in hohem Bogen in meine Richtung, und ich fing sie auf. Er grinste. »Feuerstahl und Zunder. Das ist ein Survival Kit. Damit kann man ein Lagerfeuer machen.«

Zehn Minuten später saßen wir an einem kleinen Feuer auf einer Decke. Jax zog mich in seinen Arm, und ich fröstelte vor Glück.

»Dir ist kalt«, stellte er fest und legte mir die andere Decke um die Schultern. Aber die Kälte machte mir gerade nichts aus. Hier draußen gab es nur uns, die Sterne und dieses kleine Feuer. Alles andere war unwichtig geworden.

Ich drehte mich etwas, um ihm noch näher zu sein.

Jax lachte leise, als ich seinen Duft einatmete und wohlig seufzte. »Davon werde ich nie genug bekommen.«

»Von was?«, fragte ich betont unschuldig, was Jax ein erneutes Grinsen entlockte. Sein Mund streifte meine Schläfe.

»Die Art, wie du an mir riechst. Als könntest du mich auf diese Weise unter Millionen Menschen wiedererkennen.«

Ich musste schmunzeln. »Vielleicht kann ich das ja auch.« Ich neigte den Kopf weiter und zog ihn zu mir heran, bis seine Lippen auf meinen lagen. »Und auf diese Art«, sagte ich, bevor ich mit den Zähnen sanft an seiner Unterlippe zog. »Und auch auf diese Art.« Meine Hand glitt unter den Stoff seines Hemdes und traf dort auf seine glatte, heiße Haut. Und es fühlte sich so verdammt gut an – nach mehr. Meine Zunge tastete sich weiter vor, während meine Fingerspitzen jede Wölbung seiner Muskeln erkundeten.

Jax stöhnte gequält. Mein Name aus seinem Mund klang wie Fluch und Segen zugleich. »Ally, wir sollten …«

»Ich will das hier«, unterbrach ich ihn.

»Bist du dir sicher?«

Meine Brustwarzen zogen sich zusammen, als ich meine Bluse auszog. Die harten, empfindlichen Spitzen drückten sich von innen gegen meinen BH.

»Du machst es mir verdammt schwer, mich zurückzuhalten. Weißt du das?«

Das hatte er schon einmal gesagt. Vielleicht war es egoistisch. Aber genau das wollte ich. Er sollte sich nicht zurückhalten. »Ich will dich unter den Sternen.« Meine Hände öffneten den Verschluss meines BHs, und ich streifte ihn ab. »Ich will hier mit dir schlafen, Jax.«

Jax

»Bitte.«

Heilige. Scheiße. *Bitte.* Das konnte nicht ihr Ernst sein. Sie würde mich nie darum bitten müssen. Nie. Ich stürzte mich auf ihre Lippen wie ein Verdurstender, während meine Hände über ihre zarte Haut strichen. Erst über ihre Wangen, dann zu ihrem Schlüsselbein, bis zu der Rundung ihrer Brüste. Sie erschauerte, als ich mir erst das Hemd abstreifte und dann meine Lippen auf ihre weiche Haut drückte. »So verdammt perfekt.« Ihre Brustwarzen zogen sich noch ein bisschen mehr zusammen, obwohl ich sie noch gar nicht berührt hatte. Und dieser Anblick brachte mich fast um den Verstand. Der Duft ihrer Haut berauschte mich auf eine Weise, die ich noch nie erlebt hatte. Ich wollte sie schmecken, mich in ihr verlieren und am besten alles gleichzeitig. Meine Zunge streifte über einen ihrer Nippel, und sie drückte den Rücken durch.

»Jax, bitte. Ich brauche …« Der Rest ging in einem Keuchen unter, als ich auch ihren anderen Nippel umkreiste. Egal, was sie brauchte, sie würde es von mir bekommen. Und wenn es die ganze Nacht dauerte. Der Gedanke, mich sofort in sie zu schieben, ließ den Druck in meinem Schwanz nur noch größer werden. Und als sie sich ungeduldig am Knopf meiner Jeans zu schaffen machte, durchlief mich ein Zittern, als hätte ich einen elektrischen Schlag bekommen. Es kostete mich all meine Überwindung, ihre Hände einzufangen, und ich drückte meinen Mund erst auf ihre Handfläche und dann auf den Puls an ihrem Handgelenk. Ally sah mich an, ihre Lippen waren leicht geöffnet, und ihre Augen glänzten vor Erregung.

»Ich will jede Sekunde mit dir so lange ausreizen, bis wir beide die Kontrolle verlieren.«

»Das tue ich jetzt schon, wenn du mich weiter so küsst.«

Mein Mund verzog sich zu einem Grinsen, als ich mich von ihrem Arm löste und ihre Beine spreizte, um mich erneut über sie zu schieben. »Meinst du so?« Meine Lippen suchten erneut ihre harten Brustwarzen. Ich saugte und leckte über ihre Haut, bis ich ihr dieses kleine, sexy Stöhnen entlockte, das mich jedes Mal um den Verstand brachte, wenn ich es hörte. Aber ich war fest entschlossen, mein Vorhaben einzuhalten und mir Zeit zu lassen. Auch wenn es mich fast umbrachte, so langsam vorzugehen. Ally stöhnte erneut, als ich sie sanft biss und gleichzeitig ihren Rock öffnete. Mit einer einzigen Bewegung zog ich den lästigen Stoff über ihre Hüfte. Ihre warmen Hände fuhren erst über meinen Rücken, dann über meine Brust bis zu meinem Bauch und sorgten dafür, dass ich unter ihrer Berührung eine Gänsehaut bekam. Fuck, diese Frau ging mir unter die Haut, wie ein Brandmal, das nie wieder verschwinden würde. Meine Finger hakten sich in den Bund ihres Slips und zogen ihn langsam herunter, während ich jeden Zentimeter küsste, den ich freilegte. Meine Zunge glitt über ihren Venushügel und dann immer tiefer. Bis sie sich unter mir wand, als ich anfing, sie langsam zu lecken. Sie streckte sich mir schamlos entgegen und bewegte sich in einem trägen Rhythmus an meinem Mund. Ich stöhnte, um einen Fluch zu unterdrücken. Wenn sie so weitermachte, würde das hier zu Ende sein, bevor wir richtig angefangen hatten. Als ich erst einen und dann einen zweiten Finger in sie schob, spannten sich ihre Muskeln um mich herum an. Verdammt, ich musste ihr Gesicht sehen. Ich hob den Kopf, und ihr Anblick machte mich vollkommen fertig. Ihre Lider waren halb geschlossen, und ihre Wangen hatten eine leichte rosa Farbe bekommen. Sie atmete schwer, und ihre Hände hatte sie in meinen Haaren vergraben. Verdammt, sie war so wunderschön und kurz davor, die Beherrschung zu verlieren. Ally zog mich zu sich nach oben, und ihr Blick war unvergleichlich. Ich ergriff ihre Finger und drückte sie gegen meine Brust. »Fühlst du das?« Sie nickte, während sie meinen Blick festhielt und erschauerte. Mein Herz hämmerte gegen ihre Handfläche wie ein Vorschlaghammer. »Das bist du.«

Ally biss sich lächelnd auf die Lippen und führte dann meine Hand an ihre Brust. »Und das bist du«, sagte sie schwer atmend. Meine Fingerspitzen fuhren über ihre Haut, bis ich ihren Herzschlag spüren konnte und es mir die Sprache verschlug. Und als sie ihre Hand von meiner löste und mir erst eine Strähne aus dem Gesicht strich und dann über meinen Oberkörper bis zum Bund meiner Jeans fuhr, war ich verloren. Dieses Mal hielt ich sie nicht auf, als sie meine Hose öffnete und den Stoff mit Händen und Füßen nach unten schob. Dann machte sie sich auch an meinen Boxershorts zu schaffen. Ihre Finger glitten über meine Erektion, und eine erneute Welle der Lust erfasste mich. Scheiße, nein. Es war ein Tsunami, den Ally in mir auslöste. Ein gigantisches Beben, das mit jeder Sekunde stärker wurde, baute sich mit jeder ihrer Bewegungen in mir auf.

»Hast du?«, fragte sie unsicher.

Ich grinste und gab ihr einen Kuss auf die Nasenspitze. »Hosentasche.«

Ohne zu zögern, angelte sie eine Folienverpackung aus meiner Hose. Nur Sekunden später streifte sie mir ein Kondom über und zog mich an den Hüften zu sich – weiter zwischen ihre Schenkel. Mein Herz setzte mindestens drei Schläge aus, als sie ihre Beine um mich legte und ich diese unglaubliche Hitze ihres Körpers an meinem Schwanz spürte. Ein unkontrollierter Schauder erfasste mich, als ich zwischen uns griff, um mich vor ihr zu positionieren. Unfähig, etwas zu sagen, sah ich Ally in die Augen und wartete auf ihre Zustimmung. Lächelnd zog sie mich an ihre Lippen und küsste mich, während ich mich langsam in sie schob. Diesen Moment hatte ich mir schon tausendmal vorgestellt. Aber meine Fantasie war nichts im Vergleich zur Realität. Mein ganzer Körper zitterte, weil es mich alles kostete, die Beherrschung nicht zu verlieren. Aber jeder Zentimeter, den ich tiefer in Ally tauchte, fühlte sich an wie das verdammte Paradies.

»Jax.« Mein Name kam ihr fast lautlos über die Lippen gefolgt von einem Seufzen. Ich ließ langsam meine Hüften kreisen, damit sie sich an mich gewöhnen konnte. Sie war so unglaublich feucht und warm. Der Schein des Feuers glänzte in ihren Augen, und ich küsste sie erneut, bevor sie ihre Hände um meinen Hals schlang und ich mich langsam in ihr bewegte. Ich schlief mit Ally unter den Sternen. Nein, ich liebte Ally unter den Sternen. Mit Ally war alles anders. Ihre Finger gruben sich in meine Hüften, als wollte sie genauso wenig wie ich, dass das hier jemals endete. Mit einer Hand hob ich ihr Becken an, um noch tiefer in sie zu stoßen. Mein Rhythmus wurde schneller und fester. Und dann verlor ich mich endgültig in ihr, als ihr leises Stöhnen immer lauter wurde, bis sich ihre Beine und Muskeln um mich verkrampften und sie immer wieder meinen Namen rief. Ihr Orgasmus riss mich mit. Ich vergrub mein Gesicht an ihrem Hals und sog ihren Duft tief in meine Lunge, während ich zusammen mit Ally in tausend Stücke zersprang.

Kapitel 21

Ally

Gab es das wirklich? Diesen einen Moment, kurz vor dem Aufwachen, in dem man nicht wusste, ob man noch träumte oder all die Erinnerungen von letzter Nacht tatsächlich passiert waren? Meine Hand lag auf Jax' Brust, unter der ich jeden seiner gleichmäßigen Atemzüge spürte. Der eindeutige Beweis dafür, dass ich nicht mehr träumte. Und auch der Duft von Wald und eiskalten Bergseen, der von Jax ausging, erinnerte mich daran, wie real das alles hier war. Es war so passiert, ich hatte mir letzte Nacht nicht eingebildet. Und vor allem hatte ich mir Jax und mich nicht eingebildet. Ich wusste nicht mehr, wie oft wir miteinander geschlafen hatten, bis wir doch zurück ins Wohnheim gefahren waren. Oder wie oft wir es danach in meinem Bett getan hatten. So oft, bis sich alles in mir leicht, beinahe schwerelos angefühlt hatte und mir in Jax' Armen die Augen zugefallen waren. Selbst jetzt noch spürte ich das Gefühl von seinen Fingern, seinen Lippen und seiner Zunge auf meiner Haut. Jax hatte mich berührt. Nicht nur körperlich, auch tief in meinem Herzen. Und Himmel, der bloße Gedanke daran war, als würde sich heiße Lava in meinem Innern ausbreiten. Mit Jax hatte sich alles verändert. Vor allem in mir. Vertrauen und Hoffnung waren nicht länger nur Worte. Wir lagen so eng aneinander, dass ich mich nicht zu bewegen traute, um ihn nicht zu wecken. Aber an Schlaf war nicht mehr zu denken. Nicht mit diesen wunderbaren Gefühlen, die in mir tobten. Ich drehte den Kopf etwas und widerstand dem Drang, Jax zu küssen. Vorsichtig löste ich mich aus seiner Umarmung und schlüpfte aus dem Bett, um die Vorhänge zu schließen. Es musste bestimmt schon Nachmittag sein, so tief, wie die Sonne stand. Dann schnappte ich mir mein Handy, Stift und Papier und schlich mich zurück unter die Decke. Jax seufzte zufrieden und schob eine Hand auf meinen Oberschenkel. Als wollte er sich im Schlaf vergewissern, dass ich noch da war. Und allein das reichte aus, um mein Herz höherschlagen zu lassen. Ich entsperrte mein Handy und starrte verwundert auf mein Display. Drei Anrufe in Abwesenheit von einer Nummer, die ich nicht kannte. Hatte Aidan versucht, mich ebenfalls anzurufen? Aber woher hatte er meine Nummer? Vielleicht von Hedgehog, und er hatte sie von Mona? Ich schob den Gedanken beiseite und öffnete Google. Bis Jax aufwachte, wollte ich mich noch um etwas anderes kümmern – um etwas Wichtigeres. Ich tippte den Begriff *Legasthenie* in die Suchfunktion und fing an zu lesen.

Es war bestimmt mehr als eine halbe Stunde vergangen, als sich Jax' Hand auf meinem Oberschenkel in trägen Kreisen über meine Haut bewegte und dort ein Kribbeln hinterließ. Himmel, seine Berührungen waren so sanft, dass ich für einen Moment die Augen schloss und sich sofort all die Bilder von letzter Nacht in der Wüste vor mein inneres Auge schlichen.

»An was denkst du?« Jax' Stimme holte mich zurück in die Gegenwart, und ich musste lächeln.

»Ich habe daran gedacht, was du mit diesen Händen letzte Nacht alles angestellt hast.«

»Interessant.« Seine Kreise wurden größer und fuhren über die Innenseite meines Oberschenkels, bis ich ein Seufzen unterdrücken musste. »Was machst du da eigentlich?«, fragte er mit einem amüsierten Ton in der Stimme.

»Ich habe etwas im Internet nachgelesen, und jetzt wollte ich eigentlich gerade einen Brief an meinen Bruder schreiben. Aber du lenkst mich zu sehr ab.« Als seine Finger immer weiter nach oben wanderten, atmete ich hörbar aus, was Jax ein genüssliches Brummen entlockte.

»Einen Brief? Wirst du mir irgendwann verraten, warum du da so drauf stehst?«

»Hast du noch nie einen geschrieben?«

»Doch.« Jax drehte sich auf den Rücken und verschränkte die Hände hinter dem Kopf. »In der Schule. Einen Liebesbrief.« Er lachte. »Alle in meiner Klasse haben das damals gemacht. Und ich war unglaublich in dieses Mädchen verliebt – Tiffany.«

»Wann war das?«

»In der achten Klasse. Ich habe ewig auf eine Antwort von ihr gewartet, aber nie eine bekommen. Keine Ahnung, ob es an meiner LRS lag, oder an mir. Jedenfalls habe ich danach nie wieder etwas für jemanden geschrieben.«

Seine Stimme war hart. »Ich hätte dir geantwortet«, flüsterte ich kaum hörbar, als ich mich zu ihm beugte und meine weiche Brust auf seinem festen Oberkörper lag. Haut an Haut – Herzschlag an Herzschlag.

»Ich weiß.« Jax küsste mich und wurde unweigerlich ein Teil von mir, in dem die Vergangenheit keinen Platz mehr hatte. Bis er sich von mir löste und seine Lippen sich zu einem Lächeln verzogen. »Und was hast du im Internet nachgelesen?«

Ich grinste wohl wissend und zog die Linien seiner Brustmuskeln nach. »Wusstest du, dass Albert Einstein Legastheniker war? Er hat erst mit sechs Jahren angefangen zu sprechen. Genau wie Henry Ford und sogar Leonardo da Vinci. Die Liste ist unglaublich lang. Sie zieht sich von JFK über Steve Jobs bis zu Tommy Hilfiger.«

Jax schlang seine Arme um meinen Oberkörper und zog mich näher zu sich. »Warum hast du das gegoogelt?«

»Das war Zufall. Eigentlich habe ich nach etwas anderem gesucht.« Ich hielt in meiner Bewegung inne und hob den Blick, um Jax direkt anzusehen. »Es gibt für Menschen mit Lernschwäche und anderen Benachteiligungen an Schulen und Universitäten so etwas wie einen Nachteilsausgleich.«

»Und was bedeutet das?«

»Das bedeutet in erster Linie, dass deine Schwäche von der Fakultät anerkannt wird und du individuell auf dich zugeschnittene Hilfsmittel benutzen darfst, um dem Lehrstoff besser folgen zu können. So was wie dein Diktiergerät oder Handouts, damit du dich während der Kurse nicht mit Notizen stressen musst. Außerdem bekommst du in Klausuren mehr Zeit und darfst ebenfalls vorgegebene Hilfsmittel benutzen. Und trotzdem wirst du nach gleichem Leistungsstandard wie alle anderen Kommilitonen bewertet.«

Jax stöhnte. »Das klingt zu gut, um wahr zu sein.«

»In Deutschland ist das an Schulen völlig normal, und selbst an Unis gibt es diese Möglichkeit. Auch hier. Man muss diesen Nachteilsausgleich nur beantragen.«

»Und was ist, wenn die Uni sich querstellt?« Seine Miene wurde ernst.

»Der Ausgleich steht dir zu. Und das schon ewig.«

»Ally.« Er gab mir einen Kuss auf die Nasenspitze. »Ich glaube nicht, dass Bromberg mir helfen wird, das durchzusetzen. Ich bekomme so schon kaum einen Termin bei ihr. Wenn ich dann mit so was anfange, wird sie mich noch mehr zum Teufel jagen als sowieso schon.«

»Hey!« Ich richtete mich auf und legte meine Hände auf seinen Brustkorb, während ich meine Beine öffnete, um vorsichtig auf seinen Schoß zu klettern. »Du hast so viele Jahre durchgehalten. Gib jetzt nicht auf. Nicht so kurz vor dem Ziel. Bitte.«

Langsam ließ Jax seinen Blick über mich wandern und verweilte an der Stelle zwischen meinen Schenkeln, mit der ich auf seinem unteren Bauch saß. Seine Hände umfassten meine Hüfte, während er mich weiter ansah und sich ein wildes, besitzergreifendes Funkeln in seinen Augen ausbreitete. »Und was soll ich tun, um nicht aufzugeben?« Kaum wahrnehmbar bewegte er sein Becken unter mir, und ich senkte die Lider. »Wenn deine Professoren sich weigern, dich zu unterstützen, musst du den Ausgleich über ein Gericht einklagen.« Ich sog scharf die Luft ein, als Jax mich zu sich herunterzog und mich auf eine so intensive Art küsste, die augenblicklich ein Feuer in mir entzündete. Wir würden dieses Zimmer und vor allem dieses Bett heute ganz sicher nicht mehr verlassen.

Das Vibrieren von Jax' Handy holte mich aus meinen Gedanken, und ich hob den Kopf. »Aidan ist wirklich hartnäckig. Das muss man ihm lassen.«

Jax angelte nach seinem Smartphone. »Ja, das ist er.« Dann runzelte er die Stirn. »Das ist nicht mein Bruder. Das ist Hedge.« Ohne zu zögern, nahm er das Gespräch an. »Bro, was gibt's?« Jax redete mit Hedgehog, während seine freie Hand meinen Rücken streichelte. »Nein, ich bin unten bei Ally.« Seine Finger wanderten nach vorne und zeichneten erst die Form meines Bauchnabels nach und wanderten dann weiter nach oben zu meinen Rippenbögen. »Natürlich helfe ich dir. Gib mir einen Moment, okay?« Er beendete das Gespräch, ohne den Blick von mir zu nehmen, ließ sein Handy aufs Bett fallen und fuhr jetzt auch mit der anderen Hand über meinen Bauch, bis seine Daumen gleichzeitig die Unterseite meiner Brüste streiften. »Hedge will heute Abend seine neue Boss-Position im *Chesterfield* feiern und braucht meine Hilfe. Ich bin wieder da, bevor du merkst, dass ich weg bin.«

Hitze schoss durch mich hindurch, als er meine Brustwarzen streifte. »Nicht, wenn du das hier tust.«

Er richtete sich auf und zog mich an sich, um mich erneut zu küssen.

»Das ist auch nicht besser«, seufzte ich an seinen Lippen und angelte nach seinem Shirt, damit er es anziehen konnte. »Du solltest wirklich zu Hedge gehen, bevor wir nicht mehr aufhören können.«

Jax drückte mich noch ein bisschen enger an seinen Oberkörper und zupfte mit seinen Zähnen leicht an meiner Unterlippe, als wollte er gegen meinen Vorschlag protestieren. »Hedge hat gefragt, ob du nachher ebenfalls dabei bist. Mona und Savannah kommen auch. Wenn du nicht willst, ist das völlig okay. Dann …«

»Ich möchte«, unterbrach ich ihn und war überrascht über meinen Mut. Trotzdem musterte Jax mich für einige Sekunden, als müsste er sich vergewissern, dass ich es wirklich ernst meinte. »Okay. Ich hole dich ab, wenn du willst.«

»Du musst nicht extra wieder ins Wohnheim kommen. Wir können uns dort treffen. Ich hänge mich an Mona und Savannah.«

»Wirklich?«

»Ja. Wirklich.« Ich kletterte von seinem Schoß und suchte nach meinen Klamotten, um mich anzuziehen. »Es ist wirklich okay«, sagte ich noch einmal, als Jax mich weiter unverwandt ansah, während ich mich anzog.

»Es ist aber kein Problem für mich. Ich will nur, dass du das weißt.« Er angelte nach seinen Boxershorts, die neben dem Bett lagen. Ohne mich aus den Augen zu lassen, kam er auf mich zu und schloss mich von hinten in seinen Arm – beschützend, sicher. »Versprich mir, dass du dich meldest, wenn du mich brauchst, ja?«

Mein Herz zog sich zusammen, und in diesem Moment hätte ich Jax am liebsten doch nicht gehen lassen. Nicht, solange er mich festhielt, als würde er die Welt für mich niederbrennen, nur damit es mir gut ging. »Ich verspreche es.« Kaum hatte ich die Worte ausgesprochen, drehte Jax mich zu sich um und küsste mich. Und alles daran fühlte sich absolut fantastisch an – Jax fühlte sich fantastisch an. »Und versprich du mir, dass du wegen des Nachteilsausgleichs mit deiner Professorin sprechen wirst. Versprich mir, dass du nicht aufgibst.«

Jax löste sich von mir und sah mir tief in die Augen. Seine Pupillen wurden dunkel, als er mein Gesicht mit seinen Händen umfasste und mir anstatt einer Antwort einen innigen Kuss gab, bevor er sich von mir verabschiedete.

Alle meine Sinne waren auch noch auf Jax konzentriert, nachdem ich die Tür hinter ihm geschlossen hatte. Ich konnte mich nicht erinnern, dass ich jemals auf diese Art die Kontrolle abgegeben hatte. Dass jemand mich so fühlen ließ. Oder wann ich das letzte Mal bei einem Menschen so glücklich gewesen war.

Das plötzliche Klopfen an meiner Tür holte mich aus meinen Gedanken, und ich biss mir lächelnd auf die Unterlippe bei der Vorstellung, Jax könnte noch einmal zurückgekommen sein. Ich riss die Tür auf und drückte mir die Hand auf den Mund. Es war nicht Jax. Auch nicht Mona und Savannah. Die letzte Person, mit der ich jemals gerechnet hätte, stand vor meiner Tür: mein Bruder.

Eric deutete mit dem Daumen in Richtung Treppenhaus. »Ist da gerade tatsächlich ein Typ aus deinem Zimmer gekommen?« Er zwinkerte scherzhaft, aber ich war nicht in der Lage, zu kontern. Stattdessen fiel ich ihm in die Arme. »Was machst du denn hier? Ich meine, wie kann das sein? Warum hast du nichts gesagt?«

Als wöge ich nichts, hob Eric mich hoch und setzte mich dann wieder auf dem Boden ab. »Meine Verhandlung war letzte Woche.

Ich habe gestern versucht, dich anzurufen, aber so wie es aussieht, hast du Besseres zu tun gehabt. Also bin ich hergefahren, um dich zu besuchen.«

Verlegen räusperte ich mich, als mir klar wurde, dass die Anrufe nicht von Aidan gewesen waren, sondern von Eric. »Deine Verhandlung war schon letzte Woche? Warum hast du dich nicht eher gemeldet?«

»Weil mir eine angehende Juristin gesagt hat, ich soll meine Anrufe für meinen Anwalt aufheben. Und bis gestern hatte ich noch kein Telefon.«

Ich löste mich aus Erics Umarmung. »Das muss eine wirklich schlaue Frau sein, diese angehende Juristin.«

»Das ist sie. Und sie sieht verdammt glücklich aus.«

»Das bin ich auch.« Bevor ich ihn am Arm in mein Zimmer ziehen konnte, hob er eine kleine Reisetasche vom Boden auf. Eric war immer noch Eric. Mit den gleichen zerschlissenen Jeans und verwaschenen Band-T-Shirts, die er stets trug. Er hatte auch schon immer viel Sport getrieben, aber jetzt? Seine Schultern wirkten noch ein bisschen breiter als vor ein paar Monaten, und auch seine Arme waren muskulöser. »Und du siehst noch fitter aus als sonst.«

»Ja.« Er machte eine kleine Pause und sah sich in meinem Zimmer um. »Im Knast hat man sehr viel Zeit, um Gewichte zu stemmen. Und nachzudenken.« Bevor ich etwas darauf erwidern konnte, wechselte er das Thema. »Und jetzt noch mal zu dem Typen, der eben noch bei dir war.« Er deutete auf die zerwühlten Laken auf meinem Bett. »Dein Leben scheint ja gerade ziemlich … wild zu sein.«

»Haha.« Gespielt empört stemmte ich die Hände in die Hüften. »Ich habe genug Mädchen aus deinem Zimmer kommen sehen, dass es für mindestens drei Leben reicht.«

Eric fing an zu lachen. »Du übertreibst. So viele waren es nicht.«

»Auf jeden Fall waren es eine Menge. Und Jax ist ein toller Kerl, er bedeutet mir wirklich viel. Du wirst ihn heute Abend kennenlernen, wenn du mit zum Feiern ins *Chesterfield* kommst.«

»Mein Schwesterchen ist also verliebt?«, zog er mich mit einem Grinsen auf.

»Und wenn?« Ich pikte ihm spielerisch in die Brust. »Du hast definitiv genug Herzen gebrochen, es wird Zeit, dass du in den Genuss kommst, es auch mal zu verlieren.«

»In den Genuss, ja?« Er ging zum Fenster, um hinauszusehen. »Vielleicht ist ein verlorenes Herz ja wirklich besser als der ganze andere Mist.«

»Hey!« Ich legte ihm eine Hand auf die Schulter. »Der ganze Mist ist vorbei. Jetzt wird alles wieder gut. Du fängst hier ein neues Leben an. So wie ich.«

Eric drehte sich zu mir und sah mich einen Moment lang an. Dann nickte er, aber der Ausdruck in seinem Blick sagte etwas anderes. »Ich kann nicht lange bleiben. Zumindest nicht im Moment.«

»Was meinst du?«

»Ally, ich bin nur auf Bewährung rausgekommen. Das war der Deal, sonst hätte ich noch länger eingefahren.«

»Was?« Ein stechender Schmerz breitete sich in meiner Brust aus und brannte wie Feuer. »Auf Bewährung? Weil du die wirklichen Täter nicht verraten wolltest?«

Eric stieß hörbar die Luft aus. »Wenn ich das getan hätte, würden diese Leute das nie auf sich sitzen lassen. Bis meine Schuld beglichen wäre. Und wenn sie sich an dir vergriffen hätten. Und das hätte ich niemals zugelassen.«

Mein Hals schnürte sich zu, und ich hatte das Gefühl, keine

Luft mehr zu bekommen. »Aber wenn du auf Bewährung bist, dann darfst du den Staat nicht verlassen. Eric, du verstößt gerade gegen deine Auflagen. Wenn sie dich erwischen, dann musst du die Haftstrafe komplett absitzen. Und das alles nur, weil du mich besuchen wolltest?«

»Das weiß ich doch.« Er wandte sich wieder zum Fenster, bevor er sein Portemonnaie aus seiner Gesäßtasche zog und einige Scheine daraus auf meinen Schreibtisch legte.

»Eric!«

»Keine Sorge«, unterbrach er mich. »Dafür habe ich gearbeitet. Das Geld ist sauber.«

»Aber das ist es alles nicht wert, wieder in den Knast zu gehen. Nicht für mich.«

»Ich habe so viel verbockt, da wollte ich wenigstens ein Mal etwas richtig machen. Und wenn du das Geld nicht nimmst, dann holen es sich die Kopfgeldjäger, die wir Dad zu verdanken haben.«

»Was?«

»Das gehört auch zum Deal. Die Schulden, die Dad uns hinterlassen hat, können nicht mehr bis nach deinem Studium warten. Wir müssen sofort anfangen, sie zu bezahlen. Also ich. Der Richter meinte, das würde mir helfen, den Besitz von anderen Menschen mehr schätzen zu lernen.« Eric ballte die Hände zu Fäusten. »Als wüsste ich das nicht. Diese Geldeintreiber sind wie Ratten. Und sie werden es sicher auch bei dir versuchen, das hat mir mein Anwalt schon versichert. Aber mit einem Studiennachweis können sie dir nichts.« Er drehte sich wieder zu mir und sah mich an. »Das alles wollte ich dir persönlich sagen. Und nicht über irgendein Telefon.«

Hinter meinen Lidern brannte es, und ich blinzelte gegen die Tränen an. *Manchmal trifft das Schicksal eine so beschissene Entscheidung, die eine nicht endende Kettenreaktion auslöst. Und egal, was man tut oder wie sehr man sich anstrengt, es hört einfach nicht auf.* Jax' Worte brannten sich in mein Gedächtnis wie ein Eisen, das mich meine Bestimmung nie vergessen lassen würde. »Wann musst du wieder weg?« Die Frage schnürte mir die Kehle zu, und ich schluckte hart.

»Heute Nacht.«

Ich nickte kaum merklich. Es war besser, wenn er so schnell wie möglich zurückfuhr, bevor sein Bewährungshelfer etwas merkte.

»In Chino werde ich auf dem Bau anheuern. Da habe ich die besten Chancen, einen Job zu finden. Und bis ich eine eigene Wohnung habe, kann ich wieder bei Renata und ihren Kindern einziehen.«

»Also wirst du nicht nach Tucson kommen?«

Er schüttelte den Kopf. »Es ist vielleicht besser so. Ich tue niemandem gut. Nicht einmal mir selbst.« Eric lachte, aber es wirkte unecht.

»Das stimmt nicht. Es muss doch eine Möglichkeit geben, die Schulden wie vereinbart einzufrieren. Bis ich fertig bin mit dem Studium. Und auch du solltest studieren. Deine Kunst und deine Musik. Du bist so talentiert, wirf das nicht weg.« Ich zitterte, als Eric mir seine Hände auf die Schultern legte.

»Dir geht es gut, und das ist alles, was zählt.« Ich wollte den Kopf schütteln, aber Eric hielt ihn zwischen seinen Händen fest, damit ich ihn ansah. »Es ist in Ordnung. Im Moment muss es das einfach sein, okay. Wirf dein Glück nicht weg, nur weil ich gerade keines habe. Versprichst du mir das?«

Ich biss mir auf die Unterlippe, um dem Schmerz meiner zerbrochenen Träume einen anderen Impuls zu geben. »Ich verspreche es.« Der Ton in meiner Stimme verriet, wie viel Überwindung mich dieses Versprechen gekostet hatte. Aber ein Versprechen war ein Versprechen, und das war alles, was Eric wollte.

Er nickte zufrieden. »Und jetzt nimm das Geld und kauf dir davon wenigstens was zu essen. Ich wette, in diesem Kühlschrank ist nichts außer Käse und Tortillas.«

»Nicht einmal das«, presste ich scherzhaft hervor, aber Eric durchschaute mich sofort, was mir seine hochgezogene Augenbraue verriet. »Ich gehe morgen einkaufen. Aber wir können jetzt was in der Mensa essen, wenn du willst.«

»Ich dachte schon, du fragst nie«, sagte er grinsend. Dann holte er ein paar Turnschuhe aus seiner Tasche. »Ist es okay für dich, wenn ich erst eine Runde laufen gehe?«

»Du läufst?«

»Wenn man einsitzt, wird einem erst richtig klar, was es bedeutet, nicht überall hinzukönnen. Das Laufen hilft. Außerdem macht es den Kopf frei.«

»Aber du kennst dich hier doch gar nicht aus.«

»Keine Sorge, ich gehe schon nicht verloren.« Er verzog den Mund zu einem schiefen Grinsen. »Glaubst du, du kannst mich hinterher noch in die Duschen schleusen, bevor wir was essen und dann in diese Bar gehen?«

Kapitel 22

Ally

»Ist alles okay?« Eric drehte sich zu mir um, als er die Tür zum *Chesterfield* aufschob und mein Zögern bemerkte. Durch die Fensterfront der Bar versuchte ich, einen Blick ins Innere zu werfen. Vielleicht war Jax schon irgendwo, aber es war eindeutig zu voll, um jemanden von hier draußen zu erkennen. Ich atmete hörbar aus und sah dann zu Eric. »Es geht schon. Ich brauche nur noch einen Moment.«

Er ließ die Tür los und kam zu mir. »Dir wird nichts passieren«, versuchte er, mich zu beruhigen.

»Ich weiß.« Etwas verlegen strich ich mir eine Strähne aus dem Gesicht. Eric war mein Bruder, und mit niemandem hatte ich mehr durchgemacht als mit ihm. Trotzdem zögerte ich einen Moment, bei diesem sensiblen Thema. »Ich habe darüber nachgedacht, mir einen Therapieplatz zu suchen. Um meine Ängste in den Griff zu bekommen. Und um besser mit meiner Trauer umgehen zu können.«

Eric wirkte überrascht und auf eine gewisse Art auch erleichtert. »Das wäre wirklich toll, Ally.«

»Ehrlich?«

»Ja, natürlich. Denkst du nicht?«

Ich schürzte die Lippen und sah zu Boden. »Aber was ist, wenn ich sie vergesse? Was ist, wenn es irgendwann nicht mehr wehtut? Wenn es mir egal geworden ist?«

Eric zog mich in seinen Arm, und sofort nahm ich den vertrauten Duft von Sonnencreme, Strand und Meer an ihm wahr. »Du wirst Mom nie vergessen. Und auch nichts von dem, was dir passiert ist. Nicht die guten Dinge, und auch nicht die schlechten. Niemand wird dir deine Erinnerungen wegnehmen können. Und es wird dir auch nie egal werden. Das verspreche ich dir. Und wenn doch, werde ich dich daran erinnern. Am Lagerfeuer und mit alten Geschichten.« Er hielt mir seinen Daumen mit der Narbe hin, die er sich beim Angeln zugezogen hatte, um seinem Versprechen noch mehr Ausdruck zu verleihen. Dann lachte er leise. »Und jeder Menge Marshmallows, bis dir schlecht wird.«

»Wirklich?«, hakte ich noch einmal nach, um ganz sicher zu sein. »Das müssten dann aber wirklich sehr viele Marshmallows sein.«

»Worauf du dich verlassen kannst.« Eric zwinkerte mir zu, und ich lächelte in mich hinein. Er würde mich daran erinnern, das würde ich nie wieder bezweifeln. Egal, was noch passieren würde. Diesmal zögerte ich nicht, als ich ein letztes Mal tief einatmete und ihn dann mit mir durch die Tür ins *Chesterfield* zog.

Mona war die Erste, die uns begrüßte, als ich sie im hinteren Teil der Bar entdeckte, wo Hedge eine Nische zu einer VIP-Lounge für uns umfunktioniert hatte. »Hey, ich dachte, du kommst mit Jax?« Sie deutete auf Eric und musterte ihn interessiert. »Das ist definitiv nicht Jax.«

»Das ist mein Bruder.«

Mona riss erstaunt die Augen auf. »Oh, hallo Allys Bruder. Ich bin Mona.«

»Eric«, stellte er sich selbst vor und schüttelte ihre Hand. Dann zog sie mich in eine Umarmung. »Warum hast du nicht gesagt, dass dein Bruder hier ist?«

»Mir hat sie es gesagt.« Hedgehog kam mit einem Tablett voller Cocktails zu uns und sah feixend in Monas Richtung, was mir ein Grinsen entlockte. Die beiden waren wirklich unverbesserlich.

»Du bist ein blöder Angeber, weißt du das?«

»Und du solltest netter zu deinem Barkeeper sein, von dem du deine Drinks spendiert bekommst.« Mona zog eine Schnute, während Hedge das Tablett auf dem Tisch abstellte, an dem Nate und Laura mit ein paar anderen Leuten saßen, die ich nicht kannte.

Eric hatte beide Augenbrauen hochgezogen und sah zwischen Mona und Hedge hin und her. »Seid ihr Geschwister?«

»Jep.« Hedge machte eine bedeutende Pause. »Ist das so offensichtlich?« Er hielt Eric die Hand hin, damit er einschlagen konnte.

»Völlig offensichtlich.«

Hedge lachte. »Willkommen in Arizona! Und in der besten Bar des Bundesstaates.« Dann begrüßte er mich, nachdem Mona mich freigegeben hatte. »Wo hast du Jax gelassen? Er wollte kurz ins Wohnheim, um zu duschen und dich abzuholen.«

Ich stutzte. »Wir haben uns hier verabredet. Ich hatte ihm kurz erzählt, dass mein Bruder gekommen ist, aber darauf hat er nichts gesagt.« Stirnrunzelnd zog ich mein Handy aus der Tasche. Keine Nachricht von Jax.

»Dann wird er bestimmt gleich hier sein.« Hedge tätschelte mir beruhigend die Schulter. »Was wollt ihr trinken?«

»Ein Bier, wenn du hast.«

Hedge nickte Eric zu und wandte sich dann wieder an mich. »Und du bekommst von mir den besten alkoholfreien Cocktail, den du je getrunken hast.« Noch bevor ich protestieren konnte, war Hedge schon wieder hinter der Bar verschwunden und Mona dabei, Eric allen vorzustellen. Nur mich ließ der Gedanke, warum

Jax und ich uns verpasst hatten, nicht los. Erneut zog ich mein Smartphone hervor und checkte meine Nachrichten. Nichts. Dann wählte ich seine Nummer, aber niemand ging ran.

»Hey. Er kommt sicher gleich. Mach dir keine Gedanken.«

Frustriert ließ ich mein Handy sinken und zwang mich zu einem Lächeln, als Eric wieder neben mir stand. Trotzdem nagte weiter ein ungutes Gefühl an mir. »Deine Freunde sind schon ziemlich cool.«

»Und ich bin ziemlich froh, dass du mitgekommen bist, um sie kennenzulernen.«

»Sorry, ich bin zu spät.«

Wir drehten uns gleichzeitig um, und ich sah gerade noch, wie ein winziger Zylinder, der auf einem Kopf voller blonder Locken saß, sich einen Weg durch die Menge bahnte und auf uns zukam. »Mein Boss hatte die super Idee, uns ausgerechnet heute noch eine Extraschicht aufzubrummen.« Savannah pustete sich eine wilde Strähne ihrer sonst perfekt sitzenden Frisur aus dem Gesicht. Sie trug ihr Arbeitsoutfit, das ich schon so oft an ihr gesehen hatte und das für mich nichts Besonderes mehr war. Nur Eric hielt Savannah mit seinem Blick fest. »Du arbeitest als Animateurin?«

Sie lächelte entschuldigend. »Sieht man mir das so offensichtlich an?«

»Mich hat man mal in ein Ganzkörper-Pandakostüm, der einen getigerten Tanga trug, gesteckt, damit ich Rabattflyer für eine japanische Restaurantkette verteilte. Sehr frustrierend. Vor allem, wenn niemand dir einen dieser Flyer abnimmt und jeder nur an diesem Tanga zieht.«

Es war nicht zu übersehen, dass Savannah in sich hineingrinste. »Hieß das Restaurant zufällig *Happy Bamboo*?«

»Jep. Genau so hieß es.«

»Das gibt es in der Mall, in der ich arbeite, auch.« Jetzt lachte

sie wirklich. »Und ich befürchte, das Pandakostüm gibt es ebenfalls noch. Inklusive des getigerten Tangas. Also, wenn du einen
Job hier suchst, könnte ich beim Manager ein gutes Wort für dich
einlegen.«

»Das ist wirklich nett.« Eric biss sich schmunzelnd auf die Unterlippe, was sein Kinngrübchen zum Vorschein brachte. »Aber
ich verzichte. Du machst eindeutig die bessere Figur in deinem
Kostüm.«

Anmutig verbeugte sie sich und löste dann ihren kleinen Hut
und hielt ihn Eric hin. »Danke. Kannst du den kurz für mich halten?«

»Klar.« Er griff nach dem Zylinder. »Ich bin Eric.«

»Mein liebreizender Bruder, der morgen leider schon wieder
nach Hause fährt«, schaltete ich mich jetzt mit ein.

Savannah hob überrascht eine Augenbraue, während sie auf
ihrem Kopf nach einer weiteren Haarnadel tastete und sie löste.

»Ally hat recht. Ich muss morgen wieder zurück nach Kalifornien. Aber wenn ich doch mal einen Job hier brauchen sollte,
werde ich dich fragen …?«

»Savannah«, sagte sie und reichte ihm die Hand.

»Savannah«, wiederholte Eric, um seinen Satz zu beenden, und
ließ den Hut durch seine Finger gleiten. Es klang beinahe so, als
würde er es ernsthaft bedauern, dass er nicht bleiben konnte.

»Hey, Sav.« Hedgehog kam mit unseren Getränken wieder und
begrüßte Savannah, indem er ihr ein Glas mit einer dunklen Flüssigkeit in die Hand drückte. Eric reichte er ein Bier, und mir gab er
ein Longdrink-Glas, dessen Inhalt nach Maracuja und Orangensaft
roch.

»Auf euch!«, prostete Hedge.

»Auf dich!«, kam es unisono zurück. Und auch ich hob mein
Glas, um auf Hedge anzustoßen. Und obwohl ich an einer Bar

stand, in der es eine Menge Alkohol gab, fühlte ich mich zwischen meinen Freunden und meinem Bruder nicht mehr ganz so verloren wie sonst. Auch wenn Jax mir in diesem Moment unglaublich fehlte. Es wäre noch so viel besser, wenn er endlich hier sein würde. Mein Blick ging suchend zur Tür, aber von ihm war immer noch nichts zu sehen.

»Und auf die tollen Studentenjobs.« Eric tippte mit seiner Bierflasche sanft gegen Savannahs Glas.

»Du meinst wohl, auf die peinlichen Studentenjobs, über die wir hoffentlich lachen können, wenn wir mal alt sind.« Sie sah an sich hinunter und wurde leicht rot, als eine Gruppe Leute an uns vorbeiging und anfing zu kichern. »Vielleicht hätte ich mich vorher doch noch umziehen sollen.«

Eric sah der Gruppe nach und verengte die Augen. »Ich weiß, wir kennen uns erst seit ein paar Minuten, aber würdest du mir glauben, wenn ich dir sage, dass diese Leute Idioten sind? Du siehst … toll aus.« Er schüttelte den Kopf. »Nein, eigentlich würde ich lieber etwas ganz anderes sagen als toll. Aber …«

»Dafür kennen wir uns noch nicht lange genug«, beendete Savannah seinen Satz und kaute auf ihrer Unterlippe, während mein Bruder einen Schluck aus seiner Flasche nahm und jede Reaktion von Savannah zu beobachten schien. Als wollte er sichergehen, dass er keine Grenze überschritten hatte. Jetzt stutzte ich wirklich. Seit wann war es Eric wichtig, was eine Frau über ihn dachte? Er musste ihr irgendetwas Lustiges ins Ohr geflüstert haben, denn Savannah lachte und begann, ihren Hut aus seinen Fingern zu lösen, den er immer noch festhielt. Sein Blick glitt erneut über Savannah. Der dunkle Glanz in seinen Augen war selbst von hier nicht zu übersehen.

»Was würde ich darum geben, die Gedanken der beiden zu lesen.« Mona hatte ihr Kinn auf meine Schulter gelegt und sah seufzend zu Savannah und Eric. »Der Vibe zwischen den beiden vibriert sogar bis in meinen Körper.«

Ich musste grinsen. »Was?«

»Du wirst schon sehen. Zwischen den beiden geht noch was. Da wette ich meinen schwarzen Hintern drauf.«

Savannah und Eric wirkten wirklich unglaublich vertraut. Aber ich hatte keine Zeit, mir weiter darüber Gedanken zu machen, denn ein großer, breiter Kerl kam auf uns zu und baute sich direkt vor den beiden auf.

»Was soll das hier werden?«

Savannah wirbelte herum. Ihre Augen wurden groß. »Tom?«

»Ist das dein Neuer?« Dieser Tom starrte Eric durchdringend an und versuchte gleichzeitig, Savannah ein Stück wegzuziehen, als wäre Eric das Böse in Person.

Woraufhin Savannah sich losriss. »Spinnst du jetzt total? Ich unterhalte mich hier mit meinen Freunden. Und ich weiß nicht, was dich das noch angeht?«

»Du hast Savannah gehört«, pflichtete Eric ihr bei.

»Wie bitte?« Die Augen des Kerls waren nur noch zwei Schlitze.

»Du hast mich schon richtig verstanden.« Eric blieb immer noch ruhig, obwohl ich den Ton in seiner Stimme kannte. Er versprach Ärger. Richtigen Ärger.

Tom knurrte irgendetwas Unverständliches und wandte sich dann wieder Savannah zu. »Glaubst du, ich lasse zu, dass du mit irgendeinem Typen rummachst?«

»Was?« Savannah stemmte wütend die Hände in die Hüfte. »Du lässt das nicht zu? Es war dir wochenlang egal, dass deine Groupies Witze auf meine Kosten gemacht haben, während du dich in aller Seelenruhe durch irgendwelche Betten gevögelt hast. Und jetzt spielst du dich als Beschützer auf? Wir sind nicht mehr zusammen,

Tom. Und es geht dich überhaupt nichts an, mit wem ich meine Zeit verbringe oder mit wem ich rummache. Komm damit klar.«

»Das wirst du nicht. Und wenn wir mal ehrlich sind, kannst du das auch gar nicht.«

»Weil du denkst, dass ich zu verklemmt dafür bin?« In Savannahs Augen funkelte es gefährlich. Eine Mischung aus Verletztheit und Trotz. Als würde sie jede Sekunde etwas Unüberlegtes tun. »Du kennst mich kein Stück.« Sie wandte sich von Tom ab, und ein kaum wahrnehmbares »Sorry« kam ihr über die Lippen, bevor sie sich auf die Zehenspitzen stellte und Eric küsste. Für ein paar Augenblicke bewegte sich keiner von beiden, als würde die Welt zwischen ihnen stillstehen. Und selbst ich hielt den Atem an. Was passierte hier gerade? Eric war der Erste, der sich wieder fing. Aber auf eine Art, die ich nicht erwartet hatte. Vorsichtig legte er seine Hände an ihre Wangen und vertiefte den Kuss, bis Savannah leise seufzte und ihre Finger in seinem Nacken verschränkte. Mona und Hedgehog stießen gleichzeitig einen Pfiff aus, und, heiliger Bimbam, die Spannung in der Luft musste in der ganzen Bar spürbar sein. Erst als Tom erneut ein Knurren ausstieß, löste Savannah sich langsam von Eric. Mit dem Daumen fuhr sie sich über ihre Unterlippe, als könnte sie selbst nicht glauben, was gerade passiert war.

»Da hörst du es.« Eric sprach mit Tom, ohne den Blick von Savannah zu nehmen. »Sie kann tun, was und mit wem sie will.«

»Du findest dich wohl sehr witzig.« Das Knistern in der Luft war verschwunden, als Tom sich erneut in Erics Sichtfeld schob.

»Nein. Eigentlich nicht.« Eric klang immer noch unglaublich gelassen. Aber ich kannte meinen Bruder zu gut, um nicht zu wissen, dass das die Ruhe vor dem Sturm war. »Der Einzige, der sich gerade zum Witz macht, bist du, weil du ihr Nein nicht akzeptierst.«

»Wer glaubst du eigentlich, wer du bist?« Ohne auf eine Antwort zu warten, knallte Toms Faust mit voller Wucht gegen Erics Schulter. Savannah, Mona und ich gaben gleichzeitig einen erschreckten Laut von uns. Aber Eric ließ nur unbeeindruckt seine Schulter- und Nackenmuskulatur knacken. »Du willst wissen, wer ich bin? Das kann ich dir sehr gerne zeigen. Draußen vor der Tür.« Beide Männer bauten sich voreinander auf, was Savannah daneben noch zierlicher wirken ließ. Ihre Locken schwangen hin und her, während sie ihre Hände gegen Erics Brust gepresst hatte, um die beiden Streithähne, so gut es ging, auseinanderzuhalten.

»Tom, verpiss dich einfach wieder zu deinen Footballer-Freunden. Sonst fliegst du hier raus.« Hedgehog war jetzt auch dazwischengegangen, und seine Ansage saß. Langsam wich Tom einen Schritt zurück und hob die Hände. »Schon gut, Mister Ober-Barkeeper.« Er schob sich an uns vorbei, drehte sich dann aber noch einmal um und spuckte Eric eine »Die Sache klären wir später vor der Tür«-Drohung vor die Füße, bevor er endgültig in der Menge verschwand. Und obwohl ich Tom nur von Savannahs Erzählungen kannte, sagte mir etwas, dass er seine Worte garantiert wahr machen würde.

»Der ist erst mal weg«, stellte Mona fest.

»Ja, aber bestimmt nicht lange. Und wie ich diese aufgeblasenen Sportler kenne, kommt er sicherlich auch nicht allein zurück.«

Mein Herz begann zu rasen, und mein Verstand überschlug sich. »Eric, du musst dich von Ärger fernhalten. Unbedingt. Bitte.«

»Was zum …?« Eric, Savannah, Mona und Hedgehog starrten an mir vorbei, als würde hinter mir ein Geist stehen.

»Sorry, Leute! Ich wurde kurz aufgehalten.«

»Das sehen wir«, gab Mona tonlos zurück.

Erst jetzt drehte ich mich um, und die Ereignisse schienen sich in diesem Moment tatsächlich zu überschlagen. Jax stand vor mir, und bei seinem Anblick presste ich erschrocken die Hände auf meinen Mund. Seine Unterlippe war aufgeplatzt, und die Haut unter seinem rechten Auge hatte sich blau verfärbt.

»Bro, in welchen Fight bist du denn geraten?«

»In einen, der schon lange überfällig war.« Sein gequältes Grinsen verflog, als Jax entschuldigend meine Hand aus meinem Gesicht löste und dann seine Stirn gegen meine legte.

»Was ist passiert?«, flüsterte ich gegen seine Lippen, ohne ihn zu berühren, aus Angst, ihm wehzutun. Mein Herz schlug wie wild. Ich hatte Jax nicht als jemanden, der sich prügelte, eingeschätzt.

»Das erzähle ich dir im Wohnheim, wenn …«

»Bro, ich will euch ja nicht stören, aber du solltest das echt kühlen und ein paar Ibus einwerfen, wenn du morgen nicht aussehen willst wie ein frittierter Blumenkohl.«

»Und was ist mit deinem Einstand?«

»Glaubst du, ich weiß nicht, wie man ohne dich feiert?« Hedge grinste. »Wir holen das nach. So, wie du aussiehst, solltest du dich definitiv von zwei liebevollen Händen verarzten lassen.«

»Du hast was gut bei mir.«

Hedge tippte sich an die Stirn und sah dann in die andere Ecke der Bar, in der die Footballer sich lautstark unterhielten und immer wieder in unsere Richtung sahen.

»Vielleicht sollte ich auch besser verschwinden.«

»Ja«, pflichtete ich Eric bei. »Du kannst … du solltest …« Ich löste mich von Jax. Ich war viel zu durcheinander, um einen klaren Gedanken zu fassen.

»Es ist wohl besser, wenn ich auch gehe, solange Tom so drauf ist. Das ist alles meine Schuld.«

Mona sah Savannah eindringlich an. »Nichts davon ist deine Schuld. Tom ist ein Idiot, und das hat er gerade eben wieder bewiesen. Am besten ist es, wenn du Eric mit zu uns nimmst. Dann kann Ally sich um Jax kümmern. Ich bleibe hier, halte notfalls diesen aufgeblasenen Footballer in Schach und komme nach, wenn die Party hier vorbei ist.«

»So wie es aussieht, habe ich ganz schön was verpasst.« Jax' Versuch, zu grinsen, scheiterte.

»Ich erzähle dir alles, wenn wir im Wohnheim sind.«

Wieder war ein lautes Stimmengewirr aus der Ecke der Footballspieler zu hören. »Ihr solltet jetzt wirklich los. Und am besten, ihr verschwindet durch den Lieferanteneingang nach draußen.«

Nur Augenblicke später hatte Hedge uns rausgeschleust. Ich verabschiedete mich von Savannah und Eric mit dem Versprechen, am nächsten Morgen so früh wie möglich vorbeizukommen. Dann verließen wir das *Chesterfield* in entgegengesetzte Richtungen.

»Erzählst du mir jetzt, was in der Bar passiert ist?«

Jax saß auf seinem Bett, während ich im Eisfach nach irgendetwas suchte, das ich zum Kühlen benutzen konnte.

»Willst du mir nicht erst mal verraten, was mit deinem Gesicht passiert ist?«, erwiderte ich.

»Besser du zuerst!«

»Savannahs Ex ist aufgetaucht und hat vor ihr und Eric eine Szene gemacht. Und als die beiden sich dann auch noch geküsst haben, ist die Sache außer Kontrolle geraten. In jeder Hinsicht.« Ich kam mit ein paar Eiswürfeln, die ich in einen Beutel getan hatte, zurück und setzte mich rittlings auf seinen Schoß. »Das könnte jetzt unangenehm werden.« Vorsichtig legte ich ihm das Eis auf die Wange. Reflexartig verzog Jax das Gesicht und wollte nach dem Beutel greifen. Ich fing seine Hand ein und legte sie mir auf meinen Oberschenkel. »Tut mir leid.« Mein Blick glitt über sein Gesicht und suchte nach weiteren Verletzungen. Aber bis auf den Riss in seiner Lippe schien alles in Ordnung zu sein. Mit einem feuchten Tuch, das ich ebenfalls mitgebracht hatte, versuchte ich, ihm das getrocknete Blut abzuwischen.

»Das hätte ich von Savannah überhaupt nicht gedacht«, nahm Jax das Thema wieder auf, nachdem ich fertig war.

»Wie sie sich vor Tom aufgebaut hat, war echt unglaublich. Man sollte sie wirklich nicht unterschätzen. Und der Kuss hat selbst Eric aus dem Konzept gebracht, und das will bei ihm schon was heißen.«

Jax verzog die Lippen zu einem halben Grinsen. »Ja, das kenne ich.« Seine Hand auf meinem Oberschenkel wanderte unter mein Kleid, bis sie auf meiner Hüfte liegen blieb. »Ich wurde selbst auch schon so geküsst.«

»Ach ja?«

»Hm.« Langsam beugte er sich vor und fuhr noch viel langsamer mit seinen Lippen über meine, um mir unseren ersten Kuss wieder ins Gedächtnis zu rufen. Als wäre das nötig.

»Wie lange bleibt dein Bruder hier in Tucson? Vielleicht können wir morgen Abend hier bei Hedge und mir was starten.«

Frustriert stieß ich die Luft aus. »Eric bleibt nur bis morgen früh. Er fängt einen neuen Job an und muss pünktlich wieder zurück in Chino sein.« Ein merkwürdiges Gefühl breitete sich in meiner Magengegend aus, weil ich ihm den eigentlichen Grund für Erics kurzen Besuch noch nicht gesagt hatte. Weil ich diesen Teil über Eric wie ein dunkles Familiengeheimnis immer noch für mich behalten hatte. »Ich muss dir noch was sagen.« Vorsichtig nahm ich den Eisbeutel von seiner Wange, um mir die Stelle anzusehen. Die Schwellung ging langsam zurück.

»Ich dir auch.« Jax atmete einmal tief ein und sah mir dann direkt in die Augen, während seine andere Hand jetzt auch den Weg unter mein Kleid zu meiner Taille suchte. »Es tut mir leid, dass ich dich heute Abend versetzen musste. Aber Luke ist mir dazwischengekommen.«

»Was?« Ich schluckte heftig. »Das war Luke?«

»Keine Angst, er sieht noch viel schlimmer aus als ich.«

Mir entfuhr ein Keuchen. »Aber warum?«

»Weil auch das Glas eines Antihelden irgendwann überläuft, wenn es zu voll geworden ist. Und Luke hat mich schon viel zu lange gereizt.«

»Ich weiß. Aber du hättest dich nicht von ihm provozieren lassen sollen.«

»Weil er gleich zu meinen Eltern läuft, sich dort ausheult und ich wieder als der Böse dastehe? Ich bin immer der Böse. Das ist nichts Neues.«

»Antihelden sind nie wirklich die Bösen.« Behutsam strich ich ihm eine Strähne aus der Stirn. »Es sieht vielleicht erst so aus, aber eigentlich kämpfen sie auch für das Gute. Nur eben auf eine andere Weise.«

»Und was hat das Ganze mit Luke zu tun? Außer dass der oberschlaue Anwaltssohn ein mieses Arschloch ist?«

»Jemand wie Luke erkennt sofort, wenn in jemandem ein Antiheld steckt. Er weiß es schon, bevor der Held es selbst weiß. Genau deswegen versucht er ihn auch zu provozieren und ihm zu schaden. Und das immer mit den gleichen schmutzigen Tricks.«

»Und was schlägst du vor, was ich tun sollte?«

»Rede mit deinen Eltern und erzähle ihnen deine Version der Geschichte. Bevor Luke es tut. Du solltest ihnen endlich alles sagen.«

Jax atmete hörbar aus, als wäre es einfacher für ihn, die Schuld auf sich zu laden, anstatt dieses Gespräch zu führen. Und vielleicht war es das auch für jemanden, der gelernt hatte, immer das schwarze Schaf zu sein.

»Und am Ende bekommt der Antiheld alles, was er immer haben wollte?«

»Ja«, entgegnete ich schmunzelnd. »Auch das Mädchen.«

»Das gefällt mir.« Jax lehnte sich vor, um mich zu küssen. Seine Lippen prickelten auf meiner Haut und ließen mich die Zeit und seinen Streit mit Luke vergessen. Für eine gefühlte Ewigkeit gab es nur Jax und mich, die wir wie zwei Teenager auf seinem Bett saßen und miteinander knutschten. Bis wir beide nach Luft schnappten und Jax vor Schmerz das Gesicht verzog.

»Vielleicht sollten wir es etwas langsamer angehen, solange du verletzt bist.«

»Langsamer? Mit dir? Niemals.«

Seine Finger zeichneten den Saum meines Slips nach.

»Ich schulde dir noch ein Versprechen.«

»Und welches?«

»Morgen nach der Vorlesung werde ich mit Bromberg über den Nachteilsausgleich sprechen.«

Mir wurde ganz warm ums Herz. Niemand hatte es so sehr verdient wie Jax. Meine Zustimmung ging in einem leisen Stöhnen unter, und mein ganzer Körper fing an zu vibrieren, als sein Daumen über den dünnen Stoff bis zu meiner empfindlichen Stelle glitt.

Der Eisbeutel fiel zu Boden, und ich tastete nach den Knöpfen meines Kleides, um sie langsam zu öffnen. Bis der Ansatz meiner Brüste zu sehen war. Jax zog seine Hand zurück und stützte sich rückwärts auf seine Unterarme. Seine Augen folgten jeder Bewegung meiner Finger. Knopf für Knopf – Zentimeter für Zentimeter.

»Du bist so unglaublich schön. Alles an dir.« Unsere Blicke trafen sich, und an seinem Kinn zuckte ein Muskel. Ohne hinzusehen, tastete er nach seiner Kamera, die neben ihm auf dem Bett lag, löste die Blende vom Objektiv und hob den Fotoapparat vor sein Gesicht. »Darf ich?«

Ich nickte, und Jax drückte auf den Auslöser, während ich mich weiter auszog. Die Träger meines BHs rutschten locker über meine Schultern – klick! Langsam stand ich von seinem Schoß auf und raffte dabei den Stoff über meinen Oberschenkeln zusammen – klick! Rückwärts bewegte ich mich auf Jax' Dunkelkammer zu – klick! Die Tür schwang auf, und er folgte mir, bis ich gegen die Arbeitsfläche stieß – klick! Für mehrere Herzschläge hielt ich inne, bevor ich langsam meinen Slip auszog.

»Verdammt!« Jax' leiser Fluch ging im erneuten Klicken seiner Kamera unter, und seine Reaktion jagte eine Hitzewelle durch meinen Körper und mein Herz. Und, Himmel, ich wollte das alles für den Rest meines Lebens fühlen – mich so vor Jax fühlen. Sexy, sicher und liebenswert.

Er legte seine Kamera zur Seite und hob mich auf die Arbeitsfläche. Sein Duft hüllte mich ein, und er schob sich zwischen meine Beine, bis ich ihn an mir spürte. Jede Berührung seiner Zunge auf meiner Haut und jedes Streicheln ließen mich unweigerlich nach mehr verlangen. Ich vergrub meine Finger in seinen Haaren, während Jax jedes Stöhnen und jedes Wimmern von mir in sich aufsaugte.

»Davon habe ich geträumt, seit du damals durch diese Tür gefallen bist.«

Mein Puls fing an zu rasen. »Du hast von mir auf diesem Tisch geträumt?«

»Nicht nur das.« Seine Lippen glitten in einem unendlich zarten Kuss über meine, während er meine Hand nahm und auf seine Brust legte, unter der sein Herz gegen meine Handfläche hämmerte. In diesem Moment wurde mir klar, dass er noch so viel mehr damit meinte. Die Erkenntnis und sein verschmitztes Lächeln ließen mich erschaudern. Und auch sein Atem wurde schneller, als er sich das Shirt auszog und ich seine Jeans öffnete, ohne den Blick von ihm zu nehmen. Ja, mit Jax würde ich immer alles wollen. »Dann lass uns Träume wahr machen.« Meine Finger glitten über seine erhitzte Haut.

In einer schnellen Bewegung schob er seine Hände unter meinen Hintern und zog mich an die Kante der Tischplatte. In dieser Position hielt er mich, während er sich ein Kondom überrollte und ich meine Beine um seinen Körper schlang. Unendlich langsam schob er sich in mich, und schon jetzt baute sich ein Druck in mir auf, der es mir unmöglich machte, zu sprechen. Jax' Lippen bewegten sich über meine Haut und hinterließen das Gefühl von süßer Folter. Ich zog ihn näher zu mir heran und drängte mich seinen Bewegungen entgegen, bis er ganz in mir war. Und genau dort wollte ich ihn fühlen. Für mehrere Augenblicke rührten wir uns nicht. Bis Jax seine Stirn gegen meine legte, wie vorhin im *Chesterfield*. Meine Hände suchten nach Halt und vergruben sich in seinen Haaren, als er langsam anfing, sich in mir zu bewegen, ohne den Blick von mir zu nehmen. »Ich will nicht, dass das hier vorbeigeht. Ich will das für immer fühlen. Mit dir. Genau hier, genau so.«

Allein seine Worte katapultierten mich fast zum Orgasmus, und ich war kaum in der Lage, etwas Verständliches zu erwidern. »Jax, ich … ich will dich. Ich will …«

Er stieß tief in mich, bis ich glaubte, zu schweben.

»Alles. Du bekommst alles von mir.« Jax las in mir wie in einem offenen Buch und tat Dinge, die mich – die uns – unaufhaltsam immer weiter an den Rand des Abgrundes trieben. Hier mitten in seiner Dunkelkammer auf einer Arbeitsfläche, die eigentlich für etwas ganz anderes gedacht war. Und als er das Tempo noch einmal erhöhte, drückte er gleichzeitig seinen Daumen auf meine empfindlichste Stelle. Die Explosion in meinem Körper war so intensiv, dass sie Jax unweigerlich mitriss und auch er sofort zum Höhepunkt kam. Seine Augen glänzten immer noch vor Verlangen, als er schwer atmend gegen mich sank und mich küsste. »Der Antiheld und sein Mädchen.«

Ich schloss die Augen und erwiderte seinen Kuss. Ja, er war mein Antiheld, und ich war sein Mädchen.

Kapitel 23

Ally

»Eigentlich hatte ich dir Eis und Netflix versprochen, wenn ich dich besuche. Aber ich dachte, zum Frühstück wäre Kaffee besser.« Etwas umständlich hielt ich einen Papphalter mit vier Bechern darin nach oben, als Savannah mir die Tür öffnete. »Und Donuts. Allerdings nur die ohne Füllung.«

»Das sind die allerbesten.« Sie machte einen Schritt zur Seite, damit ich reinkommen konnte. Dann zog sie mich in eine Umarmung und nahm mir die Becher ab.

»Es tut mir leid, dass der Abend wegen mir gestern so schnell zu Ende war.«

»Du warst nicht schuld. Wohl eher dein durchgedrehter Ex und mein Freund.«

»Dein Freund?« Savannah grinste. »Heißt das, du und Jax, ihr seid zusammen?«

»Na endlich. Ich dachte schon, ihr geht nur miteinander ins Bett.« Mona war aus ihrem Zimmer gekommen und drückte mir ein Küsschen auf die Wange.

»Woher weißt du, dass wir …?«

»Das habe ich dir doch gestern schon gesagt.« Sie zwinkerte mir verschwörerisch zu. »Für so was habe ich ein Auge. Und ihr beide seid doch schon ewig scharf aufeinander.«

Ich öffnete den Mund, um etwas zu sagen, aber Mona war schneller. »Die Arbeit ruft. Ich muss los. Ist einer davon für mich?«

»Klar.«

Sie nahm einen Kaffee aus dem Halter und fischte sich auch einen Donut aus der Tüte. »Du bist ein Schatz. Wir sehen uns später noch in der Kanzlei.« Mona warf uns noch einen Kussmund zu und verließ dann die Wohnung.

»Wie lange kannst du bleiben?«

Ich folgte Savannah in die Küche. »Nur kurz. Mein erster Kurs beginnt in einer Stunde.« Neugierig sah ich mich um. Die Küche war das genaue Abbild von der, die Jax und Hedgehog hatten. Nur dass hier keine Bar- und Cocktailutensilien herumstanden, sondern jede Menge Dosen mit Gewürzen darin, mit Namen, die ich noch nie in meinem Leben gehört hatte. Außerdem standen überall auf der Anrichte in kleinen Blumentöpfen verschiedene frische Kräuter verteilt.

»Mona ist auf irgendeinem orientalischen Kochtrip.« Savannah stellte die restlichen drei Kaffeebecher achselzuckend auf die Arbeitsfläche und sah mich fragend an. »Du willst sicher zu deinem Bruder?«

»Ich wollte mich noch schnell von ihm verabschieden, bevor er fährt. Und fragen, ob bei dir alles in Ordnung ist. Wegen der Sache gestern mit Tom.«

»Eric ist nicht mehr da.«

»Er ist schon gefahren?« In meiner Stimme schwang Enttäuschung mit, auch wenn ich wusste, dass es so am besten war. Auch ohne auf mich zu warten.

»Er hat eine Nachricht für dich dagelassen.« Savannah holte einen kleinen gefalteten Zettel aus ihren Shorts und gab ihn mir.

Hey, All,
es tut mir leid, dass ich gefahren bin, ohne mich zu verabschieden.
Ich hoffe, du verzeihst mir das. Wir sehen uns … irgendwann. Bleib
stark.
Eric

PS: Sag Savannah Danke von mir. Für alles.

Das Blut in meinen Ohren rauschte. Ich las die Nachricht noch einmal laut vor, obwohl ich mir sicher war, dass Savannah sie bereits gelesen hatte. »Hast du ihn noch gesehen?«

Sie schüttelte den Kopf. »Als ich aufgewacht bin, war er schon weg. Der Zettel war alles, was er hinterlassen hat.«

»Keine Nachricht für dich?«

Wieder verneinte sie. »Ich habe ihm meine Nummer gegeben – gestern.« Sie zog ihr Handy aus ihren Shorts und entsperrte das Display, um das Smartphone kurz darauf wieder sinken zu lassen. »Aber er wird sich nicht melden.«

»Ich …« Meine Stimme versagte. *Wir sehen uns … irgendwann.* Der Satz war ein Abschied für länger. Und in der Zeit, während derer er auf Bewährung draußen war, würde er nicht mehr versuchen, herzukommen. Eric war niemand, der seine Fehler an die große Glocke hängte. Oder andere in irgendetwas hineinzog. Vor allem nicht, wenn es um Konflikte mit dem Gesetz ging. Er bestrafte sich eher selbst damit, dass er sich von Menschen, die ihm etwas bedeuteten, zurückzog, als sie weiter mit seiner Vergangenheit zu verletzen. Und so wie er Savannah gestern geküsst hatte, war ich mir nicht sicher, ob dieser Moment für ihn tatsächlich so belanglos gewesen war. »Ich weiß es nicht«, beendete ich endlich meinen Satz. Ich wollte ihr keine falschen Hoffnungen machen. »Er fängt einen neuen Job an und kann die nächsten Monate nicht herkommen. Außerdem sucht er nach einer größeren Wohnung. Er hat wirklich viel um die Ohren in der nächsten Zeit und …«

»Er war im Gefängnis, stimmt's?«

Ich riss erschrocken die Augen auf. »Hat er dir das gesagt?«

»Nein. Aber das, was du mir gerade erzählt hast, passt ganz gut zu jemandem, der gerade entlassen wurde. Zumindest, was meine Erfahrungen angeht.«

»Du hast Erfahrungen mit inhaftierten Männern?«

Sie lachte. »Nein. Nicht so, wie du denkst.« In einer fließenden Bewegung setzte sie sich auf die Anrichte und fischte sich einen Donut aus der Tüte. »Meine Mutter hat genau zwei Fehler in ihrem Leben gemacht: Sie hat sich mit meinem Vater eingelassen, der laut ihrer Aussage mehr Zeit im Knast verbracht hat als draußen.« Savannah atmete hörbar aus. »Und sie hat mich bekommen.« Ihre Lippen waren zu einem schmalen Strich zusammengepresst. Dann leckte sie etwas Glasur von ihrem Daumen und schüttelte den Kopf, als könnte sie so ihre Gedanken loswerden. »Es ist komisch, das alles ist schon ziemlich lange her. Und trotzdem tut es immer noch weh – manchmal.«

Ich wusste ganz genau, was sie meinte. »Hast du noch Kontakt zu deinem Vater?«

»Wir haben uns ein paarmal getroffen. Kurz nachdem ich angefangen habe, zu studieren.«

»Und warum jetzt nicht mehr?«

»Ich glaube, ihm ist seine Situation extrem unangenehm. Die Tatsache, dass er für mich als Kind nicht da sein konnte und mich jetzt nicht unterstützen kann, finanziell, meine ich. Dabei ist das völlig okay. Für eine normale Vater-Tochter-Beziehung ist es vermutlich eh zu spät.« Savannah lächelte halbherzig, ohne mich anzusehen. »Früher hat mir Mom verboten, ihn im Gefängnis zu besuchen, und heute, wo er draußen ist, will er es nicht. Es ist paradox. Ich gerate immer an Menschen, die sich von mir zurückziehen, weil sie denken, sie tun mir nicht gut. Auch wenn wir uns noch gar nicht richtig kennen. Egal, ob sie im Gefängnis waren oder nicht. Damit muss ich wohl leben.«

Ohne Zweifel spielte sie damit auf Eric an. Ich wollte die Sache aufklären. Für Savannah und für Eric. Zumindest ein bisschen. »Mein Bruder ist …«

Savannah hob die Hand, um mich zu stoppen. »Vielleicht ist es besser, wenn du es mir nicht sagst.«

»Er ist einer von den Guten. Das schwöre ich bei meinem Leben. Wenn er sich bei mir meldet, sage ich ihm, dass er dich anrufen soll. Dann wird er dir sicher alles erklären.«

Sie schüttelte wieder den Kopf. »Nein. Ist schon gut. Du brauchst ihn nicht darum zu bitten. Manche Dinge muss man einfach so akzeptieren, wie sie sind. Das macht es leichter.«

»Bist du dir sicher?« Ich fragte sie nicht, was das zwischen ihr und meinem Bruder war. Ob es überhaupt etwas war. Es ging mich auch nichts an. Vielleicht würde sie es mir irgendwann erzählen. Vielleicht nie. Vielleicht hatte ihr der Kuss im *Chesterfield* auch nichts bedeutet. Vielleicht aber doch.

»Also du und Jax, ja?«, wechselte sie kurz das Thema.

Ich legte den Kopf schief. »War das wirklich so offensichtlich?«

»Um ehrlich zu sein, nicht für mich. Aber was weiß ich schon von offensichtlichen Dingen?« Der letzte Satz war so leise, dass ich mir nicht sicher war, ob ich ihn überhaupt hören sollte. »Ich bin die, die einen wildfremden Typen küsst, ihn mit zu sich nach Hause nimmt, und der dann, ohne ein Wort zu sagen, am nächsten Morgen einfach verschwunden ist.« Halbherzig biss sie in ihren Donut, und auch ich nahm mir jetzt eines der Gebäckstücke. »Eis wäre mir jetzt doch irgendwie lieber.«

»Mir auch.« Savannah seufzte frustriert. »Mit ganz viel Schoko-ladensoße.«

»Das holen wir nach. Zusammen mit Mona am Wochenende.«

»Und Netflix?«, schob sie erwartungsvoll hinterher.

»Worauf du dich verlassen kannst.«

Im Gegensatz zum Rest des Tages war die Zeit mit Savannah wie im Flug vergangen. Und selbst auf dem Weg zu *Wallace & Partner* wollte mir unser Gespräch nicht aus dem Kopf gehen. Vielleicht verletzten wir wirklich Menschen damit, dass wir uns aus Scham oder um den anderen zu schützen, zurückzogen, anstatt genau das Gegenteil zu tun: uns zu öffnen.

Eric hatte sich tatsächlich nicht mehr bei mir gemeldet. Als wollte er sich aus meinem Leben radieren, bis seines wieder in Ordnung war. Und mir blieb nichts anderes übrig, als ihm diese Zeit zu geben, auch wenn es mich innerlich zerriss.

Kurz bevor ich das Gebäude von *Wallace & Partner* erreichte, zog ich mein Smartphone aus meiner Tasche und checkte noch ein-mal meine Nachrichten. Auch Jax hatte sich den ganzen Tag nicht gemeldet. Obwohl das Gespräch mit seiner Professorin eigentlich schon vor Stunden gewesen sein musste.

»Setzen Sie sich. Wir wollen anfangen.«

Professor Wallace holte mich aus meinem Gedankenstrudel, als er sich an den großen Konferenztisch setzte und mich ebenfalls dazu aufforderte.

Schon bei unserem ersten Besuch hier waren Mona und ich uns einig gewesen, dass wir noch nie so imposante Büroräume ge-sehen hatten. Das Gebäude wirkte von außen sehr modern, aber im Innern der Kanzlei wurde auf kunstvoll verzierte Holzsäulen, aufwendig gearbeitete Wandreliefe und glänzende Granitfußbö-den Wert gelegt. Und dieser Konferenzraum – oder unsere Wirkungsstätte, wie Wallace ihn nannte – bildete da keine Ausnahme. Deckenhohe, in die Wand eingelassene Mahagoniregale säumten den Raum, in dessen Mitte ein aus dem gleichen Holz maßangefertigter Tisch stand, an dem mindestens zwanzig Leute Platz finden konnten. Vor den ausladenden Fenstern hingen feste Samtvorhänge in Moosgrün, die aus einer anderen Zeit zu sein schienen. Aber noch beeindruckender und fast schon ein bisschen unheimlich war die filigran aus hellem Marmor gemeißelte Frauenstatue auf einem säulenartigen Sockel, die vor der riesigen Fensterfront stand. Sie war nicht besonders groß, trotzdem wirkte sie über alles in diesem Raum erhaben. Und ich ertappte mich dabei, wie ich sie immer wieder verstohlen anstarrte, während ich Akten wälzte und mich durch verschiedene Rechtsfälle arbeitete.

»Ich möchte mich unbedingt noch mit Ihnen über unseren neusten Fall austauschen, den Sie die nächsten Wochen begleiten werden. Eine ganz besondere Angelegenheit.« Er rieb sich die Hände, als würde es sich wahrhaftig um ein Festmahl handeln. »Und denken Sie bitte daran: Sie unterliegen der Schweigepflicht. Das habe ich schriftlich von Ihnen. Sollte irgendetwas aus diesen Räumen durch Sie an die Öffentlichkeit kommen, dann legen Sie sich mit den besten Anwälten dieses Bundesstaates an.«

Ein Lachen ging durch den Raum, doch irgendetwas sagte mir, dass Wallace es diesmal wirklich ernst meinte. Ich zog ein paar Textmarker und einen Stift aus meiner Tasche, um mir Notizen zu machen. Vielleicht konnte ich bis zur nächsten Woche schon einiges zu dem Fall recherchieren und vorbereiten.

»Ich hatte heute ein sehr interessantes Gespräch mit einer Kollegin. Sie hat mich um Rat gebeten in einer Sache, die wohl nicht ganz so oft an Universitäten vorkommt. Meine Damen und Herren, was ist, wenn es zwischen einem Studenten und der Universität zu Unstimmigkeiten kommt und dieser darauf die Fakultät verklagen will?«

»Weil er wegen schlechter Noten seinen Abschluss nicht bekommt?«, fragte jemand dazwischen und lachte, während sich ein ungutes Gefühl in meiner Magengegend ausbreitete.

»Fast«, antwortete Wallace tatsächlich auf die Frage. »Faktisch geht es um einen Abschluss, der auf der Kippe steht. Aber die Gründe, die dieser Student für sein Versagen vorbringt, sind mehr als außergewöhnlich.«

Sein Versagen. Mir war schlecht. Mit jeder Sekunde, die Wallace weiter die Situation erklärte, wurde mir klar, dass er sich mit Jax' Professorin unterhalten haben musste. Es gab keinen Zweifel.

»Also kann jeder, der nicht die entsprechenden Leistungen bringt, so einen Antrag stellen und dann trotzdem seinen Abschluss bekommen?«

Ich schnappte nach Luft. Das war völlig aus dem Zusammenhang gegriffen und entsprach auch nicht der Wahrheit.

Irgendein Typ fing an, über die Vor- und Nachteile eines Gutachtens zu philosophieren, aber ich hörte nicht zu.

Professor Wallace warf einen prüfenden Blick in die Runde. »Irgendwelche anderen Ideen?«

Zögerlich hob ich die Hand. »Aber es geht doch nur um einen Nachteilsausgleich.«

»Nur? Das heißt, jemand, der ohnehin den Leistungsdurchschnitt einer Universität drückt, weil er nicht lesen und schreiben kann, soll auch noch belohnt werden?«

Ohne den Typen im grauen Pullunder anzusehen, schüttelte ich den Kopf. Mein Blick war immer noch auf Professor Wallace gerichtet. »Es geht hier ja nicht um einen erschlichenen Abschluss. Sondern um die Chance, trotz Lernbeeinträchtigung studieren zu können und wie jeder andere einen Abschluss zu machen. Menschen, die eine Lese-Rechtschreib-Schwäche haben, können sehr wohl lesen und schreiben. Sie brauchen eben nur einige Hilfestellungen.«

»Und wollen Sie uns auch sagen, was genau Sie damit meinen, Miss Darling?«

Die Tür zum Konferenzraum ging auf, und Luke kam herein. Ich unterdrückte den Drang, mir erschrocken die Hand auf den Mund zu pressen. Seine linke Augenbraue war mit drei Klammerpflastern geheftet. Die Wange darunter hatte sich in einem dunklen Lila verfärbt, und seine Nase war rot und geschwollen. Er setzte sich nicht zu uns, sondern lehnte sich an die Wand neben der Tür, ohne mich aus den Augen zu lassen.

»Wir hören, Miss Darling.« Wallace trommelte mit seinen Fingern ungeduldig auf die Kante des Tisches.

Ich riss meinen Blick von Luke los und räusperte mich. »Es hilft Leuten mit einer diagnostizierten Lernschwäche oder Legasthenie, wenn sie ihren Lernstoff als Audiodatei hören können. Ebenso, wenn sie Programme nutzen dürfen, die Audioaufnahmen automatisch in ein geschriebenes Dokument umwandeln. Die Benutzung eines Diktiergerätes während einer Vorlesung unterstützt enorm. Und mehr Zeit für Prüfungen und Hausarbeiten wäre auch hilfreich. Damit tut man doch niemandem weh.«

»Aber wir vertreten hier die Interessen der Uni. Und die liegen ganz klar auf der Hand.« Wieder der Pullunder-Typ.

»Und das wäre? Lernbeeinträchtigte Menschen erst gar nicht für ein Studium zuzulassen?« Ich versuchte, das Zittern in meiner Stimme zu unterdrücken. Aber ich war viel zu aufgebracht.

»Danke für Ihre Sicht der Dinge, Miss Darling und Mr Lewis. Wir sprechen nächste Woche weiter. Bis dahin recherchieren Sie gerne einmal über ähnliche Fälle. Auch im Ausland.«

Mein Herz raste, als wollte es mir jeden Moment aus der Brust springen. Ich schnappte mir meine Sachen, um so schnell wie möglich den Raum zu verlassen. Ich wollte nur noch zu Jax.

»Miss Darling.« Professor Wallace hatte sich nicht ein Stück von seinem Stuhl bewegt. »Würden Sie noch einen Moment bleiben?«

Mona sah mich fragend an.

»Ist okay. Geh ruhig vor. Wir reden später.« Ich versuchte, mir meine Unsicherheit nicht anmerken zu lassen. Wallace behielt uns nie für ein Gespräch in seiner Kanzlei. Außer Luke.

»Gut. Bis dann!« Sie nickte und ging auf Luke zu, der ihr aber kaum Beachtung schenkte. Nach wie vor nagelte er mich mit seinem Blick fest. Als fast alle gegangen waren, stieß er sich von der Wand ab und ging auf Professor Wallace und mich zu. Aber weit kam er nicht.

»Luke, Eva soll Ihnen die Unterlagen zum Lincoln-Fall rausgeben. Da hat sich einiges getan, was wir gleich noch besprechen sollten. In meinem Büro.«

»Sicher.« Luke lächelte auf eine Art, die ich nicht deuten konnte, und verließ dann den Raum. Erst als er die Tür geschlossen hatte, stand Wallace von seinem Stuhl auf und setzte sich locker auf die Tischkante. »Woher wissen Sie das alles? Sie sind keine Legasthenikerin. Offensichtlich.«

Verwirrt sah ich ihn an. »Bei allem Respekt, aber das möchte ich nicht so gerne sagen.«

»Es ist privat. Verstehe.« Wallace lächelte. »Kein Problem. Wir haben ja alle unsere kleinen Geheimnisse, die niemand wissen darf.«

Ich schluckte. Worauf wollte er hinaus?

»Sehen Sie die Statue dort?« Ohne eine Antwort abzuwarten, fuhr er fort. »Es ist verblüffend. Jedes Jahr kommen eine Menge Leute in diesen Raum, und niemand hat mich jemals gefragt, was sie zu bedeuten hat, wer sie ist oder woher ich sie habe. Aber Ihnen, Miss Darling, möchte ich die Geschichte heute erzählen. Es ist mir quasi ein inneres Bedürfnis. Setzen Sie sich.« Sein Lächeln wirkte immer noch freundlich, und ich versuchte, mich zu entspannen.

»Das ist Justitia. Die römische Göttin der Gerechtigkeit und das Wahrzeichen der Justiz. Sie trägt eine Augenbinde, damit sie unabhängig von Aussehen, Herkunft und Stand über jeden gleich urteilen kann. Um gerecht zu sein und das richtige Strafmaß zu finden, hält sie eine Waage in der einen Hand. Und das Schwert in der anderen symbolisiert den Vollzug und die Härte der Strafe.«

»Sie ist wirklich beeindruckend.«

»Das ist sie. Und mein ganzer Stolz. Ich habe sie in New York einem Straßenhändler abgekauft, kurz bevor ich diese Kanzlei gegründet habe. Sie verkörpert die absolute Gerechtigkeit.« Er wandte den Blick von der Statue ab und sah jetzt mich an.

»Ich verstehe nicht, was das alles mit mir zu tun hat.«

»Nun, ich dachte, Sie haben ein sensibles Verständnis für Rechtsprechung und Gerechtigkeit. Gerade nach dem, was mit Ihrer Mutter passiert ist.«

»Meine Mutter ist schon lange tot.«

»Ich weiß. Sie ist bei einer routinemäßigen Blinddarmoperation gestorben – Ärztepfusch. Zumindest hat Ihr Vater das Krankenhaus darauf verklagt. Ohne Erfolg. Ihr Vater hat Haus und Hof verkauft, um die Prozesse bezahlen zu können, und hat sich selbst danach noch weiter verschuldet. Wie alt waren Sie da? Gerade einmal dreizehn? Es folgten Alkoholexzesse des Vaters, Besuche vom Jugendamt und schlussendlich der Abstieg Ihres Bruders in die Beschaffungskriminalität. Anstatt nach dem Highschoolabschluss aufs College gehen zu können, mussten Sie den Lebensunterhalt der Familie sichern. Bis Ihr Vater letztes Jahr an Leberversagen gestorben ist und Ihr Bruder bei einem Raubüberfall geschnappt wurde und ins Gefängnis musste. Das letzte Jahr verlief nicht besonders rosig für Sie, nicht wahr? Da muss Ihnen nach all den Entbehrungen die Collegezusage samt Stipendium wie der langersehnte Hauptgewinn vorgekommen sein.«

Meine Hände fingen an zu zittern, und ich versuchte, sie unter dem Tisch zu verstecken. »Woher wissen Sie das alles?«

Wallace lachte. »Glauben Sie, ich informiere mich nicht über meine Praktikanten? Verstehen Sie mich nicht falsch. Ich werde Ihr Geheimnis nicht verraten. Warum sollte ich auch. Genau solche Leute wie Sie suche ich für meine Kanzlei. Menschen, die sich durchbeißen können und den Mut haben, etwas zu riskieren. Menschen, die wissen, um was es wirklich geht. Und Sie sind so ein Mensch, Ally. Sie mussten am eigenen Leib erfahren, dass Rechtsprechung oft nicht das Geringste mit Gerechtigkeit zu tun hat. Es geht immer nur darum, recht zu bekommen. Nicht, es wirklich zu haben.«

Ich verstand immer noch kein Wort. »Was wollen Sie von mir?«

»Ihr Freund Jax Hoover, über den wir eben gesprochen haben, er ist doch Ihr Freund, oder?«

Wortlos nickte ich. Noch immer konnte ich mir nicht erklären, woher er das alles wusste.

»Jedenfalls habe ich nicht vor, den Fall abzulehnen, wenn Sie verstehen, was ich meine.«

»Das können Sie nicht tun. Jax hat so hart für seinen Abschluss gearbeitet. Wenn Sie ihm diese Chance nehmen, dann …«

»Dann? Soweit ich weiß, haben seine Eltern eine recht große Firma, und er hat es eigentlich nicht nötig, überhaupt einen Abschluss zu machen. Laut meinen Informationen werden seine Eltern ihn wegen seiner Legasthenie sowieso nicht einstellen. Ganz egal, wie das hier für ihn ausgehen wird.«

»Wissen Sie das alles von Luke?«

»Luke ist ein guter Kerl. Auch wenn Sie das jetzt vielleicht anders sehen.«

Mir entfuhr ein Schnauben, das Wallace unbeeindruckt ließ. Er war sicher nicht daran interessiert, was ich wirklich über seinen Goldjungen dachte.

»Ich habe gehofft, ich bekomme von Ihnen noch mehr Informationen.«

»Infos, um einen Menschen zu zerstören? Lieber gebe ich das hier alles auf, als Jax das anzutun.«

»Ally, Sie wollen wirklich diese einmalige Chance aufgeben für einen jungen Mann, der vermutlich seinen Abschluss ohnehin nicht erreichen wird? Ich habe Sie ehrlich für klüger gehalten. Aber wenn das Ihr letztes Wort ist, dann gibt es wohl nur eine Möglichkeit.«

»Wollen Sie mich erpressen?«

»Oh nein, das würde ich so nicht sagen. Diese Entscheidung werden Sie ganz allein treffen müssen. Ich habe noch nie einen Fall verloren und werde auch jetzt nicht damit anfangen. Aber wenn Sie Ihren Freund davon überzeugen können, seinen Nachteilsausgleich nicht einzuklagen, werde ich Ihnen versprechen, dass ich Jax Hoover nicht – wie haben Sie es genannt? – vernichten werde. Und wir tun einfach so, als hätte es dieses Gespräch nie gegeben. Was sagen Sie dazu?«

Kapitel 24

Jax

Dieser Tag konnte nicht noch beschissener werden. Erst der Versuch, mit Bromberg zu reden, der alles andere als gut gelaufen war. Sie war natürlich null auf meine Bitte eingegangen, und ich war so wütend geworden, dass ich ihr direkt mit einer Klage gedroht hatte. Das war vielleicht zu impulsiv gewesen, aber ich hatte mir in dem Moment nicht mehr anders zu helfen gewusst, als das volle Programm auszupacken. Und jetzt kam auch noch dieses merkwürdige Gefühl dazu, dass Ally mir aus dem Weg ging. Sie hatte meinen Anruf weggedrückt und sich bis jetzt nicht gemeldet. Dabei müsste sie eigentlich seit Stunden raus aus der Kanzlei sein. Ich zog die Vorhänge zur Seite und sah aus dem Fenster. Die Sonne war noch nicht ganz untergegangen und hatte den Himmel in ein leuchtend rotes Höllenfeuer verwandelt. Selbst die Berge sahen aus, als würden sie in Flammen stehen – als würde der ganze verdammte Himmel brennen. Es juckte mir in den Fingern, dieses Naturschauspiel mit meiner Kamera festzuhalten, um es Hedge fürs *Chesterfield* zu schenken. Da musste ich sowieso einiges wiedergutmachen. Mein Auftritt gestern war mehr als nur schlechtes Timing gewesen. Und der Gedanke, dass Ally sich wegen dieser Sache von mir zurückziehen könnte, ging mir nicht mehr aus dem Kopf. Ich wollte sie endlich in den Arm nehmen. Ihren Duft einatmen, der mich genauso um den Verstand brachte wie ihr Lächeln.

Ihre Wärme, ihre Haut und alles andere, was sie ausmachte – was sie für mich ausmachte. Ich wollte sie küssen. Verdammt, es war schon viel zu lange her, dass ich sie geküsst hatte. Und ich war definitiv süchtig nach ihren weichen Lippen, ihrer fordernden Zunge und ihrem Geschmack. Ich brauchte Ally. Ich brauchte sie auf eine Art, wie ich noch nie eine Frau gebraucht hatte. Es war verrückt, aber ich gehörte ihr. Von dem Moment an, als ich zum ersten Mal vor ihrer Tür aufgetaucht war und mich in ihren grünen, böse funkelnden Augen verloren hatte. In ihrer Gleichgültigkeit, nachdem mein Shirt neben ihr auf dem Boden gelandet war. Und in ihrer erschütternden Traurigkeit, nachdem mein Bier ihre Fotos versaut hatte. Schon damals war ich hart am Arsch gewesen. Auf die beste Art, wie man nur am Arsch sein konnte.

Mein Smartphone in meiner Hand vibrierte, und mein Puls fing an zu rasen, als Allys Foto auf dem Display auftauchte. »Hey.«

»Hey …« Ihre Stimme klang belegt.

Ich unterdrückte ein Fluchen, weil ich nicht wusste, was das zu bedeuten hatte. Weil ich ihr nicht in die Augen sehen und sie einfach in den Arm nehmen konnte. Weil sich dieses eine Wort viel zu reserviert angehört hatte. »Ist alles okay?«

Stille. »Heute war irgendwie kein guter Tag.«

»Wem sagst du das.« Ich versuchte, locker zu klingen. Trotzdem war da wieder diese ungewöhnliche Ruhe, als würde eine unsichtbare Wand zwischen uns stehen. Irgendetwas, von dem ich nicht wusste, was es war. Und ich hasste es. Mein Blick war immer noch auf die glühenden Berge gerichtet. »Hast du schon aus dem Fenster gesehen? Der Himmel brennt.«

»Ja.« Sie räusperte sich. »Es ist wunderschön.«

Das Lächeln in ihrer Stimme war wie Musik in meinen Ohren. »Was hältst du davon, wenn du deinen hübschen Hintern zu mir hochschwingst, ich uns Pizza bestelle und wir diesen Tag einfach nur …«

»Jax.« Sie seufzte. Von einer Frau auf diese Weise unterbrochen zu werden, bedeutete nie etwas Gutes. Nie.

»Okay, hör zu. Ich weiß nicht, was los ist, aber wenn es um diese Scheiß-Luke-Geschichte geht, dann …«

»Es geht nicht um Luke«, sagte sie leise. »Ich habe nachgedacht.« Wieder machte sie eine Pause. »Es geht um das, was ich dir geraten habe. Was du tun solltest, wenn deine Professorin sich querstellt. Ich meine, vielleicht war mein Vorschlag doch zu vorschnell. Vielleicht ist es ja gar nicht nötig, gleich zu klagen.«

»Ally, was soll das? Können wir uns bitte in Ruhe darüber unterhalten. Wenn ich dich dabei ansehen kann. Wo bist du?«

»Jax, bitte. Das hier ist zu wichtig.«

Immer wieder fuhr ich mir mit der freien Hand durch die Haare, bevor ich das, was ich dachte, laut aussprach. »So wichtig, dass du es mit mir am Telefon klären musst?« Verdammt, ich wollte endlich wissen, was los war. »Steckt Luke dahinter? Hat er dir gedroht? Hat er irgendeinen Scheiß erzählt?«

»Nein. Luke hat damit nichts zu tun. Wirklich. Das musst du mir glauben. Versprich mir einfach nur, dass du nicht klagen wirst. Versprich es mir. Bitte, Jax.«

Die Verzweiflung in ihrer Stimme machte mich fertig. Was zum Teufel hatte das alles zu bedeuten? »Erzählst du mir auch, warum?«

»Das kann ich nicht.«

»Du willst also, dass ich meine vermutlich einzige Chance, die ich auf einen Nachteilsausgleich habe, aufgebe? Ohne dass du mir sagst, was passiert ist?«

»Es ist nichts. Ich möchte nur, dass wir einen anderen Weg finden. Das ist alles. Versprich es mir. Bitte.«

Ich glaubte ihr kein Wort. Das konnte nicht der Grund sein. Irgendwas war heute passiert. Und wenn ich herausfand, dass Luke dahintersteckte, würde ich ihm alle Knochen brechen. Selbst wenn ich für den Rest meines Lebens dafür bezahlen müsste.

»Gut. Ich verspreche es. Versprichst du mir auch etwas?«

»Und was?«

Ich wollte ihr sagen, dass sie sich in Acht nehmen sollte. Gerade vor Leuten wie Luke. Ich wollte ihr sagen, dass ich für sie da war – egal wann. Und ich wollte ihr sagen, was sie mir bedeutete.

»Das würde ich dir gerne erzählen, wenn wir uns sehen.«

Die Tür zu meinem Zimmer wurde mit einem Ruck aufgerissen, und Olly stürmte mit Garrett im Schlepptau herein. »Hey, Alter! Willst du auch eins?« Olly hielt eine Flasche Bier in die Luft. »Hedge hat irgendein Importzeug aus Europa angeschleppt. Ich schwöre dir, die passen gar nicht alle in euren Kühlschrank.«

Ich deutete auf mein Telefon, und die beiden verzogen sich mit einer schuldbewussten Miene wieder aus meinem Zimmer. Aber ihr Auftritt hatte gereicht, damit Ally eine Entscheidung für uns treffen konnte. Sie zögerte nicht eine Sekunde. »Ist schon okay. Ich muss heute noch lernen. Und du hast schon so oft wegen mir auf ein Bier mit deinen Jungs verzichtet.«

Das war nicht das, was ich hören wollte. Im Augenblick interessierten mich die Jungs und ihr Bier reichlich wenig. Aber Ally beendete das Gespräch mit einer weiteren Ausrede, die ich ihr nicht abnahm. Und ich war zu fertig, um sie ein weiteres Mal darauf festzunageln. Was auch immer diese plötzliche Distanz zwischen uns ausgelöst hatte, es gab mir das ungute Gefühl, dass hier etwas überhaupt nicht in Ordnung war. Und der brennende Himmel stimmte mir zu.

Ally ging mir aus dem Weg. Seit drei Tagen hatten wir uns jetzt nicht mehr gesehen. Meine korrigierten Hausarbeiten und ein paar eingesprochene Tapes hatte sie Hedge gegeben, als ich noch in der Uni war. Zufall? Sicher, sie musste gerade viel für die Uni tun, und dann waren da auch noch ihre zwei Jobs. Aber selbst ein Fünfjähriger hätte erkannt, dass da etwas nicht stimmte. Und auch Luke war wie vom Erdboden verschluckt. Ich wollte diesen Penner zur Rede stellen, aber egal, wo ich ihn suchte, er war nicht da. Selbst Hedgehog, den ich gebeten hatte, sich für mich umzuhören, fand nichts heraus. Luke war wie ein Wiesel in der Nacht. Und ich tappte weiter im Dunkeln mit meiner Vermutung, dass er etwas damit zu tun haben könnte.

Genervt stieß ich die Luft aus und schob den Gedanken, Ally kurz vor ihrem nächsten Kurs abzufangen, zur Seite. Ich hatte nur noch eine halbe Stunde, bevor mein eigener Kurs bei Bromberg beginnen würde. Aber als ich in den Gang zu meinem Hörsaal abbog, stoppte ich abrupt. Bromberg stand vor der schweren Eichentür und unterhielt sich mit einem Mann, den ich nicht kannte. Beide drehten sich zu mir um.

»Mr Hoover, ich bin überrascht, Sie hier zu sehen. So früh.«

Natürlich war sie überrascht. Sie hatte keine Ahnung. Aber ich wollte nicht, dass die Situation weiter eskalierte. Das Gespräch von Anfang der Woche hatte ich immer noch nicht ganz verdaut, und mein Kopf war einfach zu voll. Ich war gerade nicht in der Verfassung, mit dieser Frau weiter über Dinge zu diskutieren, die sie nicht verstand oder verstehen wollte. Außerdem hatte ich Ally versprochen, die Füße stillzuhalten. Bevor ich mich zu einem knappen Nicken durchringen konnte, hatte irgendetwas an mir die Aufmerksamkeit dieses Typen erregt, der mich ansah, als wäre ich ein Clown in einem Zirkus. Bromberg schaute auf die Uhr und verabschiedete sich von dem Mann mit der Entschuldigung, noch einen Termin zu haben, während ich Anstalten machte, in den leeren Hörsaal zu gehen.

»Hoover? Sie sind Jax Hoover?«

»Und wer sind Sie?«

»Wo sind nur meine Manieren geblieben?« Der Typ streckte mir seine Hand hin und lachte selbstgefällig. »Wir kennen uns nicht. Oder besser: Sie kennen mich nicht. John Wallace. Ich bin Dozent hier und unterstütze die Uni zusätzlich in Rechtsfragen. Keine große Sache.«

Ich öffnete die Tür zum Hörsaal und warf einen irritierten Blick über meine Schulter, als Wallace mir wie selbstverständlich folgte. Was wollte er von mir?

»Es ist erstaunlich, was für eine imposante Ausstrahlung dieser Raum immer wieder auf einen hat. Selbst wenn man schon Hunderte Male durch diese Tür gekommen ist. Finden Sie nicht? Dieses unsichtbare Versprechen von grenzenlosem Erfolg, das in der Luft zu liegen scheint.« Er blieb stehen und drehte sich zu mir um. »Wie fühlt es sich an, wenn man genau weiß, dass man das alles nicht erreichen kann?«

»Bitte was?« Mein Rucksack rutschte von meiner Schulter und fiel auf einen der Tische in der ersten Reihe. »Was soll diese komische Frage?«

»Eigentlich nichts. Ich frage mich nur, was das für ein Gefühl ist, wenn man nicht das bekommt, was man eigentlich so sehr möchte.«

Meine betonte Lässigkeit stand in völligem Gegensatz zu meiner inneren Anspannung. »Ich glaube nicht, dass Sie irgendeine Ahnung von dem haben, was ich im Leben möchte.«

»Nun ja, Sie wollen Ihren Abschluss in BWL. Und nach allem, was ich über Ihre Arbeitsmoral gehört habe …«

»Meine Arbeitsmoral?« Ich ballte die Hände zu Fäusten.

»Als Grace Bromberg mir von Ihnen und Ihrem Vorhaben erzählt hat, war ich wirklich neugierig auf Sie. Ich habe mich echt gefragt, was hinter Ihrer Motivation stecken könnte. Ein junger Mann, der sich im wahrsten Sinne des Wortes ohne tatsächliche Erfolge durch ein Studium schleppt und am Ende zu scheitern droht, will die Universität auf eine Anpassung der Studien- und Prüfungsbedingungen verklagen. Das ist schon eine große Sache, oder? Also habe ich Sie etwas genauer unter die Lupe genommen.«

Ich kannte diesen Mann nicht, und er kannte mich nicht. Was zur Hölle hatte der ganze Mist zu bedeuten? »Und warum?«

»Nun, ich wollte wissen, wer Sie wirklich sind, Mr Hoover. Ich unterrichte seit so vielen Jahren an dieser Universität, und der Gedanke, dass meine Kollegin tatsächlich einen Fehler gemacht haben könnte, wurmte mich.« Wallace ging ein paar Schritte auf und ab. »Aber dann wurde mir einiges klar: Sie haben es sich zur Aufgabe gemacht, Lehrkräften das Leben zur Hölle zu machen. Und damit haben Sie bereits in der Grundschule angefangen. Und jetzt, wo es tatsächlich darum geht, einen Abschluss in der Tasche zu haben, versuchen Sie mit allen Mitteln, das zu bekommen, was Sie wollen.«

»Ist das wirklich das, was Sie über mich denken?« Ich unterdrückte ein Schnauben. Diese Art von Gespräch hatte ich schon zu oft geführt.

»Um ehrlich zu sein, habe ich mich schon gefragt, was Ihre Eltern Ihnen versprochen haben, wenn Sie tatsächlich hier bestehen. Einen Porsche? Oder doch eher einen Aston Martin?«

Jetzt reichte es langsam. Aber noch bevor ich ihm eine saftige Antwort entgegenschleudern konnte, redete er weiter. »Aber dann hatte ich ein wirklich nettes Gespräch mit einem …« Er machte eine kurze Pause, als müsste er nach dem richtigen Wort suchen. » … Kollegen, der mich darüber aufgeklärt hat, dass Ihre Eltern überhaupt keinen Abschluss von Ihnen fordern und der ganze Stress absolut umsonst gewesen wäre, den Sie da anzetteln wollten.«

Jeder einzelne Muskel in meinem Körper schien sich wie eine Warnung anzuspannen. »Woher wissen Sie das über meine Eltern?«

»Nun«, setzte er an und ließ meine Gegenfrage unbeantwortet, »Sie können wirklich froh sein, dass Ihre Freundin Sie zur Vernunft gebracht hat. Sie ist offensichtlich die Klügere von Ihnen beiden.«

Meine Freundin? Ally? Ich verstand kein Wort, von dem, was er da sagte. »Was zum Teufel hat Ally damit zu tun?«

»Oh, nicht viel. Sie hat uns nur zugesichert, mit Ihnen zu reden. Schließlich steht nicht nur der Ruf der Uni auf dem Spiel. Solche Geschichten schlagen immer viel zu hohe Wellen. Das wollen wir doch alle nicht, oder?«

Das Rauschen in meinem Kopf wurde stärker, bis ich das Gefühl hatte, unter einem Wasserfall zu stehen. Das alles ergab doch keinen Sinn. »Woher kennen Sie Ally, und wieso sprechen Sie mit meiner Freundin über mich?«

»Offensichtlich haben Sie mir vorhin nicht richtig zugehört. Ich unterrichte hier an der Uni, und Ihre Freundin besucht zufällig einen meiner Kurse. Und hat außerdem das große Glück, einen Blick in einige Fälle meiner Kanzlei werfen zu dürfen. Auch in Ihren, wenn es dazu gekommen wäre. Es gibt schon komische Zufälle, finden Sie nicht? Und ich muss schon sagen, ich hätte mich mit Vergnügen dazu bereit erklärt, dieses Verfahren zu übernehmen.«

Mein Hals fühlte sich plötzlich rau an, als mir klar wurde, wer Wallace wirklich war. Natürlich, Allys Professor, bei dem sie das Praktikum machte, war auch der Anwalt der Uni. Sie hatte den Namen irgendwann erwähnt. Verdammt! Ich hätte den Zusammenhang sofort erkennen müssen.

»Aber Ally hat sofort eingelenkt und wusste es zu verhindern.«

Sie wusste es zu verhindern? Den Rechtsstreit, zu dem sie mir selbst geraten hatte? Etwas in mir wollte das alles nicht glauben. Nicht ein einziges Wort von dem, was Wallace da behauptete. Das musste alles eine riesige Lüge sein oder ein dämlicher Zufall. Ally würde nie jemandem etwas erzählen, von dem man sie gebeten hatte, es nicht zu tun. Sie würde sich nie für etwas entscheiden, was jemandem schaden könnte. Nie. Ihr Gesicht tauchte vor meinem Inneren auf, und ich hätte am liebsten die Augen geschlossen. Ich versuchte, mich an das Gefühl ihrer Hand in meiner zu erinnern. Kurz bevor sie für mich auf dieser Hochzeit die Getränkekarte laut vorgelesen hatte. An ihren Gesichtsausdruck, der so voller Vertrauen gewesen war, als wir die Party meiner Eltern verlassen hatten, ohne dass sie wusste, warum. Und an den Moment, als ich ihr in der Mensa von mir erzählt hatte. Ally wusste alles über mich. Mehr als jeder andere Mensch auf dieser Welt.

»Kommen Sie. Ziehen Sie nicht so ein Gesicht, als hätte man Ihnen gerade das Herz aus der Brust gerissen. Seien Sie ein bisschen nachsichtig mit Ihrer Freundin. Die Geschichte mit ihrem Bruder nimmt sie gerade sehr mit.«

»Die Geschichte mit ihrem Bruder?«

»Ja, die Anklage wegen Raubüberfalls mit schwerer Körperverletzung. Hat sie Ihnen das nicht gesagt?«

Ich schluckte schwer.

»Jeder hat offensichtlich seine kleinen Geheimnisse, Mr Hoover. Nicht nur Sie.« Er sah mich an wie eine Spinne, die ihre Beute beobachtete und nur darauf wartete, dass sie endlich ins Netz ging. Aber darauf konnte er lange warten. Ich war nicht so dumm, dass ich mich körperlich mit ihm anlegen würde, aber es reichte mir.

»Sie sollten jetzt besser nichts mehr sagen, bevor ich mich vergesse.«

Wallace lachte und hob abwehrend die Hände. »Drohen Sie mir etwa? Was wollen Sie denn tun? Mich verprügeln? Wie Sie es mit Luke gemacht haben?«

»Nein.« Wieder war er mir einen Schritt voraus. »Aber den Dekan wird es ganz sicher interessieren, was Sie für ein Arschloch sind.«

Jetzt brach Wallace in ein richtiges Gelächter aus und fasste sich dabei mit beiden Händen an sein Herz, als hätte ich ihn damit tatsächlich getroffen. »Das bin ich also in Ihren Augen? Interessant. Denken Sie wirklich, man würde Ihnen mehr glauben als mir? Ich bin seit über zwanzig Jahren an dieser Fakultät tätig und überdies ein sehr erfolgreicher Anwalt. Was man von Ihrem Lebenslauf und Ihren Noten nicht gerade behaupten kann. Ganz egal, was Sie vorhaben, es wird nicht funktionieren. Jemandem wie Ihnen wird man ganz sicher nicht glauben.« Er machte einen Schritt auf mich zu, ohne die Stimme zu erheben. »Ich habe schon vielen Leuten dabei zugesehen, wie sie knietief im Dreck standen und trotzdem immer weitergestrampelt und -getreten haben, bis sie in ihrer eigenen Scheiße ertrunken sind. Und Sie sind genau so jemand, der dazu neigt, stimmt's? Sie müssen immer mit einem lauten Knall verschwinden. Wie ein Zauberer, der so die Illusion vertuscht. Aber wenn Sie jetzt einfach gehen, wird sich niemand an Ihren peinlichen Abgang am Ende des Semesters erinnern. Denn sind wir doch mal ehrlich: Leute wie Sie schaffen es ohnehin nicht. Und manchmal ist es besser, das einfach einzusehen. Wenn selbst Ihre Eltern Ihnen keine Chance geben.«

Der Impuls, den Hörsaal sofort zu verlassen, wurde immer größer und saß mit einem solchen Gewicht auf meiner Brust, dass es mich geradewegs zurück in meine Kindheit katapultierte. Alte

Erinnerungen prügelten auf mich ein wie eine Horde Hooligans in einem Stadion. Und Wallace lachte darüber, bis sich das Geräusch in meinen Ohren nur noch wie ein schrilles Piepen anhörte.

»Oder haben Sie wirklich gedacht, dass ein paar mittelmäßige Hausarbeiten das Ruder bei Ihnen noch herumreißen können?«

Ich konnte mir das nicht mehr länger anhören. Ich konnte einfach nicht. Ich musste hier raus. Wie fremdgesteuert griff ich nach meinem Rucksack und ging, ohne ein Wort zu sagen, in Richtung Tür. Mein Kiefer schmerzte von der Anspannung, mit der ich die ganze Zeit die Zähne zusammengebissen hatte. Ich hasste es. Ich hasste alles. Jedes Wort, das sich wie ein Parasit in mich gefressen und dort eingenistet hatte.

Die Tür zum Hörsaal ging auf, aber ich achtete nicht darauf, wer hereinkam. Noch bevor ich hinausgegangen war, feuerte Wallace einen letzten verbalen Schuss auf mich ab.

»Ach, und, Mr Hoover? Wo wir schon bei Chancen sind: Miss Darling ist eine junge Frau mit viel Potenzial für den Beruf als Rechtsanwältin. Ich prophezeie ihr eine große Kariere in einer erfolgreichen Kanzlei. Warum tun Sie sich und ihr nicht einfach den Gefallen und stehen ihr nicht länger im Weg.«

Er hatte mich getroffen.

Tödlich.

Kapitel 25

Ally

»Versteckst du dich hier hinten vor irgendwas?«

Mona stand neben mir und deutete auf ihre Uhr. »Unsere Schicht ist seit fünfzehn Minuten zu Ende.«

Irritiert hob ich den Kopf. Ich war gerade dabei, Cornflakes-Packungen auf eine Palette im Lager zu stapeln. »Ist es schon so spät?« Meine Frage beantwortete sie mit einem Nicken, wobei mir ihre hochgezogenen Augenbrauen verrieten, dass sie immer noch auf eine Antwort wartete. »Du bist gefühlt schon die ganze Woche hier hinten in diesem Loch.«

Normalerweise teilten wir uns die Lagerarbeit, aber diese Woche hatte ich mich freiwillig gemeldet. »Ist okay. Wirklich.«

»Klar, für jemanden, der sich vor einer Horde Zombies verstecken will, bestimmt. Also? Wer sind sie?«

»Wer ist was?«

»Na, die blutsaugenden Zombies, vor denen du dich versteckst?«

»Ich verstecke mich nicht.« Die Wahrheit war, dass ich eher versuchte, der Welt und meinen Gedanken aus dem Weg zu gehen. Aber konnte man das überhaupt? Jedes Mal, wenn es um mich still wurde, waren meine Gedanken umso aufdringlicher. Ich hatte Mona nichts von dem Gespräch mit Wallace erzählt. Auch Savannah gegenüber hatte ich kein Wort gesagt. Und Jax? Ich wollte ihm nicht aus dem Weg gehen. Zumindest versuchte ich, mir das einzureden. Aber meine Bitte, sich nicht mit der Uni anzulegen, war für ihn sicherlich noch nicht vom Tisch. Er würde nicht lockerlassen, bis ich ihm alles erzählt hatte. Und das ging einfach nicht. Ihm alles zu erzählen, wäre Vertragsbruch, und wie sollte es dann weitergehen? Wenn ich nicht nur den Job bei Wallace verlor, sondern darüber hinaus rechtliche Konsequenzen für mich drohten, dann konnte ich mein ganzes Studium an den Nagel hängen. Wie sollte ich danach jemals als Anwältin Fuß fassen? Wallace hatte Macht, und er würde sie verwenden, um meine Karriere zu zerstören, bevor sie überhaupt angefangen hatte. Und abgesehen davon: Konnte ich Jax die Wahrheit überhaupt zumuten? Was würde das für ihn bedeuten, wenn seine Legasthenie auf diese Weise gegen ihn verwendet werden würde? Das Thema war schwierig genug für ihn. Zu wissen, dass seine Professorin gleich einen Anwalt eingeschaltet hatte, würde ihm den Rest geben und das Stigma, unter dem er so litt, nur noch deutlicher machen. Und anlügen konnte ich ihn nicht, wenn ich ihm in die Augen würde sehen müssen. Jax nicht den wahren Grund sagen zu können war eine Zerreißprobe. Und ihn deswegen nicht zu sehen war fast noch schlimmer. Für einen Moment blendete ich alles um mich herum aus und erinnerte mich an all die Momente, die nur Jax und mir gehörten. An die erste Kassette, die er mir geschickt hatte. An den Moment im *Chesterfield*, am Waffeltag in der Mensa und im Park unter den Sternen. An den Abend in seiner Dunkelkammer und an den Tag nach der Hochzeit, als er mich zum ersten Mal geküsst hatte. Es gab Tausende solcher Erinnerungen, die nur uns beiden gehörten. Gott, ich vermisste ihn so wahnsinnig.

Ich wünschte, ich könnte die Zeit anhalten, um nach irgendeiner Lösung zu suchen. Nach irgendetwas, das alles wieder in Ordnung bringen würde.

Jax war ein Kämpfer, und ich hatte keinen Zweifel daran, dass er auch in diese Schlacht gezogen wäre. Ohne zu zögern. Aber dieser Kampf wäre von Anfang an zum Scheitern verurteilt gewesen. Denn Wallace hätte ihn mit einem Schlag vernichtet. Ich hatte mich durch genug Fälle gelesen und wusste, was diese Kanzlei schon alles gewonnen hatte. Wallace drohte nicht. Alles, was er sagte, meinte er auch so. Es war ein Versprechen – immer.

»Dir ist klar, dass ich dir das nicht abnehme, oder?«

»Es ist alles in Ordnung«, versuchte ich, Mona noch einmal zu beschwichtigen. »Ich mache das hier nur noch fertig, dann gehe ich auch. Kein Versteckspiel.«

»Bist du sicher? Ich kann auch auf dich warten. Mein Date mit Donna ist erst in einer halben Stunde.«

Das Letzte, was ich wollte, war, Mona ihr Date zu ruinieren. »Geh ruhig. Ich komme klar.«

Mona pustete sich eine Locke aus der Stirn. Sie war immer noch nicht ganz überzeugt.

»Wenn du mich noch länger von der Arbeit abhältst, dann werde ich nie fertig«, versuchte ich es noch einmal scherzhaft.

»Drei Minuten, dann mache ich Schluss. Versprochen.«

»Okay.« Langsam setzte sie sich in Bewegung, drehte sich dann aber doch noch einmal zu mir um. »Aber wenn du doch jemanden zum Reden brauchst …«

Ich nickte und zwang mich zu einem Lächeln. »Dann rufe ich Savannah an und werde mich auf keinen Fall bei dir melden.« Mein Sarkasmus zeigte Wirkung. Mona zog eine zufriedene Grimasse und warf mir dann ein Luftküsschen zu, bevor sie im Laden verschwand.

Fünf Minuten später verließ ich ebenfalls das Lager und klopfte gegen den Türrahmen von Ernies Büro, um mich zu verabschieden. »Ich gehe dann jetzt auch.«

Ernie sah von seinem Schreibtisch hoch und zog die sonnengegerbte Stirn in Falten. »Deine Schicht ist schon seit zwanzig Minuten zu Ende, und ich kann dir keine Überstunden bezahlen.«

»Ich weiß. Ich hatte noch was im Lager zu tun. Keine große Sache.«

Er sah mich eine gefühlte Ewigkeit an, als müsste er jedes meiner Worte intensiv analysieren. Dann nickte er. »Brauchst du noch was? Vielleicht Tortillas? Käse? Marshmallows? Oder doch lieber einen Becher Eiscreme?«

»Sieht man mir das so an, dass ich Eis brauchen könnte?«

»Ich weiß nicht viel über Menschen und was sie brauchen. Aber was ich sofort sehe, ist, wenn etwas mit einer meiner Töchter nicht stimmt. Und du, nun ja, vom Alter her könntest du auch meine Tochter sein.« Der in die Jahre gekommene Schreibtischstuhl knarzte, als Ernie aufstand und aus der Truhe vor seinem Bürofenster zwei kleine Becher Eis herausnahm und mir einen davon reichte. Ich löste den Löffel vom Boden des Bechers und schob ihn mir mit einer großen Portion Eis darauf in den Mund. »Mmmh. Chocolate Chip Cookie Dough.«

Ernie nickte zustimmend und öffnete ebenfalls seinen Becher. »Mir wurde gesagt, das ist das beste.«

»Ist es.« Ich räusperte mich und hob den Blick. »Ernie?«

»Hm?«

»Woher weißt du, wann es sich lohnt, für etwas zu kämpfen, und wann es besser ist …«

»Die Füße stillzuhalten?«, beendete er meine Frage und sog hörbar die Luft ein.

»Die Sache mit deinem Vermieter vor ein paar Wochen …« Wieder beendete ich meinen Satz nicht. Ich hatte das Gespräch nur durch Zufall mitbekommen, und Ernies Entscheidungen gingen mich absolut nichts an. Aber er gehörte nicht zu den Männern, die sich einschüchtern ließen. Eher im Gegenteil. »Du hast schon so viele Kämpfe in deinem Leben gekämpft. Warum diesen nicht?«

»Weil es manchmal besser ist, gar nicht erst zu kämpfen, als zu riskieren, alles, was man hat, zu verlieren.« Er macht eine kurze Pause. »Ich bin ein ehrenwerter Mann. Verdiene mein eigenes Geld, zahle Steuern, habe eine Krankenversicherung und schicke meine Kinder aufs College. Alle fünf. Das ist das, was mein Vater mir beigebracht hat. Man kämpft viele Schlachten in seinem Leben allein.« Sein Blick ging zu einem Familienfoto, das auf seinem Schreibtisch stand und seine Töchter mit seiner Frau zeigte. »Aber die wichtigsten Kämpfe bestreitet man nicht für sich selbst.«

Ich dachte an meine Mutter, die zu schwach gewesen war, um weiterzukämpfen. An meinen Vater, der zu viel gekämpft und am Ende alles verloren hatte. An Eric, der es so sehr verdiente, dass man um ihn kämpfte. Und an Jax, für den ich mehr als alles andere eintreten wollte, aber nicht durfte. »Und woher weiß ich, wann es besser ist, aufzugeben?«

Ernie warf seinen leeren Eisbecher in den Mülleimer und strich sich dann nachdenklich über den Bart. »Dein Herz. Wenn du auf die Stimme deines Herzens hörst, kannst du nichts falsch machen.«

Und wie hörte man auf sein Herz? Woher wusste man, dass es das Herz war, das mit einem redete, und nicht der Verstand? Den ganzen Weg ins Wohnheim hatte ich versucht, in mich hineinzuhören. Aber in dem ganzen Chaos war es unmöglich gewesen, einen klaren Gedanken zu fassen. Es war, als würde ich in der Mitte eines mit Menschen überfüllten Raumes stehen und alle redeten gleichzeitig auf mich ein. Bei dem Durcheinander von Stimmen konnte ich unmöglich etwas verstehen. Oder auf etwas hören. Frustriert stieß ich die Luft aus. Dabei war der einzige Mensch, mit dem ich wirklich reden wollte, Jax. Mein Herz stolperte, als hätte es mit diesem einen Gedanken die Antwort bekommen, die es wollte – die es brauchte. Ich musste mit Jax reden, ihn sehen, ihn … Als ich den Gang zu meinem Zimmer erreichte, beschleunigte sich mein Puls. Jax stand dort. Vor meiner Tür. Wir hatten uns nur ein paar Tage nicht gesehen, aber in diesem Moment fühlte es sich an wie eine Ewigkeit. Er hatte mich noch nicht bemerkt, aber mit jedem Schritt, den ich auf ihn zuging, füllte sich mein Inneres mehr mit einem erwartungsvollen Kribbeln, das bis tief in meine Magengrube reichte. Meine Gefühle drohten, sich zu überschlagen, so sehr hatte er mir gefehlt. »Hey.«

Jax drehte sich zu mir um. Ich war immer noch ein gutes Stück von ihm entfernt, trotzdem fiel mir sofort sein zerknittertes Shirt auf. Und seine Haare, die so durcheinander waren, als wäre er hundertmal mit den Händen drübergefahren. Sein Blick traf meinen und jagte mir einen Schauer über den Rücken. Für mehrere Sekunden sah er mich ausdruckslos an. Seine Augen wirkten trotz der spärlichen Flurbeleuchtung glasig und flackerten. Schwankend trat er einen Schritt zurück und streckte mir seinen Arm entgegen, als wollte er mich stoppen und nicht, dass ich näher kam. Was …? Ich erstarrte, als ich die halb leere Flasche in seiner Hand sah, in der eine braune Flüssigkeit träge umherschwappte. Das Blut in meinen Adern gefror augenblicklich zu Eis. Selbst wenn ich es gewollt hätte, ich konnte mich nicht bewegen. »Du bist betrunken.« Die Worte kamen zitternd über meine Lippen, und ich schob mich mit dem Rücken gegen die Wand.

»Jep. Ich wünschte, ich könnte das Gegenteil behaupten. Aber …« Jax schüttelte den Kopf, als wäre es sinnlos, den Satz zu beenden.

»Warum bist du hier?« Meine Stimme brach fast.

»Du bist mir aus dem Weg gegangen. Keine Ahnung, wieso. Obwohl …« Mit zwei Fingern kniff er sich in den Nasenrücken, als müsste er über etwas Wichtiges nachdenken. »Wallace meinte, die Sache mit deinem Bruder würde dich gerade sehr mitnehmen und ich sollte …« Er machte eine theatralische Bewegung mit seiner Hand, bevor er weitersprach. »… ich sollte ein bisschen mehr Verständnis für dich haben. Und weißt du, was? Das habe ich. Das hätte er mir nicht einmal sagen müssen. Aber dieser Penner hatte mich so dermaßen an den Eiern, dass ich ihm in diesem Moment nicht einmal sagen konnte, wie egal mir ist, dass dein Bruder im Knast war. Aber ich bin ehrlich davon ausgegangen, dass meine Freundin mir genug vertraut, um mir so was zu erzählen. So wie ich ihr vertraut habe, als ich ihr meine Geschichte erzählt habe.«

Bei seinen Worten zuckte ich unwillkürlich zusammen. »Ich wollte dir das mit Eric erzählen.« Mein Hals schmerzte, als ich versuchte, den riesigen Kloß hinunterzuschlucken, der in meiner Kehle steckte. Auf keinen Fall hatte ich gewollt, dass Jax das Ganze von Professor Wallace erfuhr. Wie es auch immer dazu gekommen war. »Aber ich hatte Angst, dass du mich nicht mehr willst, wenn du erfährst, dass Eric im Gefängnis sitzt wegen eines Raubüberfalls mit schwerer Körperverletzung.«

Jax nahm einen Schluck aus der Whiskeyflasche, ohne mich aus den Augen zu lassen. »Ich hatte auch Angst. Weißt du das? Gott, ich hatte solchen verdammten Schiss, dir von meinem Problem zu erzählen, dass ich lieber drei Liter Spiritus getrunken hätte. Die Vorstellung, dass du mich für einen Versager halten könntest … Was für ein Idiot ich doch bin, der nicht lesen und schreiben kann.« Er schnaubte. »Von jedem hätte ich das ertragen können, nur nicht von dir. Und was tust du? Du siehst mich. Nicht meine Fehler, nicht das, was bei mir nicht stimmt. Du hast an mich geglaubt, sogar dann, wenn nicht einmal ich selbst an mich glauben konnte. Und ich verliebe mich jeden Tag ein bisschen mehr in dich. Scheiße, Ally! Ich wollte dich schon, bevor ich überhaupt wusste, dass ich dich will. Und nichts hätte das geändert. Auch nicht die Sache mit deinem Bruder.«

Irgendwo in der Ferne rauschte Wasser in einem der Duschräume und unterbrach die Stille. Ich blickte auf den Boden. Jedes Wort hatte mich mit einer solchen Kraft getroffen, dass mein Herz zu versagen drohte und ich mir sicher war, jede Sekunde einfach tot umfallen zu können.

»Du hast es Wallace erzählt. Nicht mir.« Resigniert ließ er sich an der Wand hinuntergleiten, bis er auf dem Boden saß. Die Whiskeyflasche immer noch fest umklammernd. Trotz des vielen Alkohols, den er schon getrunken haben musste, spiegelte sich nüchterner Schmerz in seinem Gesicht wider, den seine eigenen Worte ausgelöst hatten.

Glaubte er wirklich, ich hätte so etwas Persönliches lieber mit meinem Professor besprochen statt mit ihm? Traurigkeit verdrängte meine Schuldgefühle, und ich rang nach Luft und nach Worten. »Ich habe Wallace nichts gesagt. Ich habe niemandem etwas davon gesagt. Nicht einmal Mona.«

Für mehrere Augenblicke blieb es still zwischen uns beiden. Dann hob Jax seine Schultern zu einem hilflosen Zucken. »Ist eigentlich auch unwichtig.«

Nein, das war es nicht. Ich wollte zu ihm gehen und ihm alles erzählen. Von Eric und von Wallace. Ich wollte mich neben ihn knien und ihm sagen, dass ich ihn liebte. Und dass jemand wie ich, die ich jahrelang auf Glück und Liebe verzichten musste, erst wieder lernen musste, damit umzugehen. Dass auch ich ihn so sehr wollte. Dass ich ihn schon gewollt hatte, als ich noch fest davon überzeugt war, ihn zu hassen. Ich wollte ihn küssen und meine Hände in seinen Haaren vergraben. Ich wollte seinen Duft einatmen und alles von ihm in mich aufnehmen. Ich wollte ihn nie wieder loslassen. Aber ich rührte mich nicht. Es ging einfach nicht. Meine Hand tastete nach meinem Schlüsselbein. Zu groß war die Angst vor dem Monster, das in mir lauerte und nur darauf wartete, wie eine Furie auszubrechen. Fast schon automatisch hielt ich die Luft an, als Jax erneut die Flasche öffnete, einen großen Schluck daraus nahm und sich dann wieder hochrappelte. Nur um mich in der Bewegung harsch zu mustern. »Keine Angst, ich komme dir nicht zu nahe.« Ungläubig schüttelte er den Kopf. »Und ich dachte, dieses Vertrauensding hätten wir hinter uns.«

»Du bist betrunken«, versuchte ich, mich zu verteidigen.

»Macht das jetzt noch einen Unterschied?« Die Kälte in seiner Stimme sorgte dafür, dass sich eine Gänsehaut auf meinem gesamten Körper ausbreitete.

Fröstelnd schlang ich meine Arme um meinen Oberkörper. »Warum hast du mit Wallace gesprochen, anstatt …«

»… dich zu fragen?«, beendete er meinen Satz und fuhr nach einer kurzen Pause fort: »Ich habe nicht mit Wallace geredet. Wallace hat mich angesprochen. Er ist mir bis in meinen Hörsaal gefolgt, um mir all diese netten Dinge an den Kopf zu werfen. Zuerst wusste ich nicht einmal, wer der Typ überhaupt ist, aber dann redete er immer mehr über mich und meine Zukunftspläne, die er unmöglich wissen konnte. Und dann sprach er irgendwann von dir, von deinem Bruder und von uns.«

Ich schluckte hart. »Was hat er dir alles gesagt?«

»Ist nicht so wichtig.«

»Für mich ist es das aber. Denn ganz egal, was er dir gesagt hat, ich habe nie mit ihm über dich gesprochen. Nie.«

Wieder winkte er ab. »Das spielt auch keine Rolle mehr. Denn dein super Professor Schrägstrich Anwalt hat recht. Warum das alles, wenn ich sowieso verliere. Wenn eh von Anfang an alles umsonst war. Der Unistress, die ewigen Diskussionen mit meinen Eltern. Du.«

»Was? Was meinst du damit?«

»Es ist völlig egal, ob ich am Ende hier mit einem Abschluss in der Tasche rausgehe oder nicht. Nächstes Jahr um diese Zeit werde ich in Kanada sein. Nicht hier, nicht in Arizona und schon gar nicht in der Firma meiner Eltern. Während du weiter auf dem Weg bist, eine Topanwältin zu werden. Dein Professor meint, du wirst es mal echt weit bringen.«

»Es ist mir egal, was Wallace sagt, du …«

Jax hob die Hand, um mich zu unterbrechen. »Nein, Ally. Es sollte dir verdammt noch mal nicht egal sein. Du hast keine Ahnung, wie schlimm es ist, wenn niemand an einen glaubt. Vor allem in der Uni oder der Schule. Wenn man immer gesagt kriegt, dass man seine Träume und Ziele sowieso nie erreichen wird.« Das Raue war aus seiner Stimme verschwunden, und er klang jetzt müde und abgekämpft. »Jemand, der an dich glaubt, ist Gold wert, wirf das nicht weg.«

»Aber was ist mit dir? Du kannst doch jetzt nicht aufgeben. Was ist mit dem Antihelden passiert?«

Umständlich nestelte Jax am Etikett der Flasche herum. »Ich weiß es nicht. Gerade weiß ich überhaupt nichts. Vielleicht ist er tot. Vielleicht gab es ihn nie.«

»Aber.«

»Ally. Versteh es doch endlich. Es ist vorbei.« Er hob den Kopf, um mich anzusehen. »Man muss akzeptieren, wenn man verloren hat. Alles andere macht es nur noch schlimmer.«

Ich wollte erneut widersprechen, aber die Worte kamen nicht heraus. Weil er teilweise recht hatte. Weil man manche Kämpfe verlieren musste, um glücklich zu werden. So wie es mein Vater hätte tun sollen. Aber nicht Jax. »Warum machst du das?«

»Was? Die verdammte Wahrheit sagen?«

»Dich selbst so quälen. Du weißt, dass nichts von dem, was du über dich gesagt hast, stimmt.«

Er lachte bitter. »Und was ist mit dir? Wie sehr glaubst du an dich, Alyssa Darling? Haben sich für dich all deine Träume erfüllt, ja? Hast du alles bekommen, was du immer haben wolltest? Die Welt da draußen ist beschissen. So sieht es aus. Die Starken schlucken die Schwachen und werden noch stärker. Das ist die Realität. Und weißt du, was noch realistisch ist? Dass Mädchen wie du früher oder später zu Typen wie Luke gehen, wenn sie genug von den dummen Versagern haben.«

In mir krampfte sich alles zusammen. »Wenn es das ist, was du über mich denkst, dann kennst du mich kein bisschen.«

»Du verstehst es immer noch nicht. Was glaubst du, wie das zwischen uns laufen wird? Du als erfolgreiche Junganwältin beim Mittagslunch mit deinen Anzugträger-Kollegen, die es kaum erwarten können, dich ins Bett zu kriegen, während ich irgendwo in Australien am Strand liege und nebenbei ein Video über analoge Fotografie für YouTube drehe, das immer weniger Menschen interessiert? In welcher Welt funktioniert das?« Er schnaubte verächtlich. »Vielleicht in deinem heiß geliebten Nimmerland bei Peter Pan. Du solltest endlich aufwachen und dich der richtigen Welt stellen.«

Alkohol hatte eine zerstörerische Wirkung, und gerade riss er eine riesige Schlucht zwischen Jax und mir auf.

»Ist das dein Ernst?« Ich hatte genug. Wütend ballte ich meine Hände zu Fäusten, bis sich meine Nägel schmerzhaft in meine Haut bohrten. »Ich soll mich der richtigen Welt stellen? Du meinst die Welt, in der ich ohne meine Familie leben muss, weil da niemand mehr ist? In der meine Mutter wegen des Fehlers eines anderen Menschen gestorben ist, mein Vater sich totgesoffen hat und mein Bruder gegen seine Bewährungsauflagen verstoßen musste, um mich wenigstens ein Mal besuchen zu können? Die Welt, in der meine zwei Studentenjobs nicht einmal reichen, um meinen Kühlschrank einigermaßen zu füllen? Und die Welt, in der ich mich in einen selbstgefälligen Arsch verliebt habe, der auf einmal nicht mehr für sich selbst einstehen will und den ich gerade nicht mehr wiedererkenne?« Ein weiteres Beben erschütterte den Riss zwischen uns und machte ihn noch ein Stück größer. Nur mit Mühe konnte ich die Tränen, die hinter meinen Lidern brannten, zurückhalten, und auch an Jax' Kiefer zuckte ein Muskel.

»Ich wollte für mich einstehen, aber dir zuliebe habe ich es nicht getan.«

In seinem Gesicht erkannte ich die gleiche Überheblichkeit wie bei unserer ersten Begegnung. Damals vor meiner Tür. Als wären wir Fremde – zwei Menschen, die sich nicht kannten und die so gegensätzlich waren, wie sie nur sein konnten. Und obwohl uns nur ein paar Meter voneinander trennten, stand in diesem Moment ein ganzes Universum zwischen uns. Mein Puls pochte in meinen Venen wie ein Hammer, der auf einen Amboss geschlagen wurde: wie etwas Fremdes, das nicht zu mir gehörte und viel zu laut in meinem Kopf dröhnte. Das war alles zu viel für mich. »Du solltest nach Hause gehen und deinen Rausch ausschlafen. Ich kann mir das nicht länger anhören.« Aus meiner Stimme war jede Kraft gewichen.

»Ja, vielleicht ist es wirklich das Beste, wenn ich verschwinde. Wir brauchen wohl beide eine Pause voneinander.«

Eine Pause voneinander. Die Worte vermischten sich mit dem leichten Duft von Whiskey und legten sich wie Stacheldraht um meinen Hals und mein Herz. Nichts von dem, was hier passierte, ergab irgendeinen Sinn. Es war zu viel. Alles. Ich musste hier weg. Weg von Jax. Wie in Trance bewegte ich mich auf mein Zimmer zu. Und Jax gab, ohne zu zögern, den Weg zur Tür frei. Mit jedem Schritt hatte ich das Gefühl, wir entfernten uns mehr voneinander. Als würde die Schlucht unaufhaltsam größer werden und wie eine hässliche Narbe zwischen uns klaffen. Jax hatte mich noch nie einfach so gehen lassen. Aber jetzt hielt er mich nicht auf, als ich mit fahrigen Fingern die Tür zu meinem Zimmer aufschloss. Er sagte auch kein Wort, als ich über die Schwelle trat und hinter mir die Tür schloss, ohne mich noch einmal umzudrehen.

Kapitel 26

Ally

Es regnete. Zum ersten Mal, seit ich in Arizona angekommen war, schien nicht erbarmungslos die Sonne. Schon den ganzen Morgen hatte eine dichte Wolkendecke wie eine dunkle Bedrohung am Himmel gehangen, die sich ohne weitere Vorwarnung in einem nicht enden wollenden Platzregen entlud. Und damit offensichtlich ganz Tucson eiskalt überrascht hatte. Immer wieder hetzten Leute fluchend und ohne Regenschirm an mir vorbei, die bereits bis auf die Knochen nass geworden waren. Notdürftig hatte ich mir meinen Blazer über den Kopf gezogen, um zumindest meine Bluse und meine Haare ein bisschen vor dem Wasser zu schützen. Aber als sich der Regen in eine Sturzflut verwandelte, stellte ich mich doch für einen Moment unter das Vordach eines Gebäudes. Mein Blick ging hinüber zur anderen Straßenseite, wo eine Mutter ihren kleinen Sohn hinter sich herzog, der in aller Seelenruhe in jede Pfütze sprang, an der er vorbeikam. Die Regenmassen schienen ihm nicht das Geringste auszumachen. Im Gegensatz zu allen Erwachsenen um ihn herum. Der Junge quietschte vor Vergnügen, als er jetzt seine Mutter bei jedem Sprung bespritzte. Es kümmerte ihn nicht, dass er selbst bereits völlig durchnässt war. Ein Lächeln stahl sich auf meine Lippen. Es war alles so viel leichter, wenn man ein Kind war. Als Kind sah man in allem etwas Schönes. Selbst an solchen Tagen, an denen man im Regen stand. Ich streckte den

Arm aus, um einige der Regentropfen aufzufangen. Augenblicklich füllte Wasser meine Handfläche und verwandelte sie in einen kleinen See. Einen Bergsee irgendwo in den Rocky Mountains. Ich schluckte den Gedanken und all die Erinnerungen, die damit verbunden waren, hinunter. Jax hatte sich nicht gemeldet. Kein Anruf, keine Kassette, er war nicht einmal vorbeigekommen, um mir seinen Lernstoff zum Einsprechen zu bringen. Nichts. Er wollte eine Pause, und ich brauchte Zeit. Wir liefen uns nicht einmal zufällig über den Weg. Dabei wohnten wir nur ein paar Etagen auseinander. Selbst einige unserer Kurse fanden im selben Gebäude statt. Es war, als hätte jemand die Zeit zurückgedreht – als hätte es ein Uns nie gegeben. Und dieser Gedanke war kaum auszuhalten. Seufzend wischte ich mir meine Hand an meinem Rock ab. Dann zog ich mir den Blazer wieder über den Kopf und rannte in den Regen. Kurz darauf erreichte ich das Gebäude von *Wallace & Partner*. Mehr als eine halbe Stunde zu früh, was nicht nur am Wetter lag. Ich wollte mit Wallace reden. Auch wenn es zwischen Jax und mir gerade kompliziert war, musste ich die Sache ins Reine bringen. Fest entschlossen betrat ich das Gebäude und hoffte, ihn in seinem Büro anzutreffen, ehe der Rest der Gruppe auftauchte. Aber noch bevor ich die Tür erreicht hatte, öffnete sie sich, und Luke kam aus Wallaces Büro. Augenblicklich versteifte ich mich, als er seinen Blick über mich wandern ließ und einen Moment zu lang am Ausschnitt meiner feuchten Bluse hängen blieb. »Hey, Ally! Wolltest du zu mir? Du bist früh dran.«

Ich zog den Blazer vor meiner Brust zusammen und straffte die Schultern. »Wie kommst du darauf, dass ich zu dir will?« Mein Ton war eisig. Aber Luke schien das nicht einmal zu bemerken.

Lässig schob er seine Hände in die Taschen seiner Anzughose. »Vielleicht brauchst du nach der Sache mit Jax einen Freund zum Reden.«

Ich zog eine Augenbraue hoch. »Nach der Sache mit Jax? Was bitte meinst du?«

»Na ja, der Abgang auf der Feier seiner Eltern war schon irgendwie … peinlich. Findest du nicht?«

Von seinem selbstgefälligen Lächeln wurde mir übel. Wie konnte ich mich so in Luke getäuscht haben. »Es geht dich zwar nichts an, aber zwischen Jax und mir ist alles in Ordnung.«

Ihm entging das Zucken an meiner Kehle nicht, als ich schluckte. »Ist das so? Dann lässt du dich also immer noch von diesem Typen vögeln?« In seinen Augen funkelte etwas Dunkles, Böses und abgrundtief Gemeines. Ich wich seinem Blick nicht aus. Wenn er glaubte, dass er mich so in Verlegenheit bringen konnte, hatte er sich geschnitten.

»Hat dir eigentlich schon mal jemand gesagt, was für ein Arschloch du bist?«

»Ja«, sagte er spöttisch. »Jax selbst hat es mir schon gesagt. Was für ein Zufall!«

Gerade als ich den Mund öffnen wollte, um zu einer gepfefferten Antwort anzusetzen, ging die Tür erneut auf, und Professor Wallace trat auf den Flur zu uns.

»Miss Darling. Sie sind früh. Was verschafft mir die Ehre? Oder sind Sie wegen Luke hier?«

Ich wandte den Blick von Luke ab, um Wallace zu antworten, aber Luke war schneller.

»Ich habe Ally eine wichtige Frage gestellt, auf die ich leider keine Antwort bekomme.«

»Nun, vielleicht haben Sie die falsche Frage gestellt.«

Luke sah mich weiter unverwandt an. »Ja, das denke ich auch.«

»Ich wollte eigentlich mit Ihnen sprechen, wenn Sie kurz Zeit haben«, schaltete ich mich dazwischen, um Lukes widerliches Spiel zu unterbrechen.

»Aber sicher. Wenn Sie hier fertig sind?«

»Das sind wir.« Ich konnte es nicht erwarten, endlich von Luke wegzukommen.

»Dann kommen Sie.« Wallace machte eine einladende Handbewegung und hielt mir die Tür zu seinem Büro auf. Der Raum war ähnlich eingerichtet wie der Konferenzsaal, in dem wir Studierenden uns immer trafen. Die Möbel waren alle aus dem gleichen Edelholz gefertigt und wirkten liebevoll arrangiert. Ebenso wie die Sammlung von Büchern, von denen ich nicht ein einziges kannte. Noch einmal sah ich mich um. Aus ein paar Boxen an der Decke war leise klassische Musik zu hören, zu der eine Frauenstimme auf Italienisch sang.

»Ich kann bei *Aida* am besten arbeiten.« Wallace deutete auf ein gerahmtes Theaterplakat der italienischen Oper, das an der Wand hing. »Waren Sie schon mal in einer Oper?«

»Nein«, gab ich zu.

»Sollten Sie aber. Nichts berührt die eigene Seele so sehr wie der gesungene Schmerz in mehreren Akten.«

»Ich werde es mir merken.«

Zufrieden nickte er und stoppte dann die Musik mit einer kleinen Fernbedienung, die auf seinem Schreibtisch lag. »Ich bin froh, dass wir uns so gut verstehen, Miss Darling.« Wallace bot mir einen Stuhl an, bevor er sich selbst gegen die Kante seines Schreibtisches lehnte. »Mir liegt sehr viel an Ihnen als Studentin. Ich hatte etwas Sorge, dass unser letztes Gespräch vielleicht etwas zu forsch bei Ihnen angekommen sein könnte.«

»Genau deswegen bin ich hier«, druckste ich etwas unbeholfen herum. Die Sache erforderte doch mehr Mut, als ich glaubte, aufbringen zu können.

»Gibt es ein Problem?«

Ich schüttelte den Kopf. »Es geht um die Sache mit dem Nachteilsausgleich.« Unauffällig wischte ich mir die feuchten Handflächen an meinem Rock ab und räusperte mich. »Vielleicht könnten Sie ja ein gutes Wort bei Professorin Bromberg für Jax einlegen. Dann wäre eine Klage so oder so völlig unnötig.« Ich versuchte, meine gesamte Überzeugungskraft in meine Argumentation zu legen, wie Wallace es uns selbst in den Vorlesungen schon so oft gepredigt hatte. »Jax arbeitet wirklich hart für seinen Abschluss. Es bedeutet ihm unglaublich viel.«

»Hat er denn immer noch vor, zu klagen?«

Irritiert runzelte ich die Stirn. »Nein. Ich denke nicht. Trotzdem wäre diese Art von Unterstützung unglaublich wichtig für seine Lernschwäche. Und ich dachte …«

Wallace unterbrach mich. »Es ist wirklich herzallerliebst, dass Sie Mr Hoover so in Schutz nehmen wollen, aber das ist gar nicht nötig. Er machte den Eindruck, als könnte er sich ganz gut selbst verteidigen. Zuerst war er nicht sehr gesprächig, aber dann haben wir uns wirklich nett unterhalten. Am Ende war er sogar sehr einsichtig bei allem, wie mir schien.«

»Einsichtig?« Misstrauen flackerte in mir auf. »Ich verstehe nicht ganz.«

»Ally, ich denke, Sie hätten das Zeug dazu, eine richtig gute Anwältin zu werden. Aber Sie müssen Ihren Fokus mehr auf sich selbst legen.«

»Und was hat das alles mit Jax zu tun?«

»Mr Hoover war da ganz meiner Meinung.«

»Er war Ihrer Meinung?« In meinem Kopf fing sich alles an zu drehen, als mir klar wurde, was Wallace da gerade gesagt hatte. Jax' Verhalten an dem Abend. Dass er getrunken hatte, dass er mich einfach so hatte gehen lassen. Und die Idee mit der Pause, die wir angeblich brauchten, das war keine Affekthandlung gewesen. Nicht ein einziges Wort. Das war Absicht. »Sie haben ihm gesagt, er soll aus meinem Leben verschwinden. Und Sie haben ihm auch die Sache mit meinem Bruder erzählt, stimmt's?«

Wallaces Mundwinkel hoben sich zu einem entschuldigenden Lächeln, aber der Rest seiner Miene sagte etwas ganz anderes. »Das mit Ihrem Bruder ist mir tatsächlich so rausgerutscht. Ich hoffe, Sie verzeihen mir das. Aber ich ging davon aus, dass Sie bereits an dem Punkt Ihrer Beziehung angekommen waren, an dem man sich solche kleinen Familiengeheimnisse anvertraut. Oder sehe ich das falsch?«

Ich schluckte hart.

»Das muss Ihnen nicht unangenehm sein. Nicht vor mir. Ich persönlich mag Menschen mit Schwächen. Und was die Sache mit Ihrem Freund angeht: Ich habe ihm nie gesagt, er soll aus Ihrem Leben verschwinden. So würde ich es nicht ausdrücken.« Er schürzte die Lippen. »Aber wenn wir ehrlich sind, was ist schon ein bisschen Herzschmerz gegen Karriere, Sicherheit und Wohlstand? Gerade für Sie müsste das doch eine wichtige Rolle spielen, nach allem, was Sie bereits in Ihrem Leben erdulden mussten, oder nicht? Und auf dem Weg dorthin würde Ihnen jemand wie Jax Hoover nur im Weg stehen. Glauben Sie mir.« Er lachte leise.

Mein Magen verkrampfte sich, und mir wurde schlecht. »Aber das können Sie doch gar nicht wissen.«

»Haben Sie sich ernsthaft eine Zukunft mit ihm vorgestellt? Eine Zukunft mit einem Mann, der Ihnen nie auch nur im Ansatz das Wasser reichen kann? Einem, der nicht einmal einen Job in der Firma seiner Eltern bekommt?« Wallaces Lachen wurde lauter, als wäre die ganze Sache tatsächlich ein Witz, den er gerade erzählt hatte. »Sie sollten nicht Ihre kostbare Zeit mit jemandem wie Jax Hoover verschwenden. Da draußen warten ganz andere Möglichkeiten auf Sie.«

Was sagte er da? Mir wurde plötzlich kalt, obwohl die Raumtemperatur sich nicht verändert hatte. Fröstelnd rieb ich über meine Arme und schüttelte den Kopf. Ich wollte das alles nicht mehr hören. Jedes Wort klang so falsch.

»Wenn es Ihnen um einen Job geht: Luke wird im nächsten Sommer hier aufhören, und ich kann jetzt schon zusätzliche Hilfe brauchen. Er könnte Sie einarbeiten. Sie beide sind ein tolles Team, finden Sie nicht?«

»Ich brauche, ich will …« Mein wirres Gestotter brachte meine Gedanken nur noch mehr durcheinander. Wallace redete irgendetwas von einer Oper, in die er Luke und mich zur Feier des Tages einladen wollte, aber ich hörte ihm nicht zu. Nichts davon wollte ich. Zumindest nicht so und nicht auf diese Art. Und vor allem nicht ohne Jax. Egal, was Wallace sagte.

»Sie haben die Zukunft eines Menschen zerstört und sich in mein Privatleben eingemischt. Dazu hatten Sie kein Recht«, platzte es aus mir heraus.

Wallace hörte auf, zu reden. Für einen winzigen Moment lag kaum wahrnehmbar so etwas wie Irritation auf seinem Gesicht. Aber genauso schnell war es auch wieder verschwunden. »Nein, das hatte ich vielleicht nicht. Aber sehen Sie es doch als eine Art kleinen Schubs in die richtige Richtung. Junge Frauen wie Sie verlieren schnell mal das Wesentliche aus den Augen. Vor allem, wenn es um die Liebe geht. Aber das kriegen wir hin, keine Sorge.«

Fassungslos starrte ich ihn an. »Ich bin keine Ihrer Marionetten, von denen Sie die Fäden in der Hand halten.«

»Sind Sie nicht?« Seine Miene verdunkelte sich. »Das Leben ist kein Wunschkonzert, Miss Darling. Vor allem nicht in solch einer Position, wie Sie sind. Überlegen Sie es sich also gut, ob es das nicht wert ist, sich ein bisschen von mir dirigieren zu lassen. Für all die Annehmlichkeiten, die Sie durch mich bekommen werden.«

»Und was, wenn ich das nicht mache?« Mein Herz raste, als sich

Wallace in einer völligen Gelassenheit von seinem Schreibtisch abstieß und zu einem kleinen Servierwagen ging, auf dem eine Whiskeyflasche und Gläser standen. Meine Hände gruben sich in die Lehne des Stuhls, und ich versteifte mich. Er nahm die Flasche in die Hand und betrachtete eingehend das Etikett. Machte aber keine Anstalten, sich etwas einzuschenken. »Ich habe mich Ihnen gerade für Ihre gesamte Studienzeit als Gönner angeboten, und Sie stellen mir ernsthaft diese Frage? Ich hatte Sie für klüger gehalten. In meinen Kursen sitzen eine Menge Leute, die alles dafür tun würden, um Ihren Platz hier zu bekommen.« Er machte eine kurze Pause und sah mich an. »Und ich bin mir sicher, dass die meisten davon bereit wären, noch viel mehr zu opfern als das, was ich von Ihnen erwarte.« Ohne den Blick von mir zu nehmen, stellte er die Flasche zurück auf den Wagen.

»Ist das die Art, wie es in Ihrer Kanzlei läuft? Sie stellen die Leute einfach vor die Wahl?« Meine Hände umklammerten immer noch den Stuhl, weil ich mich kaum traute, diese Frage überhaupt zu stellen. Zu sehr hatte Wallace mir bewiesen, wie unberechenbar er war.

»Es ist die Art, wie es überall auf dieser Welt läuft. Die Schwachen beugen sich den Starken. Und wenn sie Glück haben, dann treffen solche armen Seelen auf mich, und ich nehme mich ihrer an, wenn ich ihr Potenzial erkenne. So wie bei Ihnen. Das ist verdammt großes Glück, würde ich sagen.«

»Und was passiert mit denen, die nicht so viel Glück haben?«

»Wenn Sie auf Ihren Freund Mr Hoover anspielen, hoffen wir doch, dass er seinen Platz an unserer Universität endlich für jemanden mit mehr Auffassungsvermögen frei macht. Es kann ihn niemand zwingen, aber ich bin mir sicher, er wird nicht mehr lange durchhalten. Selbst der Stärkste bricht irgendwann unter zu großem Druck ein.«

»Das können Sie nicht machen, Sie haben mir versichert, Jax in Ruhe zu lassen, wenn …«

»Sie wollen also wirklich Ihr eigenes Glück unter das eines Mannes stellen, der Sie bereits vergessen hat?«

»Das ist nicht wahr. Jax hat mich nicht vergessen.« Meine Unterlippe fing an zu zittern, und ich biss mit aller Kraft darauf, bis sich ein kupfriger Geschmack in meinem Mund ausbreitete. Jax würde nie auf jemanden wie Wallace hören. Er würde … *So ein Lehrer ist Gold wert. Wirf das nicht weg.* Ich verstärkte den Druck auf meine Lippe, bis sie wie Feuer brannte. Nein.

»Wie lange hat er sich schon nicht mehr bei Ihnen gemeldet?«

Alles drehte sich, und ich hörte Wallace nur noch wie durch dichten Nebel.

»Sehen Sie es endlich ein, Ally. Jax Hoover kommt nicht mehr zu Ihnen zurück. Weil er verstanden hat, dass es so am besten für Sie ist.«

Aber das war es nicht. Das konnte es einfach nicht sein. Der Stuhl kippelte, als ich aufsprang, um zur Tür zu kommen. Ich musste hier raus, sonst würde ich mich auf den teuren italienischen Marmorfußboden übergeben.

»Überlegen Sie gut, was Sie jetzt tun.«

»Ich kann das gerade alles nicht. Vor allem kann ich nicht so tun, als wäre das alles in Ordnung.«

Wallace starrte mich an, als müsste er abwägen, ob es besser war, sich wie ein Raubtier auf mich zu stürzen oder mich laufen zu lassen. »Dann habe ich mich wohl in Ihnen getäuscht.« Wallaces Stimme war ruhig und klang trotzdem wie ein Peitschenknall. »Sie sind ganz offensichtlich aus einem anderen Holz geschnitzt, als ich geglaubt habe. Sehr schade. Dabei dachte ich, Ihre Vergangenheit hätte Sie mehr abgehärtet. Aber Sie sind zu emotional, zu berechenbar und zu gerechtigkeitsfanatisch. Vielleicht sollten Sie Ihre Berufswahl doch noch einmal überdenken.«

Was? Meine Hand auf der Türklinke rutschte ab, aber ich drehte mich nicht zu Wallace um.

»Ich habe keine andere Wahl. Jeder ist ersetzbar. Auch ein ungeschliffener Diamant wie Sie. Daher entlasse ich Sie wegen Befangenheit und der Weitergabe von vertraulichen Informationen offiziell als Praktikantin aus meiner Kanzlei, Miss Darling.« Mehr sagte er nicht. Und das war auch nicht nötig. Ich brauchte meine ganze Körperkraft, um die Tür zu öffnen und Wallaces Büro zu verlassen. Sekunden fühlten sich wie Stunden an. Selbst der Weg aus dem Gebäude war mir noch nie so endlos vorgekommen. Alles in mir schmerzte vor Anspannung. Auf der Straße schlug mir der Regen wie Fausthiebe ins Gesicht, aber ich spürte es kaum. *Vielleicht sollten Sie Ihre Berufswahl doch noch einmal überdenken.* Wallaces Worte wollten einfach nicht aus meinem Kopf verschwinden und hatten sich dort festgesetzt wie ein Tumor, der immer größer wurde. Mein Instinkt war immer noch auf Flucht programmiert und trieb meinen Puls weiter zu Höchstleistungen an. Ich musste hier weg. Ich musste zu … Jax. Ich musste unbedingt mit ihm reden. Ich brauchte ihn. Gott, ich brauchte ihn jetzt so sehr. Ich musste ihm die Sache mit Wallace erklären. Ich musste ihm sagen, dass alles nur ein eingefädeltes Spiel war. Und ich musste mir selbst beweisen, dass Wallace mit allem, was er über Jax gesagt hatte, falschlag. Fröstelnd schlang ich meine Arme um mich, als ich völlig durchnässt im Wohnheim ankam. Meine Zähne klapperten so sehr, dass ich das Klingeln meines Handys kaum wahrnahm. Mit nassen Fingern tastete ich in meiner Tasche danach. Und obwohl ich fast vor seiner Tür stand, erlaubte ich mir für eine Sekunde, zu hoffen, dass es Jax war, der mich da anrief. Aber als ich auf das Display sah, leuchtete dort eine unbekannte Nummer auf. Ich stutzte. War das …? »Eric?« Meine Stimme klang rau und seltsam fremd, als ich das Gespräch annahm.

»Miss Darling? Ich bin Kevin Ward, der neue Pflichtverteidiger Ihres Bruders. Sie stehen in meinen Unterlagen als sein Notfallkontakt.«

Eric hatte mich vorgewarnt, dass sich jemand melden würde, wegen der Sache mit unserem Vater, aber das musste warten. »Hören Sie, wenn es um die Schulden geht, die unser Vater uns hinterlassen hat, könnten wir das später besprechen? Gerade ist kein guter Zeitpunkt für …«

»Nein. Es geht um Ihren Bruder. Tut mir leid, Ihnen das sagen zu müssen, aber Ihr Bruder wurde bei einer Verkehrskontrolle an der Grenze zwischen Arizona und Kalifornien festgenommen. Ein Tankstellenbeleg, der in seinem Auto gefunden wurde und das Band einer Überwachungskamera beweisen eindeutig, dass er den Bundesstaat verlassen hat.«

Was hatte er da gesagt? Die Luft in meiner Lunge brannte, und ich versuchte, gegen die Tränen anzublinzeln, die mir immer mehr die Sicht nahmen.

»Er wurde dem zuständigen Haftrichter bereits vorgeführt, und es sieht nicht gut für ihn aus. Es tut mir leid, aber er wird seine Strafe wohl dieses Mal komplett absitzen müssen.«

Das konnte nicht sein, das durfte einfach nicht sein. Meine Welt mit allem, was mir wichtig war, fiel endgültig zusammen wie eine Sandburg am Strand, die immer wieder vom Meer überspült wurde. So lange, bis nichts mehr davon übrig war. Meine Stimme versagte fast, als ich die essenzielle Frage stellte. »Wie lange wird das sein?«

»Er wird wohl nicht um die zwei Jahre herumkommen. Vielleicht etwas weniger bei guter Führung. Natürlich werden ihm die schon abgesessenen Monate angerechnet. Darüber wollte ich Sie nur in Kenntnis setzen.«

Ich wollte nicht darüber in Kenntnis gesetzt werden. Und noch weniger konnte ich noch mehr solcher Nachrichten ertragen. Das war alles meine Schuld. Eric hätte nicht herkommen sollen. Er hätte einfach in Chino bleiben sollen, und ich hätte diejenige sein müssen, die ihn dort besuchte. Nein, ich hätte erst gar nicht von dort weggehen dürfen, um hier zu studieren. Ich hätte dortbleiben und auf ihn aufpassen müssen.

»Miss Darling? Haben Sie noch irgendwelche Fragen?«

In der Leitung knackte es kurz. »Ist alles okay, also, geht es Eric gut?«

»Er trägt es mit Fassung. Ihr Bruder ist nicht dumm, und wenn Sie mich fragen, dann wusste er ganz genau, welches Risiko er eingegangen ist, als er gegen seine Bewährungsauflagen verstoßen hat. Wenn es etwas Neues gibt, melde ich mich bei Ihnen, in Ordnung?«

Fast schon mechanisch antwortete ich ihm, bevor er das Gespräch beendete und ich das Handy sinken ließ. Ich war wie gelähmt. Als hätte eine dicke, fette Spinne mir ihr Gift injiziert und wartete nur noch darauf, mich endlich fressen zu können. Irgendwo im Flur fiel eine Tür ins Schloss, und ich zuckte bei dem Knall zusammen. Mein Kopf war wie leer gefegt. Ich war nicht in der Lage, auch nur einen klaren Gedanken zu fassen. Meine Welt, die sich in den letzten Wochen und Monaten um mich herum aufgebaut hatte, lag in Trümmern – völlig zerstört. Hinter der Tür von Jax' Wohnung waren Schritte zu hören. Und ich war mir sicher, dass es Jax' Schritte waren. Mein Herz schlug schneller, und ich wartete darauf, dass die Tür geöffnet wurde. Aber nichts passierte. Hatte ich mich verhört? Zögerlich ging ich einen kleinen Schritt näher, um zu lauschen. Ein Schauer durchlief mich, der bis in jede

Zelle meines Körpers vordrang. Es stand jemand hinter der Tür. Da war ich mir absolut sicher. Jax war da, das spürte ich. Ich konnte ihn fühlen. Er musste gehört haben, wie ich telefoniert hatte. Er wusste, dass ich hier draußen war. Uns trennte nichts, außer dieser Tür. Warum öffnete er sie nicht? Warum wollte er mich nicht sehen? Ich war mir nicht sicher, was schlimmer war: zu wissen, dass Jax hinter dieser Tür stand und mich nicht sehen wollte oder dass er, wenn er sie öffnen würde, mir eine Abfuhr direkt ins Gesicht sagen würde. Beides war kaum auszuhalten. Trotzdem hob ich die Hand, um zu klopfen. Ich musste es einfach wissen. Es war ein leises, zaghaftes Klopfen, das nur er gehört haben konnte. Nichts passierte. Ich klopfte erneut. Diesmal lauter. Nichts. Fast schon verzweifelt hämmerte ich gegen die Tür, dass es Tote hätte aufwecken können, und presste meine flache Hand gegen das lackierte Holz. *Tu das nicht, bitte!* Innerlich schrie ich die Worte, aber sie wollten mir nicht über die Lippen kommen. Irgendetwas, von dem ich nicht wusste, was es war, hielt mich davon ab. In der Wohnung rührte sich immer noch nichts, und ich ließ die Hand sinken. Langsam wurde es peinlich. Mit dem Ärmel meiner Bluse wischte ich mir die feuchten Haare aus dem Gesicht, die in dicken Strähnen an mir klebten. Jax hatte mit mir abgeschlossen. Der Schmerz, der mich bei dieser Erkenntnis durchfuhr, fühlte sich wie ein rostiges Messer an, das tief in meiner Brust steckte. Alles tat weh, und ich bekam keine Luft. Wallace hatte nicht gelogen und ganze Arbeit geleistet. Alles, was ich anfasste, zerfiel unter meinen Fingern früher oder später zu Asche. Ich hatte das Schicksal herausgefordert, als ich mich für ein Stipendium beworben hatte, und das war die Antwort. Denn Glück konnte man nicht erzwingen. Das musste ich endlich akzeptieren. Und das bisschen Glück, das ich gehabt hatte, war nun endgültig und restlos aufgebraucht. Ich würde immer das Mädchen bleiben, das sich mit Gelegenheitsjobs über Wasser halten musste. Jemand, dessen Träume sich nie erfüllen konnten, weil sie viel zu groß waren. Und jemand, dem es nicht vergönnt war, sein Glück zu finden. Nicht hier in Tucson und auch nicht an der *University of Arizona*. In dieser Stadt gab es nichts mehr für mich.

Kapitel 27

Jax

Hass mich, ich habe nichts anderes verdient. Ich lehnte meine Stirn gegen die kalte Tür, als ich hörte, wie sich die Person auf der anderen Seite entfernte. Am liebsten hätte ich meine Faust in das Holz gerammt. Fuck! Es musste Ally gewesen sein. Dieses leise Klopfen, das dann immer energischer wurde. Am liebsten hätte ich die Tür aus den Angeln gerissen, nur um sie zu sehen. Ich hasste Wallace dafür, dass er Allys Professor war. Dass er mich in diese Situation gebracht hatte, mich wie ein Arschloch aufzuführen – sie einfach gehen zu lassen. Aber es war besser so, auch wenn es unerträglich gewesen war, diese Dinge zu ihr gesagt zu haben. Und das auch noch betrunken, obwohl ich ihr so oft mein Wort gegeben hatte, es nicht zu tun, wenn wir uns trafen. Der Ausdruck in ihren Augen … Scheiße, das würde sie mir nie verzeihen. Sie verdiente so viel mehr als einen Typen, der solch eine Menge Mist mit sich rumtrug. Sie verdiente mehr als mich. Ally verdiente das Beste, und ich würde dafür sorgen, dass sie es bekam, selbst wenn ich dafür alles verlieren würde.

»Hey, Bro, alles klar? War das Ally, die gerade geklopft hat?«

»Du musst dich verhört haben.« Langsam stieß ich mich von der Tür ab und wollte in mein Zimmer gehen.

»Okay.« Hedge musterte mich aus zusammengekniffenen Augen. »Warum glaube ich dir das jetzt nicht.«

»Keine Ahnung«, machte ich auf unschuldig. »Ist auch egal.«

»Ist es das?«

Ich blieb im Türrahmen meines Zimmers stehen. Ein großer Fehler.

»Alter, was ist wirklich los?«

Er hatte noch keine Ahnung von der Sache zwischen Ally und mir. Und ich kannte Hedge. Er würde mir den Hals umdrehen. »Wir haben …« Ich bekam die Worte kaum über die Lippen. »Wir haben uns getrennt, okay?«

»Was? Das ist nicht dein Ernst, Alter. Warum?«

»Weil sie ohne mich besser dran ist.«

Hedge lachte. Er glaubte mir kein Wort. »Jax Hoover ist überzeugt davon, dass jemand ohne ihn besser dran ist? Das ist doch Bullshit.«

»Vergiss es einfach.« Ich ging in mein Zimmer, aber er ließ nicht locker.

»Hey, hey, warte mal, Wade Wilson. Das musst du mir erklären. Du verlässt deine Freundin und verkriechst dich dann einfach in deinem Zimmer? Weil sie ohne dich besser dran ist?«

»Wer zur Hölle ist Wade Wilson?«

»Der Typ aus *Deadpool*. Und by the way, du siehst auch schon genauso scheiße aus wie er.«

Mit der Hand fuhr ich über mein stoppeliges Kinn und sah an mir herunter. Ich hatte mich seit Tagen nicht rasiert, und die Jogginghose, die ich trug, hatte definitiv auch schon bessere Zeiten erlebt. Von den wenigen Stunden Schlaf, die ich bekommen hatte, ganz zu schweigen. Innerlich fühlte ich mich ohnehin, als hätte mich ein ganzer Konvoi Lkws überfahren. »Nichts für ungut, aber auf eine Antiheldenlektion habe ich jetzt echt keinen Bock.« In einer einzigen Handbewegung fegte ich meine krakeligen Notizen und ein paar Uni-Bücher von meinem Bett, die polternd zu Boden fielen. Meine Hausarbeit war sowieso schon drei Tage überfällig, die konnte ich mir also schenken.

»Keine Sorge, Alter. Dafür ist es eh zu spät.«

Ich ließ mich auf mein Bett fallen und starrte wie ein Zombie an die Decke. »Das sehe ich genauso.«

Sein Gesichtsausdruck war ernst. »Hör zu, ich weiß nicht, was zwischen dir und Ally vorgefallen ist oder was überhaupt gerade bei dir abgeht. Aber du musst endlich deinen Scheiß geregelt kriegen.«

Zu jedem anderen hätte ich gesagt, er solle sich verpissen. Aber nicht zu Hedge. Vermutlich hatte ich diese Ansage auch verdient. Mehr noch als das. »Da gibt's nichts zu regeln. Es ist alles in bester Ordnung.«

»Okay.« Er warf mir einen viel zu skeptischen Blick zu. Die Sache war für ihn noch nicht vorbei. Aber offenbar hatte er die Strategie geändert. »Bro, falls du es vergessen hast, Ally wohnt nur ein paar Etagen unter uns. Du könntest einfach runtergehen und mit ihr reden. Bevor du noch völlig in Selbstmitleid versinkst. Reden kann Dinge aus der Welt schaffen.«

»Danke für diesen weisen Rat, aber …«

»Es gibt nichts zu reden«, beendete er meinen Satz. »Wie du meinst. Ich muss jetzt ins *Chesterfield*. Du hast da heute übrigens Hausverbot. Werde erst mal wieder nüchtern.«

Er hatte ja keine Ahnung, wie nüchtern ich war. Klar, nach der Sache mit Ally hatte ich mich drei Tage hintereinander so hart abgeschossen, dass ich irgendwann selbst nicht mehr wusste, wer ich überhaupt war. Aber jeden Morgen, der folgte, hatte ich nicht nur einen üblen Kater, sondern auch die Erkenntnis, dass Alkohol alles nur noch schlimmer machte und mich von überhaupt nichts ablenkte. Ally war immer da. In meinen Gedanken, vor meinem inneren Auge, in meinem ganzen System. Betrunken war es sogar noch schlimmer gewesen. Ich hatte mir eingeredet, dass ich irgendwann darüber hinwegkommen würde. Aber das war Blödsinn. Mir blieb nur noch ein bisschen mehr als ein halbes Jahr hier an der Uni, und dann war ich fertig. Falls ich meinen Abschluss überhaupt schaffte, was mehr als unwahrscheinlich war. Und so, wie es aussah, konnte ich weder in Tucson noch in Arizona bleiben. Wir würden uns dann eh nicht mehr sehen. Aus den Augen, aus dem Sinn. War das wirklich so?

»Ich hau ab.« Hedge trommelte mit den Fingern gegen den Türrahmen. »Denk über das nach, was ich dir gesagt habe. Und bau keine Scheiße.« Dann war er weg.

Es war kaum möglich, im Bett zu liegen und irgendwelchen Mist zu bauen. Und ich hatte ganz sicher nicht vor, mich von hier wegzubewegen. Ich stieß die Luft aus und drehte den Kopf in Richtung Fenster. Es regnete immer noch heftig, und die schwere Wolkendecke ließ den Himmel darunter nur erahnen. Selbst bei Nacht wäre nicht ein Stern zu sehen gewesen. Was für ein seltener Anblick in Arizona. Ich wandte mich ab und starrte wieder zur Decke, die mir mit jeder Sekunde, die ich hier lag, mehr auf den Kopf fiel. Verdammt! Eigentlich warteten in meiner Dunkelkammer noch ein paar Filme darauf, endlich bearbeitet zu werden. Aber der ganze Raum hing voll mit Bildern von Ally. Und ich konnte nicht garantieren, dass mich das nicht doch auf dumme Ideen brachte. Ich musste dringend kalt duschen und hier weg. Raus aus diesem Wohnheim und raus aus dieser Stadt.

Eine halbe Stunde später saß ich in meinem Auto, ohne zu wissen, wo ich eigentlich hinwollte. Das Wetter war immer noch viel zu schlecht, um in die Wüste zu fahren und dort ein paar Fotos zu machen. Aber mein Unterbewusstsein hatte sowieso ganz andere Pläne. Hedge hatte recht. Ich musste endlich etwas Wichtiges klären. Der Regen hämmerte auf das Autodach, als ich Tucson verließ und auf den Freeway fast wie von selbst in Richtung Phoenix fuhr.

Bis ich die Auffahrt zum Haus meiner Eltern erreichte. Ich war seit meinem Abgang auf der Jubiläumsfeier nicht mehr hier gewesen, und ich hatte keine Ahnung, wie meine Eltern und Aidan reagieren würden, wenn ich so unangekündigt hier auftauchte. Im Haus war alles ruhig. Erst als ich in die Küche kam, sah ich sie draußen auf der Terrasse sitzen. Freitags um diese Uhrzeit fand immer die familieninterne Firmenbesprechung statt. Gramps hatte dieses Treffen damals eingeführt, und seitdem war es zur Tradition geworden. *Gramps, wo auch immer du bist, ich könnte deine Unterstützung brauchen.* Mein Stoßgebet ging raus, bevor ich durch die breite Glastür zu meiner Familie ins Freie trat. Es roch ganz leicht nach Regen, als wäre das schlechte Wetter aus Tucson schon auf dem Weg. Alle starrten mich an. Normalerweise hatte ich damit weniger ein Problem, aber jetzt brachten mich die Blicke meiner Familie fast dazu, meine Entschlossenheit wegzuwerfen und wieder zu verschwinden. »Störe ich?«

»Jax?« Meine Mutter hatte sich als Erste gefangen. »Nein, natürlich störst du nicht. Aber mit dir haben wir überhaupt nicht gerechnet.«

Ich räusperte mich und zwang mich dazu, auf einem freien Stuhl Platz zu nehmen. »Das war auch eher spontan.«

»Hast du Hunger? Wir haben schon gegessen, aber ich wärme dir was vom Abendessen auf.«

»Nein, nicht nötig«, entgegnete ich. Ich konnte jetzt nichts essen. »Eigentlich bin ich wegen etwas anderem hier.«

Mein Bruder versteifte sich auf seinem Stuhl und sah aus, als hätte er einen Stock verschluckt. Was ich ihm nicht einmal übel nehmen konnte. Ihm steckte noch unser Gespräch vom letzten

Mal in den Knochen. Aber ich war nicht hergekommen, um Ärger zu machen. »Ich muss mit euch reden.«

Dad nickte knapp und nahm dann einen Schluck von seinem Whiskey. Auch er wirkte angespannt. Das Vertrauen meiner Eltern hatte ich mir echt verspielt. »Also natürlich nur, wenn ihr hier fertig seid«, schob ich nach.

»Schon gut. Das kann warten. Wenn du extra den weiten Weg hergefahren bist, sind wir ganz Ohr.«

»Okay.« Nervös fuhr ich mir mit der Hand durch die Haare. Ich hatte zwar nichts zu verlieren, aber ich musste eine Menge wieder geradebiegen, oder es zumindest versuchen. Vor allem musste ich mich entschuldigen. »Es tut mir leid«, fing ich an. »Nein. Es tut mir verdammt leid. Die Sache auf dem Firmenjubiläum. Ich wollte keine Szene machen. Ihr arbeitet verdammt hart, damit *Hooveroptics* läuft. Das war euer großer Tag, und ich habe mich nicht fair verhalten.« Meine Brust brannte. »Ich habe mich oft nicht fair verhalten. Und auch das tut mir ehrlich leid. Es wird nicht mehr vorkommen, das verspreche ich euch.«

»Jax, Junge …«

Ich hob die Hand, um meinen Vater zu unterbrechen. »Bitte, ich muss das erst loswerden. Nur dieses eine Mal müsst ihr mir nur zuhören, okay?« Aidan und meine Eltern sahen mich an, dann nickten sie fast synchron. Noch einmal sog ich tief die Luft ein. Die Bühne gehörte mir. »Es ist vielleicht schwer zu glauben, aber ich bin euch unglaublich dankbar. Für alles, was ihr für mich getan habt. Auch wenn ich früher nicht immer verstanden habe, was an Nachhilfe und dem ganzen Mist gut sein sollte. Aber so geht es vermutlich jedem, der noch zur Schule gehen muss.« Meine Mundwinkel hoben sich zu einem künstlichen Lächeln. Der Plan, so locker wie möglich an die Sache ranzugehen, ließ sich schwieriger umsetzen als gedacht. »Im Ernst«, fuhr ich fort. »Das werde ich euch nie vergessen. Alles, was ihr mir ermöglicht habt, und auch, wie cool ihr immer wart, wenn ich wirklich Mist gebaut habe. Vor allem damals, als die Sache mit dem Schulwechsel passiert ist.« Ich räusperte mich. »Es ist schon viel zu lange her und eigentlich nicht mehr wichtig. Aber da gibt es was, das ich euch sagen muss. Es geht um Luke …« Ich machte eine kurze Pause, um nach den passenden Worten zu suchen. »Er ist nicht der tolle Kerl, für den ihr ihn haltet.« Mein Magen verkrampfte sich, als würde ich gerade mitten in dem Doppellooping einer Achterbahn stecken. Jetzt gab es kein Zurück mehr.

»Was willst du damit sagen?« Meine Mutter riss die Augen auf. Sie sah aus wie jemand, der gerade erfahren hatte, dass der Weltuntergang kurz bevorstand.

»Damit will ich sagen, dass …« Ich atmete tief durch. Mir war klar, dass es nicht einfach werden würde, meinen Eltern zu sagen, was damals passiert war. Es würde ja nichts mehr daran ändern, aber das Gespräch heute war vielleicht die einzige Möglichkeit, es loszuwerden. »Luke ist nicht der nette Nachbarssohn, für den ihn immer alle halten. Zumindest nicht für mich.«

Ich war mir sicher, dass es für meine Mutter kaum möglich war, noch entsetzter zu gucken, als sie all die Sachen hörte, die ich über Luke und unsere Schulzeit zu erzählen hatte. »Warum hast du nie was gesagt?«

»Weil Luke immer der Bessere von uns war. In allem. Und ich nur derjenige, der Ärger gemacht hat. Mir hätte sowieso niemand geglaubt.«

»Oh, Jax, wir wollten dir nie das Gefühl geben, dass du mit deinen Problemen nicht zu uns kommen kannst. Du bist unser Sohn.«

»Ich weiß«, versuchte ich, meine Mutter zu beruhigen. »Das war ein Fehler. Ich hätte euch das alles schon früher erzählen sol-

len, aber irgendwann habe ich es einfach akzeptiert, der Außenseiter zu sein, der immer zum Sündenbock gemacht wurde, weil er
die Probleme in der Schule einfach nicht loswurde. Egal, wie sehr
ich mich auch angestrengt habe.«

»Du hast immer dein Bestes gegeben.«

Ich schüttelte den Kopf. »Nein. Irgendwann nicht mehr. Irgendwann war mir alles nur noch egal. Und ich habe nicht einmal
versucht, meine ewige schlechte Laune vor euch zurückzuhalten.
Trotzdem habt ihr mich nicht aufgegeben. Ihr und Gramps. Ohne
ihn hätte ich das alles nicht geschafft. Und mich nicht an der Uni
eingeschrieben. Ich wollte euch beweisen, dass ich gut genug bin.
Vor allem, dass ich gut genug für *Hooveroptics* bin.«

»Jax, das ist …«

»Nein, hört mir zu. Bitte.« Meine Kehle wurde trocken, als ich
meinen ganzen Mut zusammen nahm, um die nächsten Worte
laut auszusprechen. »Ich bin, wer ich bin. Dagegen kann ich nichts
machen. Dagegen kann niemand etwas machen. Und es wird Zeit,
dass wir alle das akzeptieren müssen. Vor allem ich. Also …« Ich
stand auf und breitete die Arme aus. »Das bin ich, Jax Hoover. Mit
allem, was ich habe. Mit meinen Schwächen und meinen Stärken.
Macht damit, was ihr wollt. Aber anders gibt es mich nicht, und
das wird sich auch nicht ändern.« Ich sah in die Gesichter meiner Familie, die alle auf mich gerichtet waren. »Vielleicht schaffe
ich meinen Abschluss nicht. Aber das ist wahrscheinlich sowieso
für keinen von euch eine Überraschung.« Niemand sagte etwas,
also redete ich weiter. »Aber egal, wie dieses letzte Jahr für mich
ausgeht, ich werde im nächsten Sommer nicht nach Kanada gehen. Auch wenn ich dieses Angebot von euch wirklich zu schätzen
weiß.«

»Und was willst du dann tun?« Aidan hatte bis jetzt nichts gesagt. Er wusste, wie sehr ich die Sache mit *Hooveroptics* immer gewollt hatte. Dass ich alles dafür getan hätte.

»Ich werde in Tucson bleiben, mir eine Wohnung suchen und vermutlich voll ins Fotografie-Business einsteigen. Und wenn das nicht reicht, hat Hedge sicher noch einen Job in seiner Bar für mich.«

»Aber du kannst dich doch nicht einfach von uns abkapseln.«

»Ich muss auf eigenen Füßen stehen. Das wollte ich schon immer. Und ich weiß, dass du, dass ihr euch Sorgen um mich macht. Aber das ist nicht nötig. Manchmal kann das Leben ganz schön beschissen sein. Dabei ist es egal, ob man Juniorchef in einer großen Firma ist oder einfach nur eine Lernschwäche hat. Ich werde deswegen immer an meine Grenzen kommen.« Jetzt sah ich direkt meine Mutter an. »Davor kannst auch du mich nicht beschützen. Das konntest du noch nie.«

»Aber …«

»Noch nie«, unterbrach ich sie.

»Wir wollten dir das immer ersparen. Jeden gottverdammten Stein in deinem Leben. Vor allem die, die in der Firma auf dich zugekommen wären. Wir wollten nicht, dass du dich weiter quälen musst.« Mein Vater nahm sein Glas und stürzte den Rest hinunter.

»Das weiß ich. Aber das könnt ihr nicht. Egal, wo ich hingehe, diese Steine wird es immer geben. Mal mehr und mal weniger. Ich wünschte, es wäre anders, aber so ist es nun mal. Dagegen könnt auch ihr nichts tun. Ihr habt euch dagegen entschieden, mir wie Aidan eine Chance bei *Hooveroptics* zu geben. Und es ist okay für mich. Wirklich. Ich akzeptiere eure Entscheidung. Aber ihr müsst auch meine akzeptieren. Und die ist, dass ich in Tucson bleiben werde. Das soll kein Erpressungsversuch sein. Meine Entscheidung steht fest.«

»Aber wie soll es denn jetzt weitergehen?«

»Tucson liegt nicht am Ende der Welt, Mom. Jax wird das schon schaffen.«

»Ich komme euch besuchen. Aber nur, wenn du diesen leckeren Apfelkuchen machst.« Ich zwinkerte meiner Mutter zu, die mir einen lieb gemeinten Klaps auf den Arm gab.

»Natürlich, wann immer du willst.«

Wir hatten bei Weitem noch nicht alles geklärt, und es gab noch eine Menge aufzuarbeiten, keine Frage. Ich würde auch immer der Außenseiter der Familie bleiben. Dessen war ich mir absolut bewusst. Und das letzte Wort meiner Mutter war auch noch nicht gefallen. Aber das hier war ein kleiner Anfang. Manchmal musste man verlieren, um irgendwie weitermachen zu können. Auch wenn es nicht immer unbedingt das war, was man sich aus tiefstem Herzen wünschte.

Mein Vater erzählte gerade irgendeine alte Geschichte über den Apfelkuchen meiner Mutter, als mein Handy in meiner Jeans vibrierte. Hedge rief mich an. Ich ging zum Pool, um das Gespräch entgegenzunehmen. »Was gibt's, Alter?«

»Hey, Bro, wo steckst du?«

»In Phoenix, bei meinen Eltern, ich musste ein bisschen was regeln. Wieso?«

Auf der anderen Seite der Leitung blieb es still. Offensichtlich war es ihm egal, dass ich gerade wirklich dabei war, meinen Scheiß in Ordnung zu bringen. »Was ist los?«

»Hat Ally sich bei dir gemeldet?«

Ich runzelte die Stirn, checkte dann aber zur Sicherheit meine Nachrichten, während Hedge weiter in der Leitung war – nichts. »Nein, warum fragst du? Ist was mit ihr?« Augenblicklich war ich in absoluter Alarmbereitschaft.

»Ich weiß nicht. Aber sie hat Mona eine Nachricht geschickt, in der sie ziemlich aufgewühlt klang.«

Meine Schultern spannten sich an. »Was für eine Nachricht?«

»Sie hat irgendwas davon gesagt, dass sie zurück nach Kalifornien geht. Es war ziemlich laut im Hintergrund, als würde sie auf einem Busbahnhof stehen.«

»Bist du dir sicher?«

»Keine Ahnung. Das ergibt alles keinen Sinn. Mona versucht sie die ganze Zeit zu erreichen, aber ihr Handy ist aus.«

Ich umklammerte das Telefon in meiner Hand fester. Doch, das ergab alles absolut Sinn. Ally hatte vor meiner Tür gestanden, weil sie mir etwas sagen wollte. Irgendwas war passiert, und ich Idiot hatte es nicht gemerkt.

»Bro?«

Ich hatte Hedge am anderen Ende der Leitung fast vergessen.

»Wenn sie wirklich abhaut, wird sie ihr Stipendium für die Uni verlieren.«

Nein. Verdammte Scheiße! Das durfte auf keinen Fall passieren. Ich musste sofort zurück. Allerdings war mir Ally zwei Stunden voraus, die ich nie im Leben aufholen konnte. Selbst wenn ich tatsächlich Superkräfte gehabt hätte. Zwei Stunden, in denen sie zurück nach Chino fahren konnte, und ich hatte keine Ahnung, wo in dieser verdammten Stadt ich sie suchen sollte.

Kapitel 28

Ally

Kennst du den Moment kurz vor dem Aufwachen? Die kleine Zeitspanne, wenn du deine Träume noch nicht ganz vergessen hast, aber sich alles schon so verschwommen anfühlt? Das ist der Augenblick, in dem mein Herz für immer dir gehören wird.

Ich klopfte gegen die Tür. Dreimal kurz und dreimal lang. Das war das Zeichen, dass Renata mit ihren Kindern, Eric und mir damals verabredet hatte. So wusste immer jeder sofort, wer vor der Tür stand. Sie hatte keine Ahnung, dass ich kommen würde. Um Geld zu sparen, hatte ich mir ein günstiges Busticket nach Chino gekauft, mit dem ich viermal hatte umsteigen müssen und mehr als zehn Stunden unterwegs gewesen war. Inklusive eines längeren Stopps in Phoenix. Phoenix – wo Jax' Eltern wohnten. Die ganze Zeit hatte ich mir vorgestellt, wie es wäre, Jax hier zufällig zu treffen. Was völliger Blödsinn gewesen war, denn warum sollte er gerade jetzt bei seinen Eltern sein. Und selbst wenn, er wäre sicher nicht an irgendeinem Busbahnhof vorbeigekommen. Müde rieb ich mir über das Gesicht. Auf meinen Verstand konnte ich mich gerade sowieso nicht verlassen. Dazu kam, dass ich die ganze Nacht im Bus und an den Bahnhöfen kein Auge zugemacht hatte und dringend etwas Schlaf brauchen konnte.

»Mariposa!« Als sich die Tür einen Spaltbreit öffnete und nur wenige Sekunden später ganz aufgerissen wurde, füllten sich meine Augen unwillkürlich mit Tränen. Und als der vertraute Geruch von gerösteten Chilischoten und Koriander mich umfing, prasselten Erinnerungen wie die Regentropfen eines Wolkenbruchs auf mich ein.

Wie ich vor vielen Jahren als Kind zum ersten Mal hier gestanden hatte. Mitten in der Nacht, weil Dad betrunken seinen ersten Wutanfall bekommen hatte. Seit damals war Renata für Eric und mich da gewesen. Bis heute.

»Was machst du hier? Ist was passiert?« Renata sah mich mit einer Besorgnis an, wie es nur eine Mutter konnte.

»Kann ich …?« Meine Augen brannten, und ich musste blinzeln, als ich auf meine Tasche und meinen Rucksack deutete, die neben mir standen.

»Natürlich mein Kind. Für dich und deinen Bruder wird es immer einen Platz unter diesem Dach geben. Und wenn wir noch so dicht zusammenrücken müssen.« Sie zog mich in ihren Arm, und in diesem Augenblick ließ ich los. Meine ganze Anspannung, all meine Gefühle, alles, was ich die ganze Zeit mit eisernem Willen versucht hatte, zurückzuhalten, entlud sich in einer nicht enden wollenden Flut aus Tränen, die unablässig in den weichen Stoff von Renatas Tunika sickerten. Bis sie mir ein Taschentuch reichte und mich zu dem kleinen gelben Sofa schob, auf dem ich schon so viele Nächte verbracht hatte. »Komm erst mal rein. Es gibt nichts, was sich nach einer Tasse heißem Chai nicht aus der Welt schaffen lässt.« Sie reichte mir eine Decke und war dann in der Küche verschwunden, um kurz darauf mit zwei dampfenden Tassen zurückzukommen. Schniefend nahm ich einen Schluck, während Renata mich über den Rand ihres Bechers hinweg beobachtete. »Es wird Eric ganz bestimmt nicht gefallen, wenn er weiß, dass du mit all deinen Sachen wieder hier bist und nicht mehr in Arizona, um zu studieren, Liebes.«

»Aber ich kann ihn doch nicht allein mit alldem lassen.«

»Es geht ihm gut. Im Moment kann niemand etwas für ihn tun. Vor allem du nicht. Es liegt nicht in deiner Verantwortung. Ich besuche ihn, sooft es möglich ist. Mach dir also keine Sorgen. Ihr beide seid wie meine eigenen Kinder. Ich könnte keinen von euch einfach so sich selbst überlassen.« Sie strich sich eine schwarze Locke aus der Stirn und atmete hörbar aus. »Eric ist nicht der einzige Grund, warum du wieder hier bist. Stimmt's?«

Ich nickte. Es machte keinen Sinn, etwas vor Renata zu verheimlichen. Sie kannte mich einfach zu gut.

»Was auch immer es ist. Du solltest gerade jetzt an dich und an deine Zukunft denken.«

»Aber …«

»Weißt du, was Mariposa in deiner Muttersprache bedeutet?«, unterbrach sie mich.

»Schmetterling«, sagte ich tonlos und angelte mir ein neues Taschentuch vom Tisch.

»Und weißt du, was ein Schmetterling ist?«

»Ein Insekt?«

»Er ist ein Formwandler. Kein anderes Tier macht eine so imposante Veränderung durch wie der Schmetterling. Nicht einmal das hässliche Entlein.« Sie lachte. »Von einer am Boden kriechenden Raupe verwandelt es sich in ein wunderschönes, die ganze Welt faszinierendes Wesen, das fliegen kann. Ally, du bist genau so ein Geschöpf. Einer der schönsten Schmetterlinge, die es gibt auf dieser Welt. Du musst es nur zulassen. Breite deine Flügel aus und flieg endlich. Hab keine Angst. Du kannst das, das habe ich schon immer gespürt. Schon damals, als ihr mit eurem Vater nebenan eingezogen seid und sich in deinen Augen die Traurigkeit der ganzen Welt gespiegelt hat. Dich so zu sehen hat mir das Herz gebrochen. Genau wie jetzt.« Mit dem Daumen wischte sie mir die

Tränen von den Wangen und küsste mich auf die Stirn. »Aber niemand kann deine Flügel stutzen, wenn du es nicht zulässt. Niemand, Mariposa. Vergiss das nicht.« Mit ihren großen Händen umfasste Renata mein Gesicht und drückte mir noch einen Kuss auf den Scheitel. »Ich muss jetzt zur Arbeit, meine Schicht beginnt gleich. Und du solltest unbedingt etwas schlafen und dich ausruhen. Dann sieht die Welt schon wieder ganz anders aus. Wenn du Hunger hast, im Kühlschrank steht noch ein bisschen Hühnchen mit Reis, das kannst du dir aufwärmen. Heute Abend mache ich uns dann Enchiladas, die du so gerne magst.«

Ich kuschelte mich noch ein wenig tiefer in das Sofa. Ja, ein bisschen schlafen wäre gut.

Renata griff nach ihrer Tasse und machte Anstalten, damit in die Küche zu gehen. »Lass«, hielt ich sie zurück und nahm ihr die Tasse ab. »Das kann ich doch machen. Ich kann später auch die Jungs von der Schule abholen, wenn du willst.«

»Darüber würden sie sich bestimmt wahnsinnig freuen.« Sie stand auf, nahm ihre Tasche von der Garderobe und verabschiedete sich dann von mir. Die plötzliche Stille legte sich wie eine schwere Decke über mich, nachdem die Tür mit einem Klicken ins Schloss gefallen war. Mein Blick fiel auf meine Tasche, die immer noch neben dem Eingang stand. Mein ganzes Leben passte dorthinein. Und so würde es auch für die nächsten Monate bleiben, bis ich genug Geld gespart hatte, um mir eine eigene Wohnung mieten zu können. Ich zog den Reißverschluss der Tasche auf und holte vorsichtig den Karton mit meinen Fotos heraus, als wäre es ein kostbarer Schatz. Allein beim Anblick der Bilder füllten sich meine Augen wieder mit Tränen. In den letzten Wochen waren zu den alten Fotos noch neue dazugekommen. Auf einigen waren Savannah, Mona und Hedge zu sehen. Aber die meisten zeigten Jax und mich. Jax hatte sie gemacht. Mein Herz krampfte sich zusammen. Jeder Gedanke, der unweigerlich bei ihm landete, und die Art, wie er mich auf den Fotos ansah, machten alles nur noch schlimmer. Mit zitternden Fingern schob ich den Karton zurück in die Tasche. Ein weiterer Haufen Erinnerungen, die irgendwann verblasst sein würden, wenn genug Zeit vergangen war.

In der Küche spülte ich die Tassen ab und stellte sie auf das Gitter zum Abtropfen. Das hier war mein Zuhause. Hier gehörte ich hin. Nicht nach Arizona, nach Tucson oder an irgendeine Uni. Egal, wie sehr Renata davon auch überzeugt war.

Von außen wurde ein Schlüssel ins Schloss geschoben, und die Haustür schwang auf. Ich stutzte, die Jungs konnten es noch nicht sein. War Renata noch gar nicht weg gewesen? »Was ist los?«, rief ich aus der Küche. »Hast du was vergessen?«

»Nein, ich habe eher etwas gefunden. Dieser junge Mann hier sagt, dass er dich kennt und zu dir will.«

Das Geschirrtuch rutschte mir aus der Hand. Die Luft fing an zu flirren, und der Sauerstoff in meiner Lunge wurde knapp. Hier in Chino kannte mich kaum jemand. Und niemand wusste, dass ich zurückgekommen war. Außer Mona hatte ich keinem etwas gesagt. Aber auch ihr gegenüber hatte ich nie eine genaue Adresse erwähnt. Außerdem war mein Handy schon seit Stunden ausgeschaltet. Langsam hob ich den Blick, und mein Puls fing an zu rasen. Es konnte nicht sein. Ich blinzelte. Mein Verstand musste vor Müdigkeit seinen Dienst eingestellt haben. Anders ergab das alles keinen Sinn. Denn neben Renata stand Jax und sah mich an. Er ließ mich nicht aus den Augen, als könnte er es selbst nicht glauben, mich zu sehen.

»Ich muss jetzt wirklich los, Mariposa. Wenn er Probleme macht …« Renata deutete mit dem Finger auf Jax. »… Frank von nebenan hat seine Baseballschläger-Sammlung vergrößert und kein Problem damit, sie zu benutzen.«

»Ist schon okay«, krächzte ich und kam auf wackligen Beinen näher. »Ich denke nicht, dass ich Frank rufen muss.«

Sie nickte, warf Jax aber trotzdem einen argwöhnischen Blick zu, bevor sie in ihren alten Ford stieg und wegfuhr. Jax hatte sich noch keinen Millimeter bewegt. Er stand einfach nur da, vor meiner Tür, und sah mich an. Genau wie damals im Studentenwohnheim an meinem ersten Abend am College. Als hätte jemand auf eine surreale Weise eine Kassette zurückgespult, die jetzt noch einmal von vorne begann.

»Hey«, sagte er leise, und dieses eine Wort reichte aus, um die Mauer meines kaputten Herzens zum Einstürzen zu bringen. Mein Blick lag auf dem kleinen Muttermal über seiner Augenbraue, und ich widerstand dem Drang, es mit meinen Fingern zu berühren und ihm die zerzausten Haare aus der Stirn zu streichen. Mehrere Wimpernschläge lang sahen wir uns einfach nur an, als würde jeder von uns darauf warten, dass der andere etwas sagte. Dann hob Jax langsam seine Hand und legte sie auf sein Herz. »Ich schwöre bei allem, was mir heilig ist, ich bin absolut nüchtern und habe keinen Schluck Alkohol getrunken.«

Erst jetzt merkte ich, wie fest ich die Türklinke in meiner Hand umklammert hielt. »Ist das alles, wofür du hergekommen bist, um mir das zu sagen?«

Er schüttelte den Kopf.

»Fahr einfach wieder nach Hause, okay? Ich will dich nicht sehen.«

»Ally.«

Wenn ich Jax nur einen Moment weiter in die Augen sehen würde, würde ich mir selbst kein Wort mehr glauben. Aber meine Entscheidung war gefallen, also schloss ich die Tür. Oder versuchte es zumindest. Denn bevor sie ins Schloss fiel, stellte Jax seinen Fuß dazwischen. Ich schnappte nach Luft. »Du verstehst das nicht.«

»Nein, ich verstehe dich auch nicht. Du verlierst dein Stipendium, wenn du jetzt einfach von der Uni wegbleibst. Ally.« Er schob die Tür wieder ein Stück weit auf und sah mich eindringlich an. »Willst du wirklich alles, wofür du in den letzten Monaten gekämpft hast, hinschmeißen? Einfach so?«

Tränen brannten hinter meinen Lidern. Weil er recht hatte. Weil ich alles verloren hatte. Und weil es so verdammt wehtat.

»Ist es okay, wenn ich reinkomme? Dieser Frank macht mich ein bisschen nervös.« Jax drehte sich suchend um, und ich konnte mir ein Schmunzeln nicht verkneifen. Dass Frank schon achtzig Jahre alt war und einfach nur total auf Baseball stand, verschwieg ich ihm.

Mein Herz machte einen Satz, als Jax sich im nächsten Moment durch die Tür schob und sie hinter sich ins Schloss drückte. Uns trennten noch zwei Schritte, und trotzdem standen wir so nah voreinander, dass seine Präsenz überwältigend war. »Wie hast du mich gefunden?«

Jax sah mindestens so müde aus wie ich. Als hätte er die letzten zwei Tage nicht geschlafen, um nach mir zu suchen.

Verlegen rieb er sich das Kinn. »Willst du das wirklich wissen?«

Ich nickte. Wenn er schon alles tat, um mich aufzuspüren, dann wollte ich auch wissen, wie er es angestellt hatte.

»Ich bin zu Mrs Delaney gegangen. Und als sie mir nicht sagen wollte, unter welcher Adresse du dich an der Uni eingeschrieben hast, hat Hedge sie so lange mit irgendwelchen dämlichen Fragen gelöchert, bis sie kurz aus dem Büro gegangen ist und ich an ihren PC konnte, um selbst in deiner Akte nach der Adresse zu suchen.«

Entsetzt riss ich die Augen auf. »Wenn sie dich erwischt hätte, wärst du von der Uni geflogen. Ihr beide.«

Jax machte einen Schritt auf mich zu, hielt aber immer noch genügend Abstand. »Das wäre mir egal gewesen.«

»Aber das sollte es nicht. Dein Abschluss …«

»Und deiner?«, unterbrach er mich.

Ich senkte den Blick, unfähig, ihn anzusehen. »Ich habe es mir anders überlegt.«

»Bullshit. Ich kenne niemanden, dem sein Studium so wichtig ist wie dir.«

»Nicht mehr. Ich gehöre nicht auf irgendeine Uni oder nach Arizona. Das hier war schon immer mein Zuhause.«

Für mehrere Augenblicke sah Jax mir forschend ins Gesicht. »Ich glaube dir kein Wort.«

Die Entschlossenheit in seiner Stimme ließ mich fast einknicken. »Jax, man kann nicht alles im Leben haben. Gerade du weißt das.«

»Ja, vielleicht nicht. Aber du hast mir die letzten Wochen gezeigt, dass so viel mehr möglich ist, wenn man jemanden hat, der an einen glaubt. Vor allem, wenn man es selbst gerade nicht kann.«

Seine Worte bohrten sich in mein Herz wie ein stumpfes Messer in ein Stück weiche Butter. Immer wieder schüttelte ich den Kopf. Ich wollte das nicht hören. »Das trifft vielleicht auf dich zu. Aber für mich ist es zu spät.«

»Ally, sieh mich an, bitte. Es ist nie zu spät. Vor allem nicht für dich.«

»Ich habe niemanden mehr. Nur noch Renatas Familie hier.«

»Das stimmt nicht. Ich bin …«

Abwehrend hob ich die Hand, damit er seinen Satz nicht beenden konnte. Ich wusste auch so, was er sagen wollte, aber seine Abfuhr, als ich vor seiner Tür gestanden hatte, wog zu schwer, um jetzt noch irgendetwas zu ändern. »In Arizona hält mich nichts mehr.«

Jax schüttelte den Kopf. »Denkst du das wirklich?«

»Was spielt das noch für eine Rolle?« Die Worte kamen mir

über die Lippen, bevor ich sie zurücknehmen konnte, und ich bereute es sofort: »Jax, bitte! Fahr einfach wieder zurück. Die Gegend ist nicht besonders sicher, und dein Auto …«

»Zu auffällig?«, beendete er meinen Satz. »Ich bin nicht mit Bee hier. Hedge meinte, es ist besser, wenn wir seinen Wagen nehmen.«

Ungläubig riss ich die Augen auf. »Hedge ist auch hier?«

Jax nickte. »Nicht nur er. Mona hat darauf bestanden, mitzukommen.«

Meine Augen füllten sich mit Tränen. Bis auf Eric hatte sich noch nie jemand so um mich bemüht. Oder hatte sich Sorgen um mich gemacht. Und trotzdem konnte ich nicht über meinen Schatten springen. »Das hier ist mein Zuhause. Hier gehöre ich hin.«

»Das ist Bullshit.« Jax ließ nicht locker. Genauso wenig wie ich. Wir zogen beide an verschiedenen Enden eines Taus, und keiner würde nachgeben oder dem anderen einen Vorteil einräumen. Irgendwo in der Ferne ging die Alarmanlage eines Autos los.

»Ihr solltet wirklich wieder fahren, wenn ihr keine Schwierigkeiten bekommen wollt. Das meine ich absolut ernst. Hier ist es nicht sicher.«

»Ich werde nicht verschwinden. Nicht, bevor ich dir noch etwas gesagt habe.«

Die Stille zwischen uns währte eine gefühlte Ewigkeit, bevor er weitersprach. »Ich habe einen riesigen Fehler gemacht, das weiß ich. Du hast …« Sein Kehlkopf hüpfte, als er hart schluckte. »Du hast vor meiner Tür gestanden, und ich war nicht für dich da. Du wolltest mir etwas sagen.«

»Vergiss es, okay. Es ist nicht mehr wichtig.«

»Du warst da, das habe ich gespürt. Irgendwas ist passiert, und du wolltest es mir erzählen, aber ich Idiot habe es nicht kapiert. Du hättest niemals einfach so dein Studium hingeschmissen.« Jax streckte seine Hand aus, bis seine Fingerspitzen in einer unendlich leichten Berührung über meine glitten und etwas in mir aufbrach.

Ich schloss für einen Moment die Augen. »Wallace hat dir gesagt, du sollst dich von mir fernhalten.« Meine Stimme zitterte.

»Ja, und das war ein verdammter Fehler. Ich hätte dich nie …«

»Es spielt keine Rolle mehr.«

»Wieso sagst du das immer wieder?«

»Weil … Eric ist wieder im Gefängnis«, brach es aus mir heraus. »Man hat ihn an der Grenze erwischt, nachdem er bei mir war.«

»Was?« Jax überwand die letzte Distanz zwischen uns. Der letzte Schritt, der uns noch voneinander trennte, wo eben noch eine ganze Welt zwischen uns gelegen hatte.

»Und das ist nicht alles. Wallace hat mich aus seinem Team geschmissen. Er meinte, er habe sich in mir geirrt. Ich hätte nicht das Zeug dazu, eine Anwältin zu werden.« Die Worte noch einmal laut aus meinem eigenen Mund zu hören nahm mir die Luft.

Jax zog mich in seinen Arm. »Scheiß auf Wallace. Scheiß auf Luke und Bromberg und alle da draußen, die meinen, sie wüssten es besser.« Er drückte seine Stirn an meine und umfasste meine Hände mit seinen – warm und fest. »Du wirst eine großartige Anwältin, Alyssa Darling. Und jeder, der etwas anderes behauptet, ist ein verdammter Idiot.«

Augenblicklich umhüllte mich sein Duft und schickte Impulse durch meinen Körper wie warme Sonnenstrahlen. »Jax …« Meine Stimme brach, und ich fing an zu zittern. Aber Jax hielt mich fest und drückte mich noch enger an sich, bis jeder Zentimeter meines Körpers an seinem lag. Meine Hände umschlangen seinen Nacken und vergruben sich dort. Und mehr brauchte es nicht. Eine gefühlte Ewigkeit standen wir einfach nur da, als hätte die Welt für einen Augenblick aufgehört, sich zu drehen. Nur für uns.

»Es tut mir leid, dass ich auf jemand anderen gehört habe als auf dich. Es tut mir leid, dass ich auf jemand anderen gehört habe als auf mich selbst. Es tut mir leid, dass ich so ein Arsch war. Dass ich dich mit allen Mitteln von mir weggestoßen habe. Dass ich sogar getrunken habe, obwohl ich geschworen hatte, es in deiner Gegenwart nie zu tun.« Er lachte bitter. »Das werde ich mir selbst nie verzeihen. Und am wenigsten werde ich mir verzeihen, dass ich dich habe gehen lassen. Aber ich hoffe, dass du trotz allem mit mir nach Hause kommst.«

»Nach Hause?«, murmelte ich. »Ich weiß nicht mehr, wo das ist.«

»Wirklich nicht?« Jax hob mein Kinn an und gab mir einen federleichten Kuss auf die Stirn. »Ich liebe dich. Auch wenn das nach der ganzen Scheiße nicht mehr viel ändern wird. Weil ich es versaut habe. Weil ich einfach alles versaut habe. Aber du musst zurückkommen nach Arizona. Du musst dort studieren. Das ist alles, was ich will …«

»Du liebst mich?«, unterbrach ich ihn.

Sein Blick glitt über mein Gesicht, dann sah er mir direkt in die Augen. »Ja.« Seine Stimme klang atemlos und absolut ehrlich. Das letzte Stück Schale meines schützenden Kokons fiel von mir ab.

»Ich liebe dich auch, Jax Hoover. Auch wenn das nicht mehr viel ändern wird«, wiederholte ich seine Worte. »Es ist zu spät. Ich habe mich offiziell von der Uni abgemeldet. Und ohne Stipendium habe ich keine Chance. Das kann ich mir nicht leisten.«

»Bist du dir sicher?« Jax zog einen Umschlag aus seiner Jeans und hielt ihn mir unter die Nase. Meine Exmatrikulation, die ich vor meiner Abreise noch geschrieben hatte.

»Du hast ihn abgefangen?«

»Ich wusste, dass du das volle Programm durchziehen würdest, und da ich sowieso schon in Mrs Delaneys Büro war …« Den Rest des Satzes ließ er unausgesprochen.

»Seit wann ist dir Post so wichtig, dass du dafür ein so großes Risiko eingehst?«

»Na ja, man kann ja mal eine Ausnahme machen.« Er grinste verschmitzt und ließ den Umschlag sinken, bevor er mich erneut an sich zog. »Wenn du immer noch nicht überzeugt bist, werde ich den Brief höchstpersönlich bei Mrs Delaney abgeben. Du musst nur ein Wort sagen. Das verspreche ich dir.« Seine Stimme vibrierte gegen meine Haut. »Kommst du wieder mit nach Tucson?«

»Aber was ist mit …?« Mehr konnte ich nicht sagen, bevor Jax seine Lippen auf meine legte und wir in einem unendlich sanften Kuss versanken. So lange, bis sich alle Zweifel in mir aufgelöst hatten und er mich ein wenig von sich schob, um meinen Blick zu suchen. »Kannst du das noch einmal sagen?«, wechselte er das Thema und brachte mich damit völlig aus dem Konzept.

»Was meinst du?«

Sein Mund verzog sich zu einem unwiderstehlichen Lächeln. »Du hast gesagt, du liebst mich?«

Meine Antwort war ein weiterer Kuss, der alles sagte. »Ja, ich liebe dich, Jax Hoover.«

»Also heißt es ab jetzt, wir beide gegen den Rest der Welt, oder?«

Ich lächelte an seinen Lippen. Er hatte gewonnen. Das Knistern des Briefumschlags, den er hinter meinem Rücken zerriss, klang wie ein Versprechen. Ja. Jax und ich gegen den Rest der Welt. Der Antiheld und sein Mädchen.

Epilog
Sieben Monate später

Jax

»Hast du mal darüber nachgedacht, so was professionell zu machen? Neben dem Fotografieren, meine ich?« Ally schob sich noch ein bisschen weiter in meinen Arm, bis ich ihren Pfirsichduft wahrnahm und ihren Atem an meinem Hals spürte. Verdammt, allein dieses Gefühl sorgte dafür, dass mein gesamter Körper auf sie reagierte.

»Du könntest Stargazing-Touren für Touristen organisieren.«

»Du willst diesen Platz hier und mich wirklich mit anderen teilen?« Wir waren in die Wüste gefahren, als es anfing zu dämmern, und lagen jetzt auf der Motorhaube meines Chevrolets.

»Wenn ich so drüber nachdenke …« Ihre Lippen bewegten sich über meine Haut. »… dann überleg ich's mir vielleicht noch mal.«

Ich ignorierte mein Handy, das in meiner Jeans vibrierte.

»Willst du nicht rangehen?«

»Nein.« Auf keinen Fall wollte ich in diesem Moment von irgendjemandem gestört werden. Die letzten Monate an der Uni waren ziemlich stressig und zeitintensiv gewesen. Jetzt, nach den letzten Klausuren, wollte ich jeden Augenblick mit Ally genießen. »Das wird sowieso nur Olly sein, der mich nerven will.«

Ally hob das Kinn, um mich anzusehen. »Ist es wirklich okay für dich, wenn wir hierbleiben? Wir können auch zurückfahren, wenn du lieber mit deinen Freunden den Abschluss feiern willst.«

Es war der letzte Tag des Semesters, und für den Großteil meiner Jungs war es okay, dass ich den Abend lieber allein mit Ally verbringen wollte, als auf ihre Zukunft anzustoßen. Vor allem, weil ich es als Einziger nicht in den Olymp der Absolventen geschafft hatte. »Dafür ist nächste Woche noch genug Zeit. Wenn Hedge und ich unser letztes Zeug zu Nate in die WG geschleppt haben, starten wir einen Männerabend. Damit haben mir Olly und Garrett schon gedroht. Da werde ich nicht drum rumkommen.« Es war Hedges und mein großes Glück, dass die beiden nach ihrem Studium ausziehen würden und die zwei Zimmer bei Nate frei geworden waren. Hedge musste sowieso raus aus dem Wohnheim, und nachdem der Hausmeister das mit meiner Dunkelkammer rausbekommen hatte, kam Nates Angebot, bei ihm außerhalb des Campus einzuziehen, wie gerufen.

»Aber das wäre heute auch dein Abschluss gewesen.« Ally klang immer noch zerknirscht. Ihr eiserner Wille, mich da durchzuboxen, war wirklich bewundernswert gewesen. Aber am Ende hatte ich diese Schlacht tatsächlich verloren. »Hey, es ist okay. Wirklich. Alles. Ich habe mit den Jungs abgesprochen, dass sie ohne mich feiern müssen. Und dass ich das Jahr wiederhole, hat auch große Vorteile für mich.«

»Und die wären?«

Ich nahm ihre Hand und drückte ihr einen Kuss auf die Fingerknöchel. »Zum Beispiel, dass ich die Kurse bei Bromberg nicht mehr brauche und mich auf etwas anderes konzentrieren kann. Und dass ich jetzt noch ein Jahr länger hier mit dir zusammen sein kann.«

Ally seufzte, als ich anfing, kleine Kreise auf ihren Bauch zu malen. »Ja, das gefällt mir auch. Sehr sogar.« Ich war froh, dass sie jetzt wieder entspannter war. Die Sache mit Wallace hatte sie verdammt hart getroffen. Trotz meiner und auch Monas Bedenken hatte sie es durchgezogen und seinen Kurs weiter besucht. Und am Ende auch bestanden.

»Da fällt mir gerade was ein.« Ich zog eine kleine Visitenkarte aus meiner Tasche und reichte sie Ally.

»Was ist das?«

»Die hat mir der neue Anwalt meiner Eltern gegeben. Für dich. Er meinte, er könnte in den Semesterferien immer gut Unterstützung von Jurastudierenden brauchen. Wenn du Lust auf ein Praktikum hast, kannst du dich bei ihm melden.«

»Der neue Anwalt deiner Eltern?« Ihre Augen weiteten sich. »Also haben sie sich jetzt endgültig gegen Luke entschieden?«

Ich nickte. »Der neue ist wirklich cool, er hat gleich einen Brief an den Dekan aufgesetzt wegen des Nachteilsausgleichs und mir gute Chancen ausgerechnet. Und um die Schuldengeschichte deines Dads würde er sich auch kümmern. Du müsstest ihm nur ein paar Infos geben und eine Vollmacht unterzeichnen.«

»Das klingt zu schön, um wahr zu sein.« Sie seufzte. »Aber ich kann einen Anwalt nicht bezahlen.«

»Du vielleicht nicht. Aber meine Eltern.«

»Das kann ich nicht annehmen.«

»Okay.« Ich verzog das Gesicht zu einem schiefen Grinsen. »Sie werden sicher nichts dagegen haben, wenn du das bei mir abarbeitest.«

»Bist du dir sicher, dass du das deinen Eltern so sagen willst?«

Nur durch ihr Lächeln sorgte sie dafür, dass meine Knie weich wurden. »Vielleicht nicht in diesem Wortlaut, aber für das letzte Studienjahr könnte ich auf jeden Fall Hilfe brauchen.«

Ihre Antwort war ein langer Kuss. »Es sind Ferien, wir sollten uns über etwas anderes unterhalten als das Studium. Findest du nicht?«

»Wie wäre es mit Urlaub? In Kanada. Die Wälder und Bergseen

in den Rockies sollen um diese Jahreszeit besonders schön sein, habe ich gehört. Wir könnten hinfahren, wenn du willst. Meine Tante hat eine kleine Holzhütte an einem See.«

»Wirklich?« Ungläubig sah sie mich an.

»Klar. Es kann jederzeit losgehen. Wir müssten nur vorher einen kleinen Abstecher zu meinen Eltern und Aidan machen.«

»Okay, und warum?«

»*Hooveroptics* will nächstes Jahr ein neues Objektiv auf den Markt bringen und eine ganz neue Technologie verwenden. Jedenfalls soll ich mir die Pläne einmal ansehen. Dad und Aidan wollen wissen, was ich davon halte.«

»Jax. Das klingt großartig. Warum hast du mir das nicht schon eher erzählt?«

»Ich weiß noch nicht, ob es wirklich etwas zu bedeuten hat.«

»Natürlich hat es das.« Ihr Optimismus war unglaublich süß. Trotzdem wollte ich mir nicht zu große Hoffnungen machen, was meine Zukunft und die Pläne meiner Eltern bei *Hooveroptics* anging.

»Ich muss dir auch etwas erzählen.« Ally nestelte am Saum ihres Shirts herum und strahlte dann über das ganze Gesicht. »Es hat endlich geklappt. Nächste Woche habe ich ein erstes Gespräch mit einer Psychologin. Savannah wird mit mir hingehen.«

Ich drückte sie an mich. Ally hatte so lange auf einen passenden Platz gewartet, dass sie die Hoffnung schon fast aufgegeben hatte. »Das müssen wir unbedingt feiern. Also, was sagst du? Urlaub in den Rockies?«

Sie versteifte sich an meiner Brust.

»Was ist los?«

»Ich wünschte, Eric könnte das mit uns feiern.«

»Das wird er. Die Zeit bis zu seiner Entlassung wird wie im Flug vergehen. Versprochen. Ich habe das mit Nate und Hedge auch schon geklärt. Er kann danach bei uns wohnen. Zumindest fürs Erste, bis er hier was Eigenes gefunden hat.«

»Wirklich?« Augenblicklich entspannte sie sich wieder.

»Alles wird gut. Vertrau mir.« Ich zog sie weiter in meinen Arm, bevor mein Blick hoch zum Nachthimmel ging. Tausende von Sternen leuchteten da oben. Nirgends war der Himmel so klar wie hier in Arizona. »Ich werde dich auf keinen Fall mit irgendwelchen Touristen teilen. Und diesen Ausblick hier erst recht nicht. Außerdem schulde ich dir noch einen Besuch im Slot Canyon. Inklusive Regelunterweisung.«

»Regelunterweisung?«, fragte sie kichernd. »Und warum willst du das nicht mit anderen teilen?«

»Weil jeder einzelne Stern da oben uns gehört.« Ich fuhr mit meinen Lippen über ihre, bevor ich sie küsste. »Dem Antihelden und seinem Mädchen.«

Ende

Danksagung

Sue, ohne dich würde es Ally und Jax nicht geben. Ich danke dir für jedes Kapitel, das du doppelt gelesen hast, für deine Geduld, deine Ehrlichkeit und deine Begeisterung. Dafür, dass du mich oft daran erinnerst, Dinge auch mal aus einem anderen Blickwinkel zu betrachten, und dafür, dass du immer an mich glaubst. Vor allem, wenn ich es selbst gerade nicht kann. Ich danke dir von Herzen. Für alles.

Ein großes Danke geht auch an Steffi, Sarina und Claudia, die mich auch in stillen Zeiten nie vergessen. Ihr seid schon von Anfang an Teil dieser unglaublichen Reise. Eure Unterstützung ist Gold wert.

Außerdem danke ich meinen Lektorinnen Larissa und Margit von Forever, für eure Unterstützung und euren unermüdlichen Einsatz.

LESEPROBE

Julia Pelzer
Hook me up

E-Book, ISBN 9783958186446

Winter, College, Schlittenfahren
und die große Liebe

Summer hat genug davon, sich immer wieder von dem ungeho-
belten Bruder ihrer Mitbewohnerin aufziehen zu lassen - vor allem, weil sie ihn mehr mag, als sie jemals zugeben würde. Um
sich Hunter endgültig aus dem Kopf zu schlagen, küsst sie auf einer Studentenparty einen Unbekannten in einem Piratenkostüm.
Summer will ihn unbedingt wiedersehen, doch ohne den kleinsten Hinweis auf Captain Hooks Identität ist die Suche schwieriger
als gedacht – und dass ausgerechnet Hunter ihr immer wieder in
die Quere kommt, macht Summers Mission nicht einfacher ...

Kapitel 1

Der Typ unter meiner Dusche gehörte weder in mein Badezimmer noch in diese Wohnung. Er gehörte noch nicht einmal in mein Leben – schon gar nicht splitterfasernackt.

Gerade als ich das Badezimmer betrat, wurde der Duschvorhang zur Seite geschoben, und ich war unerwartet mit der geballten Männlichkeit von Hunter Stevens konfrontiert.

»Oh Shit.« Ich stoppte so abrupt, dass mir die Tür aus der Hand flog und gegen die Wand donnerte.

Ohne mit der Wimper zu zucken, stieg Hunter völlig unbeeindruckt aus der Dusche. Ich war es gewohnt, ihm ständig in unserer Studentenwohnung über den Weg zu laufen, aber dass er hier duschte, das war neu.

»Shit? Normalerweise reagieren Frauen anders, wenn sie mich anschauen.« An seinem tiefen Kinngrübchen zuckte ein Muskel. Trotz des Wasserdampfs, der das winzige Bad vernebelte, konnte ich seine Reaktion ganz genau erkennen. Ich konnte alles sehen. Wirklich … *alles*.

Es gab keinen Zweifel daran, dass Hunter einen anderen Effekt gewohnt war, wenn Frauen ihn nackt zu Gesicht bekamen. Er machte kein Geheimnis daraus, dass er selten ein Angebot ausschlug, bei dem man nichts – oder nur sehr wenige Klamotten – trug. Die feine Gänsehaut, die seinen ganzen Körper überzog, ließ mich schlucken. Auch ich war gegen seinen ganz besonderen Charme nicht immun und hatte mir schon öfter vorgestellt, wie es wäre, wenn er mir eins seiner unmoralischen Angebote machen würde. Doch das würde ich ihm noch nicht mal unter Folter gestehen. Ganz abgesehen davon, dass er mich sowieso nicht auf *diese* Weise sah. Für ihn sollte es unverbindlicher Spaß mit jemandem sein, an dessen Namen man sich am nächsten Morgen nicht mehr erinnern musste. Das wusste ich aus sicherer Quelle. Ich selbst wollte mehr. Und damit rangierte ich auf der Hunter-Stevens-Skala für One-Night-Stands irgendwo im Minusbereich.

»Wenn dir gefällt, was du siehst …« Hunter stoppte mitten im Satz.

Er zog mich nur auf.

Natürlich tat er das.

Wie immer machte er sich einen Spaß daraus, mich zu ärgern.

»So eine Frau bin ich nicht.« Auch wenn ich mir da gar nicht so sicher war, jetzt wo er nur mit diesem wissenden Lächeln bekleidet vor mir stand.

Seine braunen Augen, die im diffusen Licht der Badezimmerlampe noch dunkler wirkten, sahen mich unverwandt an.

»Summer Foster hat immer alles unter Kontrolle, hm?« Er zog eine Braue nach oben. In einer lässigen Bewegung strich er sich die dunklen, noch nassen Haare aus dem Gesicht. »Du könntest mir aber behilflich sein.« Sein Mundwinkel hob sich leicht und er zwinkerte. Er wusste nicht, dass es genau das war, was meinen Verstand aussetzen ließ. Diese kleine Geste, auf die ich mir so viel eingebildet hatte, als Kat ihn mir zum ersten Mal auf einer Party vorgestellt hatte. Ich war mir sicher, dass er es nicht einmal merkte, wenn er zwinkerte. Er hatte an diesem Abend viel gezwinkert. Am meisten in die Richtung von Delia Fischer. Mit ihr hatte er am Ende die

Party gemeinsam verlassen und dummerweise mein Herz dabei mitgenommen.

»Handtuch, Summer. Ich brauche eines.« Er zog beide Augenbrauen nach oben.

Ich war nur die *Handtuchreicherin*, keine der aufreizenden Delia Fischers dieser Welt. Wieder einmal erinnerte er mich eindrücklich daran, warum der andere Teil von mir – der größere Teil – nur genervt von ihm war. Nie würde er etwas anderes als die Mitbewohnerin seiner Schwester in mir sehen. Das hatte er schon zu oft bewiesen.

Hunter zuckte mit den Schultern. »Dann hole ich es mir eben selbst.«

Es waren nur zwei Schritte für ihn, um an das Regal hinter mir zu kommen. Zwei Schritte, für die er sich splitterfasernackt an mir vorbeischieben müsste. Dieses Badezimmer war definitiv zu klein für uns beide. Ich wirbelte herum und schnappte mir ein Handtuch vom Stapel und schleuderte es ihm zu. Mit Leichtigkeit fing er es mit einer Hand auf.

»Auf einmal doch so stürmisch?« Er nahm das Handtuch und rubbelte sich damit über die Haare. Augenrollend drehte ich mich zum Spiegel über dem Waschbecken und atmete tief durch. Meine verräterische Libido brauchte definitiv eine Pause. »Was machst du überhaupt hier?« Ich biss mir auf die Unterlippe und bereute die Frage sofort, da ich die Antwort doch sowieso kannte. Sein Wohnheim lag außerhalb vom Campus. Ziemlich häufig tauchte er dann einfach bei uns auf, wenn ihm der Weg in seine Wohnung zu weit war.

»Kat hat dir geschrieben, dass ich da bin.«

Ich war so im Stress gewesen, dass ich schon seit einer Weile nicht mehr auf mein Handy geguckt hatte. Aber ich zweifelte nicht daran, dass sie mich vorgewarnt hatte. Das tat sie fast immer.

»Stürmst du immer ohne anzuklopfen ins Badezimmer?«

»Es ist immerhin *mein* Badezimmer. Kannst du nicht einfach abschließen?«

Der Typ hatte echt Nerven. Er war nur ein geduldeter Gast. Ich drehte mich halb zu ihm um, erstarrte dann aber in der Bewegung und drehte mich wieder zum Spiegel. Er war mit Sicherheit immer noch nackt. Sein Körper war wie eine fleischfressende Pflanze und ich wollte keine der Fliegen sein, die ihm zum Opfer fielen. Gott, ich war einundzwanzig Jahre alt und dachte so einen Blödsinn?

Hunter lachte leise. »Du kannst dich entspannen. Ist alles sicher verstaut.«

Ich hasste es, wenn er merkte, dass er mich aus dem Konzept brachte.

Energisch wischte ich mit dem Unterarm über den beschlagenen Spiegel. Ich war spät dran und hatte nicht damit gerechnet, dass ich mir mein Badezimmer auch noch teilen müsste. Nach den Winterferien stieg immer eine große Kostümparty bei *Delta Delta Phi*. Die würde in einer Stunde beginnen und ich musste mich unbedingt fertig machen. Hektisch steckte ich den Lockenstab in die Steckdose und kramte in meiner Kosmetiktasche nach einem roten Lippenstift. Vorsichtig zog ich die Konturen meines Mundes nach, als ich im Spiegel bemerkte, wie mich Hunter beobachtete. Er hatte sich das Handtuch um die Hüften gebunden und lehnte mit den Armen vor der Brust verschränkt an der Wand. Auf seinem Oberkörper glitzerten immer noch Wassertropfen, als sich unsere Blicke trafen.

»Was?« Ich ließ den Lippenstift zurück in die Kosmetiktasche fallen.

Hunter musterte mich auf eine Art, die ich nicht deuten konnte. »Willst du so zu *Delta Delta Phi*?«

»Das ist eine Kostümparty, das ist dir schon klar, oder?« Ich verdrehte meine Augen und suchte nach der Schachtel mit den falschen Wimpern.

»Absolut klar.« Hunters Mundwinkel zuckten verdächtig.

Nachdem ich die Wimpern angeklebt hatte, wickelte ich vorsichtig eine lange blonde Strähne um den heißen Lockenstab. Ich sah Hunter erneut durch den Spiegel an. Er starrte mir derweil unverfroren auf den Hintern und grinste.

Schlagartig drehte ich mich zu ihm um. »Glotzt du mir auf den Arsch?«

»Sollte ich nicht? Dein Kostüm lässt mir da echt keine Wahl.« Das Wort *Kostüm* betonte er dabei fast schon obszön.

»Keine Wahl, ja?« Ich sah an mir herunter. Zu einem schwarzen Top trug ich eine rot-weiß geringelte Strumpfhose, die Teil meines Piratinnen-Outfits war. »Was stimmt denn damit nicht?«

Er stieß sich von der Wand ab und stand jetzt direkt vor mir. Ihm so nahe zu sein, wenn er nur ein Handtuch um die Hüften trug, brachte mich nur noch mehr durcheinander. Hastig machte ich einen Schritt nach hinten, um mehr Abstand zwischen uns zu bringen, und stieß unsanft gegen das Waschbecken.

»Das Kostüm ist ein feuchter Traum für alle Möchtegern-Matrosen im Umkreis von zehn Meilen.« Er legte nachdenklich einen Finger an die Lippen. »Ist das nicht eine Nummer zu groß für dich? Oder willst du es heute Nacht wissen?« Hunter zwinkerte mir zu und bückte sich, um seine Klamotten aufzusammeln, die auf dem Hocker neben mir lagen.

Ich hatte mich schon seit Wochen auf diese Kostümparty gefreut, und er schaffte es in weniger als fünf Minuten, mir den Spaß zu verderben. »Möglicherweise will ich es ja wirklich wissen.« Herausfordernd und trotzig streckte ich das Kinn vor.

Hunter lachte amüsiert. »Natürlich.«

Als er nach seiner Jeans griff, fiel etwas aus der Gesäßtasche.

Ich runzelte die Stirn. Waren das Kondome? Wir bückten uns gleichzeitig. Jep, ich hatte mich nicht verguckt. Es waren Kondome. Ganz besonders auffallende. Auf den bunten Verpackungen waren Sprüche mit eindeutigen Statements abgebildet.

»*Suck me I'm famous?* Echt jetzt?« Ich drehte das Kondom in meiner Hand hin und her. »Männer wie du dürfen diese Art von Spaß haben, hm?«

Er sah mir sekundenlang in die Augen, ohne ein Wort zu sagen. Sein Blick war so intensiv, dass sich Gänsehaut von meinen Armen über meinen ganzen Körper ausbreitete.

»Männer wie ich?« Ohne sich von mir abzuwenden, legte er seine Hand auf meine. Seine rauen Fingerspitzen strichen sanft über meine Haut und lösten ganz langsam das Kondom aus meinem Griff.

»Vielleicht bin ich ein Mann, der total auf Humor steht und keine bösen Überraschungen mag.«

Ich schluckte schwer, als er mir das Kondom endgültig aus der Hand nahm. »Die brauchst du nicht. Das ist nichts für tugendhafte Piratinnen.« Langsam richtete er sich auf.

»Keine Sorge, ich stehe eh nicht auf Typen, die offensichtlich ihre Hose nicht zulassen können und …«

Ohne sich noch einmal zu mir umzudrehen, verließ er das Bad – und meine Chance richtig zu kontern, war verpasst.

Hatte ich mir wirklich ernsthaft Hoffnungen gemacht, dass Hunter sich für mich interessieren könnte? Das hier war nur ein weiterer Beweis dafür, dass er es nicht tat. Kein Stück. Er sah in mir nur das verklemmte Anhängsel seiner jüngeren Schwester und sonst nichts. Wir waren so unterschiedlich wie Feuer und Wasser. Wobei ich mir nicht sicher war, was von beidem er verkörperte.

•••

»Das war eine blöde Idee. Eine verdammt blöde Idee.« Genervt zog ich immer wieder am Rock meines Kostüms herum.

Kat sah mich mit großen Augen an. »Du hast dich seit Wochen auf diese Party gefreut. Jetzt nicht mehr?«

»Dieses Outfit ist …«

Kat unterbrach mich. »Total süß?«

»Ich hätte lieber eine andere Strumpfhose kaufen sollen.« Leise seufzend zupfte ich erneut an diesem viel zu kurzen Rock herum. Das Ding war nicht süß, es war obszön. In Kombination mit der Strumpfhose sah ich zwar wie eine verwegene Piratin aus, doch eher wie die nicht jugendfreie Variante.

Kat schüttelte den Kopf und ihre braunen Locken schwangen dabei hin und her. »Die Strumpfhose ist perfekt. Du hast ewig nach ihr gesucht.«

Sie hatte recht. Wir hatten einen ganzen Nachmittag damit verbracht, in allen möglichen Geschäften nach passenden Klamotten zu gucken. Eine einzelne, geringelte Strumpfhose zu finden, war fast unmöglich gewesen. Ich hatte schon aufgegeben und wie Kat einfach ein Kostüm von der Stange kaufen wollen, als ich sie endlich entdeckt hatte. Dass in Wirklichkeit nicht mein Piratenoutfit der Grund für meine Laune war, sondern meine Begegnung mit Hunter, wollte ich Kat nicht erzählen. Auf noch mehr *Mister-sexy-und-unwiderstehlich* hatte ich im Augenblick wirklich keine Lust. »Jetzt ist es sowieso zu spät.« Ich wurde langsamer, als wir uns dem Verbindungshaus von *Delta Delta Phi* näherten. Das ganze Gebäude war von außen mit Lichterketten dekoriert. Im Winter übertrafen sich die Studentenverbindungen mit den ausgefallensten Mottopartys gegenseitig und ich liebte jede einzelne davon.

»Jep, ist es.« Kat zog mich am Arm weiter. Es hatte wieder angefangen zu schneien und eine dünne Schneeschicht hatte sich bereits auf die Kapuze ihres roten Umhangs gelegt.

»Deinetwegen habe ich mir extra dieses Kostüm gekauft. Du wirst jetzt keinen Rückzieher machen. Heute Nacht ist Spaß angesagt, das bist du mir schuldig.«

Ich hatte sie tagelang überreden müssen, mit mir auf diese Party zu gehen. Auf unserer Shoppingtour hatte sie sich für ein Rotkäppchen-Kostüm entschieden, das zusätzlich zu dem Umhang aus einem roten Samtkleid mit weißer Spitze an den Säumen bestand. Ja, das war ich ihr definitiv schuldig. Ich verzog den Mund zu einem übertriebenen Lächeln.

»Geht doch.« Jetzt musste auch Kat lachen. Ich hatte vor über zwei Jahren wirklich großes Glück bei der Zuteilung der Studentenzimmer gehabt. Kat und ich hatten uns auf Anhieb verstanden. Wir teilten die gleiche Leidenschaft für scharfes asiatisches Essen, das wir uns ziemlich oft in unserer kleinen Wohnung gönnten. Dazu sahen wir uns immer einen Bruce-Lee-Film aus meiner Sammlung an. Außerdem hatten wir zufällig Professor Higgins zusammen in Amerikanischer Geschichte. Wir konnten uns stundenlang über diesen alten Sturkopf aufregen. Ich schleppte sie gerne auf eine der vielen Studentenpartys, als Ausgleich dazu musste ich mit ihr zu den Schwimmwettkämpfen von ihrem Freund Jordan gehen. Es hätte alles perfekt sein können, wenn da nicht ihr Bruder gewesen wäre.

»Bist du Hunter eigentlich noch über den Weg gelaufen? Du hast nicht auf meine Nachricht geantwortet.«

Ich atmete geräuschvoll aus. »Kann man so sagen.«

»Das hört sich nicht gut an. Was ist passiert?«

»Dein Bruder hat seine exhibitionistische Ader in unserem Bad ausgelebt und während seiner Dusche nicht abgeschlossen. Ich habe mehr gesehen, als ich wollte. Viel mehr.«

Kat schlug sich prustend die Hand vor den Mund. »Davon hat er am Telefon überhaupt nichts erzählt.«

Ich blieb abrupt stehen. »Du hast mit ihm gesprochen?« Was für eine doofe Frage, natürlich hatte sie das.

»Nur ganz kurz, aber diese Sache hat er nicht erwähnt.«

Es war ja auch kein großes Ding. Für Hunter sowieso nicht. Es würde mich nicht wundern, wenn die Hälfte der weiblichen Studentinnen der *University of Concord* ihn bereits nackt gesehen hätte. Doch ich war bestimmt die Einzige, die dieses Bild am liebsten wieder aus ihrem Gedächtnis löschen wollte. Oder versuchte, sich das einzureden.

»Was ist das eigentlich zwischen euch?« Kat musterte mich aufmerksam von der Seite. *Ich stehe auf deinen Bruder, für ihn bin ich aber nur ein verklemmtes Mädchen in einem lächerlichen Piratenkostüm, und das will einfach nicht in meinen Kopf.*

»Was meinst du?« Ich schob mit meinem Stiefel einen kleinen Haufen Schnee zusammen. Kat hakte sich bei mir unter und zog mich weiter in Richtung des Verbindungshauses.

»So wie ihr immer voneinander genervt seid, könnte man denken, ihr beiden seid die Geschwister.«

»Oh bitte, das ist jetzt nicht dein Ernst.« Die Vorstellung Hunter als Bruder zu haben, war noch absurder, als ihn nackt unter der Dusche zu erwischen. Es war wirklich Zeit, endlich auf andere Gedanken zu kommen. Noch einmal zog ich meinen Rock zurecht, bevor wir die Stufen des imposanten Verbindungshauses hinaufstiegen.

Selbst die Eingangshalle war mit jeder Menge Luftballons geschmückt. Überall unterhielten sich verkleidete Cowboys, Engel und andere Fantasie-Gestalten, die bunte Drinks in den Händen hielten. Wer keine Lust hatte sich zu verkleiden, trug zumindest eine rote Nase. Aus den Boxen des angrenzenden Wohnbereiches dröhnte PINKs Megahit *Get the Party Started*. Ein verführerischer Duft von Erdbeerlimes, Vanille und Zuckerwatte lag in der Luft. Wer hier nicht in Partystimmung kam, dem war definitiv nicht mehr zu helfen.

»Hey, Babe.« Jordan kam um die Ecke und zog Kat in seine Arme. Mir nickte er kurz zu, bevor er sich wieder seiner Freundin widmete. »Ist dein Bruder heute auch am Start?«

Wie sollte man auf andere Gedanken kommen, wenn immer wieder jemand Hunter ins Spiel brachte?

»Hey, du sollst dich um mich kümmern und nicht um meinen Bruder.« Sie boxte ihm spielerisch gegen den Oberarm. »Er kommt vielleicht später noch.«

Bei dem Gedanken, Hunter heute doch noch einmal zu begegnen, pustete ich mir genervt eine Locke aus der Stirn. Obwohl er vorhin ohne ein weiteres Wort einfach verschwunden war, hatte ich das Gefühl, er würde unsere Begegnung im Bad doch noch einmal kommentieren. Jordan zog Kat hinter sich her, als sie sich noch einmal zu mir umdrehte. »Kommst du mit? Wir gehen rüber zu den Jungs.«

Ich schüttelte vehement den Kopf. Das Schwimmteam war zwar nicht besonders erfolgreich, doch dies änderte nichts daran, dass sich die Schwimmer für die Größten hielten. Wie Kat es immerzu mit ihnen aushielt, war mir ein Rätsel. Ich wollte jetzt dringend so einen kleinen, bunten Drink, der hoffentlich so schmeckte, wie es hier duftete.

Love wins.
Always and
Forever